대구대학교
독도영토학연구소총서 2

독도문제의 본질과
일본의 영토분쟁 정치학

－일본의 제국주의 흔적과 영토 내셔널리즘－

최 장 근

Publishing Company

🌀 일본이 주장하는 일본의 영토와 영해

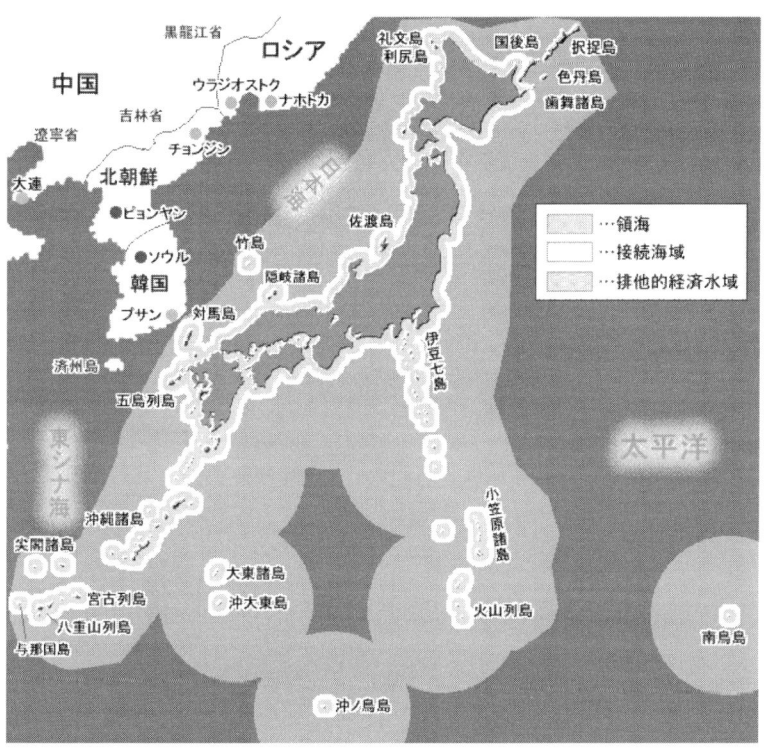

「日本の領海」, http://imagic.gee.jp/eez.html(2009년1월26일 검색)

ii

🗾 일본이 주장하는 북방영토

■ 北方領土(러시아명: 쿠릴열도 남방4도)

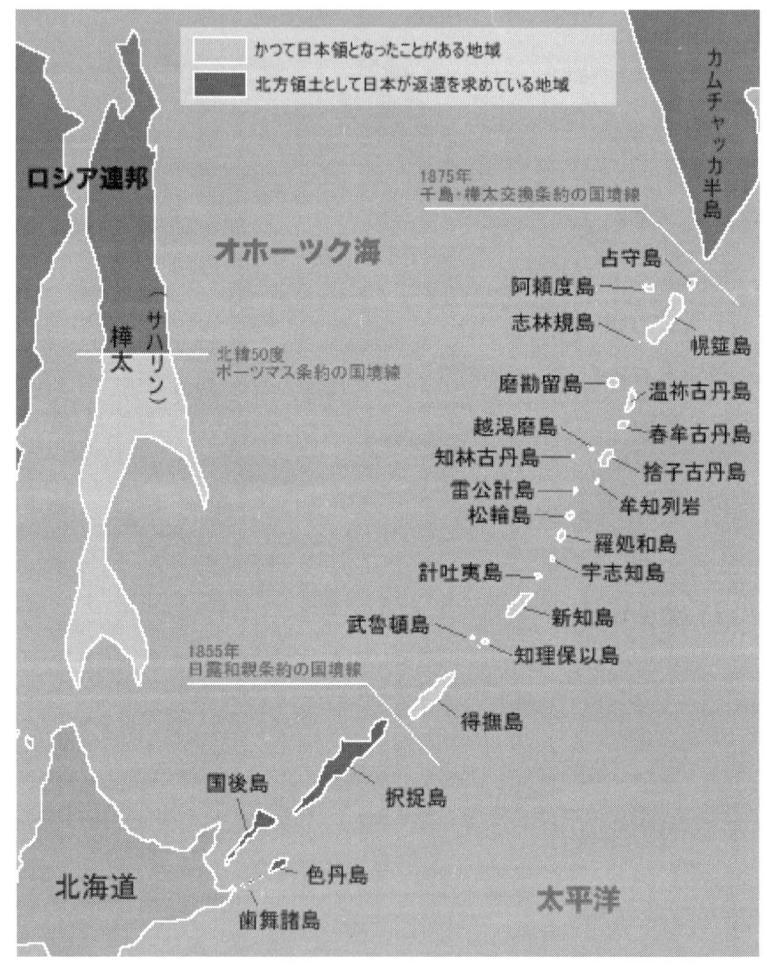

출처: 「北方領土問題」
http://imagic.qee.jp/hoppou/hoppou2.html(2009년1월26일 검색)

■ 쿠릴열도 22개 섬과 사할린

일본어표기	일본명칭	러시아명칭
占守島	しゅむしゅとう	о. Шумшу
阿賴度島	あらいどとう	о. Атласова
幌筵島	ぱらむしるとう	о. Парамушир
志林規島	しりんきとう	о. Анциферов
磨勘留島	まかんるとう	о. Маканруши
音禰古丹島	おねこたんとう	о. Онекотан
春牟古丹島	はりむこたんとう	о. Харимкотан
越渇磨島	えかるまとう	о. Экарма
知林古丹島	ちりんこたんとう	о. Чиринкотан
捨子古丹島	しゃすこたんとう	о. Шиашкотан
牟知列岩	むしるれつがん	о-ва Ловушкиу
雷公計島	らいこけとう	о. Рай коке
松輪島	まつあとう	о. Матуа
羅處和島	らすつあとう	о. Расшуа
宇志知島	うししるとう	о.Ушишир
計吐夷島	けといとう	о. Кетой
新知島	しむしるとう	о.Симушир
武魯頓島	ぶろとんとう	о.Броутона
智理保以島	ちぇるぽいとう	о.Чирпой
得撫島	うるっぷとう	о.Уруп
擇捉島	えとろふとう	Итуруп
國後島	くなしりとう	о.Кунашир
色丹島	しことんとう	о.Шикотан
齒舞群島	はぼまいぐんとう	Острова Хабомай
樺太	からふと	Сахалин(サハリン)

출처:「北方領土問題」,
http://imagic.qee.jp/hoppou/hoppou2.html(2009년1월26일 검색)

■ 択捉島(에토로프도)

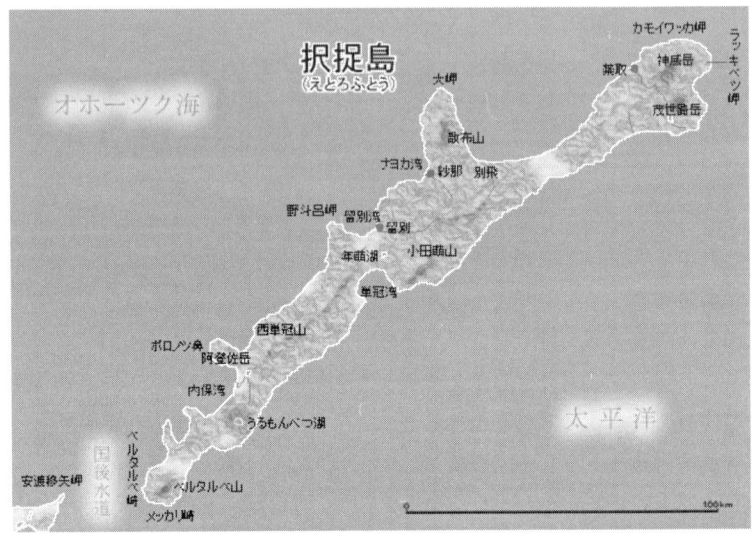

■ 国後島(쿠나시리도)

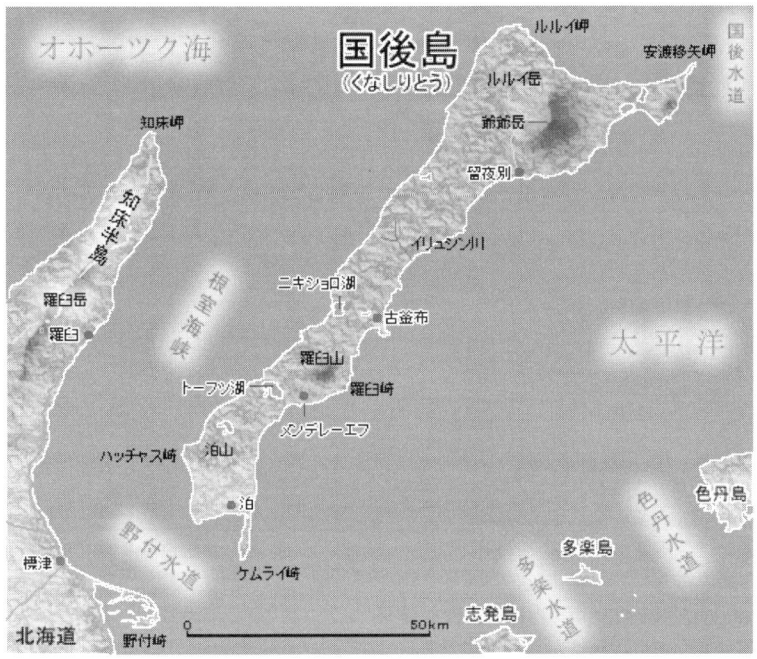

国後島
(くなしりとう)

オホーツク海

ルルイ岬
安渡移矢岬
国後水道

ルルイ岳
爺爺岳
留夜別
イリュシン川
知床岬
知床半島
羅臼岳
羅臼
根室海峡
ニキショロ湖
古釜布
羅臼山
太平洋
トーフツ湖
羅臼崎
メンデレーエフ
ハッチャス崎
泊山
泊
色丹島
色丹水道
多楽島
ケムライ崎
野付水道
多楽水道
志発島
北海道
標津
野付崎
0   50km

■ 色丹島(시코탄도)

출처: 「色丹島」, http://imagic.qee.jp/sima/hokkaido/sikotan.html(2009년1월26일 검색)

■ 歯舞群島(하보마이군도)

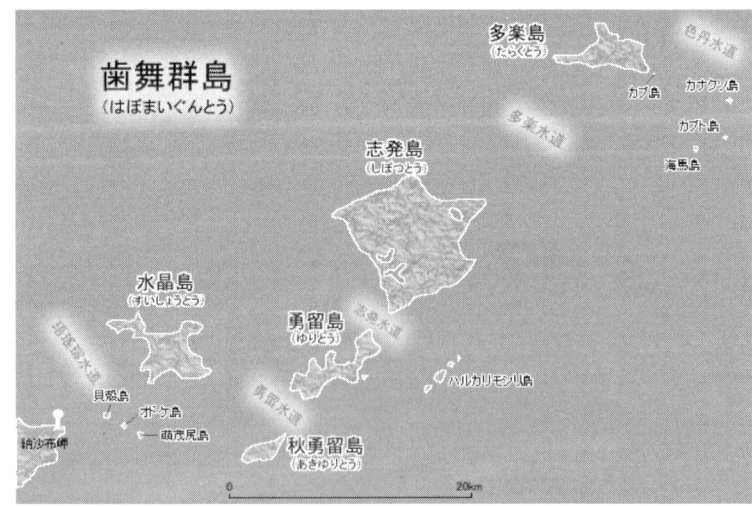

출처: 「歯舞群島」, http://imagic.qee.jp/sima/hokkaido/habomai.html(2009년1월26일 검색)

일본이 주장하는 센카쿠제도

■ 센카쿠제도의 지리적 위치

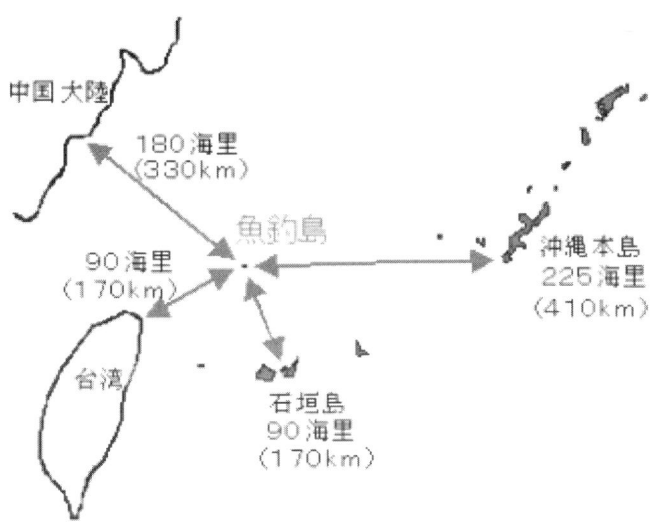

第11管区 海上保安部 작성

출처: 「尖閣諸島問題の概要」, http://akebonokikaku.hp.infoseek.co.jp/page005.html

■ 魚釣島(중국명: 釣魚島)

출처:「魚釣島」,
http://www.kaiho.mlit.go.jp/11kanku/03warera/chian/4tk/4tk-1-2p/4tk-1-2p.htm

■ 南小島・北小島

출처:「尖閣諸島問題」, http://www.geocities.jp/tanaka_kunitaka/senkaku/

■ 大正島(중국명: 赤尾島)

출처: 「尖閣諸島問題」, http://www.geocities.jp/tanaka_kunitaka/senkaku/

■ 久場島(중국명: 黄尾島)

출처: 「尖閣諸島問題」, http://www.geocities.jp/tanaka_kunitaka/senkaku/

📷 일본이 주장하는 竹島

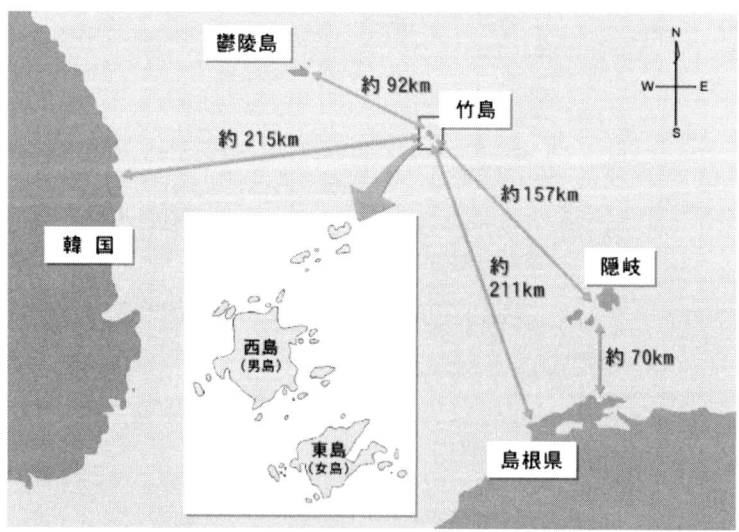

출처: 「竹島問題」, http://www.mofa.go.jp/mofaj/area/takeshima/

목 차

· 프롤로그 / 5

제1부
일본의 영토분쟁의 본질

제1장   일본의 영토분쟁의 근원 : 대일본제국의 국제공법 수용

1. 들어가면서 ·· 17
2. 근대 유럽의 국제공법의 성립 ··········· 19
3. 초기 메이지정부의 대외영토 정책론 ············ 28
4. 일본의 국제공법 수용과정 ················· 38
5. 근대일본의 국제공법의 적용과 오용 ············ 44
6. 나오면서 ·· 67

제2장   근대일본의 영토침략과 영토분쟁의 잉태
: 대일본제국의 국제공법 오용의 사례 -한일합병을 중심으로-

1. 들어가면서 ·· 71
2. 청일전쟁과 조선 영토정책 ················· 74
3. 러일전쟁과 조선 영토정책 ················· 83
4. 일본영토로서의 조선영토 편입 ··········· 90
5. 나오면서 ·· 94

제3장 일본영토의 변동과 영토분쟁의 현안

1. 들어가면서 ……………………………………………………………… 97
2. 전근대의 일본영토 …………………………………………………… 102
3. 근대일본의 국경확정 ………………………………………………… 114
4. 근대일본의 영토팽창 ………………………………………………… 120
5. 샌프란시스코 강화조약의 영토처리 ……………………………… 123
6. 전후일본의 영토분쟁 ………………………………………………… 128
7. 나오면서 ………………………………………………………………… 139

제2부
전후 일본의 영토전략

제4장   전후 일본의 「쿠릴열도 남방4도」에 대한 영토전략

1. 들어가면서 …………………………………………………………… 145
2. 영유권에 대한 일본의 주장 ………………………………………… 147
3. 러일 정부 간의 영토협상 …………………………………………… 154
4. 영토문제 해결을 위한 일본의 전략 ……………………………… 164
5. 러일 간의 영유권을 둘러싼 제 문제 ……………………………… 173
6. 나오면서 ………………………………………………………………… 187

제5장   전후 일본의 「센카쿠제도」에 대한 영토전략

1. 들어가면서 …………………………………………………………… 191
2. 영유권에 대한 일본의 주장 ………………………………………… 193
3. 센카쿠제도를 둘러싼 제 분쟁 ……………………………………… 198
4. 중일 간의 영토관련 제 협상 ……………………………………… 226
5. 나오면서 ………………………………………………………………… 232

제6장   전후 일본의 「독도」에 대한 영토전략

1. 들어가면서 ·· 235
2. 독도 영유권에 대한 일본의 주장 ························· 237
3. 한국의 실효적 지배 강화와 일본의 방해 ················· 241
4. 독도 분쟁화를 의도한 일본의 영토협상 요구와 불성립 ··· 269
5. 독도 영토화를 위한 일본의 전략적 방침 ················· 275
6. 나오면서 ·· 278

제7장   일본의 동아시아 영토정책의 특징

1. 들어가면서 ·· 283
2. 일본의 영토정책의 특징 ································· 285
3. 일본의 영유권에 대한 기본방침 ························· 290
4. 일본의 실효적 지배와 방해의 특징 ······················ 295
5. 국제사법재판소에서의 해결 가능성 ······················ 298
6. 나오면서 ·· 303

· 에필로그 / 307
· 參考文獻 / 313
· 색인 / 321
· 부록 일본외무성의 영토문제에 대한 기본견해 / 331

프롤로그

유럽에서는 1993년 EU(유럽연합, 본부 브뤼셀)라는 지역공동체를 만들어 상호협력을 통하여 역내의 안정과 평화를 추구함과 동시에 국가이익을 도모하고 있다. 유럽은 일찍이 대립과 갈등을 경험삼아 국가 간 민족 간의 분쟁을 유보하고 협력 가능한 분야부터 상호 협력을 시도하고 있다. 이를 통해 상호신뢰를 회복하고 분쟁과 갈등을 극복하고 있다. 특히 유럽에서는 영토분쟁을 거의 해결하였다. 이처럼 유럽의 분쟁해결 경험을 모델로 동아시아 각국은 갈등요소를 유보하고 가능한 분야부터 협력을 강화하여 상호신뢰가 회복되어야 만이 영토분쟁이 해결될 것이다.

현재 아시아에서는 대부분 이웃하고 있는 국가 사이에 국경분쟁을 야기하고 있다. 중국 국경을 둘러싸고 러시아, 인도 등, 그리고 소수민족의 독립문제, 인도의 국경을 둘러싼 네팔과의 국경분쟁, 이라크의 국경을 둘러싼 소수 민족들의 대립도 엄밀히 말하면 이들 국경분쟁의 범주에 속한다.

특히 일본은 주변국가인 한국, 러시아, 중국 사이에 국경분쟁에 해당하는 영유권 분쟁을 일으키고 있다. 일본은 자신이 실효적으로 지배하고 있는 센카쿠제도(중국명 조어도 : 釣魚島)를 제외하고는 영유권 분쟁이 해결되지 않는 한 다른 차원의 협력을 기피하는 경향이 있다. 특히 러시아 사이에서는 국경문제가 해결되지 않는다고 하여 완전한 국교회복을 의미하는 평화조약 체결을 미루고 있는 실정이다. 일본은 평화조약 체결을 빌미로 의도하는 바대로 국경문제를 해결하겠다는 계산을 깔고 있다. 독도를 실효적 지배하고 있는 한국에 대해서도 기회가 있을 때마다 독도영유권을 주장하여 양국관계를 극도로 냉각시켜 완전한 우방국으로서 기능하지 못하고 있는 실정이다. 이래서는 지역 간의 협력은 불가능하다.

한편, 한일 양국은 자유주의, 자본주의 등 같은 이념을 가진 가장 가깝고, 중요한 파트너관계에 있다. 독도문제가 양국관계에 걸림돌이 되어서는 안 된다. 한일 양국은 독도문제의 본질에 대해 제대로 이해하지 못하고 있는 부분이 있다. 독도문제 해결의 시발점은 그 문제의 본질을 이해하는데 있다고 본다. 독도문제는 바로 일본제국주의의 영토 확장정책에 기인한 것이다. 일본제국주의의 영토 확장정책으로 인해 초래한 영유권 분쟁은 독도 이외에도 중국과의 센카쿠제도문제, 러시아와의 쿠릴열도 남방4도(일본명칭, 북방영토)문제가 있다.

본서는 이러한 문제의식에서 집필된 것이다. 한국정치외교사학회가 동아시아영토분쟁이 동아시아지역협력에 미치는 악영향을 우려하여 2006년 특별 기획주제로 〈독도영토분쟁의 해결과 전망〉이라는 주제로 학술 심포지움을 개최했다. 그때 필자는 이 분야 전문가로서 초청되어 〈일본의 영토전략〉에 관해 발제했다.

이때에 독도, 센카쿠제도, 쿠릴열도 남방4도에 대한 일본의 영토전략에 관해서 보고했다. 일본은 역사적으로 중국 측에 권원이 있는 센카쿠제도를 실효적으로 지배하고 있다. 이에 대해 중국이 영유권을 주장하고 있다. 최근 일중 양국은 센카쿠제도 주변해역에서 석유가스개발문제로 대립하고 있다. 중국은 일본이 주장하는 배타적 경제수역의 경계선 중국 측 경계 내에서 석유탐사를 시작했다. 그런데 일본이 이에 대해 일본 측의 자원이 중국 측으로 빠져나갈 가능성이 있다고 하여 채굴금지를 요구했다. 그럼에도 불구하고 중국은 석유자원 채굴을 강행했고, 이에 대응하여 양국이 영유권을 주장하여 겹치는 해역 내에서 일본이 석유자원 탐사를 시작하여 분쟁이 고조되고 있다. 또한 러시아와의 쿠릴열도 남방4도를 둘러싼 분쟁에 대해, 일본 국내에서는 「북방영토」의 반환을 요구하는 기운이 극에 달하고 있다. 게다가 일본정부는 기회가 있을 때마다 「북방영토」의 반환을 요구하여 전후 60년 이상 러시아와의 평화조약 체결을 미루고 있는 실정이다.

　본서는 한국정치외교사학회의 기획발표내용을 심화시킴과 동시에 일본의 영토분쟁 요인이 근대국가 성립과정에서 국제공법에 대한 잘못된 이해에서 비롯된 측면도 있다고, 일본의 국제공법 수용과정에 관한 내용을 보완했고, 그 오용 사례로서 일본의 한국합병 과정을 첨가했다.

　본서의 구성은 다음과 같다. 제1장에서 일본이 근대국가 건설과 더불어 일본에 들어오는 국제공법의 이해와 수용에 관해 검토했다. 당시 일본은 부국강병을 국가목표로 삼고 있었고, 이를 달성하기 위해 주변국에 조약체결을 강요하여 일본의 권익을 확보하는 수단으로 국제공법을 악용했던 부분이 상당히 많다. 특히 영토에 대해서는 국제공법의 무주지 선점논리와 할양의 논리를 적극적으로 영토 확장에 적용했다는 것을 입증했다.[1]

제2장에서는 국제공법을 오용하여 영토를 확장한 구체적인 사례로서 대한제국을 일본영토에 합병해가는 과정을 고찰했다. 일본은 다양한 조약을 강요하여 점진적으로 주권을 제한하는 방식으로 교묘하게 대한제국을 일본영토에 합병했다. 현재 일본이 한·중·러 3국과 영유권분쟁을 일으키고 있는데, 이들 분쟁지역은 모두 무주지선점이라는 국제공법의 논리를 악용하여 일본영토에 편입한 곳이다.[2]

제3장에서는 일본영토의 변천과정에 관해 고찰했다. 일본의 영토 확장은 4단계를 거쳐 진행되었는데, 제1단계는 근대국민국가 형성기에 국경을 획선하는 과정에 주변의 소수민족을 말살하고 약소국가의 영역을 침탈했다. 제2단계는 청일전쟁과 러일전쟁을 통하여 전쟁으로 영토를 확장하는 과정이었다. 제3단계는 패전 후 포츠담선언에 의거해 박탈당한 영토에 대한 영유권을 주장하는 것이었다.[3]

제4장에서는 전후(戰後) 일본의 쿠릴열도 남방4도에 대한 영토전략에 관해서 고찰했다. 쿠릴열도는 원래 아이누민족의 영역이었는데, 근대에 들어와서 러일 양국이 분할점령하게 되었다. 쿠릴열도 남방4도를 둘러싼 분쟁은 이러한 역사적 과정과 제2차 대전 종료 후의 영토처리과정에서 생긴 문제이다.[4]

제5장에서는 전후 일본이 센카쿠제도를 실효적으로 지배하게 되는

---

1) 「근대일본의 국제공법 수용과 인식에 관한 연구」,『일본근대학연구』제15집, 한국일본근대학회, 2007.02.28, pp.239-264를 수정 보완하였음.
2) 「영토정책의 관점에서 본 '일한병합'의 재 고찰」,『일본어문학』제35집 , 일본어문학회, 2006.11.30, pp.617-646을 수정 보완하였음.
3) 「일본영토의 변천과정과 영토분쟁의 현황」,『일본어문학』제30집 일본어문학회, 2005.08.30, pp.417-442를 수정 보완하였음.
4) 「전후 일본의 북방4도에 대한 영토전략」,『일어일문학』제31집, 대한일어일문학회, 2006.08.30, pp.301-323.

과정과 그 후 중국의 영유권 주장에 대한 지속적인 실효적 지배를 위한 전략에 관해 고찰했다. 역사적으로 보면, 원래 센카쿠제도는 중국에 권원이 있었는데 청일전쟁 중에 일본이 국제공법의 선점논리를 악용하여 일본영토에 편입하였다. 전후 연합국의 일원이었던 미국이 1972년 오키나와를 일본에 반환하면서 그 관할권을 일본에 양도하였고, 이에 대해 중국이 영유권을 주장하여 분쟁이 생겼다.[5]

제6장에서는 전후 독도영토를 확보하기 위한 일본의 영토전략을 분석했다. 원래 독도는 역사적으로 그 권원이 한국에 있었는데, 일본이 러일전쟁 중에 국제공법의 선점논리를 악용하여 독도를 일본영토에 편입 조치했다고 했다. 독도문제는 제2차 세계대전 종전 이후 일본이 1905년 무주지선점론을 근거로 한국의 실효적 점유에 대항하여 영유권을 주장하여 생긴 문제이다.[6]

제7장에서는 일본의 영토분쟁의 특수성에 관해 고찰했다. 쿠릴열도 남방4도분쟁, 센카쿠제도분쟁, 독도문제는 서로간의 분쟁상의 성격이 제각기 다르다.[7]

선행연구에서는 독도문제를 한국역사, 국제법적 측면에서 검토된 것들이 대부분이다. 그런데 독도가 일본영토라고 주장하는 학자(일본학자)들은 이러한 선행연구에 대한 평가는 매우 인색했다. 독도를 한국사적 측면에서 고찰한 연구는 내셔널리즘에 입각한 것으로 영유권문제를 본

---

5) 「전후 일본의 〈센카쿠제도〉에 대한 영토전략」『동북아문화연구』제11집, 동북아시아문화학회, 2006.10.30, pp.245-267을 수정 보완하였음.
6) 「전후 일본의 독도에 대한 영토전략」『일본어문학』, 제36집 일본어문학회, 2007.02.28, pp.443-468을 수정 보완하였음.
7) 「일본의 주변 3국과의 영토분쟁의 특성」『일어일문학』35집, 대한일어일문학회, 2007.08.31, pp.383-401을 수정 보완하였음.

질적으로 해결하는 데는 그다지 도움이 되지 않는다는 평가이다. 그러나 한국사적인 측면에서 본다면 일본이 영유권을 주장할만한 역사적 권원은 전혀 없다. 독도는 의심의 여지가 없는 한국의 고유영토이다. 그런데 일본영토론을 주장하는 사람들은 역사적으로 독도가 한국영토임을 반증하는 확실한 근거는 아무데도 없다고 강변한다. 그렇다면, 그들의 논리는 무엇인가? 사실 지금까지 우리는 일본영토론을 주장하는 사람들의 논리를 망발로 치부하고 무시해왔다. 그러는 사이에 국제사회의 독도영유권 인식은 어떻게 변해왔는가? 독도가 분쟁지역 혹은 일본영토로서 인식되어지고 있는 경향이 적지 않다. 이런 이유에서 독도문제는 일본영토론을 주장하는 연구자들의 독도에 대한 인식과 논리를 연구하여 그 문제점을 분석하지 않으면 안 되는 시급한 상황에 있다. 지금까지 이러한 관점의 일본학적 측면에서 영토문제를 본격적으로 다룬 연구가 없었다고 해도 과언이 아니다. 본 연구는 이러한 문제점에 착안하여 연구된 것이다.

　제2차 세계대전 이후, 특히 동아시아 각국은 국교를 정상화하여 관계개선에 노력해왔다. 그러나 여전히 서구유럽 각국에 비교하면 커뮤니케이션의 부족으로 상호 불신이 내재되어 있어서 본격적인 지역공동체의 논의도 이루어진 바가 없다. 그 단적인 예가 바로 동아시아 3국과 일본과의 영토분쟁이다. 이는 시대에 뒤떨어진 일본제국주의가 확장한 영토를 둘러싼 분쟁이다. 유럽 각국처럼 종전 후 동아시아 각국이 적절한 커뮤니케이션을 가졌더라면 이미 구시대의 유물이 되어버린 제국주의의 유산은 청산되고도 남았을 것이다.

　일반적으로 분쟁의 요인으로서, 커뮤니케이션의 부족으로 인한 오해에서 발생하는 경우가 많다. 유럽에서는 일찍이 지역공동체를 이루기 위해 노력해오는 과정에서 많은 오해가 풀리면서 분쟁의 요소들도 대부분 해소되었다. 오늘날 유럽에는 제국주의의 유산으로 초래된 영토분쟁은 거의 사라졌다.

동아시아지역도 유럽처럼, 본격적으로 지역협력체 및 공동체 형성을 위해 노력한다면, 상호간의 오해로 생겨난 분쟁은 해결될 것으로 본다. 지역공동체의 구축을 우선순위에 두면, 영토문제가 갈등으로 표면화되지는 않을 것이다. 이렇게 되면 영토분쟁은 자연스럽게 대립없이 피할 수 있을 것이다. 영토문제가 반드시 시급히 해결되어야 할 그럴 이유도 없기 때문에 유럽처럼 내셔널리즘에 의한 영유권분쟁도 사라질 것이다. 동아시아의 번영과 안정적인 발전이 이루어진다면 영토문제는 시간의 경과와 더불어 쌍방 간의 노력으로 자연스럽게 해결되는 쪽으로 귀결될 것이다. 따라서 본서가 의도하고 있는 일본을 둘러싼 동아시아 3국의 영토분쟁의 본질을 규명하는 것은 매우 중요한 과제라고 생각된다.

역으로 지역공동체나 협력체 구축을 게을리 하고 영토문제 해결에만 집착한다면, 역내의 공동 번영과 안정은 먼 나라 이야기가 될 것이다. 지금 동아시아 각국의 영유권 주장은 내셔널리즘의 강화에 의한 측면이 강하다. 무리하게 힘에 의한 정치적 논리로 영유권을 주장한다면, 이것 또한 국제사회의 조류인 협력의 시대를 역행하여 분쟁을 야기할 수 있다. 극단적인 경우 영토분쟁은 주권문제이므로 전쟁을 유발할 수도 있다. 실제로 일본을 둘러싼 동아시아 3국의 영토문제는 전쟁을 동원해서까지 해결되어야할 정도로 가치를 내포하는 영토분쟁은 아니다. 따라서 감정의 차원을 넘어서 냉철하게 타협해가야 할 것이다.

현재 진행 중인 동아시아의 영토분쟁에는 일본의 책임이 적지 않다. 이들 영토분쟁은 역사문제에서 기인된 것이다. 제2차 대전 이후 도쿄국제재판에서 일본이 일으킨 전쟁은 침략전쟁으로서 판결되었다. 그럼에도 불구하고 일본은 이를 동아시아 해방을 위한 성스러운 전쟁이라고 하여 침략전쟁을 부인하고 영토침략의 역사마저도 왜곡했으며, 포츠담선언에 의해 일본영토에서 분리된 제국주의가 확장한 영토에 대해서도 영유권을 주장하고 있다. 일본의 역사왜곡은 국제사회에서 패권을 쟁취하려고 하는 일본의 우경화와 무관하지 않다. 일본 우경화의 핵심은 천황제에 있고, 이는 역사적 정통성을 갖고 있는 일본의 고유한 문화이기도 하다. 변혁의 시대가 도래하지 않는 한, 일본국민이 만세일계(萬世一系)라고 믿고 있는 천황제는 사라지지 않을 것이다. 일본이 국제사회에서 보편적인 국가로 인정받으려면 우선적으로 우경화를 그만두어야 한다. 일본이 우경화를 그만두는 지름길은 천황제를 폐지하는 일이다. 그런데 천황제는 일본국가가 제2차 세계대전에서 패망하였을 때에도 폐지되지 않았다. 그렇다면 천황 자신이 천황제의 변화를 위해 노력해야 할 것이다. 모든 기득권을 포기하고 오늘날 국제사회에 걸 맞는 지위로 환골 쇄신하는 길뿐이다. 영국의 황실제도에서 배우는 것도 그 한 방법일 것이다.

일본은 영토분쟁에 대해 영토의 권원에 의해 해결되어야한다는 본질적인 자세가 아니고 국익에 초점을 둔 정치적 해결을 택하고 있다. 오늘날의 국제법도 여전히 정의보다는 힘의 논리에 의한 안정에 더 큰 비중을 두고 있어서 분쟁이 본질적으로 해결될 수 있는 기반이 취약하다는 점이 큰 문제이다.

　이러한 특수성을 갖고 있는 동아시아지역의 영토분쟁이 해결되려면 대국적인 차원에서 일본정부의 정치적인 결단이 필요하다. 일본은 과감하게 제국주의의 흔적을 청산하고, 영토내셔널리즘을 극복해야 할 것이다.

　본 연구는 일본의 동아시아 3국과의 영토분쟁, 일본제국주의의 영토, 현대일본의 영토내셔널리즘적 측면이라는 다양한 스펙트럼으로 독도문제를 조명했다는 점이 특징이다. 독도문제를 비롯한 동아시아영토분쟁을 해결하는데 도움이 되었으면 한다. 본서의 집필취지에 공감하여 기꺼이 출간을 허락해주신 제이앤씨 사장님께 이 자리를 빌려 감사의 말씀을 올린다.

제1부

일본의
영토분쟁의
본질

제1장

일본의 영토분쟁의 근원
– 대일본제국의 국제공법 수용–

1. 들어가면서

　일본은 독도를 비롯해서 센카쿠제도, 쿠릴열 남방4도에 대한 영유권을 주장하고 있다.[1] 일본이 영유권을 주장하고 있는 지역의 공통점은 1868년 이후 일본이 근대국민국가를 건설하면서 영토로 편입한 지역이라는 것이다. 쿠릴열도 남방4도는 러일 양국이 1854년(음력) 러일 화친조약으로 아이누모시리지역[2]을 분할하면서 일본영토에 편입된 지역이

다. 센카쿠제도는 일본이 청일전쟁 중에 무주지(無主地) 선점론으로 편입했다고 하는 지역이고, 독도는 일본이 러일전쟁 중에 무주지 선점론으로 편입했다고 하는 지역이다. 그 후 쿠릴열도 남방4도는 러일전쟁과 제2차 세계대전을 거치면서 평화적으로 결정된 국경선이 사할린과 더불어 유동적으로 변하였고, 독도는 한국합병과 제2차 세계대전을 거치면서, 센카쿠제도는 제2차 세계대전과 1972년 일본의 오키나와 영토화를 거치면서 정치적인 영토분쟁화지역이 되었다.

이들 영토문제의 지역은 각각 시기마다 법적 지위가 다른데, 특히 본질적인 문제는 일본의 영토편입 조치가 타당했느냐는 것이다. 일본은 센카쿠제도와 독도에 대한 무주지 선점에 의한 영토편입이 국제법적으로 합법적 조치라고 주장한다.[3] 그런데 한국과 중국은 일본의 무주지 선점론에 동의하지 않고 일본의 영유권 주장은 주권 침해 행위라고 단정하고 있다.

그렇다면 일본이 주장하는 국제법이란 무엇인가? 일본은 근대국가가 되면서 유럽의 국제공법을 수용하여 대외영토를 확장해갔다. 그래서 본 연구의 목적은 당시 일본이 적용했던 국제공법의 성격을 분석함으로써 근대일본의 영토조치의 본질을 고찰하는데 있다.

연구목적을 달성하기 위한 연구방법으로서는 먼저 근대유럽의 국제공법의 특징에 관해서 고찰해본다. 둘째는 일본이 근대유럽의 국제공법을 어떠한 방법으로 어떠한 내용을 수용했는지를 고찰한다. 셋째는 일

---

2) 아이누민족의 삶의 터전을 아이누어로 아이누모시리라고 한다.
3) 러시아는 쿠릴열도 남방4도가 제2차 세계대전에 의해 러시아영토가 된 것이라고 주장한다.

본이 근대 국제공법을 수용하여 구체적으로 어떻게 적용했는지에 대해 고찰한다.

　본 연구는 일본영토정책을 분석한 것인데, 국제공법의 수용과 관련되는 선행연구는 지금까지 진행된 바가 없다. 근대 일본이 영토를 확장하면서 근대유럽의 국제공법을 적용하였는데, 어떻게 변용하였는지를 규명한 것이 본연구의 의의라고 할 수 있겠다.

2. 근대 유럽의 국제공법의 성립

(1) 영토분쟁의 역사

　유사 이래 유럽은 민족의 이동이 반복적으로 일어나서 오늘날 많은 국가가 다민족국가가 되었다. 4-6세기에 민족의 대이동이 있었는데, 원래 폴란드지역 주변에 살던 고드인들이 멀리 이베리아 반도까지 이동하여 오늘날 스페인의 기초가 되었다. 독일 북부에 살던 앵글로색슨족은 영국으로 이동했다. 한편 아시아, 우랄지방에서 유럽으로 이동하여 헝가리에 사람이 정주하게 되었다. 슬라브인들도 러시아에서 발칸반도로 이동했다. 이렇게 해서 좁은 유럽지역에 많은 민족이 이동하여 다민족국가를 형성하게 되었다. 또 유럽에서는 많은 전쟁으로 국경선의 변동도 심하게 있었다.

　19세기 이전부터 독일과 프랑스는 알자스－로렌 지방의 지배권을 확보하기 위해 계속적으로 전쟁했다. 제1차 세계대전에서는 독일이 패하여 체코가 독일로부터 알자스－로렌 지방을 차지했다. 제2차 세계대전에서는 수데텐 지방의 소유권분쟁이 원인이 되어 전쟁이 일어났는데, 오스트리아와 헝가리의 패전으로 루마니아가 트랜실베니아를 차지했고, 세루비아는 보이보디나 자치주를 차지했다. 독일이 패하여 폴란드가 독일의 동북지방을 편입했다. 전승국 구 소련은 폴란드 동부지역을 편입했다. 구 유고슬라비아는 일시적으로 통일국가가 되기도 했고, 북아일랜드는 영국의 식민지가 되어 영토분쟁지역이 되기도 했다.[4]

이처럼 유럽에서는 유사 이래 영토의 취득과 상실을 되풀이 해오다가 서서히 영토분쟁지역이 사라져가고 있다. 그렇다면 근대 유럽의 영토 취득과 상실에 관한 국제공법에 대해서 살펴보기로 한다.

(2) 근대 국제공법의 영토취득과 특성

오늘날의 국제법은 단순히 국가간의 상호관계뿐만 아니라 국가와 개인 혹은 국가와 국제조직과의 관계를 규율하고 그 해당 범위도 상당히 넓어졌다. 그러나 근대 국제공법은 본질적으로 국가간의 합의를 기초로 해서 정립되는 관계임은 물론이고, 그 범위에 있어서도 한층 한계가 있었다. 19세기 이후 점진적으로 국제재판이 행해지게 되었는데, 제1차 세계대전에서는 독단적인 무력행사가 금지되는 등 그 적용(適用) 방식이 점차로 합리화 되었다. 그러나 재판도 당사국의 동의를 전제로 하고 있어서 많은 한계가 있었으며, 국가권력을 매개로 하는 것이므로 국제법의 시행에 있어서 국가의 역학관계가 지대한 영향을 미친다는 결함이

---

4) 이러한 다민족 다국가의 유럽은 과거 전쟁을 일삼아오던 독일과 프랑스가 부전을 약속하면서 유럽연합이 형성되어 유럽의 통합과 확대가 추진되고 있다. 그 과정에서 구소련과 구유고의 해체로 분쟁의 종언을 맞이했다. 日本經濟新聞社編, 『世界の紛爭地圖』日本經濟新聞社, pp. 13-15.

남아있다.5)

근대 유럽에서는 오랜 역사동안 국경변동을 거치면서 영토취득방법이 국제법이라는 형태로 규정되기에 이르렀다. ①무주지를 점령하여「선점」하는 것, ②장기간 계속적이고 평화적으로 점유함으로써 영토적 권원이 발생하여「시효」에 의해 취득하는 것, ③조약을 체결하여 영토를「할양」하여 취득하는 것, ④지형 변동으로 자연적으로 영토가 생겨서「첨부」에 의해 취득하는 것, ⑤무력 사용으로 영토를 취득하는 정복 등이 있다. 사실 이들 영토취득 방법 중「첨부」를 제외하고는 유럽 강대국들이 약소국가의 영토를 분할하는데 부합되는 논리들이다. 거기에는 오늘날 국제화시대에 부합되지 않는 논리들도 많이 있다. 특히 영토취득에 관한 전통 국제법은 제국주의시대에 유럽 강대국들이 총검의 위협으로 할양과 정복이라는 방법으로 타국의 국권을 송두리째 강탈하는 원리가 되기도 했다.6)

영토의 취득과 상실7)에는 헌법 등의 국내법이 정하는 주민의 합의를 비롯한 국내적 조치뿐만 아니라, 국제법이 정하는 국가 상호간의 규제도 있다. 또한 국제질서의 변천에 따라 국가 간의 관계에 있어서 합법성과 불법성도 시대에 따라 변천되었다. 제국주의 시대에는 군사적 정복이 영토취득의 법적 수단이었다. 제1차 세계대전 이후, 윌슨(Wilson)

---

5) 田畑茂二郞,「國際法」,『日本歷史大辭典4』河出書房, 昭和49,「A. A. 新興篆刻と國際法」,『思想』1965년 10월.
6) 한국도 일본의 총검에 의한 강압 아래 국권을 송두리째 넘겨주었다.
7) 국제법상 영토취득 및 상실이라고 하는 것은 국가영역이 공간적으로 확장, 축소되는 것을 말한다. 영토취득이란 취득국이 종래 무주지였거나, 또는 타국의 통치권에 복속하던 지역에 자국법의 정립권을 확장하는 것을 의미한다. 영토 상실은 국가가 영토를 포기하여 타국이 이를 선점하거나 또는 지금까지 행사해오던 통치권으로부터 배제되는 것이다.

이 민족자결주의를 제안함에 따라 중부 유럽에서는 영토변경의 결정적인 표준이 되어 민족자결의 이름으로 일부 독립된 국가도 있었다.[8] 당시 일본은 내지 연장선상에서 영토 확장을 주목적으로 식민지정책을 단행했다. 반면 당시 유럽 국가들은 자본주의 시장과 자원 확보를 목적으로 식민지정책을 실행했었다. 이처럼 양자 간에는 식민정책의 근본적인 차이가 있었다.

오늘날 국제질서에는 영토변경의 합법성에 관한 일의적이고 보편적으로 승인된 원칙적인 규정은 없다. 구시대의 정복권조차도 완전히 폐기 되지 않고 있으며, 자결권을 보장해주는 강제 규정도 없다. 국제법은 식민지적 경향을 부정하고 있지만, 완전한 형태로 그 효력을 발휘하지 못하고 있는 실정이다. 영토문제를 완전히 해결할 수 있는 규정이 결여되어 있다. 따라서 오늘날 국제법은 극소수의 예외를 포함하여 영토취득 및 영토상실에 관해 규제하는 것에 국한되어 있어서 그 방법의 옳고 그름에 관해서는 규제하지 못하고 있다.

특히 국제관계에서 무력사용과 무력위협을 금지함으로써 무력에 의한 전통적인 영토취득은 금지되었다. 그렇다고 해서 영토적 권원에 따라 만족스럽게 영토를 해결할 수 있는 법적 절차가 구비되어 있는 것도 아니다. 따라서 현행법의 법적 절차는 안정된 상태를 존중하는 실효적 점유에 치중하는 경향이 있다.

국제사회가 가장 안정된 상태는 영토의 경계가 완전히 결정되어 있는 것이다. 지구상에서 미국과 캐나다처럼 많은 국가들은 국경선이 완

---

8) 이때에 일본은 한국을 동화정책으로 식민지 통치를 했는데, 내지 연장선상에서 영토 확장에 여념이 없었기에 민족자결원칙을 거부했다.

전한 상태로 결정되어 있다. 반면 중국과 인도, 중국과 소련 등과 같이 아직 국경이 결정되지 않은 지역도 있다. 독도도 불안정한 국제질서에 속한다.[9] 따라서 현행 국제법은 격동하는 국제사회에서 중대한 수정없이는 그 존재가치를 상실할 수 있다. 여러 국가의 감정을 반영할 수 있는 규정이 필요하다. 규정을 보완하여 법 원칙에 입각하여 영토문제가 해결되어야 한다. 최대한 정치적인 조치는 배제되어야 마땅하다.

법 적용은 기술적인 부분에서 문제가 야기되지만, 국제법정은 critical date에 주권의 행사가 있었느냐 없었느냐 하는 증거 문제에만 관심이 있다. 영토주권이나 권원에 관한 쟁점은 일반적으로 대단히 복잡하다. 따라서 실제적 사실에 대해서 여러 가지 법원칙을 적용할 필요가 있다. 과거 「정복」이나 「시효」에 의한 영토취득의 재판사건에서는 영토적 권원을 제시하는 것은 아무런 의미가 없었다.

(3) 무주지의 선점론

선점에 의한 영토취득이라고 하는 것은 반드시 무주지를 두고 지칭하는 것은 아니다. 부족의 조직 하에 살고 있는 원주민 집단에 대해 영토 편입을 위해서 무력을 사용했다고 하더라도 무주지 선점에 해당된다고 정의하고 있다. 19세기에는 문명을 향유하지 못한 주민의 영역에 대한 선점은 당연한 것처럼 인정되었다. 원래 선점 법리는 근세 초기 식민지시대에 스페인, 포르투갈에 의한 「발견 우선의 원칙」을 배제하고 서구제국이 비서구세계에 대한 식민지 획득을 위한 법리로서 제도화된

---

9) 李漢基, 『韓國의 領土』, 서울대학교출판부, 1969, pp.60-67.

것이다. 제국주의 국가들은 기독교 군주의 소유에 속하지 않는 지역을 무주지로 간주하여 원주민의 의사와 관계없이 법왕의 인허나 발견으로 영유했다. 일본도 이러한 논리를 적용하여 유구와 홋카이도(北海道)를 일본영토에 편입했던 것이고, 독도에도 이 이론을 적용했다. 일본을 포함한 서구제국에서 무주지에 관한 자기본위의 해석이 등장한 것은 18세기 후반 이후의 현상이었다. 초기의 국제법학자(Vitoria 등)들은 국제법상 원주민들의 권리를 전적으로 부정하지 않았다고 한다.

일본이 일으킨 제2차 세계대전은 카이로선언, 포츠담선언과 도쿄재판에 의해 침략전쟁으로 규정되어 일본이 무력과 협박으로 도취한 지역을 일본영토에서 분리하기로 결정되어 식민지국가들이 독립을 쟁취하게 되었다. 또한 1961년 인도는 구포르투갈이 영유하고 있던 고아(Goa)를 무력으로 탈취했다. 이러한 조치는 유엔에서 같은 입장에 처한 아시아, 아프리카 제국들의 지지를 받으면서 제국주의국가들로부터 분리독립 되었던 것이다. 이에 대해 소련과 많은 신흥국가들은 식민주의는 악이며 이를 제거하기 위해서는 무력행사도 허용되어야한다고 주장했다. 아시아, 아프리카국가들은 대부분 발견시대에 힘의 논리로 선점당한 영토는 반환되어야 한다는 것이었다. 원주민의 영토를 '발견'이라는 무주지 선점론으로 영토를 취득하던 유럽중심의 국제법원칙은 비유럽지역에도 보편적으로 적용되어 갔다. 유럽열강들은 아시아, 아프리카에 대해서는 선점의 명목을 바꾸어서 정복, 합병, 할양 등의 법적 근거를 만들기도 했다.

서양학자들 중에는 통고를 의무화하고 있지 않는 것이 다수이다.[10] 그 이유는 통고가 필요 없는 상황에서 통고를 함으로써 분쟁을 야기할 수 있다는 것이다. 그리고 유럽의 무주지 선점론은 일반적으로 객관적인 무주지에 대한 선점을 말한다. 그런데 일본의 경우는 상대국의 영토를 선점이라는 명목으로 침탈하는 것이 문제이다. 이 경우에는 통고없이 행해진 선점에 의한 영토편입은 무효가 될 수밖에 없다. 객관적인 관점에서 무주지가 아닌, 주관적 혹은 구실로 선점하는 것은 통고가 의무화 되어야 한다. 「시효」에 의한 영토취득은 선점과 많은 공통점을 가지고 있다. 현존하는 실효적 점유에 관해서 설사 그것이 불법적인 기원을 갖고 있다고 하더라도 그 결함을 치유하게 되면 정당화의 낙인을 찍어주는 구실을 한다. 다시 말하면 타국의 영토를 불법적으로 점유한 국가도 그 점유를 영구히 계속한다면 궁극적으로는 영토취득에 해당된다는 것이다. 국제법은 시효가 완성되는 기간을 규정하지 않았다.[11]

(4) 중재재판에 의한 분쟁해결의 역사

유럽은 민족의 이동이 활발하게 진행되어 국경의 변경도 많았지만 분쟁해결의 역사도 오래되었다. 고대 그리스에서는 도시국가들 간의 영토문제를 중재재판으로 81-110건이나 해결되었을 정도로 널리 행해지

---

10) 국제법이론에 관한 내용은 李漢基, 『韓國의 領土』, pp.71-74를 참조 바람. 국제법은 근대 유럽에서 체계화되고 보편화되었으므로 그 이론은 국제공법과 별 차이가 없다고 본다.

11) 1897년 미국과 베네수엘라는 국경분쟁을 중재재판에 위탁하여 재판으로 조약을 체결했다. 이때에 「50년에 걸쳐 대항적으로 점령하는 것과 50년의 시효취득은 정당한 권원을 발생하게 한다」고 규정했다. 이처럼 당사자가 시효의 규정을 정하면 시효가 유효하지만, 일반원칙은 될 수 없다. 영토취득을 완성하는 시기는 묵시적 합의에 의해 이루어져서 양도되는 것으로도 볼 수 있다. 1909년 스웨덴과 노르웨이는 Grisbadarna Arbitration에서 명백히 시효제도를 채택한 바가 있다. 중재판결은 「여러 사정으로 미루어 보아 스웨덴 사람은 노르웨이 사람들 보다 문제의 堤防을 더 일찍 그리고 더 효과적으로 이용한 것이 거의 확실하다」라고 판결했다.

고 있었다고 한다.[12] 국경이 유동적인 시대로서 분쟁지역이 많았던 만큼 그 해결을 위해 중재재판이 가능했다고 볼 수 있다. 고대시대부터 조약과 국경이 준수되어졌는데, 당사자 간의 교섭으로 해결이 불가능했을 때는 평화적인 방법으로 중재재판이 널리 이용되었다.[13]

그리스시대와 달리, 로마시대에는 국제재판의 관념이 인정되지 못했다. 대외관계가 그리스의 법문화와 달라서 기본적으로 정복으로 세계를 지배하는 힘에 의한 해결방법이 우선시되었다. 분쟁해결은 로마법에 의해서 재판되었다.

중세시대에는 주로 로마교황에 의해 재판되어졌다.[14] 교황의 재판권이 전성기를 이루었을 때에는 군주주권은 교황에 예속되어 있었다. 유럽의 중세시대에는 대양의 영유권을 주장하기 시작했는데, 이탈리아 도시국가들은 근해의 영유권, 스페인과 포르투갈은 대서양·인도양·태평양까지 영유권을 주장했다.

근세시대에도 중재재판으로 분쟁을 해결하기도 했다. 1776년 미국의 독립선언으로 13개 국가가 독립되어 1789년 연방으로 이행될 때까지는 주권국가였다. 1778년 분쟁해결을 위해 연방규약을 제정하여 펜실베니

---

12) 金子利喜男, 『世界の領土 -國境紛爭と國際裁判-』, 明石書店, 2000, p.150.
13) 기원전 3100년경 전에 메소포타미아 도시국가, 기원전 1279년 이집트에서도 조약을 체결하여 국경을 침범해서는 안 된다고 정한 바가 있었다. 기원전 600년경에는 아테네와 메가라가 사라미스 섬의 영유권문제를 스파르타 시민 5인이 재판관이 되어 판결했다.
14) 1493년 교황 알렉산드 6세가 대양의 영유권에 대한 재판을 결정했고, 1885년 스페인과 독일간의 카로린 제도의 분쟁을 교황 레오 8세가 중재했다. 치리와 아르젠틴은 바우로 2세의 중재를 받아들였고, 1980년 비구루해협에 관해서는 교황이 해결책을 내놓아 조약을 체결했다. 그러나 절대 왕정시대에 들어가서는 중재재판이 상당히 사라졌지만, 1175년 오루혼소 8세와 산쵸 6세의 영지분쟁은 영국의 헨리 2세의 중재로 해결되기도 했다.

아와 코네티컷 간의 영유권분쟁이 1782년 중재재판으로 판결되었다.

근대에 들어와서도 중재재판으로 영토문제를 해결했다. 1794년에 제정된 제이조약에 의해 미국과 영국은 센트, 크로이쿠스강의 경계분쟁을 제3국이 함께 가담한 위원회에서 문제를 해결했다. 이 재판이 계기가 되어 19세기 구미제국은 중재재판을 널리 이행하여 1900년까지 177건-200건 정도가 해결되었다. 법체계가 비슷한 영국과 미국은 중재재판이 일반적으로 정착되어있었다. 1875년에는 만국국제법학회는 '국제중재재판규칙안'을 채택했다. 1890년 영국과 독일간의 월휘슈만사건은 1911년 판결, 1891년 영국과 포르투갈의 파롯체란드 국경사건은 1905년 판결, 1898년 영국과 브라질 간의 기아나 국경사건은 1904년 판결, 1886년 콜롬비아와 베네질란드 간의 국경사건은 1891년 국왕 판결과 1922년 중재재판으로 최종 판결되었다. 1899년에는 재판의 일괄성을 도모하기 위해 상설중재재판소가 설치되었다.[15]

이처럼 근대에 들어와서 유럽에서는 인류의 이성과 공정한 관념을 법으로 정하여 영토분쟁을 해결하려고 노력하는 시대였다. 그런데 동시대의 일본은 타국의 영토를 침략하여 영토 확장에 의한 국력팽창에 여념이 없었다.[16]

---

15) 유럽의 판례는 金子利喜男의 『世界の領土, 國境紛爭と國際裁判』(pp.150-154)를 참조 바람.
16) 일본과 영유권 분쟁을 일으키고 있는 러시아를 비롯한 아시아국가들은 중재재판에 의한 영토분쟁을 해결한 적이 단한 건도 없었다. 그 이유는 분쟁의 역사가 오래되지 않았고, 중재재판으로 해결 가능한 성격이 아니었기 때문이다.

3. 초기 메이지정부의 대외영토 정책론

일본은 1876년 조선에 대해 조일수호조규를 요구하여 문호개방을 강
요했다. 이 조약의 중요한 내용 중에 하나는 조선의 자주권을 주장하고
있었다. 이 조항만을 보면 일본의 의도가 조선을 문호 개방하는 것이
주목적이고, 조선의 영토를 침략하겠다는 내용은 전혀 내포되어 있지
않았다. 오히려 근대적인 국민국가를 건설하여 조선과 중국 간의 봉건
적인 '속국-종주국' 관계를 청산하고 조선의 자주권을 보장해주어야 한
다는 선의적인 내용이다. 사실 일본이 조약에서 주장하고 있는 내용이
혼네(본심)인가, 아니면 타테마에(형식)인가이다. 조일수호조규에서 일본
의 진실성을 분석하기 위해 당시 일본사회에서 논의되어진 일본의 조선
관과 그 배경을 고찰함으로써 다소 그 본질을 파악할 수 있을 것이라고
본다.

우선적으로 조일수호조규의 주체인 메이지정부의 대외정책 및 대조
선 정책에 대한 인식을 분석해보기로 한다.

'왕정복고(王政復古)의 대호령(大號令)'에 의해 설치된 최초의 관제인
3직의 최고봉인 총재(總裁)와 보필(輔弼)은 "나는 여기서 백관제후와 널
리 약속을 하여 선조의 위업을 계승하여 일신의 환란신고(患亂辛苦)를
묻지 않고 스스로 사방을 경영하여 억조(億兆)를 안무(按撫)하여 결국
만리파도(萬里波濤)를 개척하여 국위를 사방에 선포하고 천하를 일본의
손안에 놓기를 원한다."고 했다.[17] 여기서 일본의 발전 방향은 근본적

---

17) 「國威宣揚の宸翰」, 『太政官日誌』第5号, 總裁, 補弼, 『對外觀』日本近代思
    想大系, 岩波書店, 1988, pp.4-5.

으로 영토 확장에 있음이 짙게 깔려있고, 게다가 사방을 경영하여 천하를 일본의 손에 넣는다고 할 때, 우선적으로 일본이 대륙진출의 발판이 될 수 있는 것이 바로 조선이었다. 이미 당초부터 조선은 근대일본의 영토 확장정책의 표적이 되어 있었던 것이다. 이처럼 메이지국가는 건국 당초부터 국가발전 방향이 막연하긴 하지만, 내지(일본열도)의 연장선상에서 영토를 확장하여 일본천황의 치세에 두는 것을 목표하고 있었던 것이다.

대외정책의 방법으로서는 "군비를 확장하여 국위를 해외 각국에 떨쳐서 조종 선제의 영혼에 보답해야 한다. 국익을 위해서 외국과 교류를 할 때는 국제공법에 의거해야 한다."고 했다.[18]

해외영토를 확장하기 위해 국제공법을 수단으로 협상하고 조약을 체결하여 주권을 명문화함과 동시에 일본의 침략적인 행위가 대외적으로 정당하게 보이도록 해야 한다는 것이다. 이처럼, 일본은 대외 영토의 확장 수단으로서 국제공법으로 조약을 체결하여 주권을 획득한다는 방침을 세우고 있었다. 이러한 방법으로 일본은 주변국가에 대해 최종적인 영토편입의 목표를 은폐하고 노골적으로 조약을 강요하여 주권을 침탈하여 일본영토에 편입해갔던 것이다. 국제공법을 잘 알지 못했던 주변약소국은 약소국을 위한다고 하는 국제공법에 의한 조약에 쉽게 동조했고, 일본은 비웃는 듯이 주변 약소국을 미개국이라고까지 하면서 조약을 강요하여 일본의 국익을 확장해나가는 것은 그다지 어려운 일이

---

18) 1968년 1월 15일, 和歌山藩主 德川茂承, 福岡藩主 黑田長知의 家記의 기록임. 「對外和親, 國威宣揚の布告」, 『복고기』 1, 德川茂承家記, 黑田長知家記. 전게서, 『對外觀』, 1988, p.3.

아니었다. 일본은 우선적으로 국경획정이라는 이름으로 국제공법을 악용하여 주변약소국가 및 무인도로서 소수민족이 그다지 돌보지 않고 있던 유주지조차도 무주지라고 우겼고, 강력한 정치 권력체를 갖고 있지 않은 주변약소국도 모두 무주지로 간주하여 국제공법의 무주지 선점논리로 일본영토에 편입을 시도했다. 그래서 일본은 주변국가에 대해 조약체결을 강요하여 국제공법의 형식을 빌려서 국권침탈을 시도했다.

일본의 국제공법에 대한 인식은 "서양인들이 말할 때 국제공법은 약자를 보호하는 수단이라고 한다. 국제공법은 소약자를 보호하는 수단이 아니라 오히려 강대한 자가 이용하는 수단이라고 생각된다. 벨기에와 스위스는 유럽에 위치하여 있었기 때문에 존립이 가능했지만, 동양에 있었더라면 안남(지금의 베트남)과 버마와 같은 운명이 된다. 그러나 아시아의 소국에게는 이 같은 만국공법에서 발생하는 이익을 취할 수 없다."는 것이었다.[19]

국제공법이 내지연장선상에서 영토확장에 최초로 적용되었던 곳이 바로 에죠지(蝦夷地)였다.[20] 1869년 2월 28일 이와쿠라 토모미(岩倉具視)는 산죠 사네미(三條實美)에게 "에죠지 개척은 다년간 유식자들이 주창한 것이다. 러시아인들이 들어와서 잠식해서야 되겠는가? 신속히 세계 각국에 선언하여 개척 사업에 전력하여 부(府)나 현(縣)을 설치하고 그렇게 되면 미증유의 큰 이익을 얻게 될 것이고, 황국의 위세도 이를 통해 해외에 선양하게 될 것이다. 에죠지를 개척하느냐 마느냐는 황

---

19) 「東洋諸國は万國公法の利益を分取せず(東京橫浜每日新聞)」, 전게서, 『對外觀』, pp.226-227.
20) 에죠지(蝦夷地)라는 말은 막말과 명치 초기에 일본인이 아이누민족이 거주하던 지역을 일컬었던 말이다.

국이 흥하느냐 멸하느냐와도 관계된다."라고 하는 의견서를 제출하여 영토확장안을 내놓았다.[21] 결국 에죠지는 그해 1869년 일본영토에 편입 조치되었다.

또한 이와쿠라는 1970년 7월 28일 야나기하라 마에미츠(柳原前光)로 부터 "황국은 설해의 큰 고도이기 때문에 이후 가령 상당한 병비를 갖춘다고 하더라도 주위가 바다라서 영원히 다른 나라들처럼 국위를 위해 천황의 세력을 넓히는데 엄청난 어려움이 있다. 그래서 조선국은 북만주와 연결되어 있고, 청국과 접하고 있어서 조선을 정복하면 황실의 안전의 기초가 되고 후년 만국을 경영하는데 기본이 된다."라고 하는 의견서를 제출했다. 조선영토를 열강에 빼앗기기 전에 일본이 조선을 정복하여 우선적으로 조선영토를 확보해야한다는 내용이었다. 이를 보더라도 메이지정부의 대외정책이 영토 확장을 위한 정책임을 잘 알 수 있다.[22] 특히 의견서를 건의한 야나기하라는 1871년 8월 청국과 조약체결을 위한 예비교섭에 참가했고, 부사(副使)로서 1872년 청일수호조규 체결에도 가담했다. 이러한 메이지정부의 대외 영토 확장 정책을 보면, 1875년 강화도사건과 이듬해에 체결된 조일수호조규에도 그 저변에는 조선을 일본영토에 편입하기 위한 제1단계 조약이었다는 것을 짐작하게 한다.

1869년 기도 타키요시(木戶孝允)는 정한론을 주장하였다. 정한론(征韓論) 주창만으로는 조선영토를 일본영토에 편입한다는 의도를 갖고 있었는지 알 수 없다. 1874년 사이고 타카모리의 정한론 또한 영토편입을

---

21) 「外交,會計,蝦夷地開拓意見書」『岩倉公實記』中, 전게서, 『對外觀』, pp.5-12.
22) 「朝鮮論稿」(柳原前光), 『日本外交文書』三, 전게서, 『對外觀』, pp.14-16.

의미한 것인지 아니면 단순히 조선을 침략하여 상품시장 혹은 자원 수급처로서의 식민지로 생각했는지는 알 수 없다.

그러나 메이지정부에서는 한반도를 일본영토에 편입해야한다는 주장은 여러 곳에서 엿볼 수 있다. 기도는 위에서 언급했듯이 1969년에 정한론을 주창한 바 있었으나, 1873년 8월 유럽시찰에서 귀국한 후 산죠에게 대만정벌과 정한론에 반대하는 의견서를 제출했다. 즉 기도는 "우리의 유구인에 대한 대만의 폭거에는 군대로 응징해야한다. 조선이 일본과의 문화개방을 위한 조약체결을 반대하는 무례한 행위에는 무력으로 조치해야한다."라고 하여 대만과 조선정벌에 대해 원칙적으로 인정하면서도 「지금의 급무는 주로 근검절약으로 재무를 경리해야한다」고 하여 「주로 내치를 다스려서 국력을 배양하기 위해서라도 대외침략은 피해야한다. 재정적인 견지에서 보더라도 대만정벌과 조선정벌은 시기상조이다.」라고 했다.[23]

당시 일본에서 정한론 주장이 대두하게 된 것은 이러한 배경에 의해서이다. 조선이 임진왜란이후 줄곧 파견해오던 통신사 사절단 파견을 중단했으며, 막부 문서에서 '대군(大君)'이라고 하던 것을, 메이지정부가 제출한 국서에는 '황조(皇朝)', '황상(皇上)'이라고 하여 조선을 멸시했다고 하면서 일본정부와의 외교관계를 거절했다. 동시에 조선에서는 일본의 침입을 우려하는 배일운동이 일어났다. 이에 대해 일본에서는 이타가키 타이스케(板垣退助)가 당장 군대를 파견하여 거류민을 보호해야한다고 했고, 산죠 태정대신(太政大臣)은 무장한 군함을 파견해야한다고

---

23) 毛利敏彦, 『明治六年政變』中公新書561, 中央公論社, p.144.

했고, 사이고 타카모리(西鄉隆盛)는 "혼자서 조선과 외교를 맺게 할 수 있다. 혹시 자신이 살해당하게 되면 이를 명분으로 조선을 정벌하자"고 했다. 이때 사이고 자신이 조선에 건너가겠다고 한 것은 외교관계를 위한 '견한사절론(遣韓使節論)'이라고 할 수 있는데,[24] 사절파견도 장래 정한을 전제로 한 문호개방을 위한 것이므로 내지연장으로 조선영토를 일본영토에 합병하자는 주장이었던 것이다.

사이고는 정한론을 주장하여 「내란을 간절히 바라는 마음을 외부로 돌려서 국가를 일으키는 것이 전략」이라고 하여,[25] 조선을 영유하여 국내의 권력관계를 분산하여 국내의 위기를 극복하겠다는 논리였다.[26]

1854년(음력) 일본은 러시아와 화친조약을 체결하여 에토로프, 쿠나시리, 하보마이, 시코탄을 일본영토로 인정하는 국경조약을 체결했는데, 이때에 '카라후토'(사할린)는 양국의 잡거지 상태에 있었다. 카라후토문제 담당 개척차관 쿠로다 키요타카(黑田淸隆)는 1872년에 카라후토가 러일 양국민의 잡거지 상태로서 국경이 명확하지 않아 양국민 사이에 자주 분쟁이 일어나고 있다고 하여 출병을 건의했다. 이에 대해 사이고는 "러시아와의 대결은 피할 수 없겠지만, 홋카이도 방어만으로는 러시아에 대항할 수 없으므로 오히려 조선문제를 해결(조선영토를 일본영토에 편입-필자 주)한 뒤에 적극적으로 연해주방면에 진출하여 '북방지역(北地)'을 방어하는 것이 상책이다." 또한 "카라후토 현지에서 국지적인 분쟁에 집착하기보다는 조선문제를 신속히 해결하여 러시아에 적극적으

---

24) 『秘錄日本の百年』(上), 人物往來社, 1967, pp.76-77.
25) 「1873年8月17日付書簡」, 『西鄕隆盛全集』第2卷, 平凡社, 1986.
26) 전게서, 『侵略戰爭』, p.021.

로 대항하는 체제를 만드는 것이 북방문제의 발본적인 해결"이라고 판단하고 있었다.[27] 이는 조선을 우선적으로 일본영토에 편입한 후 적극적으로 카라후토를 편입하자는 제안이었다.

에노모토 타케아키(榎本武揚)는 "일본은 천황제의 군국주의 국가가 되어 1874년 대만을 침공했고, 그 연장선상에서 조선은 경제적으로 실익은 적지만, 정치적 군사적 입장에서 조선 개국의 주도권을 잡아야한다"고 주장했는데,[28] 이는 조선영토를 일본영토에 편입해야한다는 것으로 해석된다.

소이지마 타네토미(副島種臣)는 청국으로부터 조선, 대만문제에 관해서도 일본의 권익에 속한다는 것을 받아내었다. 즉 청국은 일본으로부터 대만 원주민에 의한 유구 어민살해의 책임을 추궁당하고, "대만은 중국이 다스리는 지역에 포함되지 않는다."라고 하여 청국의 책임이 아니라고 회피했고, 또한 조선과의 '속국-종주국' 관계에 대해서는 외교상 조선의 자주성을 훼손해서는 안 된다고 하여, 소이지마는 결국 중국은 대만이나 조선에 대해서는 일본의 행동에 간섭하지 않을 것이라고 판단했다.[29]

1874年 오오쿠마 시케노부(大隈重信 : 大藏卿)와 오오쿠보 도시미치(大久保利通)[30]는 연서로 「대만번지처분요략(台湾藩地處分要略)」을 제안하여 "대만은 청국정부의 정권이 미치지 않은 지역이다. 그 증거로는

---

27) 전게서, 『明治六年政變』, p.135.
28) 石井孝, 『明治初期の日本と東アジア』, 有隣堂, p.283.
29) 전게서, 『明治六年政變』, p.114.
30) 大久保利通는 1973년 구미제국에서 돌아와 서양에서 관찰하고 조사 연구한 것을 토대로 「입헌정체에 관한 의견서」를 제출하여 유럽형의 근대일본국가 건설을 담당한 주역이다.

종래 청국이 간행한 서적에 청국정부가 다스렸다는 근거가 없다. 그러
므로 대만은 무주지(無主地)로 봐야한다."고 하여 대만을 일본영토에 편
입해야한다고 건의했다. 그해 일본은 대만 원주민의 유구인 살해사건31)
을 빌미로 유구인을 일본민족이라고 주장하여 대만 침공을 감행했다.32)
일본의 대만침공을 부추긴 것은 외부성 외교고문 리젠돌이다. 그는 "조
선과 대만은 동아시아의 전략적 요충지이고, 이 지역을 장악하는 나라
는 국제정치에서 우위에 설 것이고, 청국의 대만지배는 유명무실하다.
따라서 청국이 대만 원주민에 의한 야에야마(八重山) 도민 살해사건에
대해 적절한 조치를 취하지 않을 때는 일본이 적극적으로 대만을 점령
하는 것이 좋다"고 조언했다.33)

당시 메이지정부는 이 제안을 당시 받아들여 실제로 대만에 대군을
파견했다. 그러나 전염병으로 소기의 목적은 달성되지 못했다. 대만출
병 당시 일본정부는 리젠돌의 자문을 전적으로 수용하여 대만 및 조선
을 일본영토에 편입해야한다는 인식을 갖게 되었다.

유구국에 대해 또한 메이지정부는 1871년 중앙집권적 국가체제를 위
해 폐번치현(廢藩置縣)을 단행할 때 유구번이라고 하여 일본의 행정구
역에 일방적으로 편입 조치했다. 이때 오오쿠보와 오오쿠마는 유구에
대해 "청국이 만약 유구의 소속을 물으면 유구는 예로부터 일본제국의
소속으로서 현재에도 유구를 보살피고 있다는 사실을 분명히 해야한다"

31) 1871년 조난 당한 유구 八重山 어민이 대만에 표착했을 때 그 중에 54명이 대만
    원주민에게 살해당하는 사건이 발생했다. 이때 대만출병이 건의되었다.
32) 일본의 대만침공은 전염병으로 인하여 완전한 승리를 달성하지 못하고 청국정부
    에 항의하여 대만을 청국의 일부임을 인정하고 청국으로부터 전쟁 배상금을 취득
    하는 선에서 그쳤다.
33) 전게서, 『明治六年政變』, p.80.

라고 하여 일본영토로서 편입의 정당성을 내세웠다.[34]

　이들 메이지정부 고관들의 영토확장 인식은 막말 지식인들의 사상에서 유래된다. 메이지유신을 일으킨 지사들은 유럽열강의 동진으로 일본국가가 유럽의 식민지가 된다는 위기의식 속에서 이를 극복하기 위해 새로운 국가건설을 주창했던 것이다. 유신 지사들의 이러한 사상 역시 막말 지식인들이 남긴 저서를 토대로 교육되어졌던 것이라고 할 수 있다. 대표적인 막말지사는 혼다 토시아키(本多利明), 사토 노부히로(佐藤伸淵), 요시다 쇼인(吉田松陰) 등을 들 수 있는데, 그 외에도 많은 선학자들이 있었다. 이들 3인의 대외관과 대조선관을 소개하면 다음과 같다.

　혼다(1744-1821)는 "본국이 소국일지라도 속국을 많이 지배하는 나라는 대국이 되고 타국을 침략해서라도 본국을 확장하는 것이 국무이다." "캄차츠카에서의 남양 20여개 섬은 아직 어느 나라도 점령하지 않고 있으므로 일본영토에 편입해야한다. 지금 모스코비아(지금의 러시아)의 속도가 되어버리면 다시 회복할 수 없다. 그 곳이 모스코비아 영토가 되어버리면 결국 일본에 엄청난 재앙을 몰고 올 것이다."라고 했다.[35]

　사토(1967-1850)는 "황국이 해외를 개척함에 있어서는 지나국(중국)을 일본에 병합해야한다. 중국을 침략하는 경로로서는 힘이 약하고 빼앗기 쉬운 곳부터 시작하는 것이 정도이며, 세계 여러 나라 중에서 황국이 가장 점령하기 쉬운 지역이 바로 중국의 만주이다." "중국 전국토의 쇠퇴는 만주에 좌우된다. 만주를 점령한 뒤 몽골을 점령한다. 그 후 조선 및 중국을 차례로 점령한다."[36] 조선침략의 경로에 대해서는 "오키도

---

34) 「臺灣蕃地處分要略(大久保利通, 大隈重信)」, 전게서, 『對外論』, p.38.
35) 本多利明, 「西域物語」, 『日本思想大系』第44卷, 岩波書店, 1970, pp.89-163.

(隱岐島)로부터 4,50리 서북해상 중에 송도(松島; 독도), 죽도(竹島; 울릉도)가 있는데, 1598년 토요토미 히데요시(豊臣秀吉)가 조선국을 정벌할 때 인바국주(因幡國主) 가메이(龜井)가 병력을 이끌고 먼저 이 섬을 점령하여 영주를 죽이고 여기에서 조선국 함경도에 들어갔다고 한다. 그 후 이 섬은 돗토리 성주(鳥取城主)에게 일임되었으나 최근 조선국에 빼앗겼다. 따라서 미개한 조선을 개척하려면 마츠마에부(松前府)에서 이 섬을 공격해야한다"라고 주창했다.[37]

요시다는 "러시아와 일본은 절대로 싸워서는 안 된다. 일본은 미러화친조약을 파기해야한다. 이를 위해서는 러시아의 신임을 잃어서는 안 된다. 러시아와 맹약을 맺고 신위를 두텁게 하면서 국력을 배양하여 빼앗기 쉬운 조선, 만주, 중국을 복종시키고 조약에서 러시아에게 빼앗긴 토지는 조선과 만주의 토지로 보상받아야한다"고 했다.[38]

하야시 시헤이(林子平: 1738-1793)는 「삼국통람도설(三國通覽圖說)」(1785)과 「해국병담(海國兵談)」(1791)을 저술해서 국방상 관점에서 유구와 더불어 조선이 요충지라고 주장했다. 러시아의 위협과 잠재적인 중국의 위협에 대항하기 위해서는 조선을 영유해야한다고 주장했다. 하야시의 조선 영유론과 러시아 위기론은 메이지 초기에서 숭기에 걸쳐 활발하게 전개되었던 대륙영토 확장의 사상적 원류였다고 할 수 있다.[39]

---

36) 佐藤信淵, 「宇內混同秘話」, 『日本思想大系』第44卷, 岩波書店, 1970, pp.426-485. 橋川文三,松本三之介編, 『近代日本政治思想史』有斐閣, 1975.
37) 전게서, 『日本思想大系』第44卷, pp.434-466.
38) 井上淸, 『日本の軍國主義Ⅱ』, 東京大學出版會, 1958, p.11.
39) 纐纈厚, 『侵略戰爭』, ちくま新書207, p.19.

4. 일본의 국제공법 수용과정

국제법은 국가 상호관계를 규율하는 법으로서 16,7세기 유럽사회에서 하나의 법체계로서 자각되어 근대시대에 체계화 되었다. 현행 국제법은 근대국제법이 발전한 것이다. 이처럼 근대국제법은 근세 초두 유럽사회를 기반으로 해서 서서히 형성된 것이다. 처음 국제법의 주체로서 등장한 것은 유럽의 기독교 국가들이었다. 그러나 19세기에 들어와서 산업혁명의 영향으로 국제무역이 급격하게 확대되어 교통, 기술이 비약적으로 진보함과 더불어 점차로 한계를 초월해서 유럽 이외의 비기독교 국가에도 보편적으로 적용되었던 것이다. 일본은 1854년 미국과 카나가와(神奈川)조약을 체결하고 그 이후 점차로 근대국제법의 법적 테크닉에 익숙해져갔다. 메이지정부가 1868년에 발령한 개국의 포고령에는 「우나이(宇內)의 공법」원리를 수용한다고 하여 국제법을 적용하게 되었다. 처음 일본에서는 이를 「만국공법」이라고 불렀다. 국제법이라는 말은 1873년 미츠쿠리 린쇼(箕作麟祥)가 '우루지'가 집필한 서적을 번역할 때 처음으로 사용하였다.[40)]

(1) 카나가와조약

일본에서 처음으로 국제법에 의해 맺어진 조약은 1854년(양력)의 카나가와조약이다. 일본은 이 조약의 체결로 그 이후 체결되는 조약의 기본이 되었다. 카나가와조약의 내용은 다음과 같다.

---

40) 田畑茂二郞, 「國際法」, 『日本歷史大辭典4』河出書房, 昭和49, 「A. A. 新興篆刻と國際法」, 『思想』, 1965년 10월이 있음.

미국이 자본주의의 발전과 함께 태평양 횡단항로 개척과 북태평양의
포경업을 보호하기 위해 1853년 필모아 미국대통령의 친서를 일본에
전달하고, 이듬해 다시 방일하여 4회에 걸친 미일 대표간의 회담으로
1954년 3월 31일 「일미화친조약(카나가와조약)」을 체결했던 것이다. 그
주된 내용은 편무적인 최혜국 조항(제9조)을 비롯해서 시모다(下田), 하
코다테(函館) 두 항을 개항하고 물, 식료, 석탄, 그 외의 필요한 물품을
공급하고, 그 대가로는 일본관리가 결정하여 금화, 은화로 지급한다(제2
조). 물품공급은 그 지역의 관리가 담당하며 사적인 거래는 금지한다(제
8조). 미국의 표류민을 구제하여 도와준다(제3,4조)는 것이었다. 그 이외
에 6월에는 13조로 구성된 부록을 결정하여 개항장의 세규 등이 마련
되었다. 이 조약에는 무역에 관한 내용을 규정하지 않았기 때문에 막부
가 최후의 일선을 지켰다고 할 수 있다. 그런데 당초 일본이 의도했던
쇄국령의 지속과 기만책으로 의도했던 미국의 요구를 거절하지 못했다.
미국은 당초 의도 이상으로 성과를 거두었고, 막부에게는 충격적인 조
약이었다. 일본은 미국에 개항 당함으로써 영국, 러시아, 네덜란드와도
유사한 불평등조약을 체결하게 되었던 것이다.[41]

(2) 러일 화친조약

1855년 2월 7일 러일 화친조약이 체결되었는데, 영토와 관련해서 맺
은 일본의 최초 조약이다.[42] 당초 러시아 전권 프차친은 '카라후토(樺

---

41) 于野俊一, 「神奈川條約」, 『日本歷史大辭典3』, p.70.
42) 한편 1855년 4월 8일 막부는 蝦夷地가 일본영토임을 명확히 하기 위해 공적 토
지로서 松前藩主에게 蝦夷地 전토를 몰수하도록 명했다.

太: 사할린의 일본명칭)'의 경계에 대해 남부 사할린의 아니와만을 제외한 북부 사할린을 러시아령으로 한다고 했다.[43] 일본은 자신들이 아이누의 지배자라고 하여 아이누[44] 거주지는 모두 일본령이 되어야한다고 주장 했다. 일본은 백주(白主)에서 북위 130리까지 아이누인들이 살고 있다 고 하여 이곳이 일본령이 되어야한다고 주장했다. 프차친도 당초에는 여기에 동조했다.[45] 그런데 프차친이 조약서를 정서하는 과정에 황제의 수정지시가 내려져 일본이 주장했던 「에죠 아이누(아이누의 모든 지역)」 를 「에죠도(蝦夷島: 홋카이도) 아이누」[46]로 수정하여 결국 일본의 주장 은 관철되지 못했다.[47] 그러나 일본은 「향후 러시아와 일본의 영역은 에토로프(擇捉)와 우룻프 사이로 한다. 에토로프 전도는 일본령으로 하 고, 우룻프와 그 이북에 있는 쿠릴열도 전도는 러시아령에 속한다. 카 라후토는 러시아와 일본의 분계를 정하지 않고 지금처럼 한다.」고 하는 자신의 주장을 관철시켰던 것이다.[48] 이렇게 해서 러시아와 일본 사이 에 아이누모시리를 분할하여 최초로 인접하는 국경선이 성립되었다.

(3) 미일수호통상조약

미국의 전권 하리스는 피아스 대통령의 사명을 받고 1954년 합의하

---

43) 和田春樹, 『開國 - 日露國境交涉』日本放送出版協會, 1991, p.116.
44) 사할린에도 아이누민족이 거주했는데, 그 곳에는 서로 다른 3개 이상의 민족이 각각 특정한 지역에 밀집하여 거주하고 있었다.
45) 和田春樹, 『開國 - 日露國境交涉』 pp.155-157.
46) 蝦夷島는 지금의 홋카이도를 가리키는데, 홋카이도에 거주하는 아이누에 국한한 다는 것이었다.
47) 和田春樹, 『開國 - 日露國境交涉』, pp.161-167.
48) 和田春樹, 『開國 - 日露國境交涉』, pp.161-167.

지 못했던 일본과 통상조약을 체결하기 위해 방일했다.[49] 하리스는 에도(江戶)에 입성하여 양국 대표가 13회에 걸쳐 협상을 진행했지만 칙령이 내려오지 않았다. 하리스는 카나가와 항에 군함을 정박하여 통상조약을 강요했다. 결국 1858년 7월 29일 조약14조 항목과 무역장정 7칙을 체결했다. 그 내용은 양국의 수도와 개항장에는 외국대표 영사를 주재하도록 하고 국내여행을 허가한다. 일본과 서구국가 사이에 문제가 발생했을 때는 미국 대통령이 조정한다. 카나가와, 나가사키(長崎), 니이가타(新潟), 효고(兵庫) 등의 개항장을 증설하고 개항기일 지정, 개항장에서의 거류, 토지 차용과 건축물 구입을 허가한다. 에도(江戶)와 오사카(大阪)에 시장을 개시하고 양국 국민이 직접 자유롭게 무역을 한다. 화폐는 동종동량에 의한 통화, 세율의 협정(수출세는 일률적으로 5%, 수입세는 20%), 거류 미국인의 여행구역은 개항장의 10리 사방으로 하고, 선교예배의 자유, 영사재판권 설정 등을 허가한다는 것이다. 본 조약은 제11조 규정에 의거하여 1859년 7월부터 실시되고 일본은 세계 자본주의 사회로 이행되었고, 이 조약은 일본의 꾸준한 노력으로 1899년 개정될 때까지 존속되었다.[50]

일본이 미국에 강요당한 조약은 무역에 관해 규정에 한정된 것으로서 국권을 제한하는 영토침략과는 무관한 것이었다. 미일수호통상조약은 일본이 최초로 국제공법에 의거한 조약체결로 일본의 의사와는 무관하게 유럽으로부터 강요당한 것이었다.

---

49) 1855년 러일화친조약에서는 下田와 函館의 거주권과 치외법권을 규정하는 9개 조의 조약이 조인되었다.

50) 臼井勝美, 「일미수호통상조약」, 『日本歷史大辭典7』, pp.492-493.

(4) 막말과 메이지 일본의 대외관계

막말과 메이지 일본의 대외관계

년 월 일	대일 관계
1854년 3월 30일	미일화친조약
1854년 6월 18일	미일화친조약 부록
1854년 10월 14일	영일화친조약
1855년 2월 7일	러일통호조약
1856년 1월 20일	일본/화란화친조약
1857년 6월 17일	일본/미국조약
1858년 7월 29일	일본/미국수호통상조약
1859년 6월 28일	5개국과 자유무역허가의 막부포고
1860년 9월 29일	나가삭지소(長崎地所)규칙
1862년 6월 6일	영국런던각서
1864년 6월 20일	파리약정
1864년 10월 22일	시모노세키사건(下關事件)합의서
1865년 10월 5일(음)	조약칙허제정서(沙汰書)
1866년 6월 25일	개세약정(改稅約書)
1867년 3월 18일 (러시아력)	일러사할린도가규칙(樺太島仮規則)
1868년 1월 25일(음)	미국변리공사의 중립포고서
1868년 2월 17일(음)	외국과 화친에 관한 유고(諭告)
1869년 3월 31일	에노모토 나베지로(榎本釜次郎)와 프러시아인 게루토네루와의 에죠지(蝦夷地) 시치에무라(七重村) 및 그 부근의 토지 일본/오스트리아300만평 개간약정서
1869년 10월 18일	일본/오스트리아조약서
1869년 12월 14일	제국정부와 영국인 「레」와 체결한 철도건설자금 100만 폰드 조달 계약서
1871년 7월 29일	대일본국대/청국수호조규
1871년 11월 10일	이와쿠라대사휴행(岩倉大使携行) 일미조약초안(日米條約草案)
1872년 ?월 ?일	청국인 승선한 러시아범선의 요코하마(橫浜)입항에 대한 제언
1873년 6월 21일	야나기하라(柳原) 부사(副使), 청국총리대신을 비롯한 주요 요인과의 회담록
1874년 2월 6일	대만번지(蕃地) 처분요략(要略)
1874년 10월 31일	일청 양국 사이의 호환조관
1875년 1월 27일	영국의 요코하마(橫浜) 주둔군철수통고

1875년 5월 7일	카라후토(樺太)/치시마(千島) 교환조약
1876년 2월 27일	일선수호조규
1876년 8월 24일	일선수호조규 부록
1876년 8월 24일	조선국의정서제항(朝鮮國議政諸港)에서의 일본국 인민무역규제
1878년 7월 25일	일본/미국 간의 현존 조약의 조항을 개정하고 양국의 통상증진을 위한 약정
1878년 11월 2일	보호세법 채용 불동의(不同意)의 영국외상의 통고
1879년 8월 10일	요코하마(橫浜)에서의 메이지(明治)천황과 제네럴그란드와의 대회필기
1880년 10월 21일	외국인의 내지잡거에 관한 이노우에(井上) 외무대신의 상신 및 데니슨 의견서
1880년 11월 13일	유구처분조약에 관한 건
1882년 4월 5일	이오우에 외무경의 조약개정 예의회(豫議會)에서 내지개방 선언
1882년 8월 20일	경성사변처리에 관한 이노우에 외무경 의견서
1882년 8월 30일	제물포조약
1883년 8월 30일	일선수호조규속약
1883년 7월 25일	조선국에서 일본인무역 규칙
1884년 8월 4일	조약개정에 관한 이노우에 외무경 각서
1885년 1월 9일	한성조약
1885년 2월 25일	이토(伊藤) 청국특파대사에 대한 외무경 훈령
1885년 4월 18일	텐진(天津)조약
1885년 6월 13일	영국의 거문도점령에 관한 대응책으로서 이노우에 외무경훈령
1886년 4월 29일	일미범죄인인도조약
1886년 6월 15일	영독합안조약서
1886년 5월 29일	조약개정에 관한 이노우에 외상 상소서
1886년 8월 5일	김옥균처분에 관한 훈령에 대해 야마가타(山縣) 내무상의 회답
1888년 6월 1일	조선무역에 관한 의견
1888년 11월 30일	일본/벨기에(日墨) 수호통상조약
1889년 12월 10일	외교정책에 관한 각의결정서

위의 표와 같이 일본은 막말부터 서구열강의 동진에 대응하여 적극적으로 조약을 체결하여 서양과 다양한 관계를 맺게 되었다.[51] 일본이

---

51) 위의 표는 日本外務省編,『日本外交年表並主要文書(上) 1840-1945』(原書房, 昭和50)를 도표화했음.

문호개방 당시 유럽과 맺은 조약은 불평등조약이었으나, 점진적으로 조약의 개정을 시도하여 1899년 무츠 무네미츠(陸奧宗光)에 의해 완전히 평등조약으로 개정되었다. 일본은 유럽에 강요당한 것과 같은 불평등조약을 조선 등의 아시아국가에게 강요하여 국권을 침탈하는 데 악용했던 것이다.

5. 근대일본의 국제공법의 적용과 오용

(1) 일본의 대외관과 국제공법과의 상관관계

근대일본은 부국강병을 국가발전의 목표로 삼고 우선 무력으로 식민지를 개척하여 주변지역으로 영토를 확장해 갔다. 일본의 신정부는 근대적 군대로서 육해군을 조직하고 소속군인들이 자신들의 역량을 과시하길 원했다. 내분을 극복하기 위해서라도 중국, 조선과의 전쟁, 대만인에 대한 시위에 병력을 동원하는 것이 현명하다고 판단했다.

먼저 대만에 대해서는 "대만인의 유구인 살해사건은 중국의 지배권 밖인 대만에서 발생한 문제이므로, 중국정부에 예고 없이 약간의 군대를 파견하여 대만을 점령해야 한다. 일단 한번 장악하면 계속 점령하기가 쉽다. 대만의 지리적 위치는 중국해와 일본해의 입구로서 그 지배권을 장악할 수 있어서 대만 영유는 일본의 관심의 대상"이라는 것이다.

중국에 대해서는 "유구와 대만의 합병 및 식민지 개척에 대해 중국의 간섭을 배제하고 중국황제를 방문하여 중국과 대등한 관계를 맺는다. 중국황제는 세계의 군주라고 자칭하여 타국 사절의 접견을 거부하고 있

다. 일본정부는 서양제국이 주저하고 있는 문호개방에 대해 중국황제가
스스로 사절을 접견하도록 중국정부에 압력을 넣음으로써 일도양단으
로 중국관계를 해결할 수 있다. 만약 이것이 성사되지 않을 경우, 중국
과의 관계를 단절하고 전쟁으로 해결한다."는 것이었다. 전쟁의 목적은
유구합병에 대한 간섭배세, 대만획득, 중국의 지위를 떨어뜨려서 일본
의 국위를 선양하여 일본국의 발전과 평화를 촉진시키는 것이었다.

조선에 대해서는 2,3년 동안 굴욕적인 행동으로 일본정부를 대하였
기에 징벌하기로 결정했다. 한편 러시아와의 관계에 대해서는 사할린
문제를 우호적으로 해결하고 조선과 전쟁을 치르게 될 경우, 러시아가
간섭하지 않는다는 것을 약속받아낸다는 것이었다.[52]

봉건국가였던 일본은 미국을 비롯한 열강에 강요당하여 개국되었지
만, 일본은 서구열강의 간섭으로 식민지화 되는 것을 막기 위한 방법으
로 서구화를 추구함과 동시에 조선, 중국 등으로 식민지를 개척하는 정
책을 추진했다. 이러한 방법은 동시대의 유럽이 무역을 통해 부를 축척
했던 것과 달리, 일본은 내지의 연장선상에서 영토를 확장하는 것이었다.

대외정책의 전략으로서는 "군비를 확장하여 국위를 해외 각국에 떨쳐
서 조종선제의 영혼에 보답해야 한다. 국익을 위해 외국과 교류를 할
때는 국제공법에 의거해야 한다."고 하는 고관의 주장으로도 유추할 수
있다.[53] 즉 해외영토를 확장함에 있어서, 국제공법을 수단으로 조약을

52) 이는 영국공사 파크스가 일본에 주재하면서 판단한 일본의 대외관이었으나, 당시
상황을 잘 분석하고 있다고 볼 수 있다. 그러나 일본은 러시아와의 관계에서 사
할린을 분할하여 그 절반을 일본영토로 하는 것이 당면 과제였다.
53) 1968년 1월 15일, 和歌山藩主 德川茂承, 福岡藩主 黑田長知의 家記의 기록
임. 「對外和親, 國威宣揚의 布告」, 『복고기』1, 德川茂承家記, 黑田長知家
記. 전게서, 『對外觀』,1988, p.3.

체결하여 주권을 명문화함과 동시에 일본의 침략적인 행위가 대외적으로는 정당하게 보이도록 한다는 것이었다. 이처럼 일본은 대외영토 확장의 수단으로서 국제공법에 의한 조약을 체결하여 영토주권을 확보한다는 방침을 세우고 있었다. 실제로 일본은 주변국가에 대해 영토침략의 의도를 은폐하고 노골적으로 조약을 강요하여 주권을 침탈하는 방법으로 영토를 침략해갔다. 주변약소국들은 국제공법에 익숙하지 못하여 국제공법이 약소국을 위하는 것으로 설득당하여 조약에 쉽게 동조했고, 일본은 이를 비웃는 듯이 주변 약소국을 미개국이라고 단정하고 조약을 강요하여 국익을 확장하는 일은 그다지 어려운 일이 아니었다. 우선적으로 국경을 확정한다는 이름으로 국제공법을 악용하여 주변약소국가 및 소수민족의 영토에 대해 무주지라고 우겨서 국제공법의 무주지 선점 논리를 적용하며 일본영토에 편입 조치하여 침략하기도 했다.

일본은 국제공법이 "서양인들이 말할 때는 약자를 보호하는 수단이라고 하지만, 소약자를 보호하는 수단이 아니라 오히려 강대한 자가 이용하는 수단이라고 생각했다. 벨기에와 스위스 같은 약소국은 유럽에 위치하여 국제법의 보호를 받고 있지만, 동양에서는 유럽의 식민지가 된 안남, 버마와 같은 운명이 된다. 이처럼 아시아의 소국에게는 국제공법에서 발생하는 이익을 취할 수 없다."는 것을 일본정부는 잘 알고 있었다.[54]

---

54) 「東洋諸國は万國公法の利益を分取せず(東京橫浜每日新聞)」, 전게서, 『對外觀』, pp.226-227.

(2) 청일수호조규

일본은 1854년 미국과 수호조약, 1858년 통상조약 등의 불평등조약을 강요당했다. 이를 계기로 일본은 국제공법을 적용하여 아시아에 대해 탈아정책을 실시했다. 일본이 맨 먼저 시행했던 탈아의 대외정책은 청일수호조규였다. 일본은 1861년 청국과 독일 간에 체결된 조약을 모델로 중국이 서양제국과 체결한 조약과 비슷한 조약체결을 청국에 강요했다.[55]

유럽 제국들은 일본과 청국과의 조약체결에 대해 공수동맹을 맺는 것이라고 우려했다. 그래서 일본은 이를 이용하여 유럽 각국의 주청공사와 상해주재영사에게 청일조약 체결을 알선하도록 요청했다.[56] 여기에서 일본은 청국에 대해 유럽 제국과 맺은 같은 내용으로 「탈아」의 지위를 요구하려고 했다. 이에 대해 중국은 일본의 최혜국 대우 요구에 반발했고, 중국인이 일본내지에서 통상할 수 없다는 것을 이유로 반대했다. 결국 중국의 저항으로 중국초안을 바탕으로 조약안을 조정하여 상호 영사재판권 인정, 관세도 구미열강으로부터 부과된 것을 서로 인정하는 대등한 조약을 체결하게 되었다. 최혜국 대우를 삽입하지 못했고, 일본인의 중국내지 통상권을 합의하지 못했다. 게다가 구미열강이 침략할 경우 「양국은 우호관계를 기반으로 타국으로부터 주권을 침해당할 때 보호를 요청하면 상호 원조한다.」는 내용을 추가했다. 이런 내용의 청일수호조규는 일본 국내외에서 반발을 불러일으켰다. 그래서 일

---

55) 藤村道生, 「明治初年におけるアジア政策の修正と中國ー日淸修好條規安の檢討ー」, 『名古屋大學文學部硏究論集』XLIV, pp.18-20.
56) 石井孝編, 『幕末維新期の硏究』吉川弘文館, 1978, p.24.

본은 영국, 미국, 독일의 반발에 대해 공수동맹과 같은 상호 원조가 아니라는 것을 설명했고, 청국에 대해 조약내용의 재수정을 시도했지만, 청국이 일본의 요구를 전적으로 받아들이지 않아서 부분 수정으로 조약을 비준하게 되었던 것이다.[57]

1871년 9월 13일(양력 7월 29일) 청일수호조규가 체결되었는데, 일본은 애당초부터 중일공수동맹과 같은 조약을 체결하여 유럽열강에 대항하려는 것이 아니었고, 일본이 「탈아」의 입장에서 유럽열강들의 도움으로 중국에 조약을 강요하려고 했던 것이다. 그런데 결과적으로는 중국의 저항으로 일본의 의사에 반하는 대등한 조약이 되고 말았다.

(3) 일본의 유구에 대한 일본판도 선언과 대만 원정

근대 이전의 유구는 중일 양국에 조공하는 국가였다. 그런데 1872년 10월 16일(양력 9월 14일) 메이지(明治)천황은 유구국왕의 사절을 맞이하여 유구국왕 상태(尙泰)를 유구번왕으로 지위를 부여하여 화족에 해당하는 칙서를 내려 유구가 일본 판도임을 성명했다.[58]

또한 유구를 지배한 가고시마(鹿兒島) 현 당국은 1872년 8월 31일(양력 7월 28일) 유구국왕 사절단이 가고시마 현에 도착했을 때 유구의 속도인 미야코지마(宮古島) 도민이 대만에서 살해된 사건을 언급하고 황위(皇位)를 해외에 떨치기 위해 문책사절을 보내어 대만을 정벌해야 한다고 하는 대만정벌론을 주창했다. 구체적으로는 군함을 빌려서 소굴을 공격하여 거두를 섬멸하고 황의를 해외에 떨치고, 도민을 위로하기를

---

57) 石井孝編, 『幕末維新期の研究』, pp.24-26.
58) 宮內廳編, 『明治天皇紀』第2卷, 吉川弘文館, 1969, pp.755-756.

원한다는 것이었다.

　주일미국공사 데롱그는 일본이 유구를 병합한다는 방침을 통보받고 1854년 미국과 유구가 체결한 조약을 준수할 것을 요구했다. 일본은 데롱그의 요구를 받아들이고 대만 원정에 있어서 미국의 도움을 요청했나. 네롱그는 대민의 시정에 능통한 아모이(廈門)주재 미국영사 리젠돌을 소개해 주었다. 게다가 데롱그는 "대만은 비옥한 토지로 훌륭한 항만도 있다. 외국인에게 지극히 편리한 장소이고 외국인 중에서 이곳을 탐하는 자도 있다. 대만은 지나(중국)의 관할이지만, 중국이 돌보지 않아 방치된 곳이다. 취하는 자의 것이 될 수 있다"고 하여 일본의 대만 점령을 부추겼다. 처분방안으로서, ①죄를 묻는 사절을 파견한다. ②원주민과의 교섭으로 일본인을 폭력, 학대하지 않을 것을 약속한다. ③중국의 지배를 받고 있는 정책은 외교교섭으로 처리할 것이고, 우선적으로 목적 달성을 위해서는 무력으로 처리하고 후에 단속하는 것이 상책이라고 제언했다. 일본은 무력행사를 원했고, 그 순서로서는 우선적으로 중국정부와 기한부의 인민보호조약을 체결하고, 그것이 성사되지 않으면 원주민과 친밀한 관계에 있는 리젠돌과 협의하여 무력행사를 유보하여 원주민과 직접 교섭할 것을 제안했다.

　리젠돌도 데롱그와 마찬가지로 중국의 권력이 대만에는 미치지 않는다고 명언했고, 또 중국과 교섭을 피하고 원주민과의 직접 교섭을 제언했다.[59] 표류민 보호를 위한 등대건설이 시급함을 강조하여 등대와 포대를 설치할 것과 원주민과 평화적으로 교섭하여 대만을 일본의 군사적

---

59) 外務省編, 『大日本外交文書』第7卷, 日本國際協會, 1939, pp.13-15.

거점으로 삼을 것을 제언했다.[60) 리젠돌은 포대와 등대의 건설을 위해서는 중국과 먼저 교섭을 해야 하는데, 중국이 이를 반대하면 그때에는 건설용지 차용에 관해 교섭할 것을 제안했다. 또한 교섭의 진행순서에 대해서는 "대만 지리 등에 능한 외무성 법률고문 페샤인 스미스와 상담할 것", "대만은 중국입장에서는 타국으로 생각하고 있고, 대만은 어느 나라가 관할해도 상관없다. 가능하면 아시아국가 중에서 특히 일본이 관할하는 것이 마땅하다. 이를 위해 협조하겠다."고 약속했다. 리젠돌과 데롱그 두 사람은 일본에 같은 제언을 했지만, 리젠돌이 훨씬 데롱그보다 적극적이었다. 이에 대해 일본은 40만 명의 불평무사가 있기 때문에 1만 명 정도는 쉽게 출병시킬 수 있다고 했다. 일본이 대만정벌로 인한 중국과의 국교단절을 우려하자, 리젠돌은 "만국공법에 의하면 인민을 보호하는 것은 중국정부와도 관계가 있다. 대만이 중국정부로부터 보호를 받지 못하기 때문에 일본이 보호하려고 한다는 사실을 전하면 된다."고 자문했다.[61) 사실 당초 일본은 대만정벌에 그다지 관심을 갖고 있지 않았는데, 국제공법에 능통한 리젠돌의 자문에 의해 본격적으로 고려하게 되었던 것이다. 주일 미국공사였던 데롱그는 리젠돌을 소개함으로써 일본정부에 대해 영향력을 행사하려는 의도를 가지고 있었다.[62)

요컨대, 데롱그와 리젠돌은 중국과 대만 정책에 대해 일본에 조언한 내용은 다음과 같다. ①무력행사를 하기 이전에 외교적 평화적 성격의 모든 온당한 노력을 기울일 것과 일본은 제안대로 당장 사절을 중국에

---

60) 外務省編, 『大日本外交文書』第7卷, pp.5-8.
61) 外務省編, 『大日本外交文書』第7卷, pp.13-15.
62) 石井孝, 『明治初期の國際關係』, 吉川弘文館, 1977, pp.31-33.

파견하고, 사절단이 친히 황제를 배알하지 못할 경우에는 국서전달, 조약비준을 하지 말 것. ②유구에 대해서는 무조건 무제한적인 일본의 지배권을 주장한다. ③대만인의 유규인 살해에 대해서는 유감의 뜻을 표명하고 같은 사건이 반복되지 않도록 하겠다는 만족스러운 약속을 중국정부로부터 받아낸다는 것이었다. 데롱그와 리젠돌은 이미 일본정부 내에서 결정되어 있었던 대만출병계획을 피하여 일단 외교적 수단으로 문제해결을 제언했다.[63]

결국 일본은 출병을 단행했고, 그 결과 일본이 대만 원주민의 유구인 살해에 대해 중국정부로부터 사과를 받아내게 되어 간접적으로 유구가 일본영토의 일부임을 인정받는 셈이 되었다. 하지만 중국의 항의와 전염병의 만연으로 많은 일본군이 사망하여 대만점령까지는 실현하지 못했다.

(4) 카라후토(사할린)/치시마(쿠릴)열도 교환조약

러일 양국은 1954년(음력) 화친조약을 체결하여 아이누모시리지역을 분할하여 국경을 결정했다. 쿠릴열도에서는 에토로프와 우룻프를 경계로 했고, 사할린에서는 잡거지로서 현상 유지하기로 했다. 당시 러시아는 사할린 전도의 영유를 고집하고 있었다.

그래서 초대주일 영국공사 오르콕은 러시아가 무역에는 관심이 없고 영토만 획득하려 한다고 지적했고, 주일대리영국공사 '닐'도 러시아는 자국 혹은 타국의 무역 발전을 지지하지 않고 영토만을 생각하고 있으며, 영토야심의 대상은 사할린, 쓰시마(對馬), 에죠(홋카이도) 3곳이라고

---

63) 石井孝, 『明治初期の日本と東アジア』, 有隣堂, pp.11-15.

지적했다. 이처럼 영국을 비롯한 자본주의 열강의 대일본정책의 기초가
시장 확대에 있었는데 반해 러시아의 대일정책은 시장 확대와 같은 자
본주의적인 것이 아니고 오로지 영토문제에만 있었다.[64]

러시아해군은 1861년 쓰시마에 군사기지를 만들려고 했고 영국해군
이 강하게 이에 반대하여 성사되지 못했다.[65] 에죠에 대해서는 러시아
가 극동의 부동항이 없어서 하코다테가 러시아 함대의 주요기지였으며,
또 에죠지역의 석탄과 목재, 광물자원에 특별히 관심을 갖고 있어서 영
토야심의 대상이었다. 당시 사할린은 러일 잡거지로 되어 있지만 현실
적으로 거의 러시아 영토와 다름없는 상태였다.

막부의 유럽파견 사절단이 1862년 페테르부르그를 방문하였을 때 사
할린에 대한 국경문제를 논의했다. 사절단은 북위 50도선을 주장했는데
러시아는 48도선을 주장했다.[66] 주일영국공사 파크스는 일본에 대해
러시아가 남하하여 에죠지역을 점령하려고 한다는 주장을 했다. 러일
양국은 1867년 페테르부르그에서 카라후토 섬 가규칙(樺太島 仮規則)을
체결하여 "아니와 해협을 경계로 사할린전도를 러시아령으로 하고, 쿠
릴열도에서는 우룻프 근방의 치루보이, 브랏츠 치루보이, 브로톤 3섬을
일본에 양도한다. 이들 약속이 이행되지 않을 경우, 사할린은 현상유지
상태로 공동 영유한다."고 약속했다.

주일영국공사 파크스는 러시아가 사할린을 전적으로 점령했다는 소
식을 접하고, 사할린 점령은 아마 1867년 페테르부르그에서 체결된 협

---

64) 石井孝, 『明治初期の日本と東アジア』, pp.195.
65) 称津正志, 「文久元年露艦ポサドニックの對馬占領に就いて」, 『法と経濟』
　　第2卷2-4号 參照.
66) 福地源一郎, 『懷往事談』民友社, 1897, pp.80-87.

정의 당연한 결과라고 생각할 수 있지만, 쿠나시리(國後)의 점령은 충격적이라고 했고, 이는 중대한 새로운 성격의 명백한 침략으로서 인근 섬인 에토로프는 물론이고, 에죠 자체의 위협으로 판단했다. 파크스는 러시아의 사할린 전도의 영유를 기정사실로 묵인하고 있었지만, 에죠지역 침략의 위협에 대해서는 위기감을 갖고 있었다.

파크스는 일본정부에 대해 에죠 북부의 특정한 항구를 개항하게 되면, 러시아의 침략을 막을 수 있어서 일본에 이익이 된다고 주장했다.[67]

파크스의 제안에 대해 일본정부(岩倉具視)는 사할린의 쿠 코탄을 개항하여 거기에 부(府)를 건설한 후 소야(宗谷)를 개발해야한다고 주장했다. 이에 대해 파크스는 사할린 개항은 이미 늦었기 때문에 포기하고 에죠지역 개발을 우선적으로 추진할 것을 권했다.[68] 이에 대해 일본정부는 이주민 300명과 관리 30명을 사할린의 아니와만에 파견할 계획이라고 했고, 아니와만지역의 권리를 유지하길 원한다고 언급했다.

일본정부(岩倉具視)는 러시아와의 충돌은 반드시 피해야 하기 때문에 만일 충돌이 우려될 경우에는 일본이 충돌을 피할 것이라고 언급하면서, 러시아가 일본에 폭행을 가해올 경우에 대한 일본의 대처방법을 파크스에게 물었다. 파크스는 일본은 온화한 타협적 방침을 취하는 것이 현명하다고 자문했다. 만약 갑자기 분쟁이 발생했을 경우에는 우선적으로 하코다테 주재러시아영사와 협상하고 문제를 만족스럽게 처리하지 못했을 때는 아무르에 있는 러시아 당국과의 교섭을 권유했다.

---

67) 外務省編, 『日本外交年表並主要文書, 1840-1945』原書房, 1976, p.32.
68) 外務省調査部, 『大日本外交文書』第2卷 第2冊, pp.465-470.

일본정부(岩倉具視)는 1867년의 러일협정(카라후토섬 가규칙)이 만족스럽지 못하여 재차 북위 50도선을 제의하려고 했다. 이에 대해 파크스는 그 협정을 체결한 일본 사절이 구정부의 대표였다고 하더라도 페테르부르크(러시아)에서는 일본정부의 대표였기에 신정부의 전임자가 체결한 계약을 부인할 수 없을 것이고, 일본의 새로운 요구를 러시아가 수용하지 않을 것이라고 자문했다. 그리고 러시아가 1867년 협정에서 공동으로 영유한다는 조항을 이용해서 착실히 사할린을 완전히 영유하려고 하는 것이 확실하므로 사할린에 집착하면 에죠지역을 잃을 수도 있다고 하여 에죠지역을 명확히 확보할 것을 권유했다. 일본정부(岩倉具視)는 1867년에 협정한(러일간의 카라후토섬 가규칙)을 인정하지 않으려고 했으나, 파크스는 인정해야한다고 했다.

파크스는 군함 코모란트호의 보고를 받고 사할린 포기론이 결국 옳은 판단이었다고 생각하고, 그 대가로 다른 러시아령(우룻프 및 그 부근이 작은 섬)과 교환하든가 아니면 보상금을 받아낼 것을 자문했다.

러시아는 당시 사할린의 5분의 4를 점령하고 있는 상태에서 전도 영유를 원하고 있었고, 그리고 일본이 사할린 영유를 포기할 경우 우룻프섬 또는 2개의 섬까지도 양도할 수 있고, 혹은 배상금을 지급할 의향도 있다고 했다. 또 일본이 사할린 일부에서 독자적인 재판권을 행사하지 않을 것을 전제로 일본인에게 어업권을 인정할 수 있다고도 했다.

파크스는 러시아정부의 의향을 파악하고 사할린 포기론을 주장하면서 일본정부에 대해 흙 항아리와 쇠 항아리가 부딪히는 것처럼 약소국과 강대국이 영토를 공유하는 것은 위험하다고 설득했다. 일본정부도 이를 인정하기에 이르렀다.

파크스는 일본정부(岩倉具視)의 요청으로 상호 유리하게 평화적으로
체결한 구미제국간의 영토 양도의 여러 선례에 관한 각서를 일본정부에
제출했다. 이 선례는 일본영토의 일부를 포기하는 것이 불명예라고 생
각하고 있던 일본의 정부요인을 설득하는 데 유용했다고 한다. 파크스
는 자발적으로 영토를 교환하고, 배상을 받아내는 것은 불명예스러운
일이 아니라고 설득했다.[69]

1870년 초 주일미국공사 데롱그는 일본정부가 적당한 보상으로 사할
린을 포기하겠다는 결단을 하려고 할 무렵, 갑자기 사할린 국경문제를
중재 조정하겠다고 문의했다. 데롱그는 잡거지 상태는 바람직하지 못하
므로 바로 신속히 경계를 나누는 것이 지당하다고 주장했다. 일본정부
는 데롱그에게 미국대통령이 일본을 위해 사할린문제를 러시아를 상대
로 조정해 줄 것을 요청했다. 일본정부는 새로운 희망으로 파탄상태에
놓여있던 문제를 가장 평화적으로 해결될 것으로 기대하게 되었다.[70]

러시아는 러일 간의 분쟁을 중재하는 상대로서 미국은 부적절하다고
생각하고 있었다. 그 이유는 미국이 러시아에 대해 어업기지 및 부근해
안을 보호한다는 명목으로 해역에 함대와 경찰력을 투입하여 약탈을 합
법화하는 협약체결을 요구하려는 의도가 있었기 때문이었다.

데롱그가 미국과 러시아 간의 우호관계를 명목으로 조정제안을 하려
고 했지만 사실상 이러한 이유로 불가능했다. 러시아정부는 미국의 조
정을 거부한다는 내용을 전하고, 영유권 교섭의 전권을 아무르주지사에
게 부여함과 동시에 배상금으로 사할린의 일본영유 부분을 러시아에 양

69) 石井孝, 『明治初期の日本と東アジア』, p.230.
70) 外務省調査部, 『大日本外交文書』第3卷, p.81.

도할 것에 대해 일본 전권과 교섭할 의향이 있다고 표명했다. 파크스는 러시아가 날이 갈수록 사할린 지배를 강화하여 러시아의 지위가 증대되는데 비해 일본의 지위와 중요성이 감소되고 있다고 하여 문제 해결을 지연하면 할수록 일본에게 불리하게 된다고 지적했다. 또한 제3자의 지원을 기다리지 말고 직접 러시아와 교섭할 것을 권유했다.

파크스는 일본이 취할 수 있는 최선의 방책으로서 영토를 교환하든가 아니면 배상금을 받든가 이를 기초로 하여 기회를 잃지 말고 호의적으로 해결할 것을 권했다. 사할린 영유를 포기할 경우에는 석탄채굴권, 어업권을 확보할 것을 자문했다. 또 일본 수중에 남을 사할린의 면적과 러시아가 교환하려고 하는 우룻프섬, 부속제도와 거의 같은 면적으로 사할린 일부를 넘기는 것이 전혀 국가명예를 손상시키는 일이 아니라고 역설했다. 파크스는 러시아의 주장을 수용할 것을 일본에 재촉했다.

데롱그는 영유권을 주장하는 근거를 일본정부에 요구했고, 일본이 제시한 근거를 바탕으로 미 국무성에 대해 사할린도의 최초 발견자이며 거주자도 일본인임에 의심의 여지가 없고, 사할린문제를 해결하면 미국의 영향력이 높아지고, 미국의 이익증진에도 도움이 된다는 것을 확신한다고 건의했다. 데롱그의 요청을 받은 미 국무성은 러시아의 의향을 타진하였는데, 러시아가 미국의 요청을 받아들일 의향이 없다는 것을 알고 조정의 열의를 보이지 않았다.[71]

일본과 러시아는 미국의 조정을 중지하기로 표명하고, 직접 교섭에 임했다. 일본은 우선적으로 일단 사할린 전도의 영유를 주장했다. 러시

---

71) 外務省調査部, 『大日本外交文書』第3卷, pp.113-114.

아는 1867년의 교섭을 지적하여 러시아가 사할린 전도를 영유하는 대신 쿠릴열도의 작은 섬을 일본에 양도한다고 했다. 이에 대해 일본은 사할린 남부의 50도선을 주장했다.

1871년 1월 러시아는 도쿄에서 파크스와 회담하여 동양 일국의 문제에 유럽의 특정국가가 조정에 나오는 깃에 대해 반대한다고 했다. 그리고 대일교섭조건으로서 사할린 전도를 러시아가 영유하는 대신에 일본에 배상금을 지불하든가, 현재 일본인이 점거하고 있는 사할린 일부에서 어업권과 석탄채굴권을 일본인에게 제공하든가, 사할린에 거주하는 일본인과 일본에 거주하는 러시아인에게 동등한 재판권을 부여하는 것을 열거했다.

러시아는 파크스가 러일 간의 직접교섭을 제안해준 것에 대해 사의를 표했다. 미국정부는 러시아의 요구를 바탕으로 중재조정을 하겠다고 러시아에 타진해왔다. 일본의 요구안을 바탕으로 중재조정하려고 했던 데롱그의 주장은 붕괴되었다.

데롱그는 정규교육을 그다지 받지 않은 독학의 법률가였다. 공무의 경험도 그다지 없었을 뿐만 아니라. 광산이 많은 캘리포니아, 네바다 2개의 주(州)에서 정치가로서 활동을 했을 뿐이다. 그럼에노 불구하고 일본이 데롱그의 자문을 받으려고 했던 것은 데롱그의 아마추어 외교에 선도되었기 때문이다. 데롱그의 조정내용은 파크스가 지적한 대로 국제조약상 이례적인 것이었다.

일본정부는 국제정세상 미국의 조정이 불가능하다는 것을 알고 파크스의 권고대로 일본이 직접 대일교섭에 임했던 것이다.

일본정부는 3가지 형태의 해결 가능성을 제시했다. ①잡거조약을 파기하고 러시아에게 배상금을 지불하고 전도를 일본이 소유한다(제1조).
②전도를 반으로 나누고 양국의 잡거를 중지하고 각국이 소속지역으로
이전하고 러시아에게 배상금을 지불한다(제2조). ③전도를 러시아에게
양도하고 그것에 상응하는 이익을 일본이 취한다(제3조).[72]

　여기서 일본은 최종적으로는 사할린 전도를 러시아에 양보할 수 있
다는 의향을 갖고 있었다. 결국 일본정부는 파크스가 주장한 선으로 사
할린 문제를 해결하기로 결정했다. 일본정부는 에노모토 타케아키(榎本
武揚)가 주일공사로 임명된 후 3개조의 조약체결 가능한 안을 결정했
다. ①양국인의 잡거를 그만두고 경계를 정한다. ②우룻프섬에서 캄차
츠카반도의 모든 섬을 일본에 양도하도록 하고 카라후토를 러시아에 양
도한다. 카라후토에서 거주영업하고 있는 일본인은 면세로 하고 카라후
토의 요지에 영사관을 두고 일본인이 관리한다. ③카라후토를 일정액
으로 러시아에 매각하고 우룻프 및 그 북의 2개 섬을 일본에 양도하고
카라후토에서의 일본인 거주영업을 모두 면세로 하고 요지에 영사관을
둔다고 결정했다. 결국 사할린 전도를 러시아가 영유하고 쿠릴열도 전
도를 일본이 영유하기로 결정했던 것이다. 이 조약은 치외법권을 부정
하고 일본에 이익이 많은 조약이라고 평가되어졌다.[73]

　일본은 러시아의 에죠지역 점령을 경계하는 영국공사 파크스의 자문
으로 사할린 국경조약에서 유럽열강과의 교섭에서 외교적 성공을 거두
었던 것이다. 일본은 조약을 통해 협상과정을 경험함으로써 타국의 영
토를 분할할 수 있다는 국제공법을 익혀갔던 것이다.

---

72) 日本史籍協會編, 『岩倉具視關係文書』第7卷, 1934, pp.447-448.
73) 岡義武, 『國際政治史』岩波全書, 1973, p.101.

(5) 조일수호조규

근세의 에도시대에는 조선과의 외교를 대마도가 담당하고 있었는데, 근대일본의 신정부에서는 대조선 외교를 외무성이 담당하게 되었다. 당시 주러일본공사 에노모토(榎本)에 의하면, 일본이 조선을 개국시키려고 한 것은 경제적 이익보다는 러시아의 남침에 대응하기 위한 정치적 군사적 이익에 의한 것이라고 했다.[74] 메이지 신정부가 차별적인 태도로 조선에 문호개방을 요구했을 때, 조선은 일본의 무례한 행동을 비난하여 교류를 거부했다. 이로 인해 일본에서는 정한론 논쟁이 본격적으로 일어났다.

일본정부(岩倉具視)는 구미제국이 일본에 강요한 정책을 이번에는 탈아의 선진국의 입장에서 조선에 적용하려고 했다. 이에 대해 파크스는 현명한 판단이라고 일본의 입장에 동조했다. 파크스는 일본의 조선정책은 1874년 대만원정보다 훨씬 가치 있는 시도라고 평가했고, 러시아가 조선영토의 일부를 할양하여 국경을 확장한다거나, 조선이 외국의 속국이 되는 것보다 독립을 유지하도록 하는 것이 좋을 것이라고 조언했다.[75] 또 파크스는 일본군함이 북방의 요새인 영흥을 비롯해서 전 해안선을 측량했다는 정보를 입수했다. 그는 조일관계가 악화되어 일본과 러시아가 동조하여 조선을 공격한다고 판단했다. 그래서 파크스는 러일 양국이 조선을 공동으로 점령하는 것은 러시아가 사할린에서 공동점령으로 얻는 이익보다도 러시아에 한층 큰 이익을 주는 것이라고 하여 영국정부에게 거문도점령을 권고했다. 또한 일본정부는 러시아에게 사할

---

74) 金正明編, 『日韓外交資料集大成』第13券, 嚴南堂, 1966, p.162.
75) 石井孝, 『明治初期の日本と東アジア』, p.295.

린을 양도하고 그 교환조건으로 조일간의 전쟁에서 러시아가 중립을 지킬 것이라고 생각했다.

　일본정부는 1874년 러일 간의 국경문제를 해결한 후 조선에 사절을 파견하여 조약체결로 문호를 개방한다는 계획을 세우고 있었다. 실제로 1975년 8월 22일 러일양국은 카라후토/치시마 교환조약이 체결했고, 일본정부는 군함 2척을 부산에 파견하여 사절단에게 문호개방을 요구하는 훈령을 내렸다. 이때에 보아소나드가 자문역을 맡고 있었다. 보아소나드는 1875년 9월 30일 의견서를 제출했다. 그 내용은 사절단의 사명으로서, 강화도사건의 보상을 받아내고, 소우(宗)씨 이래의 구교(舊交)를 계속할 것과 보상을 받은 후에 장래 국교를 맺어야한다고 했다. 일본이 조선에 대해 취해야할 행동으로서, 조선은 일본의 요망사항에 응해야하고, 만약에 조선이 「①사절에 대해 굴욕감을 준다든가, 사절을 인정하지 않고 폭행을 가한다. ②사절을 접수하지 하지 않고 폭행을 가하거나, 요청서에 회답을 하지 않는다. ③새로운 조약체결요구에 대해 중국의 명령 없이 답할 수 없다는 이유로 교묘하게 지연한다.」 이를 때에는 「①의 경우는 조선을 질책할 충분한 이유가 되고 일본이 임기조치를 취하기가 가장 좋다. ②의 경우는 사절보호를 위해 강화성에 군대를 배치시키고 강화관청에 요구하여 사절을 이끌고 당장 왕성(궁성)에 들어간다. ③의 경우는 양국의 구교가 중국의 중개에 의한 것이 아니고 강화도사건의 보상이나 신조약도 중국을 경유할 이유가 없기 때문에 직접 조선에 요구해야하고 만약 조선이 중국에 문의하여 일본요구에 응한다면 그 기간에 일본군대를 경성에 주둔시켜서 강화성을 점거하여 국제공법에 의거한 강제력을 동원하는 방법(전쟁결과에 의한 할양 또는 합병-필

자주)으로 난제를 해결해야한다」고 자문했다.[76]

또 일본이 절대로 양보해서는 안 되는 사항으로서는 「①부산항 이외에 강화 항에도 무역지구를 정하는 것, ②조선해의 항해자유, ③강화도 사건을 사죄하도록 하고 이에 대해 자신들의 주장만 내세우거나 허식으로 임하여 일본의 요구에 응하지 않을 경우에는 폭행이나 굴욕적인 행위가 없다고 하더라도 강경한 자세를 임해야한다고 했다. 게다가 사절은 사사로운 양국관계를 단절하고 국가에 대한 굴욕적 행위에 보상하지 않으면 일본정부가 특단의 조치를 취할 것이라는 뜻을 전달하고 국교단절의 국서를 남기고 곧 귀향하여 복명을 기다리는 방법으로 사절의 체면을 최대한 살려야한다」고 권고했다.[77]

또 「보아소나드」는 1875년 11월 9일 일본정부에 대해 조선의 국제법상의 지위와 국제법상 조선침략의 합법성에 관해서 다음과 같이 조언했다.[78]

"특히 조선왕의 영지를 다른 외국정부가 분할하여 외국 소유가 될 경우 약탈의 성격이 있든 없든 간에 바로 항거할 수 있어야한다." "조선은 완전한 독립국이 아닌 중간적인 지위에 있기 때문에 조선은 자신 스스로 외국에 범한 폭언에 대한 배상(책임)도 국제법적으로 중간 정도밖에 안될 것이다." 라고 하여 조선을 완전한 주권국가로 취급하지 않고 있었다. 당시 일본은 보아소나드의 국제법론에 의해 국제법은 완전한 주권국가가 아니면 국제법을 전적으로 적용할 수 없다고 하는 인식을 갖

76) 外務省編, 『日韓外交資料集成』第1卷, pp.4-8.
77) 外務省編, 『日韓外交資料集成』第1卷, pp.4-8.
78) 「보아소나드의견서」, 「조선사건에 관한 제2의 각서의 건」, 市川正明編, 『日韓外交史料(1) 개국외교』原書房, pp.37-40.

고 있었다.

　그래서 구체적인 방법으로서 다음과 같은 행동을 취할 것을 자문했다. "첫 번째 방법은 우선 조선의 영지 전부 또는 일부를 약탈할 목적 없이 조선에 파견하는 사절을 보호하는 목적으로 정토사(征討使)를 준비한다. 그리고 일본은 정토사의 배가 출발할 때 우선적으로 강화의 수단으로 그 국기를 받아주는 치욕에 대한 보상을 요구한다. 만약에 저항하면 적절한 시점에 병력을 동원하여 중국에 대해 정식으로 만족할만한 요구를 한다. 이때 중국에 대해서는 일본과 조선 양국 간의 친목 교제를 요구한다든가, 아니면 조선과 전쟁을 한다고 하더라도 일본과 중국 간의 친목을 해쳐서는 안 된다는 것을 요구한다. 또한 일본은 절대로 중국에 대해 조선 영지를 약탈할 의사가 전혀 없고 오히려 조선의 영토를 보전해주겠다고 아무런 욕심이 없는 듯이 말하여, 이 일이 명목상 중국과 아무런 관계가 없다고 말해서는 안 된다. 그렇게 되면, 첫째로 일본이 수시로 중국에 대해 영지의 점령은 절대로 있어서는 안 된다고 말해왔기 때문에 조선에 대한 중국의 군주권 장악을 간접적으로 인정하는 것이 된다. 둘째는 중국에 대한 일본의 이러한 대응은 후일 일본을 후회하게 할 것이다. 만일 일본이 조선을 문책할 경우 일본이 조선에 대해 스스로 행한 부정직함(침략행위)을 보상받지 못하고 오히려 부정직함을 조장하든지 전쟁을 오래 끌어서 막대한 비용이 들게 될 것이다.

　조선이 전쟁에서 패하더라도 보상할 능력이 없다든가, 또는 자폭테러를 하거나, 또는 육지에 지뢰를 묻고, 바다 속에 수뢰를 묻는 잔혹한 방법을 사용하면, 일본은 조선 영지의 전부 또는 일부를 당연히 점령할 수 있다. 따라서 처음부터 영지 점령을 포기한다면 반드시 후회할 것이다. 그런 약속을 한다고 하더라도 최소한 상당한 보상을 요구함과 동시에 만족스럽지 않을 경우에는 가만있지 않겠다는 것을 명시해야한다"는 것이었다.

파크스도 조선문제와 중국과의 관계에 대해서 다음과 같이 일본정부에 자문했다.

"중국이 조선의 종주국이므로 강화도사건에 대해 책임지지 않고 회피한다면 조선에 책임을 물어야 한다."고 했다. 또 그는 "일본이 전쟁을 감행함으로써 조선에 대한 배타적 지배의 발판을 만드는 것이 되고, 이 절호의 기회를 이용하여 러시아가 남침을 할 수도 있다. 조선 개국을 일본이라는 1개국에 맡기는 것보다는 중국과 일본에 많은 이익을 주는 영국이 주도권을 갖고 서양열강이 공동으로 배타적 지배권을 갖는 것이 사실상 1개국 또는 2개국이 분할하는 것을 방지할 수 있는 최선책이다. 그리고 조선은 중국, 일본과의 무역통상로이기에 이를 확보하는 것이 러시아의 침략을 방지할 수 있다"고 역설했다.

주일미국공사 빈감은 타국이 우호적으로 중개하여 조일간에 조약을 체결하여 충돌을 방지하지 않으면 멀지 않아 일본이 조선을 침략할 것이라고 했다. 주일프랑스공사 상관탕과 주일독일공사 아이젠낵히아는 군함을 대동한 사절을 파견하는 것이 적절한 방법이라고 일본의 의도에 동의했다.[79] 주중미국공사 웨이드와 주일영국공사 파크스는 일본이 조선에 대해 군사행동을 취했을 때 러시아가 호응하여 러일 양국에 의해 조선이 분할되는 것을 우려했다.

---

79) 日本國際協會編, 『大日本外交文書』第8卷, pp.154-155.

　일본정부는 만일 조선에 군사행동을 취할 때 중국의 입장에 관해서 중국정부에 타진했다. 일본이 조선을 1개의 독립국이라는 주장에 대해 중국은 '상국-속국'이라는 특수관계에 있다고 대답했다. 중국은 속국의 개념에 대해 중국소유의 지역은 아니지만, 때때로 조공하여 책봉을 받는 관계라고 대답했다. 속국이 외국과 조약을 체결할 때 보고하지 않아도 되는가에 대한 질문에 중국은 자주적으로 임하는 것이라고 대답했다. 또 외국이 무력으로 조선을 침략할 경우에 대해서는 중국은 약정에 의거해서 논할 문제라고 대답했다. 각국과의 조약문 중에 속국이라는 규정이 있는가에 대한 질문에 중국은 속국이라는 규정은 없지만, 속국을 침범한다는 것은 도리상 있을 수 없는 일이라고 대답했다. 국제법상 중국이 말하는 「속국」이라는 개념은 없다. 일본과 조선이 전쟁하게 되면 일본을 도울 수 있는가에 대해서 중국은 절대로 그럴 일은 없다고 대답했다.[80]

　웨이드는 중국과 일본의 회담결과를 듣고 중국이 조선문제에 개입하지 않고, 러시아가 일본에 원조하지 않는다는 사실을 파악하고 일본이 무력행사를 할 가능성이 감소되었다고 판단했다. 파크스는 일본정부가 개항하려고 하는 조선의 3개항은 강화 또는 서해안에 있는 항, 부산, 영흥이고, 이들 항을 여러 외국에 개항하지 않으면 부산과 영흥은 러시아의 수중에 들어갈 수 있다고 지적했다. 그리고 일본과 러시아의 동맹은 영국을 비롯한 유럽제국의 이익을 위험하게 하는 것이라고 했다.

　파크스는 명목상으로는 일본이 평화적 해결을 표방하고 있지만, 때로

---

80) 日本國際協會編, 『大日本外交文書』第9卷, pp.143-151.

는 전쟁으로 해결할 준비를 하고 있다고 설명했다. 다시 말하면 일본정부는 출병 때에는 외교관계를 맺고 있는 각국에 대해 국외중립을 지킬 것을 각국 주재공사에게 알리어 일본의 의도를 양해하도록 해야 한다고 조언했고, 교섭이 결렬될 경우에는 군사행동을 취해야한다고 조언했다. 그리고 조선에 대해 개전을 준비하여 일본정부가 군대의 명령체계를 철저히 하고, 재정상 경비를 절감하고, 보아소나드에게 전시 국제법상의 문제를 조사하도록 하여 일본주재 각국공사에게 통보함과 동시에 각국 주재일본공사에게도 통보하여 전쟁의 수순을 정한다. 이렇게 해서 일본의 요구대로 조선이 응하면 조선을 개화로 유도하고 그렇지 않을 경우에는 정복, 또는 병합을 의도대로 실행한다고 조언했다.

또 파크스는 러시아의 침략을 막기 위해서는 일본과 조선이 국교를 갖는 것이라고 주장하기도 했다.

1876년 1월 6일 전권대사 쿠로다 기요타카(黑田淸隆)는 조선에 대해 "화의가 이루어지지 않을 때 징벌을 행한다. 굴복하고 잘못을 인정하면 일본은 만족한다. 애초부터 토지를 탐하여 판도를 넓히기를 원하는 것은 아니다. 따라서 처음 사신을 파견함에 있어서 미리 명확히 말하여 설득시키는 것이 일본의 국체를 달성하는 것"이라고 주장했다.[81]

이러한 방법으로 일본정부는 조선에 대해 신속한 조약체결을 요구했다. 조선의 전권은 이러한 일본에 대해 관례를 존중해야 한다고 대응했다. 또한 조선은 일본이 요구하는 조약안에는 새로운 내용이 많이 첨부되어 있으므로 조선정부의 의향을 물어야한다고 했다. 이에 대해 일본

---

81) 「黑田淸隆建議」, 「朝鮮出兵に關する策案」, 金正明編 『日韓外交史料』, pp.92 -93.

은 「만국의 보편적인 예」(만국공법)라고 하여 강경하게 조약체결을 요구
했다.[82]

　드디어 조일수호조규가 조인단계에 접어들었다. 일본 전권은 조약비
준은 반드시 군주가 서명을 날인해야 하고, 조선국왕의 서명이 없으면
조약체결이 성사되었다고 할 수 없다고 했다. 이에 대해 조선사절(신헌)
은 "조선에서 비준이라는 것은 신하에 대한 행위로서 신하가 군주에게
서명을 요구하는 것은 예의에 어긋나는 행위이므로 본대신은 죽는 한이
있어도 비준에 응할 수 없다"고 대응했다. 이에 대해 일본은 자국의 예
의에 맞지 않다고 조약을 체결하지 않겠다는 것은 평화를 보장받을 수
없다고 위협하여 강화, 시모노세키, 나가사키에 군대를 주둔시키고 교
섭을 결렬시키겠다고 강압했다.[83] 결국 양국대표는 변칙적인 방법으로
비준서에 조선국왕의 날인을 대신해서 일본 측의 주장을 인정한다는 내
용과 함께 새로 만든 「조선군주지보(朝鮮君主之寶)」라는 것을 날인하
여 조인과 동시에 비준된다고 명기했다.[84] 이렇게 해서 조일수호조규가
일본의 강압에 의해 국제공법상의 합법을 가장한 불평등조약이 체결되
었던 것이다.

　일본정부는 교섭의 성공은 완전히 일본전권의 확고한 의지에 의한
것으로 일본이 원했던 모두가 해결되었다고 만족했고, 동양의 외교법칙
에 의한 것이 아니고, 서양의 외교법칙 즉 무력적인 강압에 의해 원했
던 것을 취했다고 파크스에게 말했다. 이는 1853년 페리도항이후 구미

---

82) 日本國際協會編, 『大日本外交文書』제9권, pp.91-92.
83) 日本國際協會編, 『大日本外交文書』제9권, pp.99-103.
84) 日本國際協會編, 『大日本外交文書』제9권, p.73.

열강이 일본에게 행한 외교였다. 일본이 그것을 조선에 적용한 것이다.[85]

파크스는 조일수호조규가 1858년 영일통상조약과 현저하게 유사한 것이라고 했고, 영일통상조약은 다른 3개국 통상조약과 함께 미일통상조약을 모델로 한 것이기 때문에 조일수호조규와 5개국 통상조약은 현저하게 유사한 것이라고 했다.

미국의 웨이드와 영국의 파크스는 러일 협력에 의한 조선침략을 우려했는데, 조일수호조규가 무력을 사용하지 않고 해결된 것은 조선문제를 둘러싼 영일간의 불협화 요소가 없어졌고, 영흥의 개항으로 러시아의 침략을 방지할 수 있었다고 했다.

조일수호조규는 형식면에서는 조선으로서 자주국과 일본과 평등한 권리를 보호한다고 선언했다고 하지만, 현실적으로는 구미열강이 일본에 부과한 조약보다 훨씬 가혹한 불평등 조약이었다. 실제로 조선의 독립을 존중하려고 체결한 것은 아니었다.[86]

6. 나오면서

이상으로 근대일본의 국제공법 수용과 그 적용상 오용에 관해 고찰해보았다. 본론에서 논증된 주된 내용을 요약하면 다음과 같다.

첫째, 국제공법은 유럽에서 16,7세기에 나타나, 19세기에 들어와서

---

85) 石井孝, 『明治初期の日本と東アジア』, p.361.
86) 石井孝, 『明治初期の日本と東アジア』, p.403.

체계화되고 보편화되어 일반적으로 이용되었다. 유럽에서 일찍이 국제공법이 발전하게 된 이유는 유럽이라는 좁은 공간에 많은 민족들이 대거 이동하여 국경분쟁을 일으키면서 다민족국가 형태로 발전하였고, 또한 일찍부터 분쟁해결을 위한 노력으로 중재재판이 널리 활용되었기 때문이다. 그래서 근대유럽에서는 국경분쟁이 해결국면에 접어들면서 국제질서도 안전성을 확보하고 있었다. 이 과정에서 근대국제법의 영토취득과 분실의 이론이 생겨났고, 이것은 역으로 영토분쟁의 해결기준이 되기도 했다. 유럽에서는 분쟁의 해결방법으로 중재재판이 널리 이용되었다. 그런데 일본을 비롯해서 아시아에서는 중재재판으로 분쟁을 해결하려는 경우는 거의 없었다. 그 이유는 유럽과 달리 동아시아의 영토분쟁은 제2차 세계대전 이후 내셔널리즘의 강화에 의해 발생한 것이기 때문이다.

둘째, 일본은 미국의 요구로 1854년 미일수호조약을 체결하게 되었는데, 이것을 계기로 러시아·영국·네덜란드와도 수호조약을 체결하면서 유럽의 국제공법을 경험하게 되었다. 특히 일본은 1858년 체결한 「일미수호통상조약」에서 강대국의 처지를 대변했던 국제공법에 의해 치외법권과 통상권을 미국에 인정해야하는 약소국가의 비애를 절실히 체험하게 되었다. 그 이후 일본은 「막말, 메이지일본의 대외관계」에서 강요당한 불평등조약을 개정하여 최대한 유럽 강대국과 동등한 조약을 체결하려고 노력했다.

셋째, 일본은 근대국민국가를 건설하면서 국가목표를 부국강병에 두었다. 그 실천방법으로 식민지국가를 건설하여 적극적으로 영토 확장을 추진했다. 그 과정에서 일본은 강대국의 실익을 위해 만들어졌다고 해도 과언이 아닌 국제공법을 적용하여 유럽각국과의 경험을 살려 탈아 (脫亞)의 입장에서 아시아각국에 대해 힘의 논리로 국익을 확보해갔다. 그 대표적인 것이 유구에 대해 일본판도라고 선언했고, 대만원정을 실행했으며, 조일수호조규를 강요하였던 것이다.

근대일본이 영토 확장으로 식민지를 개척하고 있었던 시기에 유럽에서는 통상조약으로 경제적 이익을 증대시키는 것에 힘을 기울이고 있었다. 일본은 유럽에 의해 힘으로 강요당한 통상조약 체결에서 배운 경험으로 아시아 각국에 대해서는 영토협정 체결을 무력으로 강요하여 영토 합병 및 정복이라는 것으로 국제공법의 영토취득이론을 악용했다. 오늘날 일본이 주변국과 영유권 분쟁을 유발하고 있는 영토분쟁의 본질은 이처럼 국제공법을 악용한 것에서 기인된 것임을 알 수 있었다.

제2장

근대일본의 영토침략과 영토분쟁의 잉태

─ 대일본제국의 국제공법 오용의 사례 : 한일합병을 중심으로 ─

1. 들어가면서

선행연구에서는 근대일본의 한국합병까지의 대한정책에 관해 식민지
정책, 대륙정책, 침략정책이라는 이름으로 분석되어왔다. 식민지정책,
대륙정책, 침략정책이 내포하고 있는 그 의미의 차이점은 무엇인가? 그
리고 '일한병합(日韓倂合)'의 본질은 무엇이었는가? 사전적 용어로 보면,
'식민지'란 "어떤 국가의 해외 이주자에 의해 새롭게 경제적으로 개발된
지역으로서, 제국주의국가에 있어서 원료공급지, 상품시장, 자본유출지
를 이루고 정치적으로도 주권을 빼앗긴 완전한 속령"을 가리키는데, 이

러한 지역을 확보하기 위한 정책을 식민지정책이라고 한다. 한편, '침략'이란 "타국에 진출하여 토지를 빼앗는 것"으로서, 이를 실현하기 위한 정책을 침략정책이라고 한다.[1] '영토정책'이란 내지연장선상에서 영토를 넓히는 것을 말한다. 침략정책은 영토정책과 식민지정책을 포괄하는 개념으로 볼 수 있다. 일본의 침략정책은 식민지정책이 아니라, 근본적으로는 완전한 침략을 의미하는 영토정책에 해당된다. 식민지정책은 19세기 유럽 국가들이 시장과 자원 확보를 목적으로 영토를 침략한 정책이었다.[2] 영국의 식민지였던 인도나 홍콩의 경우도 시장과 자원 확보를 위한 식민지정책이었으며, 홍콩의 경우는 일정한 기간 식민지통치후, 중국에 반환되었다.

선행연구에서는 조선 식민지 통치과정에서 결과적으로 조선을 일본영토에 편입 조치했다는 것이다. 그러나 본고는 일본의 조선에 대한 침략정책은 당초부터 내지연장선상에서 영토편입의 의도를 갖고 있었다는 것을 가설로 이를 논증하는 방법으로 논리를 전개했다. 영토는 국가를 형성하는 국민, 주권과 더불어 3대 요소의 하나이다. 영토를 수탈해버리면 국가는 붕괴된다. 일본은 조선영토의 편입을 목적으로 점진적인 방법으로 주권을 제한하면서 최종적으로 영토가 수탈당함으로써 대한제국의 주권과 한인(조선인)으로서의 국적이 박탈되고 일본에 동화되어 내지인과 동등한 신분이 되었다.

일본의 조선침략이 식민지통치 개념을 넘어서 당초부터 일본내지의

---

1) 新村 出編,『廣辭苑』第2版 補訂版, 岩波書店, 1979.
2) 영토정책은 내지의 연장선에서 동화정책을 실시하는 중앙집권적 정치를 말한다. 식민정책은 2원화 정책으로서 최종적인 영토편입을 위한 것이 아니다. 인적 물적 자원 확보 및 시장 확보를 위한 것이다.

연장선상에서 영토(확장)정책을 추진했다는 사실을 알 수 있는 것은 당시 메이지일본의 영토확장 정책과도 관련이 된다.[3] 이런 맥락에서 볼 때 일본의 대한정책은 궁극적으로 내지연장선상에서 조선영토를 전적으로 일본에 흡수하려는 것이었다.

본 연구의 취지는 영토정책적인 입장에서 일본의 '한국합병'을 분석하는 것이다. 연구의 의의는 일본의 조선침략이 언제부터 시작되었는가를 명확히 규정하는 데 있다.[4] 영토정책적 측면에서 분석하는 이유는 우선 일본의 조선침략정책을 더욱 소상하게 분석할 수 있고, 일본의 조선침략정책의 본질을 알 수 있기 때문이다.

한일합병조약의 서문에 "한국을 일본제국에 합병을 단행하는 것은 일본국황제폐하 및 한국황제폐하가 양국간의 특수한 친밀한 관계를 생각하여 상호 행복을 증진하고 동양평화를 영구히 확보하기 위한 것"이라고 그 합병의 목적을 언급하고 있다. 이처럼, 일본은 당초 조선을 병합할 의사가 없고 조선과 동등한 지위에서 양국관계를 유지해 왔었는데 조선이 독자적 국가 경영의 능력이 소진되어 조선의 요청에 의해 선의의 차원에서 부득이 조선을 보호하기 위해 합병했다고 하는 다테마에에

---

3) 메이지 일본은 1869년 에죠지를 편입했고, 1872년 폐번치현을 단행하여 유구를 유구번으로 개칭하고 1879년 오키나와현으로 행정구역에 편제했다. 그리고 1895년 청일전쟁의 결과 대만 분할과 동시에 오키나와를 정식으로 중국으로부터 일본 영토로 인정받게 되었다. 오가사와라제도 편입, 특히, 센카쿠제도와 독도 편입은 무주지가 아닌 지역에 대한 일방적인 편입조치였다. 이들 모두는 내지 연장선상에서 추진한 영토확장이었다.

4) 일본은 조선을 36년간 지배했다는 것이 지금까지의 정설이고, 더 나아가서 강화도사건부터 해서 80년간 조선을 지배했다고 지적하기도 한다. 전자는 실질적으로 일본의 지배를 받은 법적 기간을 말하고, 후자는 일본의 침략성을 부각시키기 위한 것이라고 할 수 있다.

(建前:형식)론을 주장하고 있다. 그러나 선행연구에서는 식민지정책의 측면에서 일본의 조선침략에 대해서는 검토되었지만, 영토정책의 관점에서 본격적으로 검토된 바는 없었다.

연구방법으로서는 먼저 일본의 대한정책이 당초부터 내지연장선상의 영토편입에 초점을 두고 있었다는 점을 규명하기 위해 메이지정부의 영토정책론과 정한론의 재검토로 분석한다. 둘째로 청일전쟁의 성격을 재검토하여 일본의 조선영토정책을 분석한다. 셋째로 러일전쟁의 성격을 재검토하여 일본의 조선영토정책을 분석한다. 넷째로 한일합병의 성격을 재검토하여 일본의 조선영토정책을 분석하려고 한다.

2. 청일전쟁과 조선 영토정책

메이지정부는 유럽과 같은 선진국으로 도약하는 것을 국가목표로 삼고, 선진국으로 나아가려면 해외에 식민지를 개척하여 영토를 확장하는 것이라고 판단했다. 메이지일본의 영토 확장 대상은 대만, 사할린, 조선, 만주, 몽골, 중국 등이었다. 특히 조선과 대만, 만주는 중국과 깊은 관계를 갖고 있기 때문에 중국의 양보와 포기를 받아내지 않으면 안 되었다. 최종적으로 조선과 중국을 일본영토 확장의 대상으로 고려한다면, 러시아와도 일전이 부득이하다는 생각을 하고 있었다. 우선적으로는 유구를 비롯해서 조선과 대만의 영토문제를 해결하기 위해 청국과의 일전도 피할 수 없다고 생각했다.

청일전쟁으로 일본이 소기의 목적을 달성하기까지 조선에 대한 일본의 영토정책에 대해 고찰해보기로 한다. 일본은 우선적으로 조선의 문호를 개방해야만 일본의 국권을 조선으로 확장할 수 있었다. 조선의 문호개방을 달성하기 위해 강화도사건을 도발하여 그 책임을 문책하는 방법으로 문호개방을 강요했다. 그 결과 1876년 2월 27일(3월 22일 비준) 조일수호조규(강화도조약)를 체결하기에 이르렀다. 이 조약에서 일본은 "조선국은 자유의 국가로서 일본국과 평등한 권리를 가진다." "조금도 주권을 침해하거나 시기하여 미워하는 일이 없도록 한다(제1조)."고 조선에 대해 분명히 약속했다.

일본이 조선을 '자주국'이라고 규정한 것은 문호개방에 의한 침략을 두려워하는 조선정부를 안정시키기 위한 타테마에(형식)적인 외교적 수사였다. 실제의 내용상으로는 메이지정부의 영토확장 야욕의 저의를 전적으로 숨기고 있었다. 이 조약에는 영토관련 항목을 삽입하고 있다. 바로 '조선은 자주국이고, 일본과 평등한 권리를 가진다.'라는 규정이다. 이는 조선과 중국의 '속국-종주국' 관계를 단절시키기 위한 것으로서, 일본이 대조선 영토정책에 있어서 중국의 간섭을 받지 않겠다는 의도를 내포하고 있다.

이는 일본이 우선적으로 종주국관계에 있는 중국의 세력을 조선에서 축출하겠다는 의지표명이고, 중국을 조선에서 축출하는 것이 일본의 조선영토의 편입 제1단계 작업으로 생각하고 있었다. 그 시초가 조일수호조규이고, 그 목표를 달성한 것이 청일전쟁이다.

일본이 조일수호조규에서 '조선의 자주'를 강조하게 된 경위는 바로 「보아소나드」의 조언에 의한 것이다, 그는 1875년 11월 9일 일본정부에 다음과 같이 조언했다.

첫째로 "조선왕이 그 영지를 외국정부에게 분할할 때는 영지가 외국의 소유로 수탈당할 경우, 약탈의 성격이 있든 없든 간에 바로 항거할 수 있다."고 하여,[5] 조선이 강압으로 외국에 영토를 침탈당했을 때는 국제공법으로 보장 받을 수 있다고 했다. 즉 일본이 조선의 영토를 장악하려면, 양국의 합의에 의하든 약탈에 의하든 간에 국제공법상의 절차를 밟아야한다는 것이다.

둘째로, "조선은 완전한 독립국이 아닌 중간적인 지위에 있기 때문에 자신 스스로 외국에 대해 범한 폭언(폭력행위)을 보상해야하는 것도 중간정도밖에 없을 것이다."라고 하여,[6] 조선은 완전한 주권국가가 아니기 때문에 국제법상 조선으로부터 전적으로 보상을 받을 수 없다고 했다. 그 나머지 책임은 종주국인 중국에 있다는 것이었다. 당시 일본은 이러한 보아소나드의 국제공법론에 의해 조선은 완전한 주권국가로 규정하기 어려운 국가이며 국제공법에 전적으로 적용할 수 없는 국가라고 인식하게 되었던 것이다.[7]

보아소나드는 일본이 수호조약체결을 위해 강화도에 '정토사'를 파견할 것을 자문했다. 이는 단순한 문호개방을 위한 사신이 아니라 조선 합병을 의도한 사신이라는 점이다. 그리고 보아소나드는 일본에 대해 강화도사건을 수습하는 대가로 조선에 대해 보상을 요구하라고 자문했

---

5) 「보아소나드의견서」, 「조선사건에 관한 제2의 각서의 건」, 市川正明編, 『日韓外交史料』(1開國外交), 原書房, pp.37-40.
6) 「보아소나드의견서」, 「조선사건에 관한 제2의 각서의 건」, 전게서, 『日韓外交史料』, pp.37-40.
7) 보아소나드가 중국의 '속국' 관계에 있는 이러한 반주권국가에 해당하는 조선에 대해 영토 확장을 위한 방법론을 일본에 제언했다. 전술한 보아소나드의 조언을 참조바람.

고, 또한 무력을 동원하여 일본과 조선간의 문호개방조약을 체결하거나 아니면, 조선과 일본 사이에 전쟁이 일어나게 될 경우 중국이 간섭 또는 개입하지 않겠다는 약속을 받아낼 것을 자문했다.

보아소나드의 자문을 받은 메이지정부 관계자는 "1876년 1월 6일 화의(和議)가 이루어지지 않을 때 징벌을 행한다. 굴복하고 잘못을 인정하면 일본은 만족한다. 애초부터 토지를 탐하여 판도를 넓히기를 원하는 것이 아니다. 따라서 처음 사신을 파견함에 있어서 미리 명확히 말하여 설득시키는 것이 일본의 국체를 달성하는 것이다."라고 하여,[8] 일본이 당장 전쟁을 일으키거나, 영토를 탐욕하려는 모습을 표면에는 노출하지 않겠다는 것이고, 그것이 국익에 도움이 되지 않는다는 것이었다. 그래서 중국을 비롯해서 열강이 주시하는 동아시아 정세 속에서 일본의 입지를 제한하는 방법보다는 장기적인 측면에서 무력이 아닌 회유의 방법으로 조선을 병합하는 것이 적절한 방법이라고 판단했던 것이다.

일본은 조일수호조규를 강요하여 3개항을 개항하고 영사관을 설치하고, 조선을 자주국이라고 선언했다. 이로 인해 중국이 '자주국 조선'을 간섭하지 못하게 하고, 조선에 일본의 세력이 진출할 수 있는 터전을 마련했다. 일본은 공사관을 중심으로 조선의 내정간섭을 감행했다. 일본장교가 훈련시키는 일본식 신식군대를 갖추도록 했고, 구식군대를 차별했다. 이에 불만을 품은 구식군대는 참지 못해 봉기를 일으켰고, 일본에 저항하여 일본공사관을 불 질렀다. 일본은 이 책임을 조선조정에 물었고, 조선조정은 1882년 8월 30일 「제물포조약」을 조인하여 "일본

---

8)「黑田淸隆建議, 朝鮮出兵に關する策案」,『日韓外交史料』, pp.92-93.

공사관은 약간의 병사를 두어 경위한다(제5조)"라고 하는 일본의 요구를
수용하기에 이르렀다.[9] 이로 인해 조선에 외국군대인 일본군이 주둔하
는 상황이 되었다. 일본군대를 조선에 주둔하게 한다는 것은 조선을 주
권국가로 인정하지 않으려는 것과 마찬가지이다. 조선이 주권국가라고
한다면 국권을 위태롭게 할 수 있는 외국군대를 국내에 거주하게 해서
는 안 되며, 만일 거주하게 된다면, 전쟁이 일어날 가능성이 얼마든지
있다.

임오군란과 제물포조약 이후의 새로운 사태에 대비해서 참의(參議:
현재의 국회의원에 해당함) 이노우에 가오루(井上馨)는 1883년 9월 17일
「조선정략의견서(朝鮮政略意見書)」를 작성했다. 즉 "실제로 조선을 보
면, 정부가 약하고 인민은 우매해져서 현재 수 10년간은 독립국이 되기
어렵다. 새로운 조약을 체결하여 영국, 미국, 러시아 더 나아가서 그 이
외의 나라들이 적절한 명분을 내세워 기회를 포착하여 요충지를 점령하
고 내정을 간섭하여 베트남, 버마와 같이 될 것이 당연하다. 아마 러시
아에게 그렇게 될 가능성이 높다. 그렇게 되면 일본의 두상에 칼을 꽂
는 격이 된다."라고 하여, 일·청·미·영·독이 회동하여 조선을 중
립국으로 만들자고 제안하여 5개국 공동보호를 주장했다.[10]

이처럼 일본은 조선이 독립국이 되기는 어렵고, 일본의 노력으로 중
국으로부터 자유로워질 수는 있는데, 러시아에게 흡수될 가능성을 우려
하여 우선 일본이 러시아를 대적할 수 있는 강국이 될 때까지 일·

---

9) 外務省編, 『日本外交年表並主要文書(上)』, p.90.
10) 井上馨, 「朝鮮政略意見書」, 『對外觀』(日本近代思想大系), 岩波書店, 1988,
    pp.52-53.

청·미·영·독 5개국이 공동으로 보호해야 한다고 주장했다.

일본은 러시아를 제압해야만 조선을 병합할 수 있는데, 조선을 병합할 만한 힘이 없다는 것을 현실적으로 느끼고 있었다. 이토 히로부미(伊藤博文)는 1884년 1월 8일 헌법조사를 위해 베를린에 체재하면서 세계의 제국주의적 정세를 강조했다. 동서 대세를 비교해서 부강한 일본을 건설하기 위해서는 "모든 힘을 다하여 군비를 확충해야 한다."고 하여 일본정부에 대해 군비 확충을 역설했다.[11]

이 시기에 마침 일본은 조선의 진보주의자들을 선동하여 일본처럼 문호를 개방하여 근대국민국가를 설립해야 한다고 주장했다. 진보주의자들은 쿠데타를 일으켜서 일본의 지도를 받는 근대국가를 설립하려고 했다. 그러나 청국의 개입으로 쿠데타는 실패로 끝났고, 이를 수습하기 위해 청국과 일본이 1885년 1월 9일 「한성조약」을 체결하여 "제물포조약 제5조(일본공사관은 약간의 병사를 두어 경위한다)에 의해 시행한다."고 하여 일본은 청국으로 하여금 일본군을 조선에 주둔할 수 있도록 청국의 동의를 받아내었다.[12] 일본이 주도한 진보주의자들의 쿠데타가 실패로 끝나서 조선에 대한 일본의 입지가 약해지고, 중국이 조선을 적극적으로 간섭하게 되었다. 하지만, 일본은 중국으로부터 조선에 일본군 상주를 인정받기에 이르렀던 것이다.

바로 이즈음 1886년 12월 10일 프랑스가 인도지나반도의 지배를 확대하여 북부 버마에 개입했다. 이에 대항하여 영국은 1885년 10월 버

---

11) 1884년 헌법조사를 위해 베를린에 체재하면서 大藏卿 松方正義에게 보낸 書簡. 「歐州の見聞につき伊藤博文書翰」, 『對外觀』(日本近代思想大系), 岩波書店, 1988, pp.54-57.
12) 전게서, 『日本外交年表並主要文書(上)』, p.101.

마 국왕에게 수교를 요구하였으나, 거부당하여 11월 수도를 침범했다. 제3차 버마전쟁으로 전 버마가 영국에 병합되었다.[13] 이러한 내용이 일본의 신문에 보도되었다.[14] 이는 국제공법으로도 유럽의 사례를 통해 약소국을 국제공법에 의해 병합할 수 있다는 것을 알게 되었고, 일본으로 하여금 조선병합을 부추기는 사건이 되었다.

1894년 조선에서 동학농민의 반란이 일어나서 일본은 중국의 세력을 조선에서 완전히 축출할 수 있는 절호의 기회로 생각했다. 일본의 국권주의자들 중에는 동학당에 은밀히 접근하여 내란을 조장했다. 조선조정은 청국군의 파병을 요청하여 동학 난을 진압했다. 일본군도 조선조정의 파병요청이 없었음에도 불구하고 파병을 단행했다. 일본군이 조선에 당도했을 때는 이미 동학 난이 진압된 후였다.

일본정부는 조선에 파병한 일본군의 계속적인 주둔을 합법화하기 위해 1894년 6월 15일 "난민평정을 위해 조선국 내정을 개량하기 위한 일청 양국의 상설위원회를 조선에 약간 두고" "필요한 경비병을 설치하게 하여 조선 국내의 안녕을 유지하게 한다(제2조)"고 하는 「조선국변란에 대한 각의 결정」을 통과시켰다.[15] 이를 실천에 옮기기 위해 1894년 7월 23일 조선조정에 대해 「일한잠정합동 조관(條款)」을 체결하도록 강요하여 "일본정부는 원래부터 조선을 도와서 그 자주독립을 성취하는 것을 원하고 있기 때문에 장래 조선국의 자주독립을 견고히 하도록 양국정부에서 위원을 파견하여 회동하여 정한다."고 규정했다. 이는 일본

---

13) 이는 영국의 무역관계자들이 식민지 개척을 요구하여 발생한 것임.
14) 전게서, 『對外觀』 日本近代思想大系, 「ビルマ征服せらる(朝野新聞)」, p.233 -236.
15) 전게서, 『日本外交年表並主要文書(上)』 原書房, 1976, p.139.

이 국제공법을 활용하여 중국의 조선에 대한 내정간섭을 배제하기 위한
것으로 단독으로 조선의 내정을 간섭하겠다는 의도였다.

또한 일본은 청일전쟁을 기정사실화 한 후, 조선을 일본에 협조하도
록 하기 위해 1894년 8월 26일, 「대일본 대조선 양국맹약」(경성)을 체
결하도록 했다. 그 내용은 전쟁 중에 청국병 축출을 정당화하기 위해
조선에 대해 "대조일 양국정부는 조선국정부로부터 청국군대 철수를 조
선국 경성주재 일본특명전권공사에게 위탁하였기에 양국정부는 청국에
대해 이미 서로 공수하는 지위에 있으므로 그 사실을 명확히 하여 목적
을 달성한다."고 하는 공수동맹을 요구했던 것이다.[16] 또한 "이 동맹은
청군을 조선국에서 철수시키고 조선국의 자주독립을 견고히 하여 일조
양국의 이익을 증진하는 목적을 달성한다(제1조)." "이 동맹은 청일평화
조약을 체결하면 폐기한다."(제3조)라고 하여 일본은 청일전쟁 이후에는
이 조약을 파기하여 조선의 자주독립을 인정할 수 없다는 내용을 조약
에 규정하여 국제공법을 활용하여 조선침략을 의도했던 것이다. 일본은
국제공법으로 중국에 대해 조선의 자주독립을 보장하도록 조약으로 명
백히 규정함으로써 조선을 합병할 수 있는 상태로 전환했던 것이다.

일본은 청일전쟁에서 승리를 거두었고, 1895년 4월 17일 「일청상화
조약」[17]을 통해 청국에 대해 "조선국이 완전무결한 자주독립국가임을

---

16) 전게서, 『日本外交年表並主要文書(上)』, p.157.
17) 일본은 청일전쟁을 통하여 청국의 영토를 분할했다. "청국은 「압록강 입구에서
   강을 거슬러 올라가서 안평하구에 도착하고, 그 강 입구에서 鳳凰城, 海城, 營
   口에 걸쳐서 遼河口에 이르는 折線 이남지역, 더불어 전술한 각 城市를 포함한
   다. 그리고 遼河를 경계로 하는 곳은 그 강 중앙을 경계선으로 하는 봉천성 남부
   의 지역, (2)대만 전도와 그 부속도서, (3)동경 119도 내지 120도 및 북위 23도
   내지 24도 사이의 제도서인 팽호열도」의 토지의 주권 및 그 지방에 있는 성루,
   병기 제조소, 관유물을 영원히 일본국에 양도한다"(제2조)

확인함으로써 조선국의 자주독립을 해치는 종래 중국에 대한 조선국이
행해온 의례를 앞으로는 완전히 폐지한다"(제1조)고 규정했다.[18] 이는
청일전쟁의 결과 일본이 장래 조선영토를 합병함에 있어서 청국의 간섭
을 제거하려는 의도였다.

  일본은 청일전쟁의 결과 조선에서 확보한 권익을 실천하기 위해
1895년 6월 4일 「대한정략에 관한 각의결정」을 실행했다.[19] "우리의
정략은 전쟁의 요인이기도 한 전승의 결과로 조선의 독립을 인정하도록
하여 청국의 속방이라는 주장을 배제하는 데 있고, 또한 장래에도 러시
아로 하여금 조선의 독립을 인정하도록 요구하여 조선에 간섭 못하도록
하는 방침을 취해야한다. 그 일환으로 조선의 철도와 전신을 함부로 실
행하지 못하게 한다"[20]고 하는 방침을 정했다.

  일본은 청일전쟁의 승리로 조선에 있어서 중국을 비롯한 러시아 등
이 일본의 조선정책에 간섭하는 것을 배제하고 조선에 있어서 러시아로
하여금 철도 및 전선을 부설하지 못하게 한다는 방침을 세웠다. 중국에
대해서는 전쟁의 승리로 어느 정도 일본의 의지대로 실현되었지만, 향
후 과제는 조선에 있어서 러시아의 세력을 축출하는 일이었다.

---

18) 전게서, 『日本外交年表並主要文書(上)』, 明治百年双書1, p.165-166.
19) 「대한정략에 관한 각의결정」, 전게서, 『日本外交年表並主要文書(上)』, 明治
    百年双書1, p.172.
20) 전게서, 『日本外交年表並主要文書(上)』, 明治百年双書1, p.172.

3. 「러일전쟁과 조선 영토정책

일본은 조선에 있어서 독점적인 지배권을 확보하기 위해 1898년 4월 25일 러시아에 대해 「조선문제에 관한 의정서」를 맺도록 했다. 일본은 "일러 양 제국정부는 한국의 주권 및 완전한 독립을 확인히고 또 서로 조선의 모든 내정에 관해서는 직접적인 간섭을 하지 않는다(제1조)"고 합의하도록 하여 러시아가 조선의 내정을 간섭하지 못하도록 하는 데 일단 성공을 거두었다.[21] 일본의 의도는 조선을 일본영토에 편입하는 것인데, 일단 중국과의 '속국-종주국' 관계, 러시아의 조선에 대한 간섭을 배제해야만 중국과 러시아의 간섭을 받지 않고 일본이 조선에 대한 영토정책을 실행할 수 있었다. 그래서 일본이 러시아에 「의정서」를 요구한 것은 러시아라는 장애요인을 제거하기 위한 것이다.

일본은 일단 청국의 세력을 조선에서 배제했으나, 실질적으로 조선에 대한 영토정책에 있어서 러시아의 간섭을 완전히 배제하지 못했다. 이를 실현하기 위해서는 러시아와의 일전을 각오하지 않을 수 없었다. 그래서 일본은 1902년 1월 30일 「제1차 영일동맹」을 체결하여, "양 체약국은 상호 청국 및 한국의 독립을 승인하고," "영국에게는 주로 청국, 일본에게는 청국에 관한 이익과 한국에서의 정치적 상업적 공업적인 이익을 위해 다른 열강의 침략행위나 한국 및 청국에 내란이 발생할 경우에는 필요한 조치를 취한다(제1조)"라고 합의했다. 여기서 조선의 독립을 승인한다는 것은 일시적인 것으로서, 대외적인 명목에 불과한 것이

---

21) 「조선문제에 관한 의정서」, 전게서, 『日本外交年表並主要文書(上)』, 明治百年双書1, p.186.

었다. 일본의 최종적인 목적은 조선영토를 일본에 병합하는 데 있었다. 다른 열강의 침략행위라는 것은 러시아를 두고 하는 말이고, 러일전쟁이 발생할 경우 영국이 일본을 지원한다는 것을 확인한 것이다.

또한 1903년 6월 23일 어전회의에서 「만한에 관한 일러 협상의 건」을 각의 결정하여, "제국이 취해야 할 정책은 제국의 국방상 경제상으로 대륙과 가장 긴밀한 관계에 있는 북은 한국이고, 남은 복건(福建)이다." "한국은 흡사 예리한 칼처럼 대륙에서 제국의 수도를 향해 돌출해 있는 반도로서 그 첨단에 대마도와 불과 멀지 않은 거리에 있어서 다른 강국에 반도를 점유당하면 제국의 안전은 항상 위협적이다. 조선을 취하는 것은 제국의 전래부터의 정책이다. 또한 경부철도와 경의철도는 한국에 있어서 경제적 활동에 가장 중요하다."고 하여 경부철도 및 경의철도 부설 및 전래의 숙원이었던 조선을 일본에 합병한다는 것을 각의에서 결정했던 것이다.[22]

조선합병을 달성하기 위해 러시아와 일전을 각오하고 있었던 일본은 1903년 12월 30일 「대러 교섭이 결렬되었을 때 일본이 취해야할 방침」을 각의에서 결정했다.[23] 즉 "동아 대륙에 관한 우리(일본)정책의 주안점은 북으로는 한국의 독립을 옹호하여 제국방위를 전적으로 도모하고 남으로는 복건(福建)을 거점으로 하여 남청(청국의 남부)지방을 우리(일본) 이익권내에 넣는데 있다." "한국에 관해서는 어떠한 경우라도 힘으로 제압하여 당연히 우리(일본)의 세력권 아래에 넣어야하고, 최대한 정

---

22) 「만한에 관한 일러협상의 건」, 전게서, 『日本外交年表並主要文書(上)』, 明治百年双書1, p.210.
23) 「대러교섭 결렬되었을 때 일본이 취해야할 방침」, 전게서, 『日本外交年表並主要文書(上)』, 明治百年双書1, pp.217-219.

당한 명분 아래에 청일전쟁 때와 같이 공수동맹으로 하든가 아니면 보호조약을 체결하는 것이 가장 편리하다."라고 하여, 일본은 국방상으로도 조선을 일본영토에 합병해야 하는데, 일단 러시아에 예속되는 것을 막고, 전시에는 조선을 공수동맹으로 하고, 평시는 보호조약을 체결하여 일본의 세력권 안에 넣기로 결정했다.

1904년 일본은 「일러교섭 최종제안에 관한 각의결정」을 채택하여 대러 교섭에 있어서 일본의 요구사항으로서, "한국에 관해서는 '종전 러시아의 주장'(한국의 행정을 개량하도록 조언하고 원조하는 것을 일본의 권리임을 승인할 것과 영토의 일부를 군사전략상의 목적으로 사용하지 말 것, 북위 39도 이북의 한국영토를 중립지대로 할 것)은 조금도 후퇴할 수 없기 때문에 조선영토를 군사전략적 목적으로 사용하지 않을 것과 중립지대 설정에 관한 조항은 삭제한다.", "만주에 관해서는 거류지 설정의 제한을 삭제할 것과 이외에도 러시아의 제안을 받아들이고, 러시아에게 만주 영토보존을 존중할 것을 약속하고, 한국 및 그 연안은 러시아의 이익범위 밖이라는 것을 러시아가 승인하도록 하고, 일본은 만주에 있어서 러시아의 특수이익(만주 및 그 연안은 일본의 이익범위 밖이고, 단 러시아는 만주구역 내에서 일본 또는 타국이 청국과의 현행 조약 아래 획득한 러시아의 권리나 특권을 저해하지 말 것)과 그것을 보호하기 위한 러시아의 조치를 인정한다."는 것을 요구했다.[24] 일본은 조선에서 러시아의 세력을 완전히 제거하는 것이 목적이었으므로 러시아가 일본의 요구를 수용할 리 없었다. 일본은 이러한 일본의 요구가 관철되지 않으면 일전(전쟁)을 각오하고 있

---

24) 「일러교섭 최종제안에 관한 각의결정」, 전게서, 『日本外交年表並主要文書(上)』, 明治百年双書1, pp.220-222.

었기 때문에 러시아가 일본의 요구를 수용할 것이라고 그다지 기대하지도 않았다. 러시아 입장에서 볼 때는 일본이 조선을 병합한다는 것으로 도저히 수용할 수 없는 안이었다. 결국 러시아는 일본의 요구에 승인하지 않았고, 일본은 계획대로 요구를 관철시키기 위해 선제공격으로 전쟁을 일으켰다. 일본의 전쟁목적은 러시아영토를 점령하기 위한 것이 아니라 초반에 기선을 제압하여 조선과 만주에 있어서의 영토침략이라는 현안을 일본에 유리하게 해결하기 위한 수단으로 단기전을 염두에 두고 영국 혹은 미국의 개입으로 강화조약을 체결하여 일본의 의도를 달성해서 전쟁을 종결한다는 것이었다. 특히 조선에서 러시아의 세력을 완전히 제거하는 것이었다.

일본은 러일전쟁을 감행함과 동시에 러시아가 간섭할 수 없는 상황을 만들기 위해 조선에 대해 1904년 2월 23일 「일한의정서」를 요구했다. 즉 "대한제국정부는 대일본제국정부를 확신하고 시설개선에 관해서 충고를 수용한다(제1조)." "대일본제국정부는 대한제국의 황실을 확실한 친의를 가지고 엄정히 강령하게 한다(제2조)." "대일본제국은 대한제국의 독립 및 영토보전을 확실히 보증한다(제3조)." "제3국의 침입이나 내란이 일어날 때는 대한제국의 황실의 안녕과 영토보전의 위협이 있을 때 대일본제국정부는 신속히 임의로 필요한 조치를 취한다(제4조)"라는 내용으로 일본은 조선의 내정 간섭을 합법화하려고 했다. 그러나 조선 조정은 이를 거부했다. 그러자 일본은 「외무대신 서리 육군참장 이지용」과 「특명전권공사 하야시 곤스케(林勸助)」 사이에 체결하여 조약의 형식을 취하는 것에 머물렀다. 이 조약은 조약체결권자인 황제의 동의가 없었기 때문에 법적 효력이 없는 임의조치였던 것이다.

1904년 5월 30일 원로회의에서 「대한방침에 관한 결정」을 승인했다. 일본은 "한국 내에 우리(일본)군대를 주둔시키는 것은 우리 국방상 필요할 뿐만 아니라, 제국정부는 일한의정서에 의해 한국의 방어 및 안녕질서 유지의 책임을 부담하고 있기 때문에 평화극복 이후라고는 했지만, 상당한 군대를 한국의 요지에 주둔시켜서 내외의 변란에 대비하고, 평시 한국의 상하 국민에 대해 일본의 세력을 유지하기 위해서라도 유용하다." "또한 한국 내지 및 연안에 군사전략상 필요한 지역을 사용하는 것은 국방상 필요불가결한 것으로서 일한협약에 의해서 이미 한국의 독립 및 영토보존을 보증하기로 한 이상 이를 시행하는 것은 제국정부의 당연한 권리이다."라고 하여 조선의 국방을 전적으로 일본이 책임지는 일본군대를 조선에 주둔시킨다고 결정했다.[25]

1904년 8월 22일 「일한협약」을 요구했다. 일본은 "한국정부는 일본정부가 추천하는 외국인 1명을 외교고문으로 외부에 초빙하여 외교에 관한 모든 용무는 그의 의견을 물어서 시행한다." "한국정부는 외국과의 조약체결, 그 외의 중요한 안건 즉 외국인에 대한 특권양여 혹은 계약 등의 처리에 관해서는 미리 일본정부와 협의한다(제2조)"라고 하여 조선의 내정을 간섭하려고 했다.[26] 그러나 조선조정은 여기에 동의하지 않았다. 일본은 조약의 형식을 취하기 위해 부득이 한국의 외무대신서리 윤치호와 일본의 특명전권공사 하야시 사이에 체결하였다. 이는 조

---

25) 메이지 37년 5월 30일 원로회의의 결정, 「대한방침에 관한 결정」, 전게서, 『日本外交年表並主要文書(上)』, 明治百年双書1, p.225.
26) 메이지 37년 8월 22일 「일한협약」, 한국의 외무대신서리 윤치호와 일본의 특명전권공사 林權助, 전게서, 『日本外交年表並主要文書(上)』, 明治百年双書1, p.231.

약의 형식만 빌린 것으로 당연히 황제의 승인이 없었으므로 법적 효력을 갖지 못한다.

일본은 러일전쟁 중 러시아가 간섭할 수 없는 상황을 악용하여, 1905년 4월 8일 각의결정에서 "한국정부와 다음과 같은 취지로 보호조약을 체결한다."(전문) "한국의 대외관계는 전적으로 제국에서 전담하고 제외 한국 신민은 제국의 보호를 받게 한다"(제1조) "한국은 직접 외국과 조약을 체결하지 못 한다"(제2조) "한국과 열국과의 조약실행은 제국에 그 책임으로 한다(제3조)"고 하여 한국의 외교권을 일본이 장악한다는 대한 정책을 결정했다.[27] '각의결정'은 일본정부의 일방적인 정책결정으로서 상대국의 의지를 전적으로 무시한 정치적 행위이다.

러일전쟁에서 일본은 선제공격으로 초반에 기선을 제압했으나, 전쟁 개시 1년 반이 경과한 시점에서 러시아의 반격이 시작되었다. 일본은 미국의 중재를 요청한 뒤, 1905년 8월 12일 「제2차 일영동맹조약」을 체결했다. "동아 및 인도지역에서 양 체약 동맹국의 영토권을 견지하고 그 지역에서의 양 체약 동맹국의 특수이익을 보호한다(전문)." "일본은 한국에서 정치적 군사적 경제적으로 탁월한 이익을 가짐으로써 대영제국은 일본국이 그 이익을 보호증진하기 위해 정당하고 필요한 지도 감리 및 보호 조치를 한국에 취할 권리를 승인한다"고 하여 조선에 대한 일본의 권한을 영국으로 하여금 승인하도록 했다.

결국 미국의 중재로 러일전쟁을 종결시키기로 합의했고, 1905년 9월 5일 「러일강화조약」이 체결되었다. 일본이 영국으로 하여금 승인했던

---

27) 전게서, 『日本外交年表並主要文書(上)』, 明治百年双書1, p.233.

것과 같은 내용으로, "러시아제국정부는 일본국이 한국에서 정치적 군사적 경제적 탁월한 이익을 가질 것을 승인하고 일본제국이 한국에 필요하다고 인정하는 지도(指導), 보호 및 감리조치를 취하는 데 간섭하거나 방해하지 않는다." "양국정부는 한러 간의 국경에서 러시아국 또는 한국영토의 안전을 침해하는 어떠한 군사적인 조치도 취할 수 없다(제2조)"는 것에 동의하도록 했다. 이렇게 해서 러일전쟁을 통하여 일본은 조선에 있어서 국권침탈을 제외한 부분에 한해서 일본의 특수이익에 대해 러시아가 간섭하지 않도록 하는데 성공했다. 일본이 완전한 승리를 거두지 못했기 때문에 조선영토를 일본에 전적으로 편입하는 조치까지는 요구할 수 없었던 것이다.

일본은 러일 강화조약의 합의사항을 실행에 옮기기 위해 1905년 10월 27일 「한국보호권 확립에 관한 각의결정」을 행했다. 일본은 "대체적인 내용은 별지와 같이 조약을 한국정부와 체결하고 한국외교관계를 전적으로 우리(일본) 수중에 넣는다."고 하여 조선에 대한 지배권 확보를 의도했다.

일본은 조선에 대해 1905년 11월 17일 「일한협약」을 요구했다. 일본은 "일본국정부 및 한국정부는 양 제국을 결합하는 이해공통주의를 건고히 하기를 원하고 이를 목적으로 한국이 부강해질 때까지 조약을 약정한다." "일본정부는 재동경 외무성에 의해서 금후 한국외교에 대한 관계 및 사무를 감리 지도한다. 일본국 외교대표자 및 영사는 외국에서 한국의 신민 및 이익을 보호한다(제1조)."고 하는 내용을 요구했다. 그러나 전권자인 황제 및 총리대신이 조약체결을 거부하자, 외무대신 박제순과 특명전권공사 하야시 사이에 체결하는 형식을 빌렸다. 결국 조약체결권자의 동의가 없는 것으로서 법적 효력이 없는 것이었다. 이 조약은 "부강해질 때까지 조약을 약정한다."고 했다. 여기서 '부강해질 때까지'로 하여 최종적인 시점을 정하지 않은 것을 보면 일본이 조선의 외교권을 강탈하기 위해 얼마나 조선을 기만했는지를 알 수 있다.

이처럼 러일전쟁은 1차적으로는 조선을 영유하기 위한 것이고, 2차적으로는 만주 영유를 위해 러시아의 만주독점을 견제하기 위한 것으로써[28] 1차적인 일본의 의도가 달성되었던 것이다.

4. 일본영토로서의 조선영토 편입

일본은 러일전쟁을 통하여 영국, 미국, 러시아 등의 열강으로부터 조선에 대한 정치적 경제적 군사적 권익을 인정받았다. 일본의 의도는 최종적으로 조선영토를 편입한다는 것으로써 일본은 조선의 외교권을 강제적으로 취했음에도 불구하고 대외적으로는 조선과 일본 양국정부가 합의하여 국제공법에 합당한 조치를 취한 것으로 선전하여 외교권을 장악하는데 성공했다. 그 결과 1906년 2월 경성(京城)에 일본제국주의의 출장기관인 한국통감부(통감 伊藤博文)가 설치되었다.

통감부는 조선의 내정권을 장악하기 위해 1907년 7월 24일 「일한협약」을 강요했다. 즉 "일본국정부와 한국정부는 빠른 시일 내에 한국의

---

28) 田中義一는 『隨感雜錄』에서 「대륙국가 일본」 건설을 국방방침의 중심에 두고 있었다(전게서 『侵略戰爭』, p.044). 본서는 러일전쟁이 만주 및 조선 영유를 위한 전쟁이라고 했으나, 다소 필자와 견해를 달리하고 있다고 할 수 있다.

부강을 도모하고 한국민의 행복을 증진시킬 목적으로(전문),"한국정부
는 시정개선에 관해서 통감의 지도를 받는다(제1조).""법령제정 및 중
요한 행정상의 처분은 미리 통감의 승인을 받는다(제3조).""한국 고등
관리의 임면(任免)은 통감의 동의를 얻는다(제4조).""한국정부는 통감이
추천하는 일본인을 한국 관리에 임명한다(제5조).""통감의 동의 없이
외국인을 임명하지 못한다(제6조)"라고 했다. 이로 인하여 조선의 내정
권은 통감의 감독을 받아야했으므로 조선의 모든 내정권이 통감에 의해
좌지우지되었다. 조선은 형식적으로는 황제가 존재하는 독립 국가였지
만, 실질적으로는 대내외적 권한이 완전히 일본에게 넘어간 상태였다.

일본은 한국합병을 위한 마지막 조치로서 한국 황제의 서명을 받아
내는 과정만 남았을 뿐이다. 일본정부는 1909년 3월 30일「한국합병에
관한 건」을 각의 결정했다. 즉 "적당한 시기에 한국병합을 단행할 것,"
"한국을 합병하여 제국판도의 일부로 삼는 것은 반도에서의 우리(일본)
의 실력을 확립하기 위한 가장 확실한 방법이다. 제국이 내외형세를 살
펴서 적당한 시기에 단연 병합을 실행하고 반도를 명실 공히 우리(일본)
의 통치하에 두고 한국과 여러 외국과의 조약을 소멸시키는 것은 제국
100년의 대계이다(제1조).""병합의 시기가 도래할 때까지 병합방침에
의거하여 충분히 보호의 실권을 장악하고 최대한 실력을 부양한다."
"군대를 주둔시키고, 다수의 헌병과 경찰관을 증파한다.""외국교섭사무
는 기존의 방침대로 일본이 장악한다.""일본은 한국철도를 제국철도원
에서 관할하도록 하고, 대륙철도의 통일과 발전을 위해 남만주철도와
밀접하게 연결한다.""다수의 일본인을 한국에 이식하여 일본의 실력
기반을 다짐과 동시에 일한간의 경제관계를 밀접하게 한다."라고 했

다.[29] 한국을 일본영토의 일부로서 편입한다는 당초 메이지정부가 의도
했던 조선정책의 목표달성이 눈앞에 놓인 셈이다. 그 최종적인 단계에
접어들었다.

일본정부는 1910년 6월 3일 「한국에 대한 시정방침」을 각의 결정했
다. 즉, "조선에는 당분간 헌법을 시행하지 않고 대권으로 통치한다."
"총독은 천황에 직례하여 조선에서 모든 정무를 통괄하는 권한을 가진
다." "총독에게는 대권위임에 의해서 법률사항에 관한 명령을 발하는
권한을 부여한다."고 했다.[30] 이는 내지연장선상에서 조선영토를 일본
영토에 편입한다고 하더라도 한국 통치는 당장 천황중심의 중앙집권적
통괄 정치를 시행하는 것이 아니고, 그 과도기 정치로서 총독정치를 실
행하기로 결정했던 것이다.

일본은 1910년 8월 22일 「한국합병에 관한 조약」을 체결하여 최종
적인 황제대권을 박탈하고 조선영토를 일본영토에 전적으로 편입시켰
다. 그러나 황제는 일본의 합병요구에 반대했고, 결국 내각 총리대신
이완용과 통감 자작 데라우치 마사타케(寺內正毅) 사이에 체결되었다.
즉 "일본국 황제 폐하 및 한국 황제 폐하는 양국의 특별한 친밀관계를
생각하여 상호 행복을 증진하고 동양의 평화를 영구히 확보하기를 원한
다. 이러한 목적을 달성하기 위하여 일본국 황제 폐하는 통감 자작 데
라우치를 한국 황제 폐하는 내각 총리대신 이완용을 각 그 전권위임에
임명함에 따라서 전권위임이 회동하여 제조를 협정한다."라고 했다. 실

---

29) 메이지 42년 3월 30일, 「한국합병에 관한 건」, 전게서, 『日本外交年表並主要
文書(上)』, 明治百年双書1, pp.315-316.
30) 메이지43년 6월 3일 각의결정, 「한국에 대한 시정방침」, 전게서, 『日本外交年
表並主要文書(上)』, 明治百年双書1, p.336.

질적으로 한국 황제가 조선영토를 일본영토에 편입하는 것에 동의했다는 증거(위임장)는 분명치 않다. 국권을 넘기는 중대한 조약을 위임장으로 체결했다는 것은 강제조약임을 의심하는 대목이다.

1910년 한일합병에 관해 "한국 황제 폐하는 한국 전부에 관한 모든 통치권을 완전히 그리고 영구히 일본국 황제에게 양여한다."(제1조) "일본국 황제 폐하는 제1조의 양여를 수락하고 전적으로 한국을 일본제국에 합병을 승낙한다"(제2조) "일본제국 황제 폐하는 한국 황제 폐하, 태황제 폐하, 황태자 전하, 그 후비 및 후예로 하여금 각 그 지위에 응하는 상당한 존경과 위엄과 명예를 향유하도록 하고 이를 유지하도록 충분한 세비를 공급할 것을 약속한다."라고 했다.[31] 그리고 "한국을 일본제국에 합병을 단행하는데, 그 목적은 일본국 황제 폐하 및 한국 황제 폐하는 양국 간의 특수한 친밀한 관계를 생각하여 상호 행복을 증진하고 동양평화를 영구히 확보하기 위한 것"이라고 하고 있다.

그러나 실제로는 한일합병은 조선인으로 하여금 일본에 원한을 갖게 한 것이며, 친밀한 관계에 의한 것이 아니었다. 한국민의 행복을 위한 것이라고 했지만, 이 조약으로 말미암아 한국민의 불행만 초래했다. 동양평화를 영구히 확보한다고 했지만, 일본의 조선침략은 반일독립운동을 패전까지 전개하게 되어 동양에는 평화로운 날은 하루도 없었다. 이러한 의미에서 일본의 한국합병 목적이 조약상의 내용과 전혀 다른 타테마에(형식)적인 것이었고, 혼네(본심)는 조선영토를 일본영토에 편입하기 위한 제국주의적 침략행위였음을 알 수 있다.

---

31) 메이지 43년(융희4년) 8월 22일, 「한국합병에 관한 조약」, 내각총리대신 이완용과 통감 자작 寺內正毅 사이에서 체결됨.

일본의 조선영토 편입은 식민지통치라든가, 일본의 속국화를 의도한 것이 아니라, 당초부터 조선을 일본영토에 편입하고 민족을 말살하여 동화하기 위한 완전한 병합을 의미한 것이었다.[32]

5. 나오면서

이상으로 일본의 조선 침략과정을 영토침략이라는 관점에서 고찰해 보았다. 그 요점을 정리하면 다음과 같다.

첫째로, 일본의 조선침략정책을 일반적으로 조선의 식민지정책이라는 용어를 사용해 왔다. 일본은 내지 연장선상에서 조선영토를 일본영토에 편입하고 조선민족을 말살하여 일본에 동화시키는 것을 의도했다. 그러나 최종적으로는 제2차 세계대전의 패전으로 말미암아 조선을 일본에 완전히 편입하는 것에는 실패했다.

둘째로, 일본의 조선침략을 영토확장정책에 초점을 맞춤으로써 조선 침략의 목표가 한국영토를 일본영토에 편입하고 민족을 말살함으로써 내지연장으로 동화정책을 철저히 하여 일본화를 시도했던 것이다.

셋째로, 일본의 조선 침략정책에 관해서는 다양한 분야에서 고찰이 가능하다. 경제정책, 철도정책, 통화정책, 무단정책, 문화정책, 통감정책 등 수많은 정책을 분석할 수 있는데, 그 중에서도 영토정책이 일본이

---

[32] 1919년 8월 19일 조선 식민지시대에 일본은 조선을 동화시키기 위해 수상 하라 타카시가 성명을 발표하여 "조선은 일본의 판도로서 속방이 아니고 또 식민지도 아니다. 즉 일본의 연장이다." 또 조선총독 長谷川良道는 "조선은 즉 제국의 판도로서 제국의 속국이 아니다. 조선인은 재국신민으로서 내지인과 아무런 차이가 없다"고 했다(旗田巍, 『日本人の朝鮮觀』, 勁草書房, 1983, p.6).

의도했던 가장 최종적인 목표였다는 것을 알 수 있다.

넷째로, 일본은 1876년 조일수호조규를 강요하여 조선의 문호개방을 요구했다. 당초 일본이 문호개방을 요구할 때는 한국은 통상을 위한 문호개방 정도로 여기고 있었다. 그러나 실질적으로 일본은 내지연장선상에서 조선영토를 일본영토에 편입한다는 정치적 저의를 깔고 있었던 것이다.

다섯째로, 1876년 조일수호조규에서 1910년 한일합병으로 한국영토가 일본영토에 편입되기까지 일본은 기회 있을 때마다 빈번히 조선의 자주권, 한국독립, 한국영토보전, 한국과 동양의 평화라고 하는 수사를 사용했다. 이는 일본제국주의가 영토침략의 야욕을 은폐하고 조선을 기만하기 위한 타테마에론(형식)에 불과했던 것이다.

여섯째로, 일본은 전쟁이라는 수단으로 영토를 취득하지 않고, 국제공법을 조선영토의 병합의 수단으로 삼았다. 그대 일본정부는 당초부터 조선영토를 일본영토에 편입한다는 최종적인 목표를 설정하고 그 수단으로서 국제공법을 철저히 악용했다. 일본은 아시아에서의 국제공법은 약소국을 보호하기 위한 것이 아니라, 강대국을 위한 것이라는 점을 간파하고, 중요한 순간마다 국제공법을 가장한 조약을 강요하여 점진적으로 조선의 주권을 약탈해갔던 것이다. 한일합병을 단행할 때까지 일본이 요구한 수많은 조약들 중에 한일 양국이 합법적으로 합의하여 이루어 진 것은 한 개도 없다. 대부분의 조약들은 국가최고의 통수권자인 황제의 서명이 필요했음에도 불구하고 대리인을 내세우거나, 아니면 천황이 위임한 것처럼 문서를 조작하여 조약의 형식을 갖추는데 급급했던 불법적인 강제조약이었다.

제3장

일본영토의 변동과 영토분쟁의 현안[1]

1. 들어가면서

근세일본은 정치적 경제적 우위권을 다투고 있던 유럽사회와는 달리, 쇄국정책으로 국내적인 정치적 경제적 안정을 도모해왔다. 그러나 막말 (幕末) 서양세력의 동진으로 국가성장의 필요성을 인식하게 되어 근대 화를 위한 국제적인 경쟁체제를 수용하게 되었다. 일본은 개국과 더불 어 유럽문명을 적극적으로 수용하여 근대국민국가 형태의 통일국가를

---

1) 박태호 · 박철희 엮음. 『동아시아의 로칼리즘, 내셔널리즘, 리저널리즘』 인간사랑, 2007의 내용 중 필자의 연구부분을 전재하였음.

설립했다. 일본은 청일전쟁, 러일전쟁, 제1·2차 세계대전을 거치면서
국가발전을 거듭해왔다. 이 과정에서 두드러지게 나타나는 것이 인적
및 물적 자원 확보와 자본주의 시장개척을 위한 영토 확장이었다. 제2
차 대전 이전의 일본은 영토 확장을 통하여 인적 물적 자원을 확보하여
괄목할 만한 국가발전을 달성했다. 일본은 패전으로 인해 무조건 항복
을 수용함으로써 전전(戰前)에 제국주의가 확장했던 상당부분의 영토를
포츠담선언에 의거하여 전후 일본영토에서 분리되어 영토범위나 인적,
물적 자원의 감소 등 외형적인 국가쇠퇴를 초래했다. 그러나 전후 일본
은 전전에 형성된 기술자원과 인적 노하우, 그리고 천황중심의 국가주
의문화, 자본주의경제체제의 도입 등을 통한 성장 잠재력으로 고도경제
성장을 달성했다. 한편으로 일본은 포츠담선언을 전적으로 수용함으로
써 박탈된 제국주의의 영토에 대해 주권을 최대한 확보하기 위해 전후
꾸준히 대일평화조약에서 미처리된 영토에 대한 영유권을 주장하여 어
업, 지하자원 등 경제발전의 동력을 개발해왔다.

　서세동진 이전의 로컬리즘 세계에 만족하고 있었던 근세일본은 영토
확장 야욕이 전혀 없었기 때문에 일본의 성장과 동아시아 국제질서를
변화시키는 요인으로는 작용하지 못했다. 그러나 근대일본은 서양열강
의 문호개방 압력과 더불어 국민국가가 성립되면서 내셔널리즘이 대두
되어 일본의 영토를 최대한 확장하는 국경을 획정했다. 이를 필두로 메
이지정부는 부국강병을 국가목표로 하여 내셔널리즘을 강화하면서 주
변국의 병합 또는 분할, 합병을 감행하여 영토를 확장했다. 일본의 영
토 확장정책은 동아시아 국제질서를 변화시키는 진원지가 되었으며 동
시에 일본국가 성장의 직접적인 요인으로 작용했다. 제2차 세계대전에

서 일본이 패전함으로써 일본의 지배를 받았던 동아시아 각국은 일본영
토에서 분리되어 독립을 맞이하게 되었으며, 동아시아 국제질서의 변화
를 초래했다. 그 후 일본은 점령정책의 일환으로 미국의 지도아래 일찍
이 자본주의체제를 도입하여 경제대국으로 성장했다. 또 동아시아 각국
은 일본을 국가발전의 성장모델로 삼았으며, 특히 일부 국가들은 무난
히 경제성장을 달성하여 동아시아지역이 21세기 지구상에서 가장 주목
받는 경제적 발전지역이 되었다.

　이처럼 과거 일본의 성장은 곧 동아시아 국제질서의 진화를 의미했
다. 향후에도 일본의 발전과 동아시아 질서의 진화에 절대로 무관하지
않을 것으로 예상된다.

　본 연구의 목적은 과거 일본의 영토 확장정책이 국가성장에 지대한
영향을 미쳤다는 것을 전제로 하여 이러한 일본의 영토정책을 시기별로
그 특징을 고찰하는데 있다. 이는 전후에 발생한 일본의 영토분쟁의 본
질을 이해하는데 도움이 될 것이고, 이는 또한 21세기 일본과 분쟁 중
에 있는 동아시아의 여러 영유권 분쟁을 전망할 수 있을 것이다.

　현재 일본은 한중러, 주변 3국과 영토분쟁을 일으키고 있다. 일본과
이들 3국 사이의 영토분쟁에는 한 가지 공통점을 갖고 있다. 이들 시역
은 모두 근대일본이 영토 확장정책으로 편입했던 지역이라는 점이다.

　근대일본은 국권을 수호하고 동시에 유럽과 같은 강대국이 되기 위
해서 문명개화와 더불어 부국강병을 목표로 삼아 식산흥업과 영토 확장
을 국가발전의 기본적인 정책방향으로 설정했다. 따라서 근대 일본은
타민족의 억압과 말살로 꾸준히 영토를 확장했다. 그러나 1945년 일본
의 패전으로 일본영토는 기본적으로 포츠담선언의 제8항에 의거하여

"카이로선언을 이행하고, 일본의 주권은 혼슈(本州), 홋카이도(北海道), 큐수(九州), 시코쿠(四國) 및 우리(연합국)가 결정하는 제소도(諸小島)에 국한한다"고 하여,[2] 최종적으로 1951년 9월 샌프란시스코 강화조약에 의해 구체적으로 결정되었다. 그러나 대일평화조약은 제3국과 공산진영의 국가를 조약 당사국에서 제외시키고 자유진영을 중심으로 추진된 것으로 특정국가의 권익을 무시한 일방적인 처리라는 문제점을 안고 있다.

이처럼 국가성장의 한 방편으로 추진되어온 일본의 영토 확장정책은 시기적으로 그 과정을 3기로 나누어 특징을 설명할 수 있다. 제1기는 국방차원에서 국경확정을 위한 영토편입조치이고, 제2기는 국가의 발전적 차원에서 영토를 확장한 시기이다. 청일전쟁이 바로 여기에 포함된다. 제3기는 국가의 발전적 차원에서 적극적으로 영토를 팽창한 시기를 말한다. 러일전쟁 이후부터 패전까지가 바로 여기에 속한다.

이러한 과정을 통한 일본의 영토 확장정책은 다음 5가지의 특징으로 설명할 수 있다.

①근대 국민국가가 성립되기 이전의 전근대에는 근대와 다른 영토인식을 갖고 있었다. ②근대일본은 국민국가가 성립되고 내셔널리즘이 대두되면서 국경의식과 더불어 영토 확장의식이 생겨나서 가상의 국경을 설정하여 일본의 영토를 최대한 확장하려 했다. ③1차적으로 국경확정이라는 형태로 내셔널리즘이 대두되어 영토 확장을 통한 국가발전을 도모했다. ④내셔널리즘의 강화로 일본은 꾸준히 영토를 팽창했으나, 국제사회로부터 신뢰를 회복하지 못하고 패전으로 제국주의가 팽창

---

2) 高野雄一・橫田喜三郎編, 『國際條約集』有斐閣, 1992, p.576.

한 영토의 대부분을 몰수당하는 수모를 겪었다. ⑤일본영토의 범위는 패전과 동시에 포츠담선언에 의해 선(先)조치 되었으나, 최종적으로 대일평화조약에 의해서 재확인되었다. 그런데 이 대일평화조약은 냉전이라는 국제질서 속에서 자유진영의 연합국이 중심이 되어 추진하여 공산진영의 연합국과 제3국의 입장을 전적으로 무시하는 결과를 초래했다. 한편으로는 자유진영의 연합국은 일본의 공산화를 막기 위해 일본의 입장을 적극적으로 두둔했다. 일본은 이러한 국제질서를 이용하여 내셔널리즘의 강화와 더불어 영토처리 원칙을 무시하고 제3국과 공산진영에게는 일본제국주의가 확장한 영토에 대해서도 일방적으로 영유권을 주장했다. 이로 인하여 전후 일본은 최대한 영토주권을 확보하겠다는 영토 확장 의식을 갖게 됨으로써 동아시아 3국과의 영토분쟁이 야기된 것이다.

연구방법은 우선적으로 영토 확장 야욕이 없었던 전근대 일본의 로컬리즘시대에 있어서의 영토인식은 어떠했는가를 살펴본다. 둘째로는 근대국민국가의 성립과 더불어 대두된 내셔널리즘에 의한 국경형성과정을 살펴본다. 셋째로는 근대일본이 부국강병을 국가목표로 설정함으로써 강화된 내셔널리즘에 의한 영토 확장 과정을 고찰한다. 넷째로는 일본이 패전함으로써 연합국의 요구를 무조건적으로 수용하고 포츠담선언 등 대전 중에 체결한 모든 국제법적 약속에 의거하여 대일평화조약에서 일본 제국주의가 확장한 영토가 일본영토에서 전적으로 분리되는 과정을 고찰한다. 다섯째로는 일본제국주의가 확장한 영토가 분리되었음에도 불구하고 전후 일본은 내셔널리즘을 강화하여 영유권을 주장하게 되는데, 대일평화조약 이후 일본의 영토정책에 관해 고찰한다. 마지막으로 결론에서는 이러한 역사적 전개과정에서 분출된 영토분쟁을 총체적으로 고찰하여 향후 영토분쟁을 전망해 본다.

여기서 근대일본이 영토정책으로 확장한 영토는 「신영토」의 개념을 내포하고 있고, 그 이전의 근세시대의 영토는 「고유영토」의 개념으로 봐야 할 것이다.

선행연구에서는 일본의 영토 침략에 대해 영토정책에 초점을 두어 다루지 않고, 대부분 대륙침략정책에 초점이 맞추어졌다.

2. 전근대의 일본영토

그렇다면 우선 근대일본이 영토 확장을 본격적으로 추진하기 이전인 근세일본의 영토인식은 어떠했는지를 살펴보기로 한다.

근대 국민국가가 성립되기 이전의 일본은 근세시대로 봉건적인 막번(幕藩)체제로 되어 있었다. 즉 일본 전국이 막부와 번으로 되어있었고, 막부가 번을 장악하고 있었다. 번은 정치적으로 막부로부터 반독립적인 수평적 관계에 위치하고 있었다. 막부는 번을 조종할 수 있는 막번관계를 지속시키기 위해 막부의 허락 없이 대외관계 및 무역을 통한 실력양성을 견제했다. 이를 위해 취해졌던 조치가 쇄국령이다. 따라서 막부의 허락 없이 영토를 확장하여 세력을 확장할 수도 없었다. 물론 막부도 막번관계를 초월한 외국에 대한 영토확장 야욕을 갖지 않았다.

막번체제 하의 일본 변방인 서남방에는 사츠마(薩摩) 번과 유구(琉球), 서방의 쓰시마(對馬) 번과의 조선, 북방의 마츠마에(松前) 번과 아이누가 위치하고 있었다. 남방에는 오가사와라(小笠原)군도가 위치하고 있었다. 오가사와라도를 제외하면 나머지 지역들은 쇄국이 진행되는 상황에서도 인접한 번과 각각 특별한 관계를 맺고 꾸준히 교류하고 있었다.

변방의 이들 번은 주변국 및 약소민족과 어떠한 관계를 설정하고 있었는지 살펴보자. 먼저 일본열도 서남방 지역의 사츠마 번과 유구와의 관계를 통해서 근세일본의 영토인식에 관해서 고찰해보기로 한다.

(1) 사츠마 번과 유구

유구는 14-16세기에 걸쳐 일본국가의 범위 밖에 존재했던 독립된 왕국이었다. 유구는 14세기 이래 중국 명조의 책봉체제 아래에 속한 조공국가였으나, 1609년 사츠마 번의 시마즈(島津)씨가 유구를 침략하여 시마즈씨에게도 종속되는 국가가 되었다. 막부와 시마즈씨는 각각의 나름대로 유구의 국왕체제를 존치하면서 막번체제 외곽의 국가로 간주였다. 즉 막번체제 하에서 유구를 이국이역으로 간주했던 것이다. '막번체제' 하에서 이국이역의 지위를 인정받은 유구는 17세기 후반이 되어서 새로운 시대에 대응하기 위해서라도 스스로의 주체성을 어떻게 견지해 갈 것인가가 국가적 과제였다. 유구는 독립국으로서 일본, 중국이라는 대국 사이에서 생존하기 위해 중국과도 교제하고, 또한 사츠마 번과 막부와도 교제해야 했다. 그 일환으로 근세초기 유구는 '일유동조론(日琉同祖論)'을 주장하여 이름과 의장까지 일본(야마토)과 동일한 문화를 갖기를 희망했다. 그러나 사츠마 번은 유구에 대해 그것을 금지하는 조치를 내렸다. 결국 막부와 사츠마 번은 1627년 청조가 성립되었을 때 유구를 이국으로 간주하여 방기했다. 유구는 독립국가로서 생존하기 위해 근세 사회를 향해 질적 변화를 도모하여 개혁을 추진했다. 17세기 말 이후 막부에서도 유구와의 관계를 분명히 하여 쇼군의 대군외교 아래 막번체 제 하의 이국으로 간주했다. 18세기 초두에는 사츠마 번 시마즈씨의 공 격으로 금지되었던 왕호(王號)의 사용도 가능하게 되었다. 그 이유는 막 부가 쇼군(將軍)의 권위를 높이기 위해 에도(江戶)를 상경하는 이국사신 으로서 안사(按司)가 아닌 왕자가 어울린다고 판단했기 때문이다. 이러 한 일본과의 관계 속에서 17세기 후반의 유구는 중국의 강희제(康熙帝) 연간 청조와도 진공관계를 맺으면서 안정되어 있었다. 그 속에서 막부 는 유구가 이국 국적으로서 중국 국적이기를 기대했고, 유구도 거기에 부응하고 있었던 것이다.

또 1622년 네덜란드함대가 숙적인 포르투갈의 거점인 마카오 공략에 실패하고 나서 대만의 팽호도(澎湖島)를 요새로 삼았다. 이에 대해 복 건성(福建省) 당국은 팽호도를 중국령이라고 하여 이를 인정하지 않았 다. 그러자 1624년 대만 서안의 안평에 성을 쌓고, 대만을 거점으로 하 여 대일무역을 행했다. 이때 막부는 네덜란드로 하여금 대만-유구-나가 사키(長崎) 중계무역을 인정하면서도 직접적인 유구기항은 허용하지 않 았다. 또한 히라도(平戶)의 영국 상관(商館)도 1616년 히라도와 나가사 키개항이라는 막부정책에 의해 유구입항은 불가능했다. 즉 막부는 해금 정책을 실시하여 유구와 유럽과의 중계무역을 허락하지 않았다. 이런 관계 속에서 유구는 복주(福州)를 왕복할 때 중국과 네덜란드 상선의 약탈행위로부터 구제받기 위해 사츠마 번의 도움으로 1660년부터 네덜 란드상관이 교부한 깃발을 달고 항해하기도 했다.[3] 이를 보면 막부와 유구는 막번체제 속의 이국(異國)이지만, 경제적으로 종속관계에 있었음을 알 수 있다.

1708년 나가사키에 거주하던 일본인들의 유구에 대한 인식을 살펴보면, "유구의 과반(過半)은 복주(福州)에 따르며 당나라를 왕래하고 있었고, 또한 그 반(半)은 사츠마를 왕래하고, 표류민은 나가사키에서 사츠마 번를 통해 유구에 보내졌다. 유구의 언어는 중국과 통하지 않았으나, 일본과는 통하는 부분이 많다. 유구는 일중 양국과 교류하고 있었다. 유구는 당과 일본 양쪽에 속하는 나라이고, 양국과 교역하여, 금은(金銀)을 잘 유통시켜 큰 이익을 얻어 부국한 나라가 되었다"고 지적하고 있다.[4] 이렇게 볼 때 일본은 유구를 일본영토에 편입시키겠다는 의식이 존재하지 않았다고 볼 수 있다. 그러므로 유구가 사츠마 번과 막부와의 관계에 대해 정치적 내속관계라기 보다는 경제적인 종속관계라고 보는 것이 타당할 것이다.

다음으로는 일본열도 북변에 위치한 마츠마에(松前) 번과 아이누민족과의 관계를 검토하면서 근세일본의 영토인식에 관해서 살펴보기로 한다.

(2) 마츠마에 번과 아이누민족

1456년 지방호족세력이 홋카이도(北海道) 남단 아이누모시리[5]를 침

---

3) 田名眞之, 「自立への模索」, 豊見山和行編, 『琉球, 沖縄史の世界』吉川弘文館, 2003, pp.167-195.
4) 眞榮平房昭, 「琉球貿易の構造と流通ネットワーク」, 豊見山和行編, 『琉球, 沖縄史の世界』吉川弘文館, 2003, pp.116-166.
5) 아이누어로서 아이누의 신령스러운 땅이라는 의미이다.

입하여 일본의 봉건사회를 구축하려고 했을 때 아이누민족(족장 코사마
인)은 이를 민족적 위기로 간주하고 일본인 침입자에 대해 격렬히 대항
했다. 결국 이렇게 해서 홋카이도 남단에 지방호족의 카키자키(蠣崎)정
권이 탄성하게 되었고 1585년 토요토미 히데요시(豊臣秀吉)의 일본 전
국 통일기에 국가권력 속에 편입되었다. 1604년 토쿠가와(德川)막부가
카키자키정권에게 흑인장(黑印章)을 부여하여 마츠마에 번이 탄생했는
데, 막부는 마츠마에 번을 1만석의 다이묘(大名)로 인정하여 막번체제
하에 편입시켰다. 아이누모시리지역과 일본인지역인 마츠마에 번과 구
분이 생기면서 아이누와 일본과의 경계가 형성되기 시작했다. 1633년
막부는 쇄국을 강화하였을 때 아이누모시리지역과 마츠마에 번과의 교
역을 인정했지만 다른 번과의 통교를 제한했다. 그러나 마츠마에 번은
서서히 아이누와 잡거상태를 거치면서 아이누모시리지역으로 세력을
확장하여 그 영역을 확장해나가는 경향이 있었다. 그러나 마츠마에 번
의 영역은 막말까지 홋카이도 남단의 극히 한정된 지역만 인정되었다.[6]
그 과정에서 아이누민족은 민족적 위기를 극복하기 위해 마츠마에 번의
침입에 항거하여 여러 차례 투항했다.

막부는 쇄국정책의 일환으로 마츠마에 번의 영토확장을 허용하지 않
았다. 그래서 아이누민족은 화이(華夷)질서체제 속의 「막부-번-아이누민
족」이라는 막번체제 밖에 존재하는 반수직적 수평관계로서 정치적으로
는 독립된 이국(異國) 이역(異域)으로 간주되었다. 다만 막부는 마츠마

---

6) 홋카이도의 서해안은 최초 카미노쿠니(神の國)에서 칸나이(關內)로 확대되었고,
동해안은 최초 시리우치(知內)에서 이시자키(石崎)로 확장되었다(최장근, 「마츠
마에번의 정치경제적 경계확장」, 『일본의 영토분쟁』, pp.247-254).

에 번에 대해 아이누모시리지역에서의 독점적인 교역권만 인정했다. 실제로 마츠마에 번은 성립 초기에 직접 바쇼(場所 : 교역거점)를 경영했다. 그러나 그 이후 번의 재정이 악화되어 다른 번 출신의 상인들에게도 바쇼를 임대했다. 일본인의 바쇼 경영은 가혹할 정도로 아이누민족을 학대했다. 아이누민족은 여러 차례 이에 저항했지만, 결국은 일본인의 체제 속에 서서히 편입되어갔다. 이렇게 해서 마츠마에 번과 아이누와의 관계는 교역에 있어서 주종관계가 되었다. 막부는 마츠마에 번에 대해 아이누모시리를 이국 이역으로 취급하게 했다. 그래서 아이누모시리를 기반으로 창출된 마츠마에 번은 아이누에 대해 주권을 말살하고 영역을 일본영토에 편입하려는 그런 정치적 예속의 대상으로 보지 않았다.

그러나 막부는 정권말기 러시아의 남하로 인해 아이누모시리지역이 러시아에 선점 당하는 것을 우려하여 북방경계의식을 갖게 되었다. 아이누모시리에 대해 화이질서 속에서의 이국이역이라는 종전의 인식에서 내지인식으로 전환하는 계기가 되었다. 1778(-1789)년 러시아사절이 아이누모시리(키이탓프, 앗케시)에 들어와서 아이누인과의 교역을 요구했다. 막부는 이에 대항하여 1786년 직접 관리를 파견하여 쿠릴열도와 사할린 남부의 아이누모시리지역을 조사했다. 이미 쿠릴열도는 러시아인의 관할 하에 들어가 있어서 아이누인들은 일본인을 경계의 대상으로 보고 있었다. 그래서 막부는 아이누민족을 대대적으로 탄압했고, 동시에 러시아와의 관계 단절을 요구하면서 내국화정책을 추진했다. 그 일환으로 막부는 러시아의 후발로 1789년 막부관리를 쿠릴열도(에토로프)에 파견하여 러시아령의 국경표식을 제거하고 일본령의 국경표식을 세워 일본영토임을 선언했다. 동시에 1799년 아이누인과 러시아와의 교역도 금했다. 이러한 경과로 일본과 러시아 사이에서 아이누모시리지역을 둘러싼 영유권 분쟁이 본격화되었다. 일본은 아이누민족에 대해 동화정책을 실시하여 일본화를 추진했던 것이다.[7]

요컨대 근세일본은 쇄국정책으로 아이누모시리지역을 이국이역으로 간주하여 마츠마에 번과 아이누와의 관계에 대해 경제적 교역이라는 로컬적인 교류만을 인정했던 것으로 결코 영토 확장을 인정하지 않았으며, 영토 확장의 야욕도 없었다. 그러나 막말 러시아 제국주의의 남하에 의해 아이누모시리지역이 선점당하는 것을 우려하여 그 영향으로 일본적 내셔널리즘이 대두되었고, 국경확정이라는 형태로 영토야욕이 생겨나서 러일 양 제국주의 국가가 아이누모시리지역을 분할하기 위해 대립되었던 것이다.

다음으로는 일본열도의 서방지역에 해당되는 쓰시마(對馬) 번과 조선과의 관계를 고찰하여 근세일본의 영토인식을 고찰해보기로 한다.

(3) 쓰시마 번과 조선

근세시대의 쓰시마 번은 조선과 일본 간의 외교관계를 담당하고 있었다. 쓰시마(對馬) 번은 임진왜란 이후 1598년 토요토미 히데요시(豊臣秀吉)가 죽은 후, 임진왜란으로 단절되었던 조일간의 국교회복에 노력하여 1607년 양국의 국교가 정상화되었다. 양국은 1609년 을유약조(乙酉約條)를 체결하여 도주(島主)가 세견선(歲遣船)을 파견하는 통교무역체제를 확립했다. 도주는 임진왜란 이전과 전쟁기간 중이나 이후에도

---

7) 최장근, 「막부의 국경의식 대두와 영토화정책」, 『일본의 영토분쟁』, pp. 254-258.

사기적인 외교술로 조선과 막부사이를 중개했고, 전후에는 토쿠가와 이에야스(德川家康)의 국서를 조작하여 조일 양국 간의 의견 차를 좁혀서 국교회복을 의도했다. 이러한 쓰시마의 행위는 조일 양국으로부터 신뢰를 받기 위한 것이었다.

막부는 야나가와 일건(柳川一件)을 계기로 쓰시미 부중(對馬府中)에 교토(京都)의 오산승(五山僧)을 수년간 교대로 주재하도록 하여 조선과의 왕복문서를 관장하는 이정암윤번제(以酊庵輪番制)를 실시했다.

쓰시마 번은 열악한 지역적 환경 때문에 막번체제 하의 1만석의 영지로 인정받고 있었다. 그래서 경제적으로 조선에 의지하지 않을 수 없었기 때문에 조선과 막부의 중재자로서 역할을 담당했다. 쓰시마 번은 막부로부터 쇼군 교체와 막부의 대사(大事)가 있을 때마다 조선통신사의 요청과 접반(接伴)을 가직(家職)으로 의뢰받아서 맡고 있었다. 막부는 쇼군의 권위를 대내외에 과시하기 위해 쇼군이 바뀔 때에 조선통신사를 초빙했다. 조선통신사는 1607-1811년까지 12번에 걸쳐 왕래했고, 그 중 11번째의 왕래는 쓰시마 도주의 안내를 직접 받으면서 에도까지 왕복했다.

역으로 일본인은 조선에 있어서 부산에 왜관을 설치하여 왜관(국교 직후는 구 부산진성 자리, 1678년에는 草梁項)에 한해서 사신의 의식과 교역을 행했고, 왜관에는 4천 5백여 명의 일본인(주로 쓰시마인)이 상주하여 교역을 행했다. 그러나 교역 이외의 목적으로는 거주가 허락되지 않았다.

쓰시마 번과 조선과의 관계는 교역이 궁극적인 목표였다. 공무역과 사무역이 있었는데 공무역은 도주의 세견선에 의해 일정한 수량과 품목이 정해져있었다. 그러나 사무역은 일본에서 은을 수출하고 조선에서 비단과 쌀을 수입했는데 그 양은 1660년에 1만 6천석에 달했다. 중개무역으로서 조선 상인을 통해 은이 중국에 전해지고 중국으로부터 생사와 비단을 수입했다. 쓰시마 번은 조선무역과 좌수 은산(佐須銀山: 1650 재개)을 개발함으로써 경제적으로 번영했다. 1681년에는 7,976명의 일본 본토인이 쓰시마 번으로 유입되었다. 대외적으로는 초량으로 왜관을 이관시켰고, 대내적으로는 1664년 간고제(間高制)[8]라는 특이한 토지제도를 채택하여 검지를 실행했다. 또 1662년 종래의 지방지행(地方知行)에서 장미지행(藏米知行)으로 바꾸어 번정(藩政)의 기초를 쌓았다.

그 전성기는 대체로 종의진(宗義眞)의 집정기(1657-1700, 번주 재직은 1657-92)와 겹친다. 그 이후 지나친 토목공사와 은광채굴이 중지됨으로 인해 은화조달이 곤란하게 되어 조선과의 무역이 쇄락하게 되었고, 또한 수입품인 생사와 비단이 나가사키무역에 밀려서 재정이 파탄되었다. 번 재정의 체질개선을 위해 식산정책을 실시했으나, 험한 자연조건 때문에 한계가 있었다, 그래서 쓰시마 번은 통신사 사절요청 및 조선외교를 담당하고 있었던 관계로 막부에 청원하여 하사금과 차입금으로 경제적 어려움을 해결해나갔다.[9]

이처럼 쓰시마는 조선과 교역관계에 머물고 있었으며 조선의 영토에 대한 확장의식은 전혀 없었다. 다만 임진왜란이후 조선의 공도정책으로 울릉도가 비워져 있는 사실을 알고, 울릉도에 대한 조선조정의 영유인

---

8) 수확량 중심의 石高制를 폐지하고 면적 중심의 間尺法을 토대로 논 4등급, 밭 4등급, 정원 4등급 등 모든 경작지를 12등급으로 구분했다.
9) 「近世の對馬」, 長節子, 『中世國境海域の倭と朝鮮』吉川弘文館, 2002, pp.14 -19.

식을 확인하기 위해 영유권을 주장한 적이 있었다. 1620년대부터 지금의 돗토리번 사람들 중에 막부의 도항면허증을 받아 울릉도를 왕래했다는 기록이 있다. 그때 오야(大谷), 무라카와(村川)라는 가문사람과 동래어부 안용복 사이에서 벌어진 울릉도 영유권분쟁사건을 계기로 막부가 도항을 금지하여 울릉도를 조선영토로 인정했다. 쓰시마 도주 종의윤(宗義倫)은 쓰시마를 통해 귀국하는 안용복 일행을 감금하여 막부의 서계를 빼앗고, 조선조정에 대해 '타케시마'(竹島: 당시의 울릉도)의 영유권을 주장했다. 그때 조선조정에서는 이 문제의 대응을 둘러싸고 논란 끝에 울릉도가 조선의 고유영토임을 명확히 전달했다. 쓰시마 번은 최종적으로 이를 수용하여 울릉도를 조선영토로 인정한 적이 있었다.10) 그런데 이 사건은 쓰시마번의 적극적인 영토 확장 야욕에 의한 것이 아니라, 조선조정의 영유권 인식을 확인한 사건에 불과했던 것이다.

이처럼 근세일본 즉 막부와 쓰시마 번은 교역관계 및 막부의 정치적 권위를 내세우기 위해 조선통신사를 초빙했던 것으로서, 조선에 대한 영토야욕은 전혀 없었음을 알 수 있다.

다음으로는 일본열도의 남단에 위치한 오가사와라(小笠原)군도와 근세일본과의 관계를 검토하여 근세일본의 영토인식을 고찰해본다.

(4) 오가사와라 군도와 도쿄도

오가사와라 군도는 화산(火山)열도, 오키노 도리시마(沖の鳥島) 및 미나미 도리시마(南鳥島)로 구성되어 있는데, 오가사와라 정뢰(貞賴)라는

---

10) 「17세기말 울릉도, 독도 영유권논쟁과 독도의 조선영토 재확인」, 신용하, 『독도의 민족영토사연구』지식산업사, 1996, pp.30-34.

사람이 토요토미 히데요시를 모시고 있을 때 1593년 남해(南海)를 항해 하다가 군도를 발견하여 오가사와라라고 명명했다는 설이 있다. 이처럼 센코쿠(戰國)시대에도 국내문제로 국외에 대한 영토 확장 야욕이 없었 던 것이다. 오가사하라도가 서양 열강에 처음으로 발견된 것은 16세기 구미제국이 동양진출을 시도하던 시기인 1543년 포르투갈 선박이 타네 가시마(種子島)에 표착했을 때 오가사와라도를 탐험했다. 그해 스페인 제4회 동양원정함대 소속 산장호가 북위 25도 부근에서 이오지마(硫黄 島), 북 이오지마, 남 이오지마를 발견했다. 일본인이 공식적으로 오가 사와라도를 발견한 것은 1669년 기슈(紀州)사람이 에도로 밀감을 운송 하던 중에 폭풍으로 조난당하여 다음해 2월 오가사와라도에 표착하게 된 것이다.[11] 이들은 막부에 오가사와라도에 관한 보고서를 올렸다. 그 래서 막부는 1675년 시마야 이치사에이(島谷市左衛) 일행 32명을 오가 사와라군도에 파견하여 섬을 순시하도록 했다. 그 이후 이 섬은 표착민 을 제외하고는 무인도로서 오랫동안 방기되었다.[12]

그리고 나서 오가사와라도는 1823년 미국의 포경선에 의해서 모도 (母島)가 발견되어 선장의 이름을 빌려서 '코힌도'라고 명명되었다. 또 1825년 영국의 포경선 '사브라이호'가 부도(父島)를 발견했고, 1827년 영국함대 포경선 '브롯삼호'가 이 섬에 도착하여 각 섬의 이름을 붙였 다. 그 후 1828년 러시아군함 '르트켓'이 이 섬을 방문했다. 이처럼 오 가사와라 섬이 발견될 때마다 제각기 다른 이름이 붙여졌으며 또한 영

---

11) 紀州 藤代의 長左衛門, 아바국(阿波國) 카이후군(海部郡) 아사가와포(淺川 浦)의 水主安兵衛.

12) 「小笠原島」, 崔長根, 『明治政府の領土擴張政策－獨島の島根縣編入を中 心に－』, 中央大學法學研究科 修士論文, 1994, pp.69-76.

유주권이 선언되었다.[13)]

특히 '포트로이드'에는 원정함대의 기항지로서 항상 각국의 함대가 출입했다. 그 후 1830년 백인 5명이 하와이 거주의 캐나다인 남녀 20명을 데리고 이주하여 처음으로 오가사와라도에 사람이 거주하게 되었다. 그 후 거주자 수는 그다지 변하지 않았는데, 1840년에는 12-3호에 30여명이 거주하고 있었다. 1853년 미국의 수군제독 패리가 이 섬에 왔을 때에도 거주자는 그다지 변동이 없었다. 1840년 일본인이 이 섬에 표류되었을 때 오가사와라군도에 서양인이 거주하고 있다는 사실을 본국에 알렸다. 막부는 1862년 1월 외국부교(奉行) 미즈노 치쿠고 모리(水野筑後守) 등의 일행을 막부 순검사로서 파견했다. 당시 조사에 의하면 부도에는 19호의 36명, 모도에 영국, 네덜란드, 캐나다인으로 구성된 4호가 살고 있었다. 관리 일행은 2개월을 거주한 후, 구미인의 거주인에 대해 일본영토임을 선언했고, 막부관리 6명을 이 섬에 주재하도록 하고 귀국했다. 막부는 그해 8월 하치죠지마(八丈島)에 도민 38명을 이주시켰다. 1863년 5월 재류 관민을 송환하여 개척을 포기했다. 이즈음 미국인 히루스가 이 섬에 상륙하여 섬을 개간했다.[14)]

이처럼 오가사와라 섬은 먼저 유럽인에 의해 발견되었으나, 그 후 막부가 섬의 존재를 확인한 바 있었지만, 일본영토로서 인식하지 않았다. 섬은 서양인에 의해 개척되어 영토주권을 선언하고 있었는데, 막부말기 서양세력의 동진으로 국가적 위기상황을 의식하게 됨으로써 내셔널리즘이 대두되어 국경선 확정이라는 명분아래 주변지역을 일본영토에 편

---

13) 大熊良一, 『歷史の語る小笠原島』小笠原協會, 1966, pp.11.
14) 段木一行, 『離島小笠原と伊豆七島』武藏野鄕土史, 1978, pp.260.

입하려는 의식이 생겨났다.

요컨대 근세일본은 로컬리즘시대로서 영토편입 의식이 없었으나, 근대에 들어와서 국민국가 건설차원에서 국경확정의 필요성이 대두됨에 따라서 영토확장 의식이 생겨났던 것이다.

다음 장에서는 막말에 대두되었던 일본의 내셔널리즘과 더불어 추진한 국경확정 과정에서 발생한 근대일본의 영토인식에 관해서 고찰해보기로 한다.

3. 근대일본의 국경확정

일본은 막말 국내외적인 위기 상황에서 미국을 비롯한 유럽열강이 문호개방을 요구하자, 이를 전적으로 수용하여 전면적인 문호개방을 단행했다. 그런데 이러한 상황에서 설립된 신정부는 유럽식 정치·경제 제도를 도입하여 근대화를 추진했다. 한편 일본은 부국강병을 국가발전 목표로 삼고 근대적인 정치제도를 개편함과 더불어 식산흥업 및 영토확장정책으로 국가발전을 도모했다. 영토 확장정책은 일본의 근대화를 진행하는 과정에서 특기(特記)할 부분인데, 이는 이미 서양열강에서 100년 내지 200년 전에 시행되었던 방식이다. 이미 유럽에서는 제국주의 방식의 영토 확장정책은 국제공법상 위법으로 간주되어 오로지 시장 획득을 위한 식민지정책에 몰두하고 있었던 것이다.

원래 근세 막번체제에서의 막부는 쇄국정책을 단행하여 일본을 중심으로 하는 화이질서체제의 개념을 채택하고 있었기 때문에 영토확장 야욕이 없었다. 단지 막부와 번에서는 경제적인 관계(교역관계)로서 유구, 아이누민족, 조선과의 관계를 유지하고 있었다.

그런데 근대에 들어와서 일본의 1차적인 영토확장 정책은 막말기에 대두된 내셔널리즘으로 근대국민국가 건설에 필요불가결한 국경확정을 통한 것이었다. 그 범위는 구미열강에 선점당하기 전에 일본이 먼저 선점할 수 있는 모든 지역을 대상으로 삼았다. 여기에 속하는 지역은 북변한계인 쿠릴열도 · 사할린도, 남변한계인 오가사와라도, 서변한계인 울릉도, 서남변한계인 유구국 등이다. 이를 구체적으로 살펴보면 다음과 같다.

(1) 북변한계(쿠릴열도, 사할린도)

오늘날의 러일 국경지대는 양국이 영유권을 주장하기 이전 원래 아이누민족의 삶의 터전인 아이누모시리지역이었다. 일찍이 제국주의국가로 성장한 러시아는 식민지 개척을 위해 캄차츠카반도를 거쳐 쿠릴열도로 내려와서 홋카이도까지 도달했다. 물론 이는 러시아의 중앙정부가 아닌 지방관으로서 무주지 선점론으로 쿠릴열도를 점령했다. 이는 중앙정부에 의한 지속적인 영유권 행사가 아니고, 지방관에 의한 비연속적인 영토경영이었다. 이는 국제법상 영토취득 요건에는 충족되지 못하는 영토조치였다. 이러한 틈을 타서 일본이 북상하여 러시아에 대항하여 영유권을 주장하기 시작했다.

한편 일본의 마츠마에(松前) 번은 근세 막번체제 하에 아이누모시리의 극히 한정된 지역에서 성립되어 아이누를 상대로 경제적 교역관계를 맺고 있었다. 막번체제라는 화이질서 하에서 막부는 번에 대해 영토확장을 허용하지 않았기 때문에 마츠마에 번은 영토확장 의식을 갖고 있지 않았다. 막부를 비롯한 번이 영토확장 의식을 갖기 시작한 것은 러시아의 남하로 국가적 위기의식을 인지하면서 부터였다. 이처럼 후발로 영토의식이 생겨서 러일 양국이 첨예하게 대립되었던 지역은 쿠릴열도 남부의 쿠나시리와 에토로프 섬이었다.

또한 러시아는 사할린 섬에 있어서도 선점론을 내세워 일본의 사할린 남부 개척을 인정하지 않으려고 했다. 그래서 때때로 양국이 확보하려는 경계지대에서 출장원 간의 충돌사건이 발생하기도 했다.

일본보다 먼저 근대국가로 성립한 러시아는 러일간의 국경 확정을 희망하고 있었고, 게다가 일본과의 교역에서 미국, 영국, 네덜란드 등의 유럽 열강보다 교역에서 우위권을 확보하려는 의도를 갖고 있었다.

이러한 와중에 1853년 러시아는 영국과 프랑스의 지원을 받는 터키 사이에서 크림전쟁이 일어났다. 러시아는 일본과의 교역교섭을 일시 중단하고 귀국했다. 그 틈을 이용하여 미국과 영국이 러시아보다 먼저 화친조약을 체결하여 일본에 있어서 불평등한 교역권을 확보했다. 러시아는 크림전쟁 중임에도 불구하고 미국, 영국과 동일한 교역권을 확보하기 위해 종래의 주장에서 양보하여 1854년(음력) 러일 화친조약을 체결하여 영국, 미국과 동등한 교역권을 확보하는 대신에 에토로프와 쿠나시리도를 일본영토로 인정했다. 사할린의 영유권 문제는 현상유지라는 조건으로 유보했다.[15]

화친조약 이후 일본은 사할린 남부 할양을 위하여 본격적인 개척사

---

15) 최장근, 「러일국경교섭(1)」, 『일본의 영토분쟁-러일화친조약』백산자료원, 2005, pp.282-288.

업을 추진했다. 그러나 러시아는 일본의 사할린 개척을 인정하려하지 않았다. 한편 러시아의 관심은 홋카이도에 있었다. 일본은 영국, 미국, 프랑스의 자문으로 우선적으로 근대국민국가 건설 이후 1869년 홋카이도를 일본영토에 편입하여 우룻프와 에토로프 사이를 경계로 해서 그 이남지역이 일본영토가 되었다. 그리고 러시아는 영국, 미국, 프랑스의 간섭을 피하여 1875년 사할린의 영유권을 확보하기 위해 사할린/쿠릴열도교환조약을 체결하여 쿠릴열도 전부를 일본에 양보했다. 이렇게 해서 최초로 러일 국경이 형성되었던 것이다.[16)]

(2) 남변한계(오가사와라 군도)

메이지정부 이전에 오가사와라 군도에는 영국이 일찍이 이 섬의 영유권을 선언한 적이 있었고, 하와이로부터 이주해온 구미계 주민이 살고 있었다. 그 뒤 1850년대에 패리제독이 내항하여 이 섬을 조차했다. 1860년 막부가 이 섬을 조사한 적이 있었으나, 영토주권을 선언하지는 않았다. 메이지의 근대국민국가가 성립된 이후 국경확정을 위해 정부가 관리를 파견하여 조사한 뒤 일본인 이민을 추진했다.

오가사와라 군도의 각 섬에 대한 일본의 영유 시기는 각각 다르다. 우선적으로 메이지정부는 1876년 3월 고유영토론을 내세워 이 섬의 일부를 내무성 소관으로 정하여 영유권을 선언했다. 이에 대해 영국과 미국이 오가사하라 영유권을 주장하여 대항했는데, 점차로 미국과 영국은 향후 일본 진출에 있어서 유리한 관계를 선점하기 위해 양국 모두 일본

---

16) 최장근, 「러일국경교섭(2)」, 『일본의 영토분쟁-사할린/쿠릴열도교환조약-』백산자료원, 2005, pp.288-299.

의 영유권을 묵인했다. 그 후 나머지 섬들도 점차로 일본영토에 편입
조치했다. 화산열도는 1891년, 오키노 도리시마는 1931년, 미나미 도리
시마는 1898년에 도쿄도(東京都)에 편입되었던 것이다.

(3) 서변한계(울릉도 편입실패)

메이지정부는 근대국민국가 성립이후 1869년 국경선을 확정하기 위
하여 조선에 국정조사단을 파견하여 울릉도의 소속을 조사하게 했다.
이때 조사단은 울릉도가 1699년 안용복사건을 계기로 막부의 관백(關
白)이 조선영토로서 최종적으로 인정했다는 역사적 사실을 보고했다.
동시에 독도의 소속에 관해서는 조선이 영토주권을 선언한 바 없다고
하여 잘못된 정보를 보고했다. 그럼에도 불구하고 메이지정부는 암초에
불과한 독도의 가치를 인식하지 못하여 영토편입의 대상으로 삼지 않았
다. 그런데 일본은 조선에 대해 1875년 강화도사건을 일으켜 불평등조
약인 조일수호조규(강화도조약)를 체결하도록 강요했고, 일본어민들은 한
반도 근해까지 침입하여 울릉도, 독도 주변에서 불법조업을 감행했다.
그 무렵인 1880년대에 들어와서 일본어부들의 울릉도 근교 출몰이 잦
아졌고, 울릉도에 잠입해 들어가는 일본인의 수는 급속도로 늘어났다.
블라디보스톡을 왕복하면서 무역을 하던 일본인들 중에서는 울릉도를
일본영토에 편입해줄 것을 건의하는 이들도 있었다.

일본정부는 이들의 울릉도 편입요청을 접수하지 않았다. 그 이유는
이미 '죽도일건'이라는 안용복사건을 계기로 막부 관백이 울릉도를 한국
영토로서 인정한 공문서가 존재했을 뿐만 아니라, 유럽열강들도 울릉도
가 조선영토임을 알고 있었기 때문이다. 이 때만하더라도 일본은 울릉

도를 한국영토로 간주하고 있었고, 독도에 대해서는 공해상의 작은 바위 정도로 간주하여 영토편입의 대상으로 삼지 않았다. 당시의 바다는 공해로 간주되어 지금처럼 영해라든가 배타적 경제수역이라는 개념이 존재하지 않았다.

(4) 서남변한계(유구 편입 및 대만 침공실패)

근대이전 유구는 일본과 중국을 비롯한 주변국과 교역관계를 맺고 있던 독립국가였다. 중국과는 화이질서 속의 조선처럼 '속국-종주국' 관계에 있었고, 일본과는 막번체제의 화이질서 속에서 막번체제 밖의 이국 이역으로 간주되면서 사츠마 번과 교역관계를 맺고 있었다. 막번체제 하의 화이질서체제는 막부는 물론이고 번의 영토확장을 금지하고 있었기 때문에 유구는 단지 교역관계에 한해서 사츠마 번과 경제적 종속관계를 맺고 있었다. 일본은 메이지 근대국민국가 성립과 더불어 유구를 일본영토에 편입을 의도했다. 우선적으로 1871년 중앙집권국가를 위한 폐번치현을 단행할 때 유국 왕국을 유구 번으로 개칭했고, 1879년에는 무력적 강압으로 군대를 동원하여 오키나와 현으로 개칭하여 일본영토에 편입 조치했다. 이에 대해 유구는 강력히 반발하여 청국의 구원을 요청했고, 유구는 물론이고 청국에서도 일본의 유구영유에 동의하지 않았다.

한편 1873년 유구인이 대만에 표류하여 대만 원주민에게 살해당하는 사건이 발생했다. 일본은 유구에 대한 통치의 정당성을 부여받음과 동시에 대만에 대한 영토확장 야욕을 숨기고, 유구인을 일본민족이라고 주장하여 유구인 살해를 문책한다는 명목으로 대군을 파견하여 대만을 침공했다. 그러나 질병 등의 요인으로 그 목적은 달성되지 못했다. 일본은 대만침공의 정당성을 가장하기 위해 대만의 영유권을 주장하고 있던 중국에 대해 배상금 지불을 요구해서 이를 실현함으로써 간접적으로 유구가 일본영토의 일부임을 인정받기에 이르렀다.

다음으로는 일본의 내셔널리즘의 강화와 더불어 감행된 제2기 영토확장에 해당되는 청일전쟁, 러일전쟁, 제1-2차 세계대전을 통해 일본제국주의의 영토 확장에 관해 살펴보기로 한다. 그 대상지역은 대만, 유구, 센카쿠제도, 독도, 한반도, 사할린 남부, 만주국 건설, 중국본토 그리고 제2차 세계대전 중에 점령한 동남아시아지역이 여기에 속한다. 이들 지역은 일본이 제2차 세계대전에서 무조건적으로 포츠담선언을 수락하여 항복하지 않았더라면, 이들 지역의 일부는 일본의 영토주권에 포함되어 있을 것이다.

4. 근대일본의 영토팽창

(1) 대만, 유구, 센카쿠제도

메이지정부는 정부수립 당초부터 1869년 조선에 국정조사단을 파견하는 등 조선에 대한 영토침략 의도를 노골적으로 드러내었다. 울릉도를 조사한 결과 한국영토임이 분명해짐에 따라 영토편입 조치를 취하지 못했다. 또한 1871년 폐번치현을 단행하고 동시에 1차적으로 유구국을 유구번으로 개칭하여 일본영토에 편입하는 행정적 조치를 단행했고, 1879년에는 무력을 동원하여 강제적으로 병합조치를 취했다. 종주국관계에 있던 청국은 일본의 유구병합 조치를 인정하지 않았다. 일본은 이런 강압수단으로 주변 약소국 및 약소민족을 일방적으로 병합하여 자연경계에 의한 국경확정을 종결시키려고 했지만, 국제사회에서 이를 인정하지 않았다. 그러자 일본은 전쟁이라는 극단적인 수단을 동원하여 제국주의적인 영토 침략 행위를 합법화하려고 했고, 또한 청국 및 조선 등 주권국가 영토의 일부를 분할 편입하려고 의도했다. 청일전쟁을 감행하여 '조선이 자주국'이라는 명목을 강조하여 조청간의 종주국·속국관계를 분리시킴으로써 일본이 조선에 개입할 여지를 만들려고 했다. 일본은 조선에 대한 청국의 간섭을 배제함으로써 오히려 일본이 조선을 보호한다는 명목으로 외교권을 강탈해서 영토편입정책을 본격적으로 실행해나갔다. 동시에 청국영토의 일부분인 대만과 팽호제도, 요동반도를 청국에서 분리하여 일본영토에 편입했다. 유구에 관해서도 청국의 간섭을 배제함으로써 기존의 행정적 가조치를 합법화하여 일본영토가 되었다. 또한 이미 영토편입을 위해 여러 차례 기회를 노리고 있던 센카쿠제도에 대해 청일전쟁 중에 유구병합과 관계없이 일방적으로 일본영토에 편입 조치했다. 센카쿠제도는 원래 중국영토로 인식되어오던 지역이었으나 일본은 무주지 선점론을 내세워 영토취득의 정당성을 주장했다. 그러나 요동반도에 대해서는 일본제국주의가 청국본토 분할을 시도한 것으로서 국제사회를 설득할 수 있는 명분을 찾지 못했다. 결국 러시아, 독일, 프랑스가 이를 간섭하여 재차 중국에 반환하지 않으면 안 되었던 것이다. 따라서 청일전쟁은 자연적 국경확정과 관계없이 내셔널리즘의 강화에 의한 제국주의의 영토 확장전쟁이었던 것이다.

(2) 조선(독도 포함), 사할린 남부

일본은 청일전쟁을 통하여 조선에서 청국의 영향력을 배제한 후, 조선에 대한 지배권을 강화해갔다. 이에 대해 러시아가 일본의 조선지배권 확대에 대한 경계를 늦추지 않았다. 일본은 조선 및 만주에 대한 영토정책의 일환으로 러시아의 세력을 배척하기 위해 러일전쟁을 감행했다. 일본은 러시아와 전면전을 우려하여 선제공격으로 기선을 제압하여 동해해전에서 러시아의 발틱함대를 격파한 후 바로 종전을 위한 미국의 중개를 요청하여 전승국으로서 포츠머스 강화조약을 체결함으로써 영토분할을 시도했다. 우선적으로 일본은 러일전쟁 중에 「한일의정서」를 요구하여 전시 중에 임의적으로 조선영토의 사용권을 강요했고, 또한 한국정부의 항의와 열강의 간섭을 피하기 위해 러일전쟁 중에 시마네현 지방관청에 고시하는 은밀한 방법으로 1905년 2월 독도를 「다케시마(竹島)」라는 이름으로 일본영토에 편입 조치했다. 그리고 일본은 이 전쟁에서 사할린 남부를 러시아로부터 분할했다. 조선에 대해서는 러시아의 간섭을 배제하고 1905년 11월 외교권을 박탈했고, 1907년 8월에는 조선의 내정권까지도 장악했다. 1910년 드디어 러일 공조정책에 의해 러시아의 묵인으로 조선을 일본에 병합 조치했다. 이들 외교권과 내정권을 장악할 때는 통치권자인 황제의 동의(국새)가 없었던 일방적인 조치였다. 이러한 불법적인 조약을 바탕으로 한일병합을 강요하여 양국이 합의한 합법적인 조치라는 형식을 취하고 있지만, 사실 이는 일본의 일방적인 불법조치였다. 그러나 일본은 대외적으로는 이들 모든 한일간의 조약이 양국의 합의에 의해 이루어진 합법적인 조약임을 선전하여 열강의 비난을 피했다.

이처럼 청일전쟁 이후 1945년 패전까지 일본이 확장한 모든 영토는 제국주의적인 방법에 의한 것이다. 이렇게 해서 확장한 신영토로서는 1914년 제1차 대전 이후 독일로부터 분할하여 위임통치 및 그 이외의 방법으로 탈취 점거하고 있던 태평양상의 모든 제도, 그리고 1932년의 만주국 건국을 비롯해서 제2차 세계대전에서 일본이 점령한 동남아시아 여러 지역도 여기에 포함된다.

그 다음으로 일본이 제국주의적인 방법으로 확장한 영토가 제2차 대전에서 패망함으로써 포츠담선언에 의거하여 1945년 8월 점령통치를 거쳐 1952년 4월 대일평화조약 발효로 분리 조치된 일본영토의 처리에 관해서 고찰해보기로 한다.

5. 샌프란시스코 강화조약의 영토처리

실제로 패전 후 일본이 1945년 8월 무조건 항복함으로써 포츠담선언에 의해 일본영토는 제국주의적인 방법으로 확장된 모든 신영토가 연합국에 의해 근세일본의 고유영토 범위에 한정해서 분리되게 되었다. 그러나 주요 연합국 간에 결정한 카이로선언, 포츠담선언, 영토 불확장 원칙, 얄타협정 등의 정치적 결정과정을 근거로 해서 영토가 처리되게 되어 있었다.

그러나 냉전체제 속의 미국(을 중심으로 한 연합국)은 일본의 공산화를 막기 위해 일본의 주장을 대거 수용하는 정치적 결단으로 영토를 처리했다. 만일 그때 카이로선언, 포츠담선언 등 국제법의 원칙에 입각하여

영토가 처리되었더라면 제국주의적 방법으로 확장한 지역은 모두 반환
되어야 했다. 즉 다시 말하면, 노예상태의 조선의 독립과 함께 당연히
독도가 포함되었고, 사할린 남부는 러시아, 센카쿠제도 및 대만은 중화
민국(대만), 중화인민공화국, 유구는 독립되어야 마땅했다. 미국을 비롯
한 연합국은 정치적 결정으로 중국과 소련 등의 공산주의국가의 권익
및 한국, 유구 등 제3국의 입장을 무시하고 일본에 유리한 영토결정을
단행했다.

①일본은 종래 연합국이 한국영토로 인식해오던 독도에 대해 영유권
을 주장하여 일본에 우호적이었던 미국의 지원을 요청했다. 그 결과 초
안 작성 과정에서 1차에서 5차 초안까지는 한국영토로 명기해오다가,
돌연 제6차 초안에서 일본영토로 표기하기에 이르렀다.[17] 이에 대해 영
국, 오스트레일리아, 뉴질랜드 등의 영연방국가들이 미국에 항의하여
무인도를 둘러싼 영유권 분쟁지역에 한해서는 소속을 명기하지 않는다
는 방침으로 7차 초안부터 소속을 명확히 하는 것을 피했다.[18] ②유구
는 원래 독립 국가였음에도 불구하고 일본이 미국을 설득하여 영국 등
의 유구독립 주장을 물리치고 일본영토로서의 잔존주권을 인정했다. ③
오가사와라도는 일본의 설득으로 잔존주권을 인정하는 신탁통치를 단
행했다. ④대만은 포츠담선언에 의거하여 중화민국과 중화인민공화국
중 어느 한 나라에 주권을 넘겨야했음에도 불구하고 2개의 중국 모두
샌프란시스코 강화조약에 참가를 거부하고 동시에 대만과 팽호제도에

---

17) 김병렬, 「대일강화조약에서 누락된 전말」, 독도연구보전협회편, 『독도영유권과
   영해와 해양주권』독도연구보전협회, 1998, pp.165-195.
18) 최장근, 「전후일본영토처리의 특수성과 국경분쟁의 발생」, 『일본의 영토분쟁』백
   산자료원, 2005, pp.100-101.

대한 중국의 주권도 인정하지 않았다. 뿐만 아니라 서사군도와 남사군도에 대한 중국의 영토주권도 인정하지 않았다. 그리고 청일전쟁 때 일본이 일방적으로 편입한 센카쿠제도의 소속에 대해서도 중국이 불참함으로써 영유권을 주장할 수 있는 기회조차 박탈당했다.[19] ⑤러일 국경문제에 관해서는 미영소가 얄타회담에서 일본의 무조건항복을 받아내기 위해 얄타비밀협정을 체결하여 과거 1854년 일본영토로 인정된 바있던 쿠릴열도 남방 4도의 영유권조차도 정치적으로 타협하여 러시아에 분할해주기로 결정했다. 러시아는 종전 직후에 군사적으로 이들 지역을 점령했다. 미국을 비롯한 영국 등의 연합국은 대일평화조약에서 열강들의 약속을 전적으로 무시할 수 없어서 일단은 이들 지역에 대한 일본영토로서의 주권을 전적으로 박탈한다는 내용을 명시했다. 하지만 귀속에 관해서는 러시아에 귀속된다는 규정을 하지 않았다.

요컨대 1951년 9월 대일평화조약에서 일본이 군국주의적인 방법으로 확장한 영토 중에 최종적으로 일본영토에서 분리되어 남게 된 지역은 다음과 같다.[20]

①조일 국경에 대해서는 "일본국은 조선의 독립을 승인하고 제주도, 거문도 및 울릉도를 포함한 조선에 대한 모든 권리, 권원 및 청구권을 포기한다(제1조)"고 결정했다.

②중일 국경에 대해서는 "일본국은 대만(臺灣) 및 팽호제도(澎湖諸島)(제2조)"와 "신남군도(新南群島) 및 서사군도(西沙群島)에 대한 모든 권리, 권원 및 청구권을 포기한다(제6조)"고 결정했다.

---

19) 최장근, 「전후일본영토처리의 특수성과 국경분쟁의 발생」, 전게서, pp.94-99.
20) 「샌프란시스코조약(대일평화조약)」 제2장 제2조.

③러일 국경에 대해서는 "일본국은 치시마(쿠릴)열도 및 일본국이 1905년 9월 5일 포츠머스조약 결과로서 주권을 획득한 카라후토(사할린)의 일부 및 이것에 근접한 제도에 대한 모든 권리, 권원 및 청구권을 포기한다(제3조)"고 결정했다.

④태평양제도와의 경계문제에 대해서는 "일본국은 국제연맹의 위임통치제도에 관한 모든 권리, 권원 및 청구권을 포기하고, 또 이전에 일본국의 위임통치아래 있었던 태평양의 제도(諸島)에 위임통치제도를 결정한 1947년 4월 2일 국제연합안전보장이사회의 행동을 수락한다(제4조)"고 결정했다.

⑤유구와 오가사와라제도에 대해서는 "일본국은 북위29도 이남의 남서제도(南西諸島: 琉球제도 및 大東諸島를 포함한다), 쇼후암(孀婦岩) 남쪽의 남방제도(南方諸島: 小笠原군도, 西之島 및 火山列島 포함한다) 및 오키노 도리시마(沖の鳥島)에 대해 합중국을 유일한 시정권자로 하는 신탁통치제도 하에 둔다고 하는 유엔에 대한 합중국(미국)의 모든 제안에 동의한다. 이 같은 제안이 행해지고, 가결될 때까지 합중국은 영수(領水)를 포함하는 이들 제도의 영역 및 주민에 대해서 행정, 입법 및 사법상 권력의 전부 및 일부를 행사할 권리를 가지기로 한다(제2장3조)"고 결정했다.[21]

이상과 같이 일본영토에서 분리되어야 할 지역과 그 성격에 관해서 명확히 규명했다. 그러나 대일평화조약을 거부하거나, 조약체결 당사자로서의 자격이 부여되지 않은 국가와의 영토문제를 공정하게 처리할 수

---

21) 高野雄一, 『日本の領土』東京大學出版會, 1962. pp.347-348.

있도록 설득력 있는 규정을 마련했느냐가 문제이다. 냉전체제 속에서 자유진영 중심으로 결정된 대일평화조약은 당연히 공산진영의 권익을 전적으로 무시하는 정신에 입각하여 조인되었던 것이라는 특징을 가지고 있다. 즉 "조약에 서명하지 않은 나라에게는 어떠한 권리, 권원 및 이익을 인정할 수 없다. 또한 일본의 권리, 권원, 이익이 조약에 서명하지 않은 어떠한 나라에게도 손해를 보거나 침해당해서는 안 된다(제2장 제25조)"고 규정하여 조인국의 권원, 권리, 이익만을 보장하는 규정으로 되어있다.

그래서 조약 서명국가 아닌 국가와의 영토문제에 관해서는 "본 조약과 동일한 조건으로 2국간의 평화조약체결을 한다. 그러나 일본의 의무는 동 조약의 효력발생 후 3년으로 만료된다"고 하여 비조인국과는 2국간의 평화조약을 체결하고, 효력발생 3년 후부터 평화조약은 일본을 구속하지 않는다고 규정하고 있다.

이상에서 보는 바와 같이 대일평화조약의 특징은 근대일본 제국주의가 확장한 영토를 처리함에 있어서 카이로선언, 포츠담선언, 얄타협정, 영토 불확장 원칙에 입각하여 철저히 처리하지 않고 당시 국제정치 상황에 의해 정치적으로 처리되었던 부분이 적지 않다는 것이다. 특히 국제정세가 냉전체제로 전환되면서 자유주의 국가가 중심이 되어 체결된 대일평화조약은 일본의 공산화를 막기 위해 정치적 결정으로 영토문제를 일본에 유리하게 또는 애매하게 조치하여 영유권 분쟁의 소지를 남겼던 것이다. 이는 오늘날 동아시아 영토분쟁의 발생요인이기도 하다.

전후 연합국의 통치 하에서 일본은 일본국헌법 제정 등으로 군국주의를 배제하고 민주주의와 자본주의체제로의 전환을 피할 수 없었다.

그런데 1951년 9월 대일평화조약이 체결되고 일본이 정치적 독립을 달성하게 되어 내셔널리즘을 강화하고 천황제 중심의 국민통합으로 국가발전을 도모하는 과정에서 전전(戰前)의 국가주의로 회귀하는 우경화경향이 나타났다. 그 결과 일본이 대일평화조약에서 애매하게 처리된 영토조항에 대해 영유권을 주장하기 시작했던 것이다.

6. 전후일본의 영토분쟁

일본은 전후 대일평화조약을 체결하여 점령군이 철수한 이후, 조약조인국이 아닌 국가들과 2국간의 평화조약을 체결해야했고, 또한 미처리된 영토를 해결해야할 과제를 남기게 되었다.

(1) 대만과 팽호도

일본은 대일평화조약의 "조약당사국이 아닌 국가와는 2국간에 평화조약을 체결할 것"이라는 규정(제2조 제26조)에 의거하여 1952년 4월 28일(8월 5일 발효) 중화민국(대만)과 「일화(日華)평화조약」을 체결했다.

일본국은 중화민국에 대해 "1951년 9월 8일에 미합중국의 샌프란시스코에서 서명한 일본국과의 평화조약 제2조에 의거하여 대만 및 팽호제도(澎湖諸島), 그리고 신남군도(新南群島) 및 서사군도(西沙群島)에 대한 모든 권리, 권원 및 청구권을 포기했던 것을 승인한다(제2조)"고 하여 이들 지역이 중화민국영토임을 인정했다.

여기서 일본은 2국간의 평화조약에서도 중국 공산당(중화인민공화국)

의 권익을 전적으로 무시하고, 자유진영에 속한 대만(중화민국)에 그 권익을 반환했던 것이다. 결국 미국을 비롯한 자유진영의 국가들은 중화민국을 국가로 인정함으로써 중국 내에서 공산진영과 자유진영이 대립되는 구조를 만들었던 것이다.

그 후 일본은 국익중심의 외교를 전개하여 1972년 공산진영의 중국과 국교를 정상화하는 것을 전제로 공산진영의 중국을 중국의 유일한 합법정부임을 인정했고, 1978년에는 국교를 회복하여 중화민국의 영토인 대만지역을 공산진영의 중국영토의 일부임을 인정했다. 일본의 국익외교로 인해 중화민국과 공산진영의 중국이 대만지역을 둘러싼 영유권분쟁을 더욱 격화시켰다고 할 수 있다. 결국 이는 1개의 중국론과 2개의 중국론을 대립시키는 양상이 되고 말았다.

(2) 쿠릴열도 남방4도 문제

자유진영의 연합국은 「대일평화조약」 제2조에 "일본이 쿠릴열도를 전적으로 포기한다"고 규정하여 쿠릴열도를 일본영토에서 분리한다고 명확히 규정하였지만, 그 귀속에 관해서는 명시하지 않았다. 러시아는 "일본국은 사할린남부 및 이들에 근접하는 제도 및 쿠릴열도에 대한 소련의 완전한 주권을 승인하고 이들 영토에 대한 모든 권리, 권한 청구권을 포기한다."라고 연합국이 명기해주기를 원했다. 영미초안은 소련의 주권을 인정하는 의무에 관해서는 언급하지 않았다. 따라서 일본은 이 조항을 이용하여 쿠릴열도에 대한 영유권을 대일평화조약의 체결 당초부터 주장하기 시작했다.

또한 대일평화조약에는 조약 서명국가가 아닌 국가와의 영토문제에 관해서는 "본 조약과 같은 조건으로 2국간의 평화조약을 체결하고, 일본의 의무는 동 조약의 효력발생 후 3년으로 만료된다"고 되어있다. 이로 인해 대일평화조약에서 효력발생 후 3년이 경과하면 "쿠릴열도를 전적으로 포기한다."고 하는 조항은 일본을 구속하지 못하게 했다. 결국 러일 당사자 간의 합의에 의해 결정되어야 할 사안이 되었던 것이다. 이 조항이 일본으로 하여금 쿠릴열도의 영유권을 주장하게 하는 결정적인 요인을 제공했다. 또한 자유진영 중심의 연합국이 공산진영의 이권을 무시하고 일본을 자유진영에 편입할 목적으로 일본에 유리한 대일평화조약이 되도록 했음을 여실히 보여주고 있다.[22]

한편 소련은 대일평화조약에 조인하지 않았기 때문에 이 조항을 이행할 의무는 없다.[23] 국제법상 대일평화조약에 러일 국경을 명확히 규정하지 않았으므로 양국 사이에는 평화조약을 체결하여 영토문제를 결정해야한다는 과제가 남게 되었다.

당시 영미를 포함한 자유진영의 연합국은 쿠릴열도를 일본영토가 아니라는 개념에서 일본영토에서 분리시켰던 것이다. 따라서 논리적으로 러일 분쟁지역인 쿠릴열도가 일본영토가 아니라고 규정했기 때문에 러시아영토라는 말이다. 그럼에도 불구하고 그 귀속을 분명히 하지 않았

---

22) 1949년 중국의 공산화, 한국전쟁으로 냉전이 본격화되어갔다. 한국전쟁으로 미국은 일본을 미국의 체제에 편입해야한다는 인식아래 일본의 독립요구를 수용하여 대일강화조약을 서두르게 되었다.

23) 소련은 미국의 점령으로 유구, 오가사와라도 등의 군사기지화, 대만을 중국의 유일한 합법정부 취급, 베트남, 중공, 인도 등의 공산주의국가의 대일강화조약 참가국에서 제외한 미국, 영국중심(초안)의 대일강화조약에 동의할 수 없었다. 러시아는 러일 영토문제에 국한했더라면 쿠릴열도 해결을 위해서라도 참가했겠지만, 미영 중심의 강화조약을 원치 않았기 때문에 단지 역할 없는 체결국으로 참가만 하는 것을 원치 않았다.

던 것은 법적 판단이 아닌 정치적 판단에 의한 결정이라고 볼 수 있
다.[24)]

쿠릴열도 남방4도 문제는 1854년(음력) 러일 화친조약에 의해 양국간
의 국경이 결정되어 일본영토로 인정되었던 지역이다. 그런데 양국은
1875년 러일 간의 '카라후토/치시마열도 교환조약'으로 다시 국경을 변
경하여 사할린을 러시아영토로 인정하는 대신에 4도를 포함한 쿠릴열
도 전도를 일본영토로 인정했다. 그 후 일본이 1905년 러일전쟁을 감행
하여 포츠머스 강화조약에서 사할린 남부를 일본영토에 분할하여 새로
운 러일국경이 형성되었다. 이처럼 근대이후부터 제2차 세계대전을 거
치면서 러일 간에는 여러 번 국경변경을 초래했다. 제2차 대전이 종결
되면서 쿠릴열도는 카이로선언, 포츠담선언, 얄타협정에 의해 러시아영
토로서 '선 조치' 되었다. 그럼에도 불구하고 냉전체제 하의 대일평화조
약 조인에 공산국가인 소련이 불참을 선언하자, 일본은 공산진영의 권
익을 인정하지 않는다는 자유진영의 방침을 이용하여 쿠릴열도 남방4
도에 대해 영유권주장을 하기 시작했다.

일본이 소련에 대해 정식적으로 이들 섬에 대한 러시아영유에 이의
를 제기하여 영유권분쟁이 표면화 된 것은 후르시초프가 총리(제1서기)
에 임명되었을 때이다. 후르시초프는 「냉전」을 보류하고 「평화공존」을
위해 일본과의 외교관계 수립을 희망했다. 1955년 일본의 하토야마 이
치로(鳩山一郞)내각이 이에 응하여 일소간의 평화조약을 위한 교섭이

---

24) 미국은 소련의 참가를 희망했고, 소련이 참가하면 미중소 간에 합의한 얄타회담
(북변4도)의 내용을 인정하는 것은 당연한 위치였다. 미국은 러시아가 미영 중심
의 대일강화조약 체결을 보이콧하여 러시아에 반환을 이행하지 않았다.

시작되었다. 이때 양국의 현안으로서, ①일미안보조약은 일미간의 외교문제로서 소련을 목표로 하고 있지 않다는 일본의 주장에 대해 소련이 양해를 했고, ②시베리아에 억류된 일본인 포로문제는 조약체결 후 석방하기로 합의했다. ③일본은 소련에 대해 북방영토의 반환을 요구했다.

특히 후르시초프는 영토문제에 있어서 국제사회의 평화공존을 위해 소련이 크게 양보하여 쿠나시리, 에토로프를 일본에 반환할 의향이 있음을 시사했다. 그런데 일본은 국내 사정상 하토야마 수상이 민주당의 지시를 받고 있었는데, 자유당과의 보수합동조건으로 쿠나시리, 에토로프를 포함한 4도 반환을 요구했다. 또한 4도 반환 이외에도 쿠릴열도와 사할린 남부에 관해서도 연합국 사이에서 신속하게 귀속을 정할 것을 요구했다. 이러한 일본의 무리한 요구는 소련과 타협점을 찾지 못하여 결국 9월말 교섭이 결렬되었다.

이때에 일본의 논리는 쿠릴열도 남방4도 영유의 정당성을 내세우기 위해 나름대로의 논리를 개발하여 하보마이(齒舞), 시코탄(色丹)섬은 홋카이도의 부속도라고 했고, 쿠나시리, 에토로프는 1854년 불평등조약임에도 불구하고 러시아가 일본영토로서 인정한 최초의 합법적인 조약에 의한 것이라고 주장했다. 여기서 일본은 소련에 대해 오키나와와 마찬가지로 쿠나시리, 에토로프에 관해서 잠정주권을 인정하도록 요구했다.

당시 미국은 냉전이라는 국제질서 속에서 적대국 소련의 권익을 인정하지 않고 정치적인 차원에서 일방적으로 일본의 입장을 두둔하고 있었다. 이때 미국은 냉전체제 속에서 소련과의 관계개선을 우려하여 일본에 대해 덜레스 국무장관은 "일본이 만약 쿠나시리, 에토로프를 포기한다면 미국은 오키나와를 계속적으로 영유하여 일본에게 반환할 수 없다"고 협박했고, 트루만 대통령은 "쿠릴열도 전부의 처분은 평화회담(대일평화조약)에서 결정되어져야 된다. 나의 전임자 루즈벨트 대통령이 이들의 여러 섬을 취득하려고 하는 소련을 평화회의에서 지지하는 약속을 하고 있었던 것으로 알고 있다"라고 하여, 일본의 입장만을 전적으로 지지할 수 없다고 하여 사실상 최종적으로는 소련의 영유를 유보하는 방식으로 양국 간의 외교문제로 남겼다.

또한 대일평화조약 제15조에 「일본이 1941년 12월 7일에 보유하고 있었던 남부 카라후토(사할린)와 그 인접제도, 치시마(쿠릴)열도, 하보마이, 시코탄, 그 외 어떠한 영토, 권리 또는 이익에 관한 일본 또는 연합제국의 권리, 권원 또는 이익을 소련에 의해 손해를 보거나 소련에 유리하게 되어서는 안된다」고 규정했다.[25] 게다가 1954년 9월 25일 미 상원에서는 「종전 제정러시아 정부가 영유하고 있던 지역 중에 일본영토인 쿠나시리, 에토로프가 포함되어있다」고 하여 얄타협정을 전면적 부정하는 결의를 했다.

1955년 10월초 하토야마 총리는 고노(河野一郎) 농림대신과 함께 직접 모스크바를 방문해서 일소공동선언을 체결했다. 그때 '일소공동선언문' 중에는 "하보마이, 시코탄은 일본국민의 강한 요망에 의해서 소련령에서 분리된다. 그 시기에 대해서는 전제조건으로 정식으로 일본과 소련이 평화조약을 체결했을 때"라고 했다. 그러나 그 이후 소련은 일본의 기시(岸)내각이 일미안전보장조약을 개정했을 때, 이번 안보조약은

---

25) 러일 평화조약에서도 법리적인 해석으로는 러시아영토가 되어야 마땅하나, 일본이 영유권을 주장하고 있는 이상, 이 문제가 해결되려면 정치적인 결정이 될 수밖에 없는 상황에 놓여있다.

일본이 주도하여 미국과 체결한 것이므로 하보마이, 시코탄을 일본에 양도한다고 했던 종전의 일소공동선언의 합의를 취소한다고 일방적으로 선언했다. 그 이후 영토문제는 양국 간의 견해 차이를 좁히지 못해서 평화조약을 체결하지 못한 채 오늘날까지 미결상태로 남아 있다.

(3) 독도문제

1951년 9월 8일 체결된 대일평화조약에서 일본은 미국을 통하여 독도를 일본영토에 편입하려고 시도했으나, 뉴질랜드, 오스트레일리아, 영국 등 다른 연합국의 항의로 일본영토에 편입하려던 계획은 실패로 끝났다. 그 결과 연합국은 대일평화조약에서는 독도를 구체적으로 언급하지 않는 방법으로 "제주도, 거문도, 울릉도를 일본영토에서 제외된다"라는 애매한 표현으로 한일 간의 독도문제에 관여하는 것을 회피했던 것이다.

독도를 한국영토로서 보호하고 있던 맥아더라인은 1952년 4월 대일강화조약이 발효됨으로서 더 이상 효력을 발휘할 수 없게 되었다. 당시 한국대통령 이승만은 1951년 9월 대일평화조약이 체결되고 1952년 4월 대일평화조약의 발효를 앞두고 독도기점 8해리 지점으로 하는 평화선을 선포하여 독도가 한국영토임을 대내외에 선언했다. 일본은 이에 항의하여 한국이 주장하는 독도가 일본영토 '타케시마(竹島)'라고 주장했다. 한국은 침략적인 일본의 '타케시마' 영유권 주장과 일본어선의 평화선 침범을 철저히 단속하고 강경하게 대응했다.

이미 독도 근해에는 1945년 8월 15일 해방과 더불어 한국어민들이 조업에 종사하고 있었고, 맥아더라인이 이를 보장했다. 또한 평화선 선포이후에는 평화선을 방어선으로 한국은 독도의 실효적 점유를 계속 해 왔다.

그럼에도 불구하고 일본은 계속적으로 독도에 대한 영유권을 제기해 왔고, 특히 한국전쟁 중에는 혼란한 국내 정세를 악용하여 독도에 점령을 시도하여 일본령이라는 표지판을 세우는 등 한국의 실효적 지배를 방해하기도 했다. 그러나 그 때마다 울릉도 출신의 독도의용수비대를 비롯한 관민활동에 의해 저지당했다.

그런데 냉전체제 속에서 미국의 요구로 추진된 한일 국교정상회담 교섭에서 일본은 최종적인 타결요건으로 평화선 철폐를 요구했다. 결국 한국은 미국의 재촉과 경제발전이라는 국내외 정세에 따라 박정희정부의 정치적 리더십으로 평화선을 철폐했다. 그러나 이는 어업협정에 관한 합의이었으므로 그 상위개념인 독도의 영토주권에는 아무런 법적 지위 변동이 없었다. 독도가 한국의 실효적 점유상태에 있었으므로 당연히 영해도 확보되었던 것이다.

평화선은 1952년 1월 선포이후 1965년 정치담판으로 철폐될 때까지 14년간 동해의 해양질서를 구축해왔던 것이다. 1965년 어업협정에 의해 영해를 제외한 독도주변수역은 공해의 성격으로 존재하게 되었다. 일본은 평화선이 철폐된 이후 계속적으로 독도에 대해 영유권을 주장했다. 일본은 1984년 유엔해양법협약에서 200해리 배타적 경제수역이 채택되었을 때 새로운 어업질서의 재편을 요구하여 1998년 11월 독도를 잠정합의수역 내에 포함하는 어업협정을 요구했다. 한국은 금융위기라는 국내적 혼란상황에서 경제적 지원을 기대하여 일본의 요구를 수용하고 말았다. 신어업협정은 일본이 정치적으로 악용하여 독도영유권을 주장하도록 하는 빌미를 제공하는 결과를 낳았다. 현재 일본은 영토보다 하위개념인 어업협정을 정치적으로 악용하여 자신들에 유리한 배타적 경제수역 경계를 요구하고 있고, 동시에 2005년 3월 시마네 현은 일본 정부의 묵인아래 '다케시마 날'을 조례로 제정하여 독도의 영유권을 주장하고 있다. 또한 2005년에는 중학교 교과서, 2006년에는 고등학교 교과서, 2008년에는 중학교 사회과 학습지도요령 해설서에 한국이 일본의 고유영토 '다케시마'를 불법으로 점령하고 있다는 식으로 독도관련 내용을 기술하여 독도 영유권 주장을 학교교육을 통한 국민교화운동으로 추진하고 있는 실정이다.

(4) 센카쿠제도문제

센카쿠제도는 일본보다 청국측에 영토로서의 권원이 더 많이 있는 지역이었는데,[26] 일본이 청일전쟁 중에 영토적 편입 조치를 취했던 지역이다. 그런데 대일평화조약에서는 센카쿠제도문제가 취급되지 않았다. 그 이유는 대일평화조약이 영미중심의 자유진영의 주도로 체결되어서 공산진영의 중화인민공화국은 물론이고 자유진영의 중화민국(대만)도 초청되지 못했기 때문이다. 그러나 양쪽의 중국은 1945년 8월 일본의 패전과 더불어 센카쿠제도가 대만의 부속도서로서 중국영토로서 선

---

26) (1) 일본은 1895년 센카쿠제도를 무주지로 간주하여 오키나와 현에 편입시켰다는 주장이다. 이에 반해 중국과 대만은 당시 이 제도는 이미 중국령이었다고 주장한다. (2) 메이지정부가 실시한 무주지 선점에 기초한 일본영토에 편입한 조치가 국제법상 유효한지 여부이다. 중국과 대만은 그것이 중국영토의 약취 또는 도취행위였다고 간주한다. (3) 그 후 일본은 자국이 센카쿠열도에 대해 계속적이고 실질적으로 지배해왔다고 주장하고 있는데 비해 중국과 대만은 이 사실에 의문을 제기하고 있다. 일본정부의 공식적인 입장은 센카쿠제도의 문제는 존재하지 않는다고 주장한다.

조치 되었다는 인식을 갖고 있었다. 왜냐하면 센카쿠제도 근해에서 대만어민들이 어업에 종사하고 있었기 때문이다. 냉전이라는 국제정세 속에서 자유진영에 속하고 있던 약소국이었던 중화민국은 미국의 오키나와 신탁통치정책에 적극적으로 반대하지 못했던 것이다. 이러한 약점을 이용한 일본은 미국의 점령통치기간에 오키나와 점령정부에 대해 센카쿠제도를 유구의 일부로서 오키나와 관할범위에 넣을 것을 요청하여 미국의 신탁통치범위 안에 포함되어 있었다. 그러나 중화민국은 자유진영의 일원으로서 미국정책에 동조하고 있었기에 방위상으로 센카쿠제도를 미군관할권에 포함시키고 있는 것에 대해 반대하지 못했다. 그래서 중화민국은 1952년 일화평화조약을 체결했을 때에도 센카쿠제도의 영유권문제를 거론하지 않았다.

1968년 센카쿠제도 부근 해안에서 중화민국, 일본, 한국 3국 조사단이 유엔활동의 일환으로서 석유자원의 매장여부를 조사하여 석유매장의 가능성을 발표했다. 이때 처음으로 중화민국은 물론이고 중화인민공화국에서도 센카쿠제도에 대한 영유권을 주장하기 시작했다.

그런데 1972년 중화인민공화국은 일본과의 국교정상화 교섭과정에서 센카쿠제도 영유권문제를 언급하지 않았다. 그 이유는 중국이 일중 국교회복을 절실히 요구하고 있었기 때문에 센카쿠제도 문제를 제기하면 영유권분쟁이 발생하여 국교회복에 걸림돌이 된다고 생각했기 때문이다.

양국 간에 센카쿠제도 분쟁이 본격화된 것은 1978년 4월 중일평화조약 교섭의 막바지 시점이었다. 100여척의 중국어선이 센카쿠제도 주변 영해를 침범하여 시위하는 사건이 발생했다. 중국정부는 센카쿠제도에 대한 영유권 자체를 포기하지 않고 다음 세대에서 해결하는 형식으로

문제의 유보를 요구했다. 이에 대해 실효적 점유를 하고 있는 일본입장에서는 중국의 요구를 수용하며 현상유지를 희망했다. 이렇게 해서 1978년 8월 양국은 평화조약을 체결하는데 성공했다. 현재 일본은 실효적 점유상태의 현상유지를 연장하겠다는 의도를 깔고 있다. 그래서 일본이 센카쿠제도 근해에 매장되어 있는 석유자원을 굳이 개발하려고 하지 않는 것도 바로 이러한 이유에서이다. 2008년 최근 중국이 일본이 주장하는 센카쿠제도의 배타적 경제수역 경계의 중국측에서 유전발굴을 시도하고 있다. 중국은 영유권문제의 유보를 전제로 경제정책에 우선순위를 두어 일본의 방해를 무마하는 방편으로 일본의 자본을 일부분 투자하도록 하여 석유자원의 공동개발을 추진하고 있다.

(5) 유구문제

오키나와는 1945년 7월 종전직전 미군과의 격렬한 전투에서 점령되었다. 일본이 항복한 후 오키나와는 미 극동 군정치하에 들어갔다. 대일평화조약 체결과정에서 연합군 측은 1946년 SCAPIN 677호로서 유구를 일본영토에서 분리한다고 결정했다. 연합국은 대일평화조약 논의과정에서 유구제도 및 오가사와라제도를 행정상 정치상의 이유로 일본영토에서 분리되어야 한다고 주장했다. 그러나 최종적으로 대일평화조약에서는 일본의 잔존주권을 인정하는 신탁통치지역으로 결정되어 실질적으로 미국의 정치적 관할권 아래에 놓이게 되었다.

전후의 오키나와는 미군정 당국과 일본주민 사이에 마찰이 끊이지 않았고, 반미운동의 첨병(尖兵)지역이 되었다. 그 후 일본은 꾸준히 오키나와 반환을 미국에 요구했으며, 사토 에이사쿠(佐藤榮作) 수상은 「오키나와가 조국에 복귀되지 않는 한 일본에 있어서 전쟁은 종결된 것이 아니다.」라고 했다. 이처럼 일본은 미국의 동맹국으로서 협력을 아끼지 않은 한편 오키나와반환을 일관되게 요구해왔다. 사실 1969년 사토·닉슨수뇌회담에서 「핵제거, 본토병합」 등의 요구조건으로 오키나와반환에 합의했다.[27]

미국은 극동지역의 안전을 확보하기 위해서는 오키나와가 전략적 중요성을 갖는 군사기지라고 생각했기 때문에 일본국민의 감정을 건드려서 반미적인 민심을 초래하는 것을 우려하여 일본여론에 순응하는 정책을 모색했던 것이다.

1972년 5월 오키나와는 일본에 반환되었고, 동시에 오키나와는 미군 주둔지가 되었다. 일본국헌법 제9조가 존재하는 이상, 일본은 미일안보 협조체제 속에서 미군의 오키나와 주둔을 반대하지 않고 있다. 향후 제9조를 개정하여 군사대국을 지향하고 있는 일본으로서는 미군 철수와 동시에 독자적인 안보체제를 희망하고 있다. 한편으로 오키나와 주민 중에서는 오키나와민족의 자치구현을 위한 운동을 추진하는 그룹도 존재한다. 오키나와 자치운동의 뿌리는 1879년 일본의 유구 강제병합과 1972년 오키나와의 일본 반환에서 찾을 수 있을 것이다.

7. 나오면서

이상에서 살펴본 바와 같이 일본의 고유영토 범위는 일본영토로서

---

27) 오가사와라도는 이미 1954년 일본영토에 흡수되었다.

정체성을 가지고 있는 근세시대의 영토적 범위라고 말할 수 있다. 근대에 들어와서 국민국가 형성과 더불어 국경확정의 필요성에서 내셔널리즘이 대두되었고, 더 나아가 유럽의 일원으로 강대국을 지향하면서 내셔널리즘을 강화하여 영토를 확장하게 되었다. 이렇게 추진한 일본의 영토정책은 제2차 세계대전에서 패망함으로써 그 종지부를 찍었다. 이처럼 일본의 영토 확장은 동아시아에서의 소수민족 말살과 약소국가 병합 및 영토분할로 동아시아의 국제질서를 재편해왔다. 또한 일본이 패전하였음에도 불구하고 여전히 일본영토에 병합된 상태로 민족적 독립을 달성하지 못한 약소민족도 있지만, 한편으로는 일본영토에서 분리되어 국가적 독립을 달성하거나 영토를 회복을 달성하기도 했다. 이처럼 일본은 동아시아국제질서의 진원지로서 역할을 해왔다.

　이러한 일본영토의 변동과 동아사이의 국제질서의 진화를 로컬리즘, 내셔널리즘, 리저널리즘의 범주 속에서 그 특징을 설명할 수가 있을 것으로 본다. 영토라는 개념은 국민국가의 형성에 따른 근대적인 개념이므로 「지방」을 지칭하는 로컬리즘은 국가차원의 개념인 영토의 확장과는 무관하다. 내셔널리즘은 국민국가 성립과 관계되는 개념으로 영토확장과 직접적인 관계를 갖고 있다. 일본정부의 내셔널리즘의 강화와 약화에 따라 영토의 범위가 변동되어왔다. 리저널리즘은 국경을 넘어서 지역 간의 교류를 말하는 것이므로 이는 내셔널리즘을 약화시킬 수 있는 요인이 될 수 있다. 그러므로 리저널리즘의 강화가 반드시 영토문제 해결에 비례하는 것은 아니지만, 내셔널리즘을 약화시키는 요인이 되는 것은 분명하다.

　그러나 현재 중국과 일본은 내셔널리즘을 강화하고 있는 측면이 있고, 동시에 리저널리즘을 장려하는 측면도 존재한다. 한편 한국과 러시아는 내셔널리즘을 현상유지상태에 묶어두고 리저널리즘을 강화하려는 측면이 있다. 내셔널리즘이 약화되지 않는 상황에서 영토분쟁의 완전한 해결은 불가능할 것이고, 이는 지역통합에도 커다란 걸림돌로 존재할 것이다. 리저널리즘을 강화하여 내셔널리즘을 약화시켜서 영토문제해결의 실마리를 찾게 되고, 이는 동아시아의 지역통합이라는 방향으로 진전될 것으로 전망된다.

위에서 살펴본 바와 같이 일본의 영토분쟁은 1차적으로는 근대내셔널리즘의 대두 그리고 강화에 의한 영토 확장정책에 의한 것이었고, 2차적으로는 제2차 대전에서 일본이 패전한 이후 무조건적으로 승복한 포츠담선언에 입각하여 영토를 처리하지 않고 대일평화조약에서 미국의 동조 아래 정치적으로 영토를 처리하려고 했기 때문에 일본과 동아시아 3국과의 영토분쟁이 발생하게 된 것이다.

제2부

전후 일본의
영토전략

제4장

전후 일본의 「쿠릴열도 남방4도」에 대한 영토전략

1. 들어가면서

한중러 3국은 일본과 영토분쟁을 일으키고 있다. 외형상 이들 영토분쟁의 공통점은 1945년 일본의 패전 후 포츠담선언에 의거해서 영토문제가 처리되어야 했음에도 불구하고 법적원칙 보다는 정치적인 논리를 적용하여 생긴 분쟁이라는 점이다. 1947년부터 미·소 양축을 중심으로 하는 연합국 사이에서 발생한 이념대립으로 냉전이 시작되어 미국을 중심으로 한 자유진영이 소련을 중심으로 한 공산진영을 배제하는 대일 강화 회의에서 일본을 자유진영체제에 포함시키기 위해 특히 미국이 영

토처리과정에서 일본입장을 두둔했다.[1]

그런데 일본과 이들 3국간의 영토분쟁의 내면에는 제각기 다른 특성을 갖고 있다. 외형적 차이로는 '북방4도'[2]와 독도는 러시아와 한국이 실효적 지배를 하고 있고, '센카쿠제도'는 일본이 실효적으로 지배하고 있다는 점이다.

본 연구의 문제의식은 다음과 같다. 일본은 이들 3국간의 영토분쟁에 있어서 일본영토로서의 역사적 법적 권원의 정도가 제각기 다름에도 불구하고 이들 지역을 전적으로 일본영토로 간주하여 영토화정책을 실시하고 있다. 그런데 각 분쟁지역마다 각각의 특성을 갖고 있어서 각국의 영토화 전략에 있어서도 당연히 그 차이를 보이고 있을 것이고, 일본의 영유권 주장에 대응하는 각국의 논리나 대응방법도 다양할 것이다.

본 연구의 목적은 이러한 문제의식에서 각 분쟁지역에 대한 일본의 영토화 전략의 특수성과 차이점, 상대국의 대응방법과 분쟁현황을 분석 고찰함으로써, 향후 독도문제에 대한 일본의 영토전략을 분석하고 동시에 한국의 대응방안을 모색하는 데 있다. 특히 영토분쟁지역을 둘러싼 각국 간의 갈등상황에 대한 일본정부의 대응방법, 영토화전략, 해결방안 등에 관해 검토하려고 한다.

연구 방법으로서는 일본정부의 영토정책에 초점을 두어 한중러 3 국과의 영토분쟁을 고찰한다. 분석 카테고리는 일본이 가장 중요한 지역으로 여기고 있는 북방영토, 둘째로 실효적 지배상태에 있어서 다소 영

---

1) 최장근, 「샌프란시스코조약의 영토조항에 관한 고찰 -영토처리의 정치성에 관해서」, 『일어일문학』제21집, 2004년 2월 참조.
2) '북방4도' 보다는 '쿠릴열도 남방4도'가 더 적절한 표현이지만, 본문에서 편의상 일본에서 사용되는 '북방4도'라는 용어로 표기한다.

토정책상 여유를 갖고 있는 센카쿠제도, 셋째로 영토화의 가장 큰 난제라고 생각하고 있는 '타케시마'정책에 관해서 분석한다. 구체적으로는 각 영토분쟁에 있어서 ①일본이 일관되게 주장하는 역사적, 국제법적 근거와 그 입장 ②영토화를 위한 협상의 내용과 특성 ③영유권 확보를 위한 구체적인 권원 확보와 권리 주장 ④영토화를 위한 일본정부의 전략적 논리에 관해서 고찰한다.

연구 자료로서는 일본정부의 영토정책을 알 수 있는 일본외무성 자료로서 외무대신을 비롯한 주무부서 책임자의 발언 및 발언록, 정부정책방침 등을 주로 활용한다.

본 연구는 일본정부의 영토 정책적 측면에서 다루려고 한다.[3] 선행연구에서는 일본의 영토정책에 대해 포괄적으로 다루지 않으며, 주로 역사적 법적연구에 치중되었다.[4]

2. 영유권에 대한 일본의 주장

북방4도에 대한 러시아와 일본의 영유권 주장에는 입장 차이가 매우 크다. 일본의 주장은 국제법적 역사적 사실에 입각한 주장도 있지만, 반드시 그렇다고 볼 수 없는 부분도 상당히 있어 영유권 확보를 위한 정치적 논리에 의한 주장의 성격이 강하다. 따라서 일본이 주장하는 역

---

3) 선행연구로서, 최장근, 『일본의 영토분쟁』백산자료원, 2005가 있음.
4) 高野雄一, 『日本の領土』東京大學出版會, 1962. 太壽堂鼎, 『領土歸屬の國際法』東信堂, 1998. 芹田健太郎, 『島の領有と經濟水域の境界畵定』有信堂, 1999.

사적 법적 권원은 다소 사실과 괴리가 존재한다고 봐야한다. 다음은 일본이 주장하는 영토적 권원이다.[5]

"①일본은 러시아보다 빨리, 북방4도(에토로프, 쿠나시리, 시코탄, 하보마이 군도)의 존재를 알고, 많은 일본인이 이들 지역에 도항하여 점차로 통치했다. 또 러시아의 세력이 우루프섬 남쪽으로까지 미쳤던 적은 한 번도 없었다.

②1855년의 일본과 러시아 사이에 완전히 평화적이고 우호적으로 일러통호조약(시모다조약)이 체결되었다. 이때에 자연스럽게 형성되어 있던 에토로프 섬과 우루프섬 사이를 그대로 국경으로 확정했다. 그 이후에도 북방4도가 외국의 영토가 된 적이 없었다.

③1875년에 체결된 카라후토/치시마 교환조약에서는 치시마열도(쿠릴열도)의 일본령, 카라후토(사할린)는 러시아령으로 결정되었다. 이 조약에는 쿠릴열도로서 18개 섬(슘슈섬으로부터 우룻프섬까지) 이름을 모두 열거했다. 북방 4도는 그거기에 포함되어 있지 않다. 이것은 원래부터 일본령이었던 북방4도가 당시에도 이미 쿠릴 열도와 명확히 구별되어 있었다는 것을 말해준다.

④1945년 제2차 세계대전 말기에 소련은 당시 아직 유효했던 일소중립조약을 위반하고 대일전쟁에 참전했으며, 일본이 포츠담선언을 수락하여 종전된 이후 8월 18일 쿠릴열도에 침공하여 8월 28일부터 9월 5일 사이에 북방 4도 전부를 점령했다.

⑤당시 북방4도에 러시아인은 한 명도 없었고, 반면 일본인은 4도

---

5) 최장근, 『일본의 영토분쟁』백산자료원, 2005 참조 바람. 본연구의 목적이 역사적 법적 문제점을 지적하는 논문이 아니라서 지면관계상 소략한다.

전체에 약 1만 7천명이 살고 있었다. 소련은 1946년 북방4도를 일방적으로 자국령으로 편입했고, 1949년까지 모든 일본인을 강제로 퇴거시켰다.

⑥1951년의 샌프란시스코 강화조약에서 일본은 쿠릴열도를 포기했지만, 포기한 쿠릴열도 속에는 일본의 고유영토인 북방 4도는 포함되어 있지 않다. 덧붙여 평화조약을 기초국한 미국은 북방 4도가 계속적인 일본의 고유영토의 일부로서 존재했으며 정당하게 일본의 주권 하에 있음을 인정해야 한다고 하는 취지의 공식견해를 분명히 하여 일본의 입장을 일관되게 지지하고 있다.

이상은 '북방4도'가 일본의 고유영토로서의 정당성을 내세우기 위한 일본의 주장이다. 이는 북방4도 문제의 본질과는 상당히 다르다. 그렇다면, 일본주장의 문제점을 지적해 보면 다음과 같다.

①북방4도의 발견에 대해서는, 원래 이 지역은 아이누모시리 지역으로서 러일 양 제국주의가 영토를 확장하기 위해 러시아가 먼저 남하하였고, 그 이후에 러시아에 대응하는 형식으로 일본이 북상한 것이다. 사실 일본보다 러시아가 먼저 우루프섬 남쪽을 지배했다.

②우룻프섬과 쿠나시리섬 사이의 자연국경에 대해서는, 자연스럽게 일러 통상조약을 체결한 것이 아니고, 러시아가 먼저 쿠나시리섬을 선점했지만, 미국에 선점당한 미일통상조약과 동일한 최혜국으로서의 지위를 확보하기 위해 정치적 타협으로 양보하여 쿠릴열도의 경계를 결정한 것이다.

③일소중립조약 위반과 쿠릴열도 무단점령에 대해서는 제2차 대전에서 일본이 연합국의 요구를 무조건적으로 이행할 것을 약속하고 항복했

기 때문에 연합국이 전시 중에 합의한 내용을 전적으로 수용했던 것이다. 이 전쟁이 일본의 침략전쟁에 의한 것으로 규정되었고 중립조약위반, 무단점령 주장은 얄타협정에서 연합국이 합의한 것이어서 법적으로 유효하지 않다.

④종전 후, 쿠릴열도(북방4도를 제외한 18개 섬) 침공 불법주장에 대해서는, 원래 러시아가 인식한 쿠릴열도는 북방4도를 포함하는 22개의 섬이었는데, 일러 통호조약(1855년)에 의해 북방4도를 일본에 양보하기로 결정되었기 때문에 '치시마(쿠릴열도)/카라후토(사할린)' 교환조약(1875년)에서는 영유권이 결정되지 않았던 카라후토와 당시 러시아영토였던 18개 섬(쿠릴열도)과 교환했던 것이지만 그후 일본이 러일전쟁을 일으켜서 사할린 남부를 할양하였기 때문에 이들 지역이 무주지 선점에 의한 일본의 고유영토 주장은 성립되지 않는다.

⑤북방4도의 러시아 편입에 대해서는 1875년 치시마/카라후토 교환조약에서 정치적 타협으로 쿠릴열도 전체가 일본영토가 되었으므로 일본인 밖에 거주하지 않았던 것은 당연하고, 1945년 러시아가 점령하여 러시아 영토에 편입한 것은 얄타협정에서 패전국 일본에 대한 연합국의 의지에 의거한 국제법적 조치였다.

⑥샌프란시스코 강화조약(쿠릴열도에 대한 권리나 권원 포기조항)에 대해서는, 이 조약에서 일본은 (이미 러시아의 점령상태에 있던) 쿠릴열도에 대한 영토적 권원을 전적으로 포기한다고 규정하여 일본도 여기에 동의했고, 쿠릴열도의 범위에서 4도(하보마이. 시코탄, 에토로프, 쿠나시리)가 제외된다는 규정은 아무데도 없다. 일본이 자의적인 해석으로 4도가 쿠릴열도에서 제외 된다고 하는 것은 당연히 러시아는 거기에 동의하지 않

는다. 또한 이 지역을 둘러싼 러일 간의 국경이 4차례(1855, 1875, 1905, 1945)나 변경되어 왔기 때문에 특정한 시기에 협정한 영토를 고유영토라고 규정할 수 없다.

이러한 일본의 주장은 일방적이며 자의적인 해석이라고 할 수 있다. 그럼에도 불구하고 일본은 북방영토가 역사적으로나 국제법적으로 일본의 고유영토라고 하여 다음과 같은 정부방침으로 일관된 입장을 취하고 있다.[6]

①북방영토는 러시아에 의한 불법 점거가 계속되고 있는 일본고유의 영토이다. 덧붙여 이 점에 대해서는 미국 정부도 일관되게 일본의 입장을 지지하고 있다.

②현재 북방 4도에는 약 1만 7천명의 러시아인이 거주하고 있고, 주로 수산업, 수산가공업에 종사하고 있다. 일본은 영토문제의 해결에 있어서는 현재 북방 4도에 거주하고 있는 러시아인의 인권, 이익 및 희망사항을 충분히 존중해 나갈 생각이다. 이 점에 대해서는 일러 양국의 외무성이 공동으로 작성한 일러간의 영토 문제의 역사에 관한 자료집 전문에도 「일본 정부도 영토 문제의 해결에 있어서 현재 이러한 섬들에 거주하고 있는 러시아 국민의 인권, 이익 및 희망사항을 충분히 존중해 나갈 의향이라는 취지를 분명히 하고 있다」라고 명기되어 있다.

③일본 고유의 영토인 북방영토가 러시아에 의해 불법 점거가 계속되고 있는 상황에서 제3국의 민간인이 해당 지역에서 경제활동을 실시하는 것을 포함해 북방영토에서 러시아 측의 관할권에 복종하는 것, 또

---

6) 「북방 영토 문제의 개요」, http://www2.mofa.go.jp/mofaj/search/query.html.

는 북방영토에 대한 러시아의 관할권을 전제로 행동하는 것 등은 북방 4도에 대한 러시아의 영유권을 인정하는 것에 연결될 수 있는 것이므로 용인할 수 없다.

④제3국의 국민이 러시아의 사증을 취득한 다음 북방 4도에 들어가 거나, 또는 제3국 기업이 북방영토에서 경제활동을 실시하고 있다는 정 보를 접할 경우, 일본은 관행적으로 당연히 해오던 조치로서 사실 관계 를 확인 후 그것을 문제시한다.

⑤일본정부는 넓게는 일본 국민에 대해서도 1989년 내각회의의 동의 로 북방영토 문제가 해결될 때까지 러시아의 출입국 수속에 따르는 것 을 비롯해서 러시아의 불법 점거 아래에서 북방영토에 들어가지 못하도 록 요청하고 있다.

⑥일본정부는 일본 국민이 러시아 측의 출입역 수속에 따르는 것을 비롯해서 러시아의 불법 점거 아래에서 북방 4도에 입역 하지 못하도록 요청하고 있지만 예외적으로 러일 양국 간에 설정한 북방성묘, 4도교 류, 자유방문, 인도적 지원 등 4개의 범위에 한하는 방문, 교류를 실시 하고 있다.[7]

이상과 같이 일본정부는 북방영토의 영유권을 확보하기 위한 행동방

---

7) 북방성묘 : 1964년부터 원래 도민 및 그 친족에 의한 북방 4도의 묘지에 여권 · 무비자에 의한 성묘가 실시되어 2004년 말까지 약 3, 100명이 방문했다. 4도 교 류 : 1992년 4월부터 상호이해의 증진을 도모하여 영토 문제 해결에 기여하는 것 을 목적으로 일본국민과 북방 4도 주민 사이에 여권 · 무비자로 상호 방문을 개시 하여 2004년 말까지 1만 명이 넘는 사람들이 참가했다. 자유방문 : 1999년 9월부 터 원래 도민 및 그 가족에 의한 북방 4도에 있는 원거주지 등에 여권 · 무비자에 의한 방문이 실시되어 2004년 말까지 약 900명이 참가했다. 인도적 지원 : 북방 4도의 환자 수용이나 의약품 및 식량품을 공여하고있다. 「북방 영토 문제에 관한 Q&A」, http://www.mofa.go.jp/mofaj/area/hoppo/mondai_qa.html.

침을 결정하고 있지만, 이는 다음과 같은 일본정부의 의도가 숨어있다.

①일본의 고유영토론에 대해서는, 미국은 연합국의 일원으로서 얄타회담의 합의를 지키기 위해 일본의 쿠릴열도 포기를 주장하는 입장이었다. 그런데 그 이후에 일본의 입장을 지지한 것은 미국의 사적인 입장이었고, 미·소가 대립하는 냉전체제에서 공산진영이었던 소련의 권익을 인정하지 않으려는 정치적 판단으로서 국제법에 의거한 것은 아니었다.

②북방4도의 러시아 거주민 우대에 대해서는, 일본이 북방4도의 영유권을 주장함에 있어서 러시아 거주민에 의한 협상의 장애를 없애기 위한 방편으로서 정한 방침에 불과하다.

③제3국인에 의한 러시아의 실효적 지배 강화에 대해서는, 일본은 러시아의 실효적 지배를 인정할 수 없고, 일본의 고유영토라는 전제하에 제3국이 러시아의 실효적 지배를 돕는 행위를 막겠다는 것이다.

④러시아의 사증취득으로 제3국민의 입역이나 경제활동에 대해서는, 이것 또한 러시아의 실효적 지배를 돕는 행위에 해당되므로 관행적으로 일본이 인정해오지 않았기에 향후에도 인정할 수 없다는 것이다.

⑤일본국민의 입역에 대해서는, 러시아의 실효적 지배를 인정하는 것이 되기 때문에 일본국민의 입역도 제한한다는 것이다.

⑥일본국민의 입역 가능한 범위에 대해서는, 일본정부는 영토정책의 일환으로서 일본국민이 입역해도 북방4도에 대한 일본의 지위를 해하지 않는다는 러시아의 동의 아래 입역을 실행하고 있고, 동시에 이는 러시아 4도 거주민으로부터 일본의 신뢰회복과 영토적 권원을 확보하기 위한 방편으로 일본국민의 4도 입역을 실시하고 있다.

3. 러일 정부 간의 영토협상

일본은 북방4도를 러시아로부터 확보하기 위해 여러 번 국경에 관한 논의를 해왔다. 일본은 영토문제가 해결되지 않으면 완전한 국교의 정상화를 의미하는 '평화조약'을 체결하지 않겠다는 의지를 보이고 있다. 즉 일본은 평화조약 체결을 빌미로 러시아에게 4도 반환을 요구하고 있다고 볼 수 있다. 다음은 북방 4도에 관한 러일 양국의 협상 진행과정과 합의내용에 대한 일본의 입장이다.

①소련이 샌프란시스코 강화조약의 서명을 거부하였기에 양국은 1955년 6월부터 1956년 10월에 걸쳐 평화조약을 위한 교섭을 실시했는데, 일본이 일관되게 북방4도의 반환을 주장했다. 결국 쿠나시리와 에토로프 섬의 귀속문제에 대해 러시아가 양보하지 않았기 때문에 우선적으로 10월 19일 「공동선언」을 체결했다. 즉 「제9조」에서 "하보마이, 시코탄 2도는 평화조약이 체결된 후에 일본에 인도하고 일소 양국은 계속해서 평화조약 체결 교섭을 행한다."고 규정하여[8] 양국은 전쟁 상태 종료와 외교관계를 회복하고 평화조약교섭을 계속하기로 하고 영토문제의 해결을 장래에 맡겼다. 이는 양국 의회에서 비준되고 유엔에도 등록되었기 때문에 1956년부터 현재까지 일관해서 법적으로 유효하다. 소련은 1960년 일미안전보장조약 체결에 즈음하여 일소공동선언에서 합의된 하보마이 군도 및 시코탄 섬의 인도에 대해 일본영토로부터 모든 외국군대가 철수된 이후에 반환한다는 새로운 조건을 일방적으로 추

---

8) 「일러 관계」, http://www.mofa.go.jp/mofaj/gaiko/bluebook/2002/gaikou/ html/ honpen/chap01_05_04.html.

가해 왔다. 또한 그 후 소련은 오랫동안 영토문제는 이미 해결이 완료되었다는 입장을 취하고 있다.

②1973년 다나카 가쿠에이(田中角榮) 총리가 소련을 방문하여 합의한 일소공동성명은 "제2차 대전 때부터의 미해결인 여러 문제를 해결하여 평화조약을 체결하는 것이 양국 간의 진정한 선린우호 관계의 확립에 기여한다."는 것을 확인했다. 이에 대해 브레주네프 서기장은 북방 4도의 문제가 전후 미해결의 여러 문제 안에 포함된다는 것을 구두로 확인했다.

③소련 붕괴 이후의 1993년 10월 러시아의 옐친 대통령이 방일하였을 때 일러 양 수뇌는 합의했다. 이 문서인 '도쿄선언'에서는 "북방4도의 도명을 열거해서 북방영토문제는 그 귀속에 관한 문제라고 자리 매김을 함과 동시에 이 문제를 역사적, 법적 사실에 입각하여 양국 합의로 이루어진 제 문서를 토대로 「법과 정의의 원칙」으로 해결한다고 하는 명확한 교섭 지침을 제시했다. 그 후 반복해서 일러 양국은 북방4도의 귀속문제를 해결해서 평화조약을 체결한다고 하는 '도쿄선언'의 방침을 확인해왔다." 이때에 일본은 평화조약의 체결조건으로 러시아에 대해 "러시아의 개혁 노력을 지지하고, 동시에 제반 분야에 있어서의 협력과 관계 강화를 도모할 것"을 제시했다.9) 이로 인해 일본은 냉전 종언과 더불어 러시아로부터 영토문제의 존재를 인정받음과 동시에 재차 일소공동선언(1956년)이 일러 양국 간에 유효한 것임을 확인하게 되었다.

④1996년에는 1956년의 일소공동선언에 의한 국교 회복 40주년에

---

9) 「日露關係, 總括-96年の國際社會と日本外交」, http://www.mofa.go.jp/mofaj/gaiko/bluebook/97/1st/chapt1-2.html.

상응하는 정치 레벨에서의 대화가 긴밀해졌다. 우선 3월에는 이케다 유키히코(池田行彦) 외무대신이 러시아를 방문하여 옐친 대통령과 회담했고, 제6회 일러 외상간의 정기협의와 제1회 무역 경제에 관한 일러 정부간 위원회를 실시하여 이 두 개의 협의를 통해 정치・경제 양면에 걸쳐 양국 관계의 기반확충을 할 수 있었다. 또 4월에 하시모토 류타로(橋本龍太郎) 총리대신이 원자력 안전 서미트에 참석하기 위해 러시아를 방문하여 옐친 대통령과 정상회담을 개최했다. 여기서 양국은 외무대신 레벨에서의 평화조약 교섭의 활성화 및 그것을 위한 대통령 선거 후 차관급 평화조약 작업부회의 재개, 방위청장관의 방러, 일본과 러시아 극동지역과의 관계 강화 발전 등 여러 가지 인식을 같이했다. 이에 따라 그해 4월 우스이 히데오(臼井日出男)방위청장관이 러시아를 방문하여 양국의 방위 당국 간의 신뢰를 높이고 안전보장을 위한 대화에 있어서도 양국 관계를 향후 발전시킬 수 있는 길을 열 수 있었다. 그 후, 6월의 리용・서미트, 7월의 아세안 지역 포럼, 9월의 국제연합총회에서의 일러 외상회담을 거쳐 10월에는 제6회 일러 평화조약 작업부회 및 제6회 일러 사무레벨협의가 개최되었고, 11월에는 프리마코프 외상이 방일하여 이케다 외무대신 사이에서 제7회 일러 외상간의 정기협의를 실시했다. 이 정기협의에서는 도쿄선언에 근거해서 양국 관계를 진전시켜갈 것을 재차 확인했고, 특히 영토문제에 대해 일본 측이 영토교섭과 영토문제 해결을 위한 환경정비라고 하는 양면에서 노력하여 자동차바퀴처럼 동시에 추진할 필요가 있다고 강조했다. 또 러시아 측에서는 아직 충분히 검토해보지 못했다고 하면서 4도의 주권에 관한 각각의 입장을 지킨다고 하는 원칙에 입각하여 4도에서 일러 양국이 「공동경제활동」을 추진하는 것이 좋겠다고 언급했다.

⑤일본은 1997년 11월 크라스노야르스크 정상회담에서 러시아와 함께 외무대신 레벨의 평화조약 체결문제 합동위원회를 설치할 것에 합의하고, 「도쿄선언에 근거하여 2000년까지 평화 조약을 체결하도록 전력을 다한다」고 강조하여 러시아가 적극적으로 영토문제 협상에 임할 것을 재촉했다. 1998년 4월 가와나(川奈) 정상회담에서는 「평화조약은 도쿄선언 제2항에 의거하여 4도의 귀속문제를 해결하는 것을 내용으로 하고, 21세기를 향한 일러 우호협력에 관한 원칙 등을 적극적으로 논의할 것」, 1998년 11월 오부치 케이죠(小淵惠三)총리가 러시아를 방문하여 창조적인 파트너십을 강조하면서 평화조약을 2000년까지 체결할 수 있도록 전력을 다한다는 결의(모스크바선언)를 재확인했다. 이번 모스크바 선언에서는 도쿄선언, 크라스노야르스크 합의 및 '가와나' 합의를 재확인하고, 국경확정을 위한 위원회 및 공동경제활동을 위한 위원회의 설치를 약속했다. 일본은 공동경제활동이라는 명목으로 당근을 제시하면서 국경을 확정을 시도했다.

⑥2000년 9월 5일 일본은 러일 양국 정상회담(도쿄)에서 지금까지의 모든 합의에 의거하여 계속적으로 4도의 귀속에 관한 문제해결로 평화조약 체결을 위해 교섭할 것을 러시아에게 요구했고, 그 결과 푸친 대통령으로부터 "1956년의 일소공동선언은 유효하다고 생각한다"고 하는 발언을 했다. 이는 일본의 의도에 의한 것이었다.

⑦2001년 3월의 이르쿠츠쿠 성명10)에서는 일소공동선언이 양국 간

10) 2001년 3월 25일, 평화조약 체결을 위한 향후의 교섭은 1956년 일소공동선언, 1973년 일소공동성명, 1991년 일소공동성명, 1993년 일러 관계에 관한 도쿄선언,

의 평화조약 체결교섭의 출발점이 되는 법적 기본적인 문서임을 확인했다. 또한 1993년의 도쿄선언에 근거해서 북방4도의 귀속문제를 해결하여 평화조약을 체결한다는 내용을 재확인했다.

⑧2002년 10월 고이즈미 준이치로(小泉純一郎)총리는 북방 영토 문제의 해결을 목표로 폭넓은 일러 관계를 진행시켜 이번 자신의 방러가 영토문제를 해결하는 성과를 올리고 싶다는 취지로 영토문제 해결의 결의를 표명했다. 이에 대해, 러시아의 카시야노프 수상은 평화조약 체결 문제에 대해서는 전문가들 간의 세밀한 대화를 위한 계속적인 노력이 필요하며 이 문제의 미해결로 인해 다른 분야의 발전에 영향을 주어서는 안 된다는 취지를 언급했다.[11]

2003년 1월에 고이즈미 총리는 러시아를 방문해서 푸틴 대통령 사이에서 「일러행동계획」[12]을 채택하고, 동시에 4도의 귀속문제를 해결해서 평화조약을 가능한 한 조기에 체결하여 양국관계를 완전하게 정상화한다고 하는 결의를 확인했다. 2003년 5월에 고이즈미 총리가 상트페테르브르크 도시건설 300년 기념행사를 위해 러시아를 방문했을 때, 푸틴 대통령은 「러시아로서는 지극히 중요한 문제인 영토문제를 해결하

1998년 일러 간의 창조적 파트너십 구축에 관한 모스크바선언, 2000년 평화조약 문제에 관한 양국 정상의 성명을 포함한 지금까지 채택된 모든 문서를 기초로 한다고 합의했다.

11) 「영토문제」, 平成14년 10월 27일, APEC수뇌 회합 때의 고이즈미 총리와 카시야노프 · 러시아 수상의 회담(개요), http://www.mofa.go.jp/mofaj/kaidan/s_koi/apec_02/jr_kaidan.html.

12) 양국 정상은 정치대화의 심화, 평화조약 교섭, 국제무대에서의 협력, 무역 경제분야에서의 협력, 방위안보분야에서의 관계발전, 문화 국민간의 교류 진전을 본격적으로 진행하기로 합의했고, 북방 영토문제는 1956년 일소공동선언, 1993년 도쿄선언, 2001년 이루크츠쿠성명 등의 3개 합의문서를 기초로 한다고 했다. 「일러행동계획」, 『시사용어사전』, http://www.science-news.net/database/display=11884.

고 싶은 강한 의지를 가지고 있으며, 이를 유보하거나 영토분쟁이 없다
고는 생각하지 않는다」는 취지의 발언을 했다. 또 2004년 6월 시-아이
랜드 G8서미트에서 일러 양국 정상회담을 개최했는데, 이때 푸틴 대통
령은 「일러 2국간의 의제에는 주요한 문제인 평화조약문제가 항상 포
함되어 있어 자신은 이 문제의 논의를 피할 생각은 없다」고 하는 취지
의 발언을 했다.[13] 이후 2004년 9월 고이즈미 총리대신이 현직 총리대
신으로서는 처음으로 해상으로 북방영토를 시찰하여 북방 영토문제의
중요성과 평화조약체결이 일러 쌍방에 이익이 되는 것임을 확인했다.
한편 러시아 측은 러시아의 의무로서 2개 섬의 반환에 의한 최종 결정
을 언급했다. 2004년 11월 APEC 정상회의에 참석한 일러 정상은 회담
에서 고이즈미 총리는 평화조약을 체결하여 일러관계를 비약적으로 발
전시켜 가는 것이 쌍방의 전략적 이익에 들어 맞다는 취지를 강조했고,
푸틴 대통령도 영토문제를 해결하여 평화조약을 체결하는 것이 필요하
다는 취지를 확인했다.

　2005년 1월에 마치무라 노부타카(町村信孝) 외무대신이 러시아를 방
문하여 행한 외상회담에서는 쌍방은 입장의 격차는 있지만 격차를 없애
기 위해 진지하게 논의한다는 의견에 일치했다.[14] 2005년 5월 고이즈
미 총리가 러시아를 방문하여 제2차 대전 종료 60주년 기념식전에서
푸틴 대통령의 방일을 위해 라브로프 외상의 사전 방일을 통해 평화조
약문제 및 실무분야의 준비를 정력적으로 진행한다는 것을 확인했다.

---

13) 「북방 영토 문제의 개요」, http://www2.mofa.go.jp/mofaj/search/query.html.
14) 「2004년 국제정세와 일본외교의 전개(러시아나 중앙아시아, 유럽과의 관계)」,
　　http://www.mofa.go.jp/mofaj/gaiko/bluebook/2005/html/honmon1006.html.

2005년 7월 그렌이그르즈 · 서미트에 참석한 일러 양국의 정상회담에서 푸틴 대통령이 11월 20일부터 22일 사이에 일본을 방문하기로 합의했고, 또 폭넓은 분야의 일러 협력을 한층 증진할 것과 동시에 평화조약 문제에 대해 진지하게 임한다는 것을 확인했다.[15]

그러나 푸틴 대통령은 영토문제에 대해, '모든 문제를 해결하고 싶다'는 발언을 하면서도 한편으로는 1956년의 일소공동선언에 대해 일본이 일방적으로 이행을 거부했다고 생각하고 있었다. 러시아는 1960년 일미안보조약이 개정되었을 때 "소련은 일본에 외국 기지가 있는 한, 또 평화조약이 체결되지 않는 한, 영토를 인도하는 일은 없다"고 하여 2도 반환 이상의 4도 반환은 있을 수 없다는 입장을 명확히 했다.[16]

그러나 일본의 영토정책에는 변화가 없었다. 여전히 "일본 정부로서는 계속적으로 러시아와 폭넓은 분야에서의 협력을 진행시킴과 동시에 북방4도의 귀속문제를 해결하여 평화조약을 조기에 체결한다고 하는 일관된 방침아래, 평화조약 교섭에 정력적으로 임한다"는 방침을 세우고 있다.[17]

이상은 전후 러일 간에 논의되어진 영토협상의 내용이다. 이들 내용은 대부분 일본이 4도 확보를 염두에 두고 애매한 표현을 사용하여 북방4도 전체가 분쟁지역임을 러시아가 인정하도록 유도함과 동시에 빠른 시일 내에 영토문제를 해결할 필요가 있음을 강조하여 러시아를 협

---

15) 「북방 영토 문제의 경위」, 平成 17년 10월, http://www.mofa.go.jp/mofaj/area/hoppo/hoppo_rekishi.html.

16) 「사무차관 회견기록(平成 18년 6월 5일, 북방 영토 문제)」, http://www.mofa.go.jp/mofaj/press/kaiken/jikan /j_0606.html#1-A.

17) 「북방 영토 문제의 개요」, http://www2.mofa.go.jp/mofaj/search/query.html.

상테이블로 끌어내기 위한 시도였다. 이상의 협상내용을 세부적으로 분석해보면 다음과 같다.

①1956년의 러일 '공동선언'에 대해서는, 러시아는 당시 냉전체제라는 국제정세를 반영하여 일본과 관계를 정상화하기 위해 평화조약을 체결한다면 선의의 차원에서 하보마이와 시코탄을 일본에 양보할 수 있다고 약속했던 것이다. 그러나 아직까지도 러일 양국 간에 평화조약이 체결되지 않은 상태이므로 러시아는 2도반환의 의무는 없다. 평화조약이 체결되지 않은 상태에서 2섬을 반환하지 않겠다는 것 또한 러시아의 자유이다. 다만 향후 평화조약이 체결된다면 약속대로 최소한 2도는 반환되어야한다. 일본이 4도 반환을 요구함으로써 평화조약이 체결되지 못했기 때문에 그 책임은 일본에 있다고 하겠다. 그런데 일본이 1956년 2도반환의 의무가 있는 것처럼 주장하는 것은 법적 해석이 아니라 영토확보를 위한 정치적인 주장에 불과하다.

②1973년의 '다나카 총리와 브레주네프 서기장의 공동성명'에 대해서는, 일본은 1960년 미일신안보조약 이후 영토문제가 존재하지 않는다는 러시아의 태도를 변화시켜서 2도반환의 지위를 확보함과 동시에 4도반환을 요구하기 위한 법적 권원을 만들기 위해 간접적인 방법으로 양국 간에 영토문제가 존재한다는 것을 인정하도록 유도했다. 일본이 이러한 정치적인 수법으로 30여년간 요구했지만 러시아는 이를 수용하지 않았다.

③1993년의 옐친 대통령과의 '도쿄선언'에 대해서는, 일본은 소련이 냉전붕괴로 해체되고 경제적 난국에 처한 상황을 이용하여 경제지원을 대가로 평화조약을 체결하여 영토문제를 해결하려는 의도를 갖고 초대

러시아 대통령 옐친을 도쿄에 초대했다. 이러한 과정에서 옐친은 일본의 요구를 수용하여 영토문제의 존재를 인정하고 1956년의 공동선언을 협상의 출발점으로 하여 법과 정의에 의거해서 해결하자고 주장했다. 일본은 옐친의 이러한 입장에 대해 경제적 어려움에 처한 러시아에게 경제지원을 함으로써 그 대가로 영토주권의 확보 가능성이 있다고 생각했다. 그러나 러시아의 생각은 달랐다. 2도는 이미 약속한 것이었기에 평화조약을 체결한다면 양보할 수 있으나, 4도에 관해서는 법적으로 해결하자는 주장을 내세움으로써 4도 반환을 하지 않겠다는 의도였다. 일본은 패전으로 연합국의 요구를 이행해야하는 것과 대일평화조약에서 쿠릴열도 포기약속 등 4도에 대한 국제법적 근거가 빈약하기 때문에 국제사법재판소에서의 문제 해결을 기피하고 있다.

④'도쿄선언의 이행'에 대해서는, 일본은 도쿄선언 이후 4도 확보의 가능성이 있는 것으로 판단하고, 영토교섭과 경제지원이라는 양면정책으로 영토문제 해결을 위한 환경을 조성하여 4도 확보를 통한 평화조약 체결을 적극적으로 추진했다. 그러나 러시아는 경제지원을 받아내기 위해 일본의 환경조성에 동조하는 형식으로 4도 주권에 대한 양국의 입장을 존중한다고 하여 4도에서의 일러 「공동경제활동」에 합의했던 것이다.

⑤1997-98년의 정상회담에 대해서는, 일본은 도쿄선언을 4도 확보의 가능성으로 판단하고 기한을 정하여 2000년까지 평화조약을 체결하자고 요구했고, 이에 대해 러시아가 양보하려는 의지가 있는 듯한 자세를 취하게 되자, 일본은 줄곧 4도 확보를 위해 잦은 정상회담으로 이를 문서화하려고 했던 것이다.

⑥2000년 푸틴 대통령과의 정상회담에 대해서는, 일본은 4도 확보를

위해 2000년의 정상회담에 큰 기대를 모으고 있었으나, 의도를 달성하지 못하고 엘친 대통령의 후임이었던 푸틴 대통령과 정상회담을 하게 되었다. 그러나 러시아의 입장은 애당초부터 4도를 양보하겠다는 생각이 없었기 때문에 일본의 지나친 기대로 러일 관계가 더욱 악화되었던 것이다.

⑦2003년의 「일러행동계획」 채택에 대해서는, 일본은 '행동계획'을 만들어 간접적인 방법으로 4도의 소속문제 해결의 중요성을 강조하여 실질적으로 영토문제 해결을 위해 러시아를 압박하려고 했으나, 러시아는 영토문제의 존재를 인정하면서도 일본의 4도 확보 의지와는 전혀 다르게 1956년의 공동선언에 의한 2도 양보에서 한발도 후퇴하지 않은 상태였다.

⑧일본의 4도 요구에 대해서는, "푸틴 대통령은 영토문제를 해결하고 싶은 선의(2도반환-필자주)가 있으면 일러 쌍방이 만족할 수 있는 해결책을 찾아낼 수 있다고 확신한다." 그러나 "4도는 러시아의 주권 아래에 있다. 이것은 국제법에 따라 확립된 제2차 세계대전의 결과"라고 하여 텔레비전을 통해 북방4도의 주권문제에 대해 일본에 양보할 생각은 전혀 없다고 명확히 했다.[18] 특히 쿠릴열도에 거주하는 러시아인늘도 일

---

18) 북방 영토 문제, 보도관 회견기록(平成 17년 9월, 平成 17년 9월 28일, 후세인·파키스탄 상원 외교위원장 일본 방문/글로벌 축제 JAPAN2005), http://www.mofa.go.jp/mofaj/press/kaiken/hodokan/hodo0509.html#4-C, 푸틴 대통령은 2005년 12월 23일의 내외 기자회견에서 "러일 양국이 아주 좋은 관계로 발전하고 있는데, 지금까지 평화조약 문제가 해결되지 않고 있다. 관계 발전을 저해하는 모든 문제를 「제거」하는 일이 양국의 국익에 부합된다." 라브로프 외상은 "섬들을 인도하는 것을 제안한 것이 아니다. 일본이 1956년 선언을 비준했음에도 불구하고 4도를 요구하는 것은 좀처럼 이해되지 않는 부분이다. 동 선언 제9항에는 평화조약의 서명이 2도 인도의 조건이라고 명기되어 있어서 이것으

본의 영유권 주장에 대해 상당한 불쾌감을 들어내고 있었다.[19]

4. 영토문제 해결을 위한 일본의 전략

일본은 소련이 붕괴된 이후 대러시아 외교에 있어서 장기적인 기본 정책 목표는 "폭넓은 분야에서의 일러 관계 진전에 노력하는 것과 동시에 북방영토 문제를 해결하여 평화조약을 체결하고 일러 관계의 완전한 정상화를 꾀하는 것"이었다. 이를 달성하기 위한 중기 시책으로는 "평화 조약 체결의 추진, 조약 교섭, 북방영토 문제 해결을 향한 환경을 정비"하고 단기적인 사업으로는 "①평화조약 체결의 일러 합동위원회, 국

로 모든 영토분쟁이 해결되는 것이라고 명확하게 해석된다"고 했다(平成 17년판 외교 청서, http://www2.mofa.go.jp/mofaj/search/query.html).

19) 러시아인들의 북방4도 문제에 대한 영토인식을 알아보기 위해 "2000년도 러시아에서 대일 여론조사를 실시했다. 러시아인이 가장 친근감을 가지는 나라는 불(19%), 독(14%), 미(12%) 일본(11%) 순이었다. 러시아인들 중에 61%가 현재의 일러 관계가 양호하다고 평가했고, 94%가 일본과의 우호관계가 중요하다고 생각한다고 했다. 영토문제에 대해서는 서로 합의해야 한다는 의견이 모스크바에서 비교적 많이 볼 수 있었는데(42%), 향후에도 러시아에 소속되어야한다는 주장은 직접 영토분쟁지역과 가까운 지역인 극동(61%), 사할린주(74%)가 높았다(러시아에 있어서의 대일 여론 조사(개요), 平成 13년 8월 2일, http://www.mofa.go.jp/mofaj/area/russia/chosa02/index.html). 이런 결론은 모스크바지역이 영토분쟁의 내용을 잘 알지 못하기 때문에 나온 결과이고, 분쟁내용을 잘 알고 있는 극동 및 사할린 지역에서는 일본영토가 아니라는 인식이 강하다. "일본의 북방영토를 「행정 관할」하고 있는 것은 이 사할린주이다. 사할린의 여론이 일본에 대한 강경한 것도 사실로서, 주 의회의 일부, 또는 신문, 텔레비전 등의 매스컴에서 자주 분출된다. 2월 7일 「북방영토의 날」에 총영사 관저에서 피켓시위를 하는 것도 러시아 중에서 사할린뿐이다. 재사할린 일본파견기관으로서는 한 가지 일이 더 생긴 측면이 있다." 시사 통신 「세계 주보」 2003년 8월 19일-26일 합병호부터 전재, 平成15년 8월, EU대표부공사(전 재유지노사하린스크 총영사) 쿠로다 요시히사의 발언.

경 확정위원회, 공동경제활동위원회, ②4도 교류, 자유방문, 성묘, ③여론계발사업" 등을 실현하는 것을 방침으로 세웠다.[20]

일본은 러일 외교의 최대 과제를 북방영토 회복에 두고 기회가 있을 때마다 이전의 협상내용을 성과로 삼아서 다음 회담에서 보다 유리한 법적 지위확보를 위해 정치적으로 노력했다.

이러한 일본의 태도는 2005년 11월 APEC 각료회합에서의 일러 외상 회담 결과를 보면 확인할 수 있다. ①"지금까지 일러 간에 작성되어 온 모든 문서 및 달성되어 온 모든 합의의 유효성이 재차 양 대신에 의해 확인되었다. 또 양국은 이들 제 문서 및 제 합의에 근거하여 영토 문제를 해결해서 평화 조약을 체결하기 위해 계속적으로 교섭을 철저히 실행해야할 필요성도 확인했다." ②"다가오는 정상회담에서 양 수뇌 사이에 영토문제에 관해 철저히 협의해야 한다는 점에 대해 인식을 같이했다"라고 언급하고 있다.[21]

일본정부(고이즈미 총리)는 2003년 러시아가 일본의 4도 요구에 응할 의사를 전혀 보이지 않자 '일러행동계획'을 요구하여 경제교류를 비롯한 폭넓은 분야의 협력으로 신뢰를 극복한 후 영토문제를 해결한다고 하는 종래의 전략적 방침을 수정했다.

이는 2005년 4월 내각부 특명담당 대신의 발언[22]으로도 충분히 파악

---

20) 「외무성 정책평가 실시 계획」, http://www.mofa.go.jp/mofaj/annai/shocho/hyouka/j_keikaku/area05.html.
21) 「영토 문제」, APEC각료 회합 때의 일러 외상 회담 결과 개요, 平成17년 11월 16일, http://www.mofa.go.jp/mofaj/kaidan/g_aso/apec05/j_russia_kaidan.html.
22) 「일러수호 150년 기념일에 있어서의 코이케 내각부 특명담당대신(오키나와 및 북방 대책)인사말」, 平成17년 4월 16일, http://www.mofa.go.jp/mofaj/press/enzetsu/17/sei_0416. html.

할 수 있다.

"일러 양국은 이웃나라끼리이며, 향후 여러 가지 의미로 교류가 깊어져 가는 것이라고 생각하고 있다. 특히 2003년 1월에 정한「일러 행동계획」의 착실한 시행에 의해 양국 관계에 있어서 폭넓은 분야의 협력이 진행되고 있다. 1992년부터의 무비자에 의한 북방4도 거주 러시아인과 일본 국민 간의 상호 교류에 대해서는 착실하게 그 성과를 쌓아서 신뢰관계가 고양되고 있다. 그러나 북방 영토문제는 아직도 미해결 상태이다. 이 문제를 해결하여 평화조약을 체결하는 것은 일러 양국의 이익에 부합되는 것으로서 양국 간에 진정한 우호 관계가 확립되어 양국 교류와 양 국민의 우호가 한층 더 활발히 되는 것을 간절히 바라고 있다." 라고 했다. 특히 그 중에서도 경제협력을 적극적으로 추진하여 러시아로부터 신뢰를 회복하는 것이 장래 북방영토 문제 해결에 가장 중요하다고 강조하고 있다.[23)]

---

23) "이 공동 자료집(Thejoint compendium of materials on the History of the Territorial Issue)은 1992년에 일·러외무성이 처음으로 공동 작성한 것으로 북방 영토 문제에 관한 일러 수호 150년 기념식전에 있어서 코이케 내각부 특명담당 대신(오키나와 및 북방 대책)이 일본은 그 이전에도 러시아어판을 포함한 북방 영토문제의 홍보 자료를 만들고 있었지만, 러시아 측과 공동으로 이 자료를 작성해, 러시아 국민에게 폭넓게 배포할 수 있었던 것은 일찍이 소련이 북방영토 문제의 존재조차 부정하고 있었는데 비교하면 극적인 변화이며, 러시아 여론의 계발을 위해서도 획기적인 일이었다. 이 공동 자료집의 작성에 대해서는 1991년 가을에 당시의 소련 측에서 비공식 제안이 있어, 92년 3월 20일의 제1회 일러 외상 회담에서 정식으로 결정되었다. 그 후, 92년 9월 29일에 양국에서 동시에 발표했다. 2000년 9월의 푸틴 대통령의 공식 방일 시에 양국 수뇌 사이에 서명된「평화조약 문제에 관한 성명」에서 92년 발표의 자료집을 증보하고, 93년 이후의 시기와 관계되는 자료를 포함한 신판을 준비하는 데 합의되었다. 이것을 받아 다음 2001년 1월 일러 외상 회담 시에 그 신판 내용에 대해 의견 일치를 보았다"(「일러간 영토 문제의 역사에 관한 공동 작성 자료집, 平成13년 3월」, http://www.mofa.go.jp/mofaj/area/hoppo/ryodo.html).「사무차관 회견기록(平成 17년 11월)」, http://www. mofa.go.jp/mofaj/press/kaiken/jikan/j_0511. html.

일본정부는 직접교섭을 통한 4도 확보가 어렵다고 판단하고 우회적
인 방법으로 일러 행동계획에 의해 점진적으로 해결한다는 정책으로 방
향을 전환했던 것이다. 이에 대해 일본의 일부 여론은 북방영토 문제해
결을 보류하는 것이 아닌가 하고 의구심을 갖기도 했다.

일본정부는 이러한 국민들의 불신에 대해, "북방영토 문제는 유보하
는 것이 아니고 이 문제에 대해 철저하게 논의하여 계속적으로 상대방
을 이해시키려고 노력할 것이고, 러시아정부뿐만 아니라 러시아 국민에
게도 직접적으로 알려서 일본의 입장을 이해하도록 할 필요가 있다"고
강조했다.24) 북방4도를 일본에 반환해야한다는 인식을 깊게 갖도록 러
시아 국민들에게 역사적 경위를 이해시킨다는 것이었다.25)

이러한 이유에서 일본의 노력으로 1992년 9월 일러 양국 외무성에
의해, 북방 영토 문제에 관한 객관적인 사실을 모은 「일러간 영토 문제
의 역사에 관한 공동 작성 자료집」이 출간되었다. 이는 "일러 양국에서
영토문제에 관한 정확한 인식을 보급하기 위한 것"이라는 명분을 갖고
있지만, 실제로는 러시아의 경제 위기상황을 이용하여 4도 확보의 정당

---

24) 일본정부는 경제협력, 문화 교류를 포함해 폭넓은 환경정비에 중점을 지향한 「일
러 행동 계획」을 책정한다. 이것은 "문제를 해결하는데 여러 가지 방법이 있다.
문제가 해결되지 않는 한, 다른 것도 해결되지 않는다는 것도 하나 일 수 있는데,
지금 정부가 취하고 있는 것은 그런 것이 아니고, 3개 분야로 협력해 나간다는
것이다. 그 하나가 바로 중요한 평화조약 문제이다. 「행동 계획」을 만든다고 하
는 것인데, 당연히 그 평화조약 문제가 가장 큰 중심이 된다. 그 다른 분야는 문화,
경제, 사람의 교류이고, 그리고 국제적인 문제에 대한 협력을 포함하는 것이다."
「일러 관계 일반, 카와구치 외무대신, 외무성 타운 미팅 제3회 회합, 카와구치 외무
대신과 말하는 타운 미팅, 平成 14년 8월 22일: 일본의 대러시아 외교(디스커션)」,
http://www.mofa.go.jp/mofaj/annai/honsho/gaisho/t_meeting/tm_020822c.
html.
25) 「사무차관회견기록」, 平成17년 11월, http://www.mofa.go.jp/mofaj/press/kaiken/
jikan/j_0511.html.

성을 내세우기 위해 일본의 입장이 전적으로 반영된 것이었다. 일본은
2001년 1월 신판을 출간하여,[26] "1875년 우룻프섬에서 슘슈섬까지 모
든 섬이 러시아가 일본에 평화적으로 양여했다"고 하여 일본의 고유영
토론을 주장하려고 했다. 또 "1945년 2월 11일 미영소 3국 수뇌에 의해
서명된 얄타협정은 소련의 대일참전 조건의 하나로 쿠릴제도를 소련에
인도한다. 이 조항에 대해 소련은 얄타협정에 의해 에토로프, 쿠나시리,
시코탄, 하보마이를 포함한 쿠릴제도가 법적으로 소련에 인도되었다는
것을 확인했다"고 주장했다. 일본은 "얄타협정이 영토의 최종적인 처리
에 관한 결정이 아니며 또 당사국이 아니기 때문에 법적으로나 정치적
으로도 얄타협정에 구속되지 않는다." "1951년 9월 8일 서명한 샌프란
시스코강화조약은 일본이 쿠릴제도 및 남부 사할린에 대한 권리, 권원
및 청구권을 포기하기로 규정했다. 그러나 동 조약은 이들 영토가 어느
나라에 속하느냐에 대해서는 규정하지 않았다. 소련은 동 조약에 서명
하지 않았다. 샌프란시스코조약에서 일본이 포기한 쿠릴제도의 범위에
관해 일본국회에서 니시무라(西村) 조약국장의 답변(1951년 10월 19일),
모리시타(森下)정무차관의 답변(1956년 2월 11일), 동 조약의 기초국 중
의 한 나라인 미국 국무성에 의한 대일각서(1956년 9월 7일) 등에서도
언급되었다"라고 주장했다. 러시아가 실효적 지배를 하게 된 요인에 대
해서는 양자의 입장을 모두 기술하는 형식으로 취하고 있다. 일본의 주
장에는 법적 효력이 없는 일본국회발언과 연합국 전체의 견해가 아닌
주관적인 견해에 불과한 일본을 지지했다고 하는 미국의 입장을 강조하

---

26) 「북방 영토 문제에 관한 Q&A」, http://www.mofa.go.jp/mofaj/area/hoppo/
mondai_qa.html.

고 있다.

여기서 일본정부는 북방4도에 대해 원래부터 쿠릴열도에 포함되지 않는 지역인데, 일본의 고유영토임에도 불구하고 러시아가 제2차 대전에서 무력으로 점령했다는 점을 부각시켰다. 또한 대일강화조약에서 "일본이 쿠릴열도 및 사할린 남부에 대한 권리, 권원, 청구권을 포기한다."라고 규정한 조항에 대해서는 임의로 해석하여 북방4도는 이 조항과 별개의 것으로서 객관적인 일본영토임을 강조했다.

일본정부는 직접교섭이 아닌 점진적인 해결이라는 방향으로 북방4도 해결방법을 수정했지만, 「에토로프, 쿠나시리, 시코탄 및 하보마이 군도(이른바 4도)의 귀속문제를 해결해서 평화조약을 체결한다」는 기본방침에는 변화가 없었다. 2001년 2월 하시모토 총리가 국회답변에서 「북방영토 문제의 방침은 지금도 4도 일괄반환」에는 변함이 없다고 발언했다.[27]

그러나 사실 일본의 '4도 요구'에 대해 러시아는 '2도양도' 또는 '영토문제 이미 해결'이라는 입장을 취했다. 그러나 일본은 최대한 가능한 방법을 모색하여 영토해결책으로서 새로운 논리를 개발했다. 스즈키 무네오(鈴木宗男) 의원과 토고(東郷) 아시아유럽 국장은 "1956년의 일소공동선언 확인을 지렛대로 하보마이 · 시코탄 2섬의 인도 문제와 쿠나시리 · 에토로프 2섬의 귀속문제를 동시 병행해서 협의하는 방안"을 외무성에 제안했다. 하보마이 · 시코탄의 귀속문제는 러시아 측이 이미 인정하고 있기 때문에 반환문제로서 서로 논의한다는 것이고, 쿠나시리 ·

---

27) 「북방 영토 문제」, 보도관 회견 요지(平成13년 2월 21일), http://www.mofa.go.jp/mofaj/press/kaiken/hodokan/hodo0102.html#3-C.

에토로프에 대해서는 아직 귀속문제가 해결되지 않은 상태이므로 향후 서로 논의의 여지가 있다는 것이었다.[28] 일본외무성은 이를 새로이 북방4도 영토문제의 해결방안으로 채택했다.

2001년 3월 5일 스즈키 의원은 국회에서 러시아로부터 북방영토 중에서 '2도 선행반환'을 재촉했고, 3월 모리 요시로(森喜郎) 총리는 이르쿠츠쿠 정상회담에서 푸틴 대통령에게 우선적으로 하보마이 · 시코탄의 인도에 관한 논의와 쿠나시리 · 에토로프의 귀속문제에 관한 논의를 동시에 병행해서 진행하자고 제안했다. 2001년 10월 상하이 정상회담에서 고이즈미 총리와 푸틴 대통령도 양자를 동시 병행적으로 협의하기로 합의했다.

일본정부의 이러한 정책전환은 국민여론으로부터 많은 의구심을 품게 했다. 일본 공산당은 스즈키 의원이 북방영토의 2도 선행반환론을 거론했다고 비난했고, 또한 국민여론으로부터 '4도 반환'의 포기가 아닌가 하는 오해를 사기도 했다.[29]

일본정부는 법적인 취약점으로 러시아에 대해 4도 반환 요구의 효력을 얻지 못하자, 1993년의 도쿄선언을 기점으로 우회적인 방법으로 영토문제의 정치적 해결을 모색하고 있었다. 2001년 11월 19일 스즈키 의원은 자민당 본부에서 북방영토 문제에 대해 강연하여 소련시대의 4

---

28) 사무차관 회견기록(平成13년 11월 19일), http://www.mofa.go.jp/mofaj/press/kaiken/jikan/j_0111. html.
29) 기자회견에서 "어제 공산당이 스즈키 무네오 의원에 관해서, 북방 영토 2도 선행반환을 재촉했다고 하는 내부 문서를 공표했다. 작년 3월 5일에 그렇게 말한 회담이 있었다고 하는 것은 우리도 알고 있다고 했다. 「북방영토 2도 선행반환론」, 보도관회견기록, 平成14년 3월 20일, http://www.mofa.go.jp/mofaj/press/kaiken/hodokan/hodo0203.html#3-B.

도 즉시 일괄반환이라는 방침에서 1993년의 도쿄선언에서 4도의 귀속
문제를 완전히 해결하고 난 후에 평화조약을 체결한다고 방침을 바꾼
외무성의 대응을 비판했다.

이에 대해 2002년 가와구치 요리코(川口順子) 외무대신은 "평화조약
체결, 경제 분야의 협력, 국제무대에서의 협력이라는 3 과제를 동시에
진전시킬 수 있도록 폭넓은 분야에서 관계의 진전을 노력하는 것"이 중
요하다고 했고, 또한 "그 중에서 북방 4도의 귀속문제를 우선적으로 해
결한 다음 평화조약을 체결한다고 하는 일관된 방침으로 정력적으로 교
섭에 임하고 있다"고 하여 가능한 최선의 방책을 모두 동원하여 영토문
제 해결에 임하고 있다고 강조했다.[30]

일본정부의 기본적 입장은 「하보마이, 시코탄, 에토로프, 쿠나시리
모두 일본의 고유영토이며, 그 반환을 요구하고 있고, 귀속문제를 해결
한 후에 평화조약을 체결한다」고 하는 방침에 대해서는 아무런 변경이
없음에도 불구하고,[31] 이러한 사실을 국민들에게 제대로 설명하지 않아
서 '2도 선행 반환론' 또는 '2원 외교'라고 비판을 받고 있다고 강조했다.

2002년 3월 러시아 하원은 영토교섭의 중지를 권고하는 결의안을 러
시아 국회에 제출했다. 러시아정부도 일본정부와 마찬가지로 4도의 귀
속문제를 분명히 한 후에 평화조약을 체결한다고 하는 생각은 동일했
다. 그러나 러시아 의회는 평화조약 체결을 위한 모든 문제를 논의한다

30) 카와구치 외무대신 기고논문 「방러전야로 생각하는 것~일러 관계를 새로운 관계
로」, 「중앙공론」 11월호부터 전재, 平成14년 11월, http://www.mofa.go.jp
/mofaj/press/iken/02/0211.html.
31) 「스즈키의원의 증인심문 관련」, 사무차관 회견기록(平成14년 3월), http://www.mofa.
go.jp/ mofaj/press/kaiken/jikan/j_0203. html#2-B1.

는 러시아 정부의 방침에 반대했다.[32] 일본정부는 러시아 의회의 반대
에 대해 표면적으로는 "그 결의는 구속성이 없고, 단지 러시아정부와의
입장 차이가 있을 뿐 그다지 큰 문제가 아니다"라는 식으로 설명을 하
면서도 북방4도의 문제해결이 오리무중상태라는 절박함을 인식하고 있
었다.

일본정부는 러시아에 대해, 쿠나시리·에토로프의 귀속문제를 해결
하지 않고서는 "4도의 귀속문제를 해결했다고 할 수 없다. 따라서 평화
조약 체결은 있을 수 없다고 명확히 밝혔다." 이를 달성하기 위해서는
"1956년의 일소공동선언, 1993년의 도쿄선언, 2001년의 이르쿠츠쿠 성
명을 비롯해서 지금까지 축적된 성과를 토대로 교섭을 계속해 가는 것
이 중요하다"고 하여 평화조약을 위해 영토협상을 계속적으로 협상할
것을 강력하게 요구했다.

이러한 난관에도 불구하고 일본정부의 4도 귀속에 대한 의지는 단호
했다. 2002년 12월 가와구치 외무대신은 북방4도 문제에 대해 "영토 문
제의 해결은 결코 간단한 일이 아니지만, 이 문제는 일본으로서 결코
애매하게 처리할 수 없는 중요한 문제이다. 가장 경계해야 할 것은 영
토문제의 '풍화'이며, 국민 한 사람 한 사람 모두가 끈질기게 임하는 것
이 중요하다. 북방영토문제를 해결함으로써 일러 관계를 새로운 위치로
끌어올려 일러 신시대를 여는 것이 외무대신으로서의 책무이다"라고 언
급했다.[33]

---

32) 외무 대신회견기록(平成 14년 3월 19일), http://www.mofa.go.jp/mofaj/press/
   kaiken/gaisho/g_0203. html#8-C.
33) 카와구치 외무대신 기고논문, 「방러전야로 생각하는 것~일러 관계를 새로운 관계
   로」, 「중앙공론」 11월호부터 전재, 平成14년 11월, http://www.mofa.go.jp/

그러나 상하이 정상회담 이후, 오늘날까지 일러 간에 명확하게 합의된 형식은 사실상 아무것도 없다. 일러 평화조약 체결을 위해 일본정부가 제안한 「하보마이·시코탄 2도 반환」과 「쿠나시리·에토로프 2도 귀속」 문제를 나누어 동시에 교섭하는 이른바 「병행 협의」라는 방식으로 러시아와 교섭을 계속 해왔지만, 러시아 측이 이 협의 방식에 대해 거부했다. 이에 대해 일본정부는 애써 태연한 태도로 "중요한 것은 논의의 형식이 아니고 논의의 내용"이라고 하면서 "러시아 측도 회담 중에 본건 관련의 모든 문제에 대해 토의할 의향이 있었다."고 강조했다. 일본정부는 아직도 4도 협의의 가능성이 남아있다고 판단하고 "일본정부로서는 앞으로도 러시아와 끈질기게 계속적으로 교섭해나갈 것"이라고 의지를 표명했다.[34)]

5. 러일 간의 영유권을 둘러싼 제 문제

일본은 북방4도에 대한 러시아의 실효적 지배를 방해하고 한편으로는 고유영토임을 부각시키기 위해 다양한 방법으로 영토석 권원을 확보하려고 노력하고 있다.

---

mofaj/press/iken/02/0211.html.
34) 「스즈키무네오 의원의 강연」, 최근의 토픽, 平成14년 4월,
   http://www.mofa.go.jp/ mofaj/comment/q_a/topic_30. html.

① 구 도민에 대한 보상문제

일본은 과거 4도를 실효적으로 점유했다는 증거로서 구 도민의 존재를 매우 중요하게 여기고 있다. 그러나 1956년 일소 공동선언 체결 당시에는 그 중요성을 인식하지 못하여 북방 4도에 소재하고 있었던 일본국민의 재산권에 관한 아무런 규정도 두지 않았다. 단, 제6항에 "일소 양국은 1945년 8월 9일 이후의 전쟁 결과로 발생한 양국의 단체 및 국민에 대한 모든 청구권을 서로 포기한다"고 규정하고 있을 뿐이다. 일본정부는 이 공동선언에 의거하여 구 도민에 대해 전후 해외에서 귀환한 자에 준하는 조치로서 귀환자 급부금 및 귀환자 특별교부금을 지급하고 있다.

최근에 와서 영토문제와 결부하여 그 중요성이 재인식되어 "북방지역의 특수 사정을 고려하여 구 도민에 대한 생활자금이나 사업자금을 저리로 융자하는 제도를 창설하는 등 원호 조치를 강구"하고 있다.[35]

②4도 교류(일본인과 4도 거주 러시아인과의 교류를 위한 방문)

1991년 4월 고르바초프 대통령이 일본을 방문하여 일본국민과 북방4도 주민과의 교류를 확대하기 위해 일본국민이 무비자로 4도를 방문할 수 있는 범위 설정을 논의하여 그해 10월 일소 외무대신 간의 왕복 서간에 의해 「영토문제가 해결될 때까지 상호이해 증진을 도모하고 영토문제의 해결에 기여하는 것」을 목적으로 「일본국민」과 「현재 하보마이 군도, 시코탄 섬, 쿠나시리, 에토로프 섬에 거주하는 소련국민」은 계속

---

35) 「NGO 단체 '피이스 보-트'의 공개 질문에 대한 답장」, 平成14년 10월 31일, http://www.mofa.go.jp/mofaj/area/hoppo/pb_qa.html.

적으로 여권, 사증 없이 상호 방문할 수 있는 범위를 설정했다. 그 대상자로는 1991년과 1998년의 내각회의에서 동의를 얻은 것으로 "당면 아래와 같이 총무청 장관과 외무대신이 적당하다고 인정하는 자"로 한정했다. 북방 영토에서 거주했던 사람, 그 자녀 및 손자와 그들의 배우자, 북방영토 반환요구 운동관계자, 보도 관계자, 1998년 이후부터는 상기의 방문 목적에 이바지할 수 있는 활동 전문가도 포함시켰다. 1995년 4월에는 한번 방문 시 2명의 국회의원이 참가할 수 있도록 러시아 측에 요구하여 동의를 받아내어 현재까지 총계 65명의 국회의원이 참가했다.

1992년 이래 현재까지 일본 측 방문단은 총 6,571명(150회), 4도측 방문단은 총 5,358명(106회), 합계 11,929명(256회)이 서로 교류했다.[36]

일본정부가 실시하고 있는 4도 교류는 "교류에 관련되는 어떠한 문제에도 일러 어느 쪽이든 상대편의 법적 지위를 해치는 것으로 간주해서는 안 된다"는 규정(이른바 「디스크 레머 조항」)을 마련했다. 4도 교류범위 내에서의 북방4도 방문은 북방영토 문제에 대한 일본의 법적 지위를 해치지 않는다고 명시하고 있다.

이 조항의 설정은 4도에 대한 러시아의 실효적 지배를 인정하지 않는 동시에 일본의 연고가 있는 지역으로서 교류를 통해 정치적인 수단으로 영토적 권원을 공고히 하여 일본의 고유영토라는 것을 강조하기 위해서였다. 이를 단적으로 증명해주는 것이 북방영토반환 요구운동 관계자와 정치가를 포함하고 있다는 점이다.

---

36) 「북방4도 도항에 관한 골조」, 平成 16년 12월, http://www.mofa.go.jp/mofaj/area/hoppo/hoppo_toko.html.

③자유 방문(구 도민 및 그 가족의 고향 방문)

1998년 11월 서명된 모스크바 선언에서 일본은 러시아에 대해 북방 영토에 있어서 인도적 견지에서 일본국민인 구 도민 및 그 가족에게 최대한 간소화해서 「자유방문」을 실시하는 것으로 원칙적으로 합의하게 했다. 1999년 일러 양국은 외교 문서로 자유방문의 범위를 설정했고, 그 대상자는 과거 북방4도에 거주했던 일본국민 및 그 배우자와 자녀에 한정했다. 방문실적은 1999년 9월 제1진으로 하보마이 군도를 방문한 이래 2004년 12월 현재까지 총 906명이 참가했다. 자유방문과 4도 교류와의 차이점은 신분증명서를 여러 차례 사용을 가능하게 하고, 구 도민의 고향이 현재 러시아인이 거주하지 않는 지역이라 하더라도 방문을 가능하도록 했다. 하지만, 4도 교류는 원칙적으로 교류가 목적이기 때문에 러시아인이 거주하지 않는 지역에는 방문할 수 없게 되어 있었다.[37]

일본이 '구도민'이라는 용어를 사용하여 자유방문을 러시아에게 요구한 것은 '구도민이 자유롭게 북방4도를 방문할 수 있도록 하여 연고를 강조하는 동시에 종래부터 계속적인 실효적 지배의 연장을 강조하기 위한 정치적 의도에 의한 것이라고 볼 수 있다.

④북방성묘(구 도민 및 그 가족의 성묘를 위한 방문)

러시아는 일본의 요구로 인도적 관점에서 1964년부터 신분증명서를 소지한 자에 한해서 단속적인 방식으로 입역을 허용해 왔다. 그런데

---

37) 「북방4도 도항에 관한 요지」, 平成 16년 12월, http://www.mofa.go.jp/mofaj/area/hoppo/hoppo_toko.html.

1976년 소련 측이 여권과 사증 취득을 요구하였고, 결국 일본은 1985년 북방성묘를 전적으로 중단시켰다. 일본정부는 중단 이유에 대해 "사증취득에 의한 성묘는 러시아의 실효적 지배를 인정하는 결과가 되므로 10여 년 동안 일본이 북방4도에서 행사한 법적 지위를 우려하여 다수 유족의 북방영토 성묘도 중단했다"고 했다.[38] 이처럼 일본은 인도상의 성묘가 북방4도에 일본의 실효적 지배라고 해석했던 것이다. 1986년 7월 일본의 요구로 외교문서를 교환하여 사증 없이 신분증명서만 소지하면 북방4도에 입역할 수 있도록 허가하여 북방 성묘가 재개되었다.

그 대상자는 구 도민 및 그 가족에 한정되었고 현재까지 3,136명이 참가했다. 북방4도 묘지는 4도에 52개소가 있다. 이미 반세기가 지났기 때문에 묘비가 없어진 곳도 많았다.[39]

일본정부가 북방성묘를 지속적으로 실시하려고 하는 것은 구도민의 조상성묘라는 인도적 측면도 있지만, 이를 명분으로 북방4도에 대한 영토적 권원을 확보하기 위한 정치적 의도에 의한 것이라는 점도 배제할 수 없다.

⑤ 배타적인 경계수역침범 사건

소련이 1945년 9월 북방4도를 점령한 이후, 1946년 4월 처음으로 12해리를 침범한 일본어선을 나포하기 시작하여 1996년 8월까지 1,306척, 9,274명을 나포하여 억류했다.[40]

---

38) 「NGO단체 '피이스 보트'로부터의 공개 질문장에 대한 답장」, 平成 14년 10월 31일.
39) 「북방4도 도항에 관한 골조」, 平成 16년 12월, http://www.mofa.go.jp/mofaj/area/hoppo/hoppo_toko.html.

러일 간의 어업협정은 1956년 5월 14일 모스크바에서 어업에 관한 신조약이 조인되었으나, 1976년 12월 소련이 200해리 어업수역을 공포(公布)하고 1977년 4월 29일 종전 어업협정의 폐기를 통보하여 '대일잠정협정'을 체결했고, 1978년 4월 21일 다시 이를 수정하여 '어업협력협정'을 체결하여 현재까지 어업질서를 유지해오고 있다. 12해리 영해와 200해리 배타적 경제수역을 선포하여 이를 침범하는 일본어선을 나포와 억류로 대응하고 있다.

사실 러일 양국은 1995년 북방4도 주변수역에 있어서 일본어선의 안전 조업을 가능하게 할 목적으로 쌍방의 입장을 해치지 않는 범위를 설정하기 위해 여러 차례 협상을 실시했다. 그 과정에 2006년 10월 일본어선이 12해리 영해를 침범하는 사건이 발생하여 러시아 국경 경비정은 쿠나시리 부근에서 일본어선을 나포했다.[41]

러시아는 북방4도를 전적으로 러시아영토로 간주하여 12해리 영해와 200해리 배타적 경제수역을 선언하고 있는데, 러일 양국은 200해리 내에서는 조업원칙을 정하여 공동조업을 하고 있지만, 12해리 내의 영해 침범은 철저히 단속하고 있다.

⑥일본국회의 「북방영토의 날」의 제정

북방영토의 반환요구운동을 하는 민간단체들이 북방영토 문제에 대한 일본국민의 관심과 이해를 높이고 북방영토 반환요구운동을 전국적

40) 「북방영토문제학습실」, http://www.hoppou.go.jp/gakusyu/seisyounen/
seisyounen2/2_4.html.
41) 「일러 관계, '-총괄·96년의 국제사회와 일본 외교-'」, http://www.mofa.go.jp/
mofaj/gaiko/bluebook/97/1 st/chapt1-2. html.

규모로 확산시키기 위해 「북방영토의 날」 제정을 국회에 요구했다. 중・참의원 양원은 1980년 11월 만장일치로 「북방영토의 날」을 제정하여 북방영토문제의 해결을 촉진하기로 결의했다. 그 후 전국도도부현의회, 시정촌의회, 전국현지사회, 전국시의회의장회, 전국시장회, 전국시정촌(市町村)회 등의 지방 관계단체에서도 농일하게 '북방영토의 날' 제정을 결의했다.

이러한 각 방면의 강한 요망을 수용하여 나카야마(中山) 총리부 총무장관(당시)은 「북방영토의 날(가칭)」의 제정을 검토했다. 1980년 12월 폭넓은 각층의 의견을 수렴하기 위해 「북방영토의 날」에 관한 간담회를 개최했다. 일본정부는 북방영토 반환요구운동 관계단체 등의 「북방영토의 날」 제정 결의와 요망, 관계 민간단체・학식자 및 지방 자치체 등과의 간담회를 통한 각계각층의 의견을 근거로 하여, 결국 1981년 1월 6일 내각회의의 동의를 얻어서, 매년 2월 7일을 「북방영토의 날」로 정하기로 결정했던 것이다.[42]

매년 2월 7일 「북방영토의 날」에는 도쿄에서 내각총리대신, 중참양원의장, 각 정당 대표, 지방공공단체 대표, 민간단체 대표 등이 출석하

---

42) "2월 7일은 1855년의 그 날(음력 안세이(安政) 원년 12월 21일), 현재의 시즈오카(靜岡)현 시모다(下田)시에서 일러통호조약이 조인된 날이다. 이 조약은 일본과 러시아 사이에 통상을 시작함과 동시에 평화적으로 양국의 국경을 에토로프섬과 우룩프 섬 사이로 정한 것이다. 이로 인해, 에토로프 섬, 쿠나시리, 시코탄섬 및 하보마이 군도의 북방 4도는 일본영토로서 확정되어 그 이후, 양국의 국경은 몇 번이나 수정되었지만, 북방4도는 일관되게 일본영토였다고 일본정부는 생각하고 있다. 이 역사적인 의의와 평화적인 외교교섭에 의해 영토반환을 요구하는 북방영토 반환요구 운동의 취지로부터 「북방영토의 날」로서 가장 적절한 날로 여겨졌다." 平成 14년 2월 7일 「북방영토의 날」의 설정, http://www.hoppou.go.jp/gakusyu/reclaim/index6.html.

여 「북방영토 반환요구전국대회」가 개최되었는데, 이 대회를 시작으로
해서 전국 각지에서 다채로운 행사가 거행되고 있다.[43]

일본정부가 주도하는 '북방영토의 날'을 통해 북방4도 반환운동은 전
국민운동으로 확산되어 이제는 북방4도가 당연히 역사적으로나 국제법
적으로 일본영토라는 인식을 갖게 되었다. 그러나 실제는 역사적으로나
국제법적으로 북방4도가 반드시 일본에 반환되어야 할 영토적 권원이
러시아의 그것을 능가할 수 없다.

⑦제3국 국민의 북방4도 입역과 러시아 정부에 대한 항의

일본정부는 제3국의 민간인이 북방 영토에서 경제활동을 실시하는
것을 포함해서 러시아 측의 관할권에 복종하거나, 북방영토에 대한 러
시아의 관할권을 전제로 행위를 하는 것은 북방4도에 대한 러시아의 영
유권을 인정하는 것이 될 수도 있으므로 용인할 수 없다는 기본적 입장
을 취하고 있었다. 그러기 때문에 제3국 국민이 이러한 행위 또는 활동
을 실시하고 있다는 정보를 입수할 경우, 즉시 그것을 문제시해왔다.

구체적인 사례로, 미국 내의 몇몇 여행사가 북방영토 방문을 포함한
관광 크루즈를 실시했을 때, 일본정부가 이에 대해 현지 재외공관을 통
하여 위와 같은 취지로 미국 국무성이나 각 여행사에 문제를 제기했
다.[44] 제3국 국민이 지속적으로 북방영토에 입역하여 일본의 법적 지위
를 해칠 가능성이 있을 경우는 법률을 정비하여 법적 조치도 취하겠다

---

43) 平成 14년 2월 7일 「북방영토의 날」의 설정, http://www.hoppou.go.jp/gakusyu
/reclaim/index6.html.
44) 「NGO 단체 '피이스 보-트'의 공개 질문장에 대한 답장」, 平成 14년 10월 31일,
http://www.mofa.go.jp/mofaj/area/hoppo/pb_qa.html.

는 의지를 갖고 있다.[45]

2000년 말 러시아는 한국, 북한 등의 어선에게 북방4도의 200해리 수역을 포함하는 수역에서 꽁치어획 할당을 실시하여 2001년 8월에 이들 어선이 조업을 개시했다. 일본은 북방4도가 일본의 고유영토이며, 제3국 등의 어선이 그 주변 수역에서 일본의 동의 없이 조업을 실시하는 것은 일본의 주권침해와 관계되므로 수용할 수 없다고 하여 러시아, 한국 등의 관계국에 여러 차례 항의했다. 8월 20일 고이즈미 총리는 푸틴 대통령에게 성의 있는 대응을 요구하는 내용의 친서를 보내어 협의했다. 그 결과 2002년 2월 1일 푸틴 대통령은 "러시아가 제3국의 어업을 금지하는 것이 양국의 기본적 입장을 해치지 않는 가장 적절한 해결책이다"라고 하여 고이즈미 총리에게 친서를 보냈다. 러시아는 2002년 이후부터 북방4도 주변에서 제3국 어선의 조업을 인정하지 않기로 결정했다. 이로 인해 2002년 이후 북방4도 주변수역에서 제3국 어선의 조업은 행해질 수 없게 되었다.

러시아는 최대한 일본과의 분쟁을 피하려 했고, 또한 '2도양도'를 공식적으로 표명하지는 않았지만 양국정부 간에 확인해온 1956년의 공동선언의 내용을 지키려는 의지가 있음을 보여주는 대목이다.

⑧북방 4도 주민 지원

일본정부는 구소련이 붕괴된 후, 구소련제국의 「시장경제로 이행을 위한 개혁」을 추진하는 것을 지원한다는 목적으로 1993년 1월 구소련

---

45) 「NGO 단체 '피이스 보-트'의 공개 질문장에 대한 답장」, 平成 14년 10월 31일 외무성 유럽국 러시아 과장.

제국 12개국 정부와 「지원위원회 설치에 관한 협정」을 체결하여 북방
4도를 지원해왔다. 사실 「북방4도」지원이 시작된 것은 소련이 붕괴된
직후인 1992년부터이다. 이듬해인 1993년에는 지원위원회를 발족하여
「북방4도」 지원사업을 계속했다. 당시의 지원액은 4억 엔 정도이었고,
지원 내용은 식료품, 의약품 등이 중심이었다. 일본정부가 2000년 9월
까지 지원위원회를 통해 「북방4도」에 인도적으로 지원한 총금액은 약
87억 8천만 엔이었다. 그런데 1997년 하시모토(橋本龍太郞) 수상과 엘
친 러시아대통령이 회담하여 「2000년까지 평화조약을 체결하도록 전력」
을 다하기로 합의한 후에는 그 지원액이 급증했다. 일본 공산당은 일본
의 북방영토정책에 대해 "일본 측은 역사적 법적 사실에 입각하여 도리
있는 교섭은 행하지 않고, 「경제지원」, 「경제협력」 등으로 러시아 측의
환심을 사려는 비굴한 방법을 택했다"라고 비난했다. 그 결과, 「북방4
도」 지원액이 급상승하여 1999년에만 해도 30억 8천만 엔에 달했다.[46]
　2000년 푸틴대통령이 취임한 이후 기대했던 경제지원에 의한 4도반
환의 가능성이 희박해지자, 일본정부는 2003년 4월 지원위원회를 폐지
했다.[47] 2003년도 이후에는 시설건설안건에 대해서는 실행하지 않기로

---

46) 당초 「지원위원회」는 국제기관으로서 설립되었다. 주로 인도적인 지원과 기술지
　원을 실시했다. 그 일환으로 「북방4도」지원도 행해졌다. 「북방4도」 지원은 「북방
　4도」주민이 직접, 외무성의 러시아 지원실에 대해 지원을 요청하고 이를 토대로
　러시아지원실이 지원내용을 결정하여 지원위원회 사무국에 실시할 것을 지시하게
　되어 있다. 스즈키 의혹이 당사지인 스즈키(鈴木)의원은 95년에 중의원 오키나와
　(沖繩), 북방문제특별위원장, 97년에 홋카이도(北海道)개발청장관, 98년7월에
　관방부장관에 취임했다. 이러한 대러시아외교에 깊이 관여했고, 한편으로는 쿠나
　시리(國後島)에서 「우호의 집」(「무네오하우스」), 시코탄, 에토로프의 지원사업으
　로 사재를 챙겼다.
47) 스즈키 무네오 의혹에 의해 북방4도 주민지원에 대해 지원위원회의 본연의 자세
　를 둘러싸고 일본 국내의 여러 가지 문제점이 지적되어 투명성을 한층 높이고 적

하고, 재해시의 긴급지원, 환자수용, 현지의 요구에 대응하여 의약품이나 식료품을 공여하는 등 4도 주민이 실질적으로 필요로 하는 인도적 지원을 실시하기로 했다. 이를 시행하기 위한 체제로서 재해시의 긴급지원 및 환자수용에 대해서는 외무성이 자체적으로 실시하기로 했고, 의약품, 식료품 등의 공여에 대해서는 일본정부가 '사단법인 치시마 하보마이제도 거주자 연맹(치시마 연맹)'에 대한 보조금 사업으로서 실시하게 되었다.

환자상황에 대해서는 2005년에는 5월 31일 및 6월 1일 쿠나시리, 에토로프 섬의 병원 관계자 및 환자 본인으로부터 병상을 청취했다. 그 결과를 근거로 6월 17일부터 7월 22일 사이의 일정으로 에토로프 섬 4명, 쿠나시리 1명의 환자를 시립 네무로(根室)병원에서 받아들였다. 그 후 8월 15일부터 9월 26일까지의 일정으로 이들 환자들은 시립 네무로 병원(쿠나시리 2명, 시코탄섬 1명), 홋카이도대학병원(시코탄 1명), 클럭 병원(쿠나시리 1명)에서 진료를 받게 되었다. 시립 네무로 병원에 수용된 시코탄 섬 환자 1명은 치료를 종료하고 9월 9일 섬으로 돌아갔다.

의약품, 식료품 등의 공여에 대해서는 2005년 5월 31일과 6월 1일 현지조사를 근거로 12월 13일부터 16일까지의 일정으로 에토로프 섬에 의약품, 식료품 및 의료 소모품을 공여했고, 쿠나시리 및 시코탄 섬에 식료품 및 의료 소모품을 공여했다.[48]

정성을 확보한다는 관점에서 대폭적인 재검토하기로 하여 폐지되었다.
48) 「북방4도 주민지원, 平成17년 12월」, http://www.mofa.go.jp/mofaj/ area/hoppo/ hoppo4_shien.html, 2002년 3월 1일, 「しんぶん赤旗」, http://www.jcp.or.jp/ akahata/aik/2002-03-01/11_0301.html.

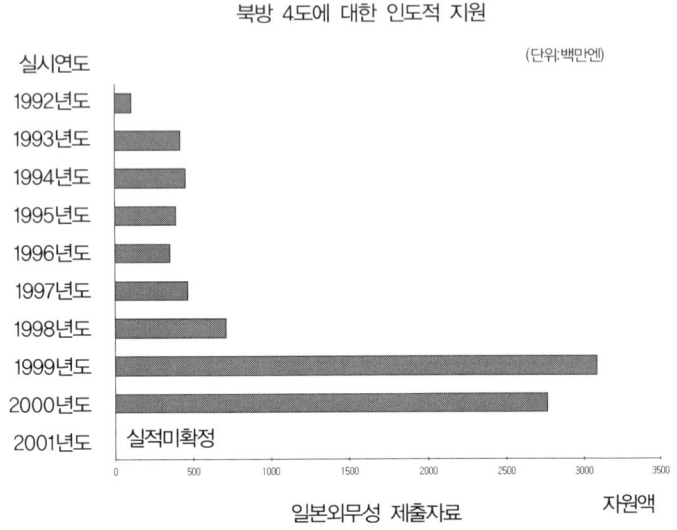

북방 4도에 대한 인도적 지원

일본외무성 제출자료

⑨NGO 단체 「피이스 보-트」의 쿠나시리 상륙

NGO 단체 「피이스 보-트」가 2002년 8월 27일~29일 사이에 소련 당국의 사증을 발급받아서 쿠나시리에 상륙했다. 「피이스 보-트」는 세계평화를 구현하기 위해 배로 세계를 일주하여 국제교류를 실현하는 NGO 단체이다. 외무성은 「피이스 보-트」의 쿠나시리 상륙에 대해 누차 자숙을 요청했음에도 불구하고 결과적으로 상륙한 것은 정말로 유감스럽다고 하는 외무성 보도관의 담화를 발표했다.[49]

"귀 단체에 의한 이번 쿠나시리 도항은 4도 교류범위를 벗어난 행동으로서 정부 간의 공식문서도 없고, 정부 직원의 동행도 하지 않은 채 4도를 방문했을 경우에는 「경찰」 등으로부터 구속되는 예측할 수 없는

---

49) 平成14년 8월 27일, 「외무 보도관 담화」.

사태가 발생할 수도 있다. 일본 고유영토인 북방영토에 관한 국민의 총의 및 거기에 기초를 두는 정부 정책에 부합되지 않으며, 귀 단체의 이번 도항이 일본의 법적 지위를 해칠 우려가 있다"고 강조했다.

사실 일본정부는 1989년 9월 19일 내각회의의 동의를 얻어 일본국민에게 북방영토 문제가 해결될 때까지 이 지역에 입역하지 말고 자숙해 주기를 요청하고 있다. 그 이유는 일본국민이 4도 교류 등의 범위를 벗어나 러시아 연방의 출입국 수속으로 "러시아가 불법 점거하고 있는 북방4도에 입역 하는 것"은 마치 러시아영토의 북방4도에 입역하는 것이 되기 때문에 북방영토에 대한 일본의 법적 지위를 해치게 될 우려가 있다는 것이다.

일본정부는 '피이스 보-트'의 이번 도항이 일러 정부 간의 합의하에 진행되고 있는 4도 교류 사업을 저해할 우려가 있다고 하여, 러시아 측에 대해 이번 일본 민간단체의 방문이 영토문제에 대한 일본정부의 법적 지위에는 어떤 변경도 없다는 것을 재차 확인시켰다.[50] 「피이스 보-트」는 2003년에도 북방영토 방문을 계획하고 있었는데, 일본정부의 자숙요청에 의해 시행되지 못했다.[51]

⑩국제사법재판소에서의 해결 가능성

일본은 현재까지 한 번도 북방영토문제를 국제사법재판소에 기소한 적이 없었다. 그 이유로서 일본정부는 "일러 양국 정부가 북방영토 문제에 대해 지금까지 축척해온 제 합의에 근거하여 끈질긴 교섭으로 인

<hr/>

50) 平成14년 10월 31일, 「NGO단체 '피이스 보-트'로부터의 공개 질문장에 대한 답장」.
51) 平成14년 10월 31일, 「NGO단체 '피이스 보-트'로부터의 공개 질문장에 대한 답장」.

한 양국 간의 해결이 중요하다고 판단하고 있기 때문이다. 오히려 본 문제를 국제사법재판소에 기탁을 하면, 문제 해결의 프로세스를 복잡하게 하게 되므로 적절치 않다고 판단하고 있기 때문"이라고 말한다.

"1972년 당시 일본의 오히라 마사요시(大平正芳) 외무대신이 그롬이코 외상에게 국제사법재판에 관해 타진한 적이 있었는데, 그롬이코 외상이 이에 응할 생각이 없음을 분명히 한 경위가 있고, 국제사법재판소는 강제 관할권을 가지고 있지 않기 때문에 이 문제를 국제사법재판소에 기탁하기 위해서는 해당 사안의 기탁에 대해 일러 간의 합의가 필요하다"는 것이었다.[52]

결국 일본이 국제사법재판소의 기탁을 요구하지 않는 이유로서, 러시아가 임하지 않고 있고, 강제성이 없고, 제 합의에 의거하여 외교적 합의가 가능하다고 판단했기 때문이라고 주장하지만, 사실은 전후 60년이 지나도록 영토문제가 해결되지 않고 있고, 러시아 또한 4도반환의 의지가 전혀 없음에도 불구하고 일본이 외교적 노력으로 해결하겠다고 하는 일본의 의도는 일본의 영토적 권원에 국제법적 하자를 갖고 있다는 것을 스스로 인정하고 있다고 볼 수 있다. 엘친 대통령은 '법과 정의'에 입각하여 영토문제를 해결하자고 강조하여 국제사법재판소에서의 해결 가능성을 언급한 바가 있었는데, 이때에도 일본은 국제사법재판소에서의 해결을 전혀 언급하지 않았다.

---

52) 平成14년 10월 31일, 「NGO단체 '피이스 보트'로부터의 공개 질문장에 대한 답장」.

6. 나오면서

본문에서 논증한 일본정부의 북방영토 전략의 특징을 요약하면 다음과 같이 정리된다.

첫째로 일본은 북방4도에 대해 역사적으로나 법적으로 일본의 고유영토라고 주장을 하고 있다. 그러나 사실 이는 영토문제의 본질이라고 하기보다는 4도 확보를 위한 정치적 의도에 의한 것이라고 밖에 볼 수 없다. 역사적으로 보면 북방4도는 원래 아이누모시리 지역이었던 것을 러일 양 제국주의가 이 지역을 분할 점령했던 것이다. 일본은 북방4도가 1855년 시모다(下田)조약에 의해 평화적으로 일본영토가 되었다고 주장하고 있지만 사실은 러일전쟁에서 승리한 일본이 강화조약에서 사할린 남부를 분할함으로써, 러시아는 러일 국경이 유동적이라는 인식을 갖게 되었던 것이다. 그 결과 제2차 대전에서 쿠릴열도를 점령하였는데, 국제법적으로 포츠담선언, 얄타협정, 샌프란시스코강화조약, 러시아의 대일강화조약 불참 등으로 보면 일본영토로서의 권원적 결함이 많다.

둘째로 일본정부의 북방4도에 대한 영토화 방침은 단호하여 반드시 4도의 영토주권을 확보한다는 입장이다. 이미 일본국회가 「북방영토의 날」을 제정하여 국민적 운동으로 확산되어 있고, 일본국민의 대다수에게 매스컴 및 학교 교육을 통하여 북방4도가 일본의 고유영토라고 각인되어 있어서 러시아가 불법적으로 점령하고 있다고 인식하고 있다. 그래서 일본정부는 북방4도에서 국민여론의 저항 때문에라도 한 발짝도 물러설 수 없는 입장이다. 일본의 영토화 전략은 평화조약체결 요구, 경제지원, 국제협력, 정상회담 등 다양한 방법으로 북방4도를 확보하여 평화조약을 체결한다는 것이다. 구체적인 방법으로서는 회담을 통하여 제 합의 문서를 작성하게 하여 일본영토로서의 영토적 권원을 러시아로부터 조금씩 양보하도록 하여 최종적으로 영유권을 확보한다는 것이다.

셋째로 러일 양국 간의 영토협상은 1956년 공동선언을 비롯해서 여러 차례 실행되었다. 1956년 구소련이 냉전체제에서 일본과의 관계 정상화를 의도하여 평화조약을 체결한다면 선의적인 차원에서 하보마이·시코탄 2도를 양보할 수 있다고 약속한 적이 있었다. 일본은 공동선언에서 러시아의 2도의 양보 언급을 4도 확보의 가능성으로 판단하고 전후 60여년이 지날 때까지 4도 확보에만 집착하여 평화조약 체결을 미루어 왔다. 그럼에도 불구하고 러시아는 1992년 구소련 붕괴와 경제위기 상황에서도 4도 양보를 단 한 번도 고려한 적이 없었다. 여전히 일본은 향후에도 끈질긴 외교적 노력으로 4도를 확보하여 영유권문제를 해결한다는 방침을 세워 놓고 있다.

넷째로 일본정부는 영토협상을 위한 노력과 동시에 현지 러시아거주민과의 교류를 통해 북방4도에 대한 영토화 정책을 실시하고 있다. 구체적인 방안으로는 우선적으로 북방4도에 있어서 러시아의 실효적 지배를 인정하지 않는 한편 일본의 실효적 지배를 강화함으로써, 러시아의 실효적 지배를 방해하는 것이었다. 실제로 일본은 북방4도 지역에 있어서 일본인 및 제3국 국민이 러시아 당국으로부터 여권 및 사증을 받아서 입역을 못하게 하고 있고, 구 도민의 자유로운 4도방문과 4도주민에 대한 경제적 지원 등으로 일본의 행정적 조치를 필요로 하도록 유도하고 있다. 또한 일본은 러시아가 선포한 200해리 배타적 경제수역에 대해서도 인정하지 않으려는 입장이다.

  다섯째로 일본은 국제사법재판소에서 북방영토 문제의 해결을 원하지 않고 있으며, 정치적 타협이라는 외교적인 방법으로 평화조약을 체결함과 동시에 영토문제의 해결을 원하고 있다. 일본이 법적 정의보다 정치적 수단으로 해결하려는 이유는 여러 차례의 정상회담에서 정치적 타협으로 합의한 제 문서가 존재하고 있다는 것, 그리고 그 보다 더 중요한 것은 일본이 국제법적으로 북방 4도를 확보할 만한 명백한 영토적 권원이 러시아보다 많지 않다는 것을 잘 알고 있기 때문일 것이다.

제5장

전후 일본의 「센카쿠제도」에 대한 영토전략

1. 들어가면서

　현실적으로 일본이 센카쿠제도를 실효적으로 지배하고 있으나, 사실이는 역사적 법적 권원에 전적으로 의거한 것은 아니고, 제2차 세계대전 후 미국이 점령 통치 과정에서 센카쿠제도의 관할권을 일본에 넘김으로써 실효적 지배를 하게 되었던 것이다. 이에 대해 중국이 센카쿠제도의 역사성과 국제법적 문제점을 제기하면서 영유권을 주장하여 분쟁지역이 되어 있다. 이처럼 일본은 역사성과 국제법적 결함을 갖고 있음에도 불구하고 계속적으로 센카쿠제도에 대한 실효적 지배를 강화해 나가고 있다.

이러한 상황 속에서 전후 중국의 영유권 주장에 대해 일본이 센카쿠제도[1]의 실효적 지배를 강화하기 위해 어떠한 전략을 실행하고 있는지를 분석하는 것이 1차적으로 본 연구목적이다. 또 다른 목적은 일본이 실효적 지배 상황에 있는 센카쿠제도와 역으로 일본이 영유권을 주장하고 있고 한국이 실효적 지배를 하고 있는 독도, 이들 두 지역에 대한 영토전략에는 어떠한 차이를 갖고 있는지에 관해 비교분석을 통해 그 특성을 고찰하는 것이다.

연구방법으로서는 먼저 일본이 일관되게 주장하는 역사적, 국제법적 근거가 어디에 있으며, 그 주장의 문제점이 무엇인지를 고찰한다. 둘째로 일중 양국 사이에 행해진 센카쿠제도의 영토문제를 둘러싼 영토관련 협상내용과 그 특징을 고찰한다. 셋째로 영유권 확보를 위한 일본의 실효적 지배의 강화와 일본의 실효적 지배를 방해하기 위한 중국의 행동에 대한 일본정부의 대응 방법을 고찰한다. 마지막으로 결론에서 센카쿠제도를 지속적으로 실효적 지배를 하기 위한 일본정부의 전략적 방침과 향후의 전망과 과제에 관해서 고찰해본다.

본 연구에서 활용한 자료는 일본정부의 영토정책을 알 수 있는 외무대신을 비롯한 주무부서 책임자의 발언 및 발언록, 정부정책방침에 관한 정부문서 등을 주로 사용했다.

본 연구의 특징은 선행연구에서 일본의 영토문제에 관한 포괄적인 연구가 그다지 없고, 있다고 하더라도 주로 역사적 법적지위에 관한 연

---

1) 중국에서는 다오위다오섬이라고 한다. 그런데 본 논문에서는 일본의 영토전략을 분석하는 논문이므로 편의상 「센카쿠제도」 라고 표기한다.

구에 치중되었는데,2) 일본정부의 영토정책에 초점을 맞추어 센카쿠제
도의 영토전략에 관해 본격적으로 분석하였다는 점이다.

2. 영유권에 대한 일본의 주장

일본정부는 센카쿠(尖閣)제도를 실효적으로 지배할 수 있는 명분으로
역사적 국제법적 지위를 내세우고 있다. 일본외무성의 공식적 자료에서
일본이 주장하는 영토적 권원은 다음과 같다.3)

①센카쿠 제도는 1885년 이후 일본정부가 오키나와 현 당국을 통하
는 방법으로 3차에 걸쳐 현지를 조사하여 이 섬이 무인도일 뿐만 아니
라, 청나라가 지배한 흔적이 없음을 신중히 확인한 후, 1895년 1월 14
일 현지에 일본영토표시판을 설치한다는 취지의 각의결정을 거쳐 정식
으로 일본영토에 편입한 것이다.

②이 제도는 그 이후 역사적으로 일관해서 일본영토인 난세이(南西)
제도의 일부로서 구성되어 있고, 1895년 5월 발효된 시모노세키조약 제
2조에 근거하여 일본이 청국으로부터 할양받은 대만 및 팽호제도에는
포함되어 있지 않았다. 따라서 샌프란시스코 강화조약에 있어서도 센카

---

2) 芹田健太郎, 『島の領有と経済水域の境界畵定』, 有信堂, 1999. 高野雄一,
『日本の領土』, 東京大學出版會, 1962. 太壽堂鼎, 『領土所屬の國際法』, 東
信堂, 1998. 國際法事例硏究會, 『領土』, 慶應義塾大學出版會, 1989. 井上
淸, 『尖閣列島』, 現代評論社, 1972. 高橋庄五郎『尖閣ノート』, 靑年出版者,
1979.
3) 「尖閣諸島の領有權についての基本見解」, http://www.mofa.go.jp/mofaj/area/
senkaku/.

쿠제도는 동 조약 제2조에 근거하여 일본이 포기한 영토 속에 포함되지
않았다.

③샌프란시스코 강화조약 제3조에 근거하여 난세이제도의 일부로서
미국의 시정 하에 놓여져 1971년 6월 17일 서명한 유구제도 및 다이토
우(大東)제도에 관한 일본과 미국 사이의 협정(오키나와 반환 협정)에 의
해 일본에 시정권이 반환된 지역 속에 포함되어 있었다. 이상과 같은
사실로 미루어볼 때 센카쿠 제도의 지위는 일본영토임에 분명하다. 덧
붙여 중국이 센카쿠 제도를 대만의 일부라고 생각하지 않았던 증거로서
샌프란시스코 강화조약 제3조에 근거하여 미국의 시정 하에 놓여진 지
역에 이 제도가 포함되어 있는 사실에 대해 종래 하등의 이의를 주장하
지 않았던 것으로부터도 분명하다. 그리고 중화인민공화국정부의 경우
도 대만 당국4)의 경우도 1970년 후반 동중국해 대륙붕에서의 석유개발
움직임이 표면화되면서 처음으로 센카쿠제도의 영유권을 문제시 하게
되었다.5) 또한 종래 중화인민공화국정부 및 대만 당국이 내세우고 있
는 이른바 역사적, 지리적 내지 지질적 근거는 모두 센카쿠 제도에 대
한 중국의 영유권 주장을 증명할 수 있는 충분한 국제법상 유효한 논거
라고 할 수 없다.6)

또한 일본은 "일미안전보장조약으로 미국이 일본을 지킨다고 약속하

---

4) 일본은 1972년 중화인민공화국과 국교를 정상화하면서 과거의 중화민국을 대만
   당국으로 격하하여 중화인민공화국의 일부라고 규정했다.
5) 1968년 유엔아시아극동경제위원회(ECAFE)에서 동지나해 대륙붕자원조사를 실시
   했는데, 그 결과 1969년 5월 센카쿠제도 주변해역의 해저에 석유자원이 풍부하게
   매장되었을 가능성을 발표했다. 이때에 중국과 대만이 센카쿠제도의 영유권을 주
   장했다.
6) 「센카쿠 제도의 영유권에 대한 기본 견해」, http://www.mofa.go.jp/mofaj/comment
   /faq/area/asia.html#05.

고 있다. 센카쿠 제도는 일본의 일부이므로 일본의 방위에는 센카쿠 제도의 방위도 연결된다고 할 수 있다"고 하여 미국이 센카쿠제도를 일본 영토로서 지지하고 있다.[7]

이러한 일본정부의 센카쿠제도에 대한 영유권 인식은 실효적 지배 상황에 있는 영유권을 정당화하기 위한 것으로 사실은 본질과 다른 부분이 많다. 이를 비판적인 시각으로 보면 다음과 같다.

첫째로, 무주지 선점 주장에 대해서는, 센카쿠제도는 명나라 때부터 중국영토의 일부로서 각각 조어대 혹은 조어서, 황미서(일본명 구장서), 적미서(일본명 구미적도, 대정도) 등으로 알려져서 왜구의 침입을 막기 위한 방위구역에 포함되어 있었고, 연안 방위를 위한 지도에도 게재되어 있다. 중국이 최초로 발견하여 도명을 갖고 있었고, 일본은 1895년 청일전쟁 중에 은밀한 내각회의를 거쳐 편입하고, 그 5년 후 1900년에 센카쿠제도[8]라는 이름으로 명명했다. 하야시 시헤이(林子平)의『삼국통람도설』에도 중국령으로 표기되어 있다. 편입과정을 보면, 유구가 1879년 일본에 강제 합병되어 오키나와(沖縄)현이 된 후 1885년 일본인 사업자 고가 타쓰시로(古賀辰四郎)가 오키나와 현청에 센카쿠제도의 토지대여를 신청했다.[9] 이를 계기로 일본정부는 은밀히 오키나와 현청에 명하

---

7) 「센카쿠제도를 둘러싼 일중간의 영토권문제(중국 외무차관 방일)」, 보도관 회견기록 (平成 16년 2월), http://www.mofa.go.jp/mofaj/press/kaiken/hodokan/hodo0402. html#2-D.
8) 일본해군이 영국해군도를 그대로 활용했는데, 영국해군도에 센카쿠제도의 동측의 암초군의 이름을 「PINNACLE, ISLANDS(첨탑 혹은 뾰족한 암봉 군도)라고 부쳐져 있었는데, 이 센카쿠제도의 일부인 피나쿠루 아이란드를 직역하여 센카쿠제도 전체의 이름으로 사용했다. 高島儀一, 「釣魚諸島(尖閣諸島)は中國領である」, 『かけはし』2003年 1月 27日号, http://www.jrcl.net/web/frame03123c. html, 井上清, 『尖閣諸島 -釣魚諸島の史的解明-』第三書館, 1972.

여 센카쿠제도를 조사해본 결과, 청국영토일 가능성을 배제할 수 없다
고 판단했다. 그 후 수차례 오키나와현지사로부터 영토편입의 요청을
받았으나 청국정부 및 열강의 비난을 의식하여 편입을 미루고 있었던
것이다. 그러다가 청일전쟁의 승리가 확실시 되는 시점에서 각의 결정
을 거쳐 은밀히 편입 조치했다.

　둘째로, 샌프란시스코 강화조약에 대해서는, 1945년 일본이 연합국에
무조건 항복함으로써 "메이지시대 이후(특히 1895년 청일전쟁) 무력과 폭
력으로 도취한 모든 영토에 대한 일본의 주권을 박탈한다."고 하는 카
이로 선언과 포츠담선언의 조항을 이행해야만 했다. 따라서 센카쿠제도
는 일본의 패전과 더불어 대만, 팽호(澎湖)제도와 함께 우선적으로 청국
에 반환되었고, 최종적으로는 1951년 대일평화조약에 의해 중국영토로
처리되어야만 했다. 그러나 중국은 공산진영 국가로서 자유진영 국가가
추진했던 대일강화조약체결 당사국에서 제외되었고, 센카쿠제도의 영토
처리도 대일강화조약에서 누락되고 말았다.

　셋째로, 오키나와 반환 때의 시정권 반환에 대해서는, 일본의 패전
이후 유구열도를 점령한 미국은 1946년 1월 센카쿠제도도 관할권에 포
함시켰다. 미국이 센카쿠제도를 포함한 유구를 점령한 이유는 당시 유
규열도가 일본영토라는 인식을 갖고 있어서가 아니라, 유구 독립론과
중국 반환론, 일본 반환론으로 논의되고 있었기 때문이다. 미국은 1949
년 중국 내전에서 승리한 중화인민공화국에 대적하기 위해 센카쿠제도

---

9) 일본은 센카쿠제도를 편입한 이후 메이지 29년경에 우오쓰리시마(어조도)와 미나
　미코지마(남소도)에서는 카쓰오부시(다랭어 건어물)와 해조 박제를 제조했고, 어
　조도에는 그때 사용한 선착장과 공장 흔적이 남아있다.

를 사격훈련장으로 사용했다. 1951년 대일강화조약 이후의 센카쿠제도
는 미국이 계속적으로 점령하고 있는 상황에서 대만과 오키나와 사이에
위치한 섬으로서 오키나와를 신탁통치 하고 있는 연합국(미국 중심)의
처리를 기다려야만 했다. 연합국은 대일강화조약에서 오키나와의 '잔존
주권'을 인정한다고 규정하여 적당한 시기에 일본에 반환한다고 약속하
고 있었다. 일본은 강화조약 이후 연합국을 설득하여 일본반환운동을
추진함과 동시에 센카쿠제도를 오키나와 관할구역 안에 포함시켰다. 공
산진영인 중화인민공화국(중공)은 대일평화조약의 영토조치를 인정하지
않았다. 오키나와의 신탁통치도 반대했으므로 센카쿠제도를 오키나와의
관할에 편입하는 것조차도 인정하지 않았다. 그런데, 대일강화조약 이
후 자유진영이 된 일본은 중화민국(대만)을 유일한 중국의 합법정부로
인정하고 1954년 대만과 국교를 회복했다. 대만은 이때에 미국의 신탁
통치구역에 포함되어 있는 센카쿠제도에 대한 영유권을 주장하지 않았
다. 1968년 10월 유엔아시아극동경제위원회에서 중화민국, 한국, 일본
3국이 동중국해의 대륙붕을 조사하여 이듬해 센카쿠제도 부근에 석유
의 매장가능성을 발표했다. 그때 대만정부와 중공정부가 센카쿠제도의
영유권을 주장하기 시작했다. 미국은 1972년 오키나와를 일본에 반환
했다. 그때에 미국은 센카쿠제도의 시정권을 일본에 넘겨주었고, 영유
권에 대해서는 중립적인 입장을 취하면서 양국 간의 외교적 해결을 희
망했다.

이처럼 센카쿠제도에 대한 일본의 영유권 주장은 역사적 법적인 인
식이 중국과 본질적으로 상반되기 때문에 분쟁상태가 지속되고 있는 것
이다.

그렇다면 센카쿠제도의 시정권이 일본에 반환된 이후 중국이 영유권을 주장하여 분쟁지역이 되었는데 일본은 이에 대응하여 영유권 고수를 위해 어떤 조치를 취했으며, 중국은 일본의 실효적 지배를 방해하기 위해 어떻게 대응해 왔는지에 관해 살펴보기로 한다.

3. 센카쿠제도를 둘러싼 제 분쟁

(1) 일본의 실효적지배 강화

① 「일본청년사」의 등대 건설과 관리

현재 센카쿠제도는 일본정부가 사람의 접근을 금지하여 사람이 살지 않는 무인도이다. 이 섬을 실효적으로 지배하는 일본은 해상보안청 소속의 순시선을 주변영해에 상시 배치하고, 제트기와 헬리콥터도 정기적으로 초계하도록 하여 외국선박의 영해침범과 불법상륙에 대해 경비하고 있다. 현재는 순시정 2척이 센카쿠제도를 매일처럼 경계하고 있다.

그럼에도 불구하고 「일본청년사」라는 우익단체는 센카쿠제도의 실효적 지배의 강화를 위해 꾸준히 노력해왔다. 1978년 일중평화우호조약(6월 12일)을 조인한 그 해 8월 11일에 대원 7명이 상륙하여 센카쿠제도의 어조도(魚釣島)[10]에 등대(발광거리 20km)를 건설했다. 그 후부터 지금까지 매년 대원을 센카쿠제도에 파견하여 등대의 보수 점검과 전지 교환을 행해왔으며 그 활약상을 기관지인 「청년전사」 등에 보도해왔다.[11]

---

10) 본고에서는 일본의 영토전략을 다루므로 편의상 「어조도」라고 표기하기로 한다.
11) 2003年 6月 17日 작성, http://www.seinensya.org/undo/ryodo/senkakushoto/

또한 「해도(海圖)」에 센카쿠제도를 게재할 것을 요구해 왔다. 이에 대해 일본정부는 중국을 의식하여 시기상조라는 이유로 해도에 기재하는 것에는 동의하지 않았다.[12]

일본정부는 1979년 5월 센카쿠제도에 임시 헤리포트, 자동기상계 A-100형과 측점표식을 설치하여 센카쿠제도 주변해역의 해류, 파고, 기후, 지하수, 생물 등의 자연조건을 조사했다. 일본정부는 영토주권을 상징하는 기본적인 시설물을 설치하여 센카쿠제도를 실효적으로 지배하고 있음을 나타냈다. 중국정부는 이에 대해 엄중히 항의했다. 1979년 12월 일본청년사 대원 2명은 센카쿠제도에 상륙하여 이러한 시설을 확인했다. 일본정부는 실효적 지배의 일환으로 일본청년사의 센카쿠제도 상륙을 묵인했다.

1979년 8월 28일 대만의 기륭(基隆)에서 고베(神戶)로 항해하던 필리핀선적 「MS(MAXIMINA-STAR)호」가 태풍을 만나 조어도(釣魚島) 주변해역을 항해하다가 이 섬의 등대를 발견하고 상륙했다. 이때에 승무원 23명이 긴급 피난하여 일본청년사가 건설한 숙사를 이용했다. 그때 이 숙사가 거의 사용이 불가능할 정도로 파괴되었는데, 1980년 5월 8일 일본청년사 대원이 상륙하여 숙사의 훼손을 확인했다. 또 1981년 3월 일본청년사는 2팀으로 구성되어 이시가키지마(石垣島)의 도민을 처음으로 참가시켜서 센카쿠제도에 상륙했다. 이때에 해상보안청은 「불법항해를 검거한다」고 경고를 했지만, 양자의 합의로 검거하지는 않았다. 지금까

030616senkaku.html.
12) 石原愼太郎 도쿄도지사는 일본인의 영토를 위해서 건설한 등대를 해도에 기재하지 않는 것은 위험하다고 경고하고, 외교를 제대로 하지 못하고 있다고 정부를 비난했다. http://www.asahi.com/special/senkaku/TKY200403250397.html.

지도 일본정부는 일본 민간인의 출입을 금지하고 있다.[13] 이는 중국과의 영토문제 유보의 약속을 이행하기 위한 것이고, 분쟁의 재연을 피하기 위해서였다.

1983년 6월 여성대원도 처음으로 센카쿠제도(어조도)에 상륙했고,[14] 이듬해 4월 일본청년사의 이바라키현(茨城縣) 본부장이었던 하기노야 테루오(萩野谷輝男)가 가족 2명과 함께 센카쿠제도(釣魚島)에 주민등록을 했다. 일본정부는 현상유지정책을 견지하고 있었는데, 시청 직원의 실수로 주민등록을 하게 되었고,[15] 일본정부는 이를 묵인했다.

일본청년사는 1988년 6월 센카쿠제도 상륙 10주년을 기념하여 새로운 등대를 건설했고, 6월 신등대를 항로표식법에 의거한 정식 등대로 인가받기 위해 제11관구 해상보안본부에 신청서를 제출하여 수리되었다. 그런데 외무성이 최종인가를 하지 않았고, 일본청년사가 이를 강력히 항의했다.

일본청년사는 일본정부가 반대한 이유에 대해, 「중국에서 천안문사건이 발생하여 일중관계에 있어서 아주 미묘한 시기이고, 또한 다른 나라들은 대중국 강경자세를 취하고 있는데 일본은 내정문제라고 하여 특히 외무성의 중국 담당부서에 '친중파'로 채워져서 중국이 싫어하는 일을 하지 않으려고 했기 때문이다.」라고 지적하여 연약한 외교라고 비난했다. 일본정부는 원만한 양국 사이를 우익단체가 설치한 사사로운 등

---

13) 낚시놀이로 센카쿠제도에 들어가면 영업위반으로서 위반하면 벌금 300만 엔 이하와 영업정지 2년에 처해진다.
14) 여성대원 萩野谷久子는 萩野谷輝男의 부인.
15) 이를 수리한 石垣시청은 나중에 이전한 주소가 魚釣島인 것을 알고 놀라서 난감한 표정을 지었다고 한다.

대문제로 인하여 중국과의 외교적 마찰을 희망하지 않았다.

일본청년사는 1988년 7월 20일 제11관구 해상보안본부 등대과에 「등대인가신청서」를 다시 제출했다. 이에 대해 본청의 등대부는 신청자를 변경할 것을 요구했다. 그래서 일본청년사는 이시가키지마(石垣島) 재주 주민에게 등대를 양도하여 그해 8월 30일 「등대허가신청서」를 다시 이시가키지마 해상보안본부 등대과에 신청했다. 해상보안청 등대부는 등대이름을 「우오쓰리시마(魚釣島) 어장등대」라는 이름을 붙여 수리했다.

1990년 6월 제12관구 해상보안본부 등대건설 전문관 8명이 신청자 대리인 입회 아래, 「우오쓰리시마 어장등대」의 검사를 현지에서 실시했다. 그 결과 (1)등화의 조정 (2)예비전지의 교환 (3)기초 보강을 지적받고 바로 보수공사를 실시했다. 1990년 8월 4일 『마이니치신문(每日新聞)』은 「평화 닛폰 전후 45년의 여름에」라는 제목으로 일본청년사가 센카쿠제도(魚釣島)에 건설한 등대를 연재로 소개했다.

일본정부는 등대등록 수리과정에서 섬 주민이 어업상 필요로 인해 등대를 인가하는 형식을 취하여 허가했다. 이는 중국의 항의를 의식하여 그 명분을 쌓기 위한 조치였다. 이처럼 일본정부는 중국과 충돌을 최대한 피하면서 표면상 들어나지 않는 방법으로 실효적 지배를 강화하려고 했다.[16]

대만은 1990년 9월말 해상보안청이 등대를 허가한다는 보도를 듣고 당장 해공군을 파견하여 대포로 등대를 폭파하고 대만 국기를 세울 것을 주장했다.[17] 또한 때마침 열리고 있던 스포츠대회의 개회식 성화를

---

16) 그때 외무성 관리가 등대신청을 인가하면서 「천안문사건을 보고 있으면, 일반인으로서는 (등대 신청을 인가하는 것이)무섭다」고 속내를 털어놓았다고 한다.

센카쿠제도에 상륙시켜서 주권이 대만에 있다는 것을 선언할 계획으로 성화를 싣고 센카쿠제도를 향했다. 그런데 일본의 해상보안청 순시선에 저지당했다.[18] 이때 대만정부는 일본을 적국으로 규정하고 성화를 실은 배를 경비하기 위해 대만 공군의 전투기를 긴급 발진했다.[19] 중국정부도 등대건설에 대해 강력하게 항의했다. 이때에 중국은 10월 27일 "쌍방이 주권문제를 유보하고 센카쿠제도 해역자원의 공동개발, 어업자원의 개방 등의 문제로 가능한 한 빨리 대화하자"고 제안했다.[20] 또한 중국, 대만, 홍콩에서 연일 반일데모가 발생하여 일본정부는 결국 등대 허가를 유보했다.

그 결과, 1990년 10월 4일 해상보안청 등대부는 이전에 제11관구 해상보안본부 등대부에 제출한 등대인가신청에 대해 「대외적 문제가 개재되어 있으니 잠시 유예기간이 필요하다.」고 회답했다. 일본청년사는 10월 12일 해상보안청 등대부 감리과 후지와라(藤原) 보좌관에게 신청 후의 경위를 타진하였는데, 「정부 부내에서 검토 중인데 결론까지는 다소 시간이 걸린다.」는 회답을 받았다. 12월 3일 해상보안청 탄바 아키라(丹波晟) 장관에 대해 등대허가를 인정하지 않는 이유에 대해 질문장을 제출했다. 12월 27일 해상보안청 제11관구 해상보안부 고토 야스오(後藤康男) 차장으로부터 「등대허가를 보류한다」는 회신을 받았다. 일본청년사는 1991년 2월 4일 해상보안청 탄바 장관에게 「부작위(인가유

---

17) 「首次行動鄭重宣示主權屬於中華民國, 船団護聖火今晨航向釣魚台」, 『連合報』, 1990년 10월 21일.
18) 平山茂雄, 「尖閣諸島の領有權問題と中國の東シナ海戰略」, 『杏林社會科學研究』제12권 제3호, 1996년 12월.
19) 同上.
20) 同上.

보)에 대한 심사청구서」를 제출했다. 3월 1일 해상보안청은 「현재 관계관청과 검토 중이며, 결론을 연기한다」는 내용을 회신했다. 일본청년사는 4월 25일 오노 아키라(大野明) 운수대신, 해상보안청 탄바 장관을 직접 만나서 제출한 「부작위에 관한 심사청구서」의 '재결서'를 받아내었다. 그때 은밀한 조건으로서 우오쓰리시마(釣魚島) 어장등대신청서에서 일부의 특정어선(謝敷米三 및 弟川崎安次)에 대해 어업조업을 위주로 하면서 등대 점검, 그 외의 작업을 은밀히 인정한다는 약속을 전제로 재결서를 받아 내었던 것이다. 결국 이들 항의 심사청구에 대해, 4월 26일 「제11관구 해상보안본부가 처분을 보류한 것이 타당하다」라는 내용의 재결을 받았던 것이다. 일본청년사는 4월 13일 해상보안청 미야모토 하루키(宮本春樹) 장관에 대해 센카쿠제도의 등대인가를 위한 요망서를 제출했다. 4월 28일 해상보안청 제11관구(田中仙治 보안부차장)는 「정부의 입장은 현시점에서 등대인가를 유보할 수밖에 없다」고 하여 처리해주지 않았다.

일본청년사는 일본영토로서 센카쿠제도의 실효적 지배 강화를 정부에 강력히 요구했지만, 일본정부 입장에서는 실효적으로 지배하고 있는 상황에서 중국측의 반일데모가 극성을 부리고 있는 시점에 등대를 인가하여 중국을 자극해서 실효적 지배의 방해를 받고 싶지 않았기 때문에 극력히 자제했던 것이다.

중국은 1992년 2월 양상곤(揚尙昆) 국가주석의 서명으로 영해법을 공포·발동시켰다. 그때 중국은 센카쿠제도를 중국의 고유영토로 명기했고, 또한 센카쿠제도 및 주변해역으로 들어오는 선박을 무력으로 퇴거시킬 수 있는 권한을 군에 부여한다고 발표했다. 그 직후부터 중국은 공해상이라고 하더라도 타국의 선박을 퇴거시켰다. 중국은 실효적 지배를 실행하지는 못하고 있지만, 일본정부와의 현상유지 약속을 전제로 중국의 고유영토라는 인식에는 변함이 없었다. 일본의 실효적 지배 강화에 대해서는 강력히 대응하고 있었다.

그러나 일본정부는 표면적으로 등대허가를 유보 처리를 했지만, 은밀한 조건으로 조업 및 등대 점검 등을 묵인했던 것이다. 이처럼 중국정부와의 분쟁을 우려하여 공식적인 견해로서는 실효적 지배강화를 자제하고 있었지만, 간접적인 방법으로 만간인의 센카쿠제도 출입을 허가하여 실효적 지배를 강화해갔다.

일본청년사는 일본정부의 이러한 정책을 이해하지 못하고 소극적인 정책으로 인한 일본영토로서의 실효적 지배를 약화시키고 있다고 우려하여 1993년 12월 5일 하타 쓰토무(羽田孜) 외상(겸 부총리)에게 센카쿠제도 영유문제에 대한 질문서를 제출했다. 이에 대해 12월 17일 외무성

(아시아국중국과·野本佳夫 과장)은「일본은 센카쿠제도를 실효적으로 지배하고 있다.」고 회신했다.

일본청년사는 매년 1회 등대 보강을 위한 점검을 실시했는데, 1994년 5월 대원 3명이 우오쓰리시마의 어장등대 보강점검을 실행했고, 1995년 6월에도 대원 5명이 등대를 보강 점검했으며, 그 활동 내용을『슈칸신쵸(週刊新潮)』그라비아(사진) 페이지에 소개했다.

일본청년사는 1996년 7월 15일 대원 7명을

파견하여 키타코지마(北小島)에도 어장등대를 건설했다.[21) 일본정부로부터 등대설치의 허가를 받게 되면 세계 각국의 지도 및 해도에 항로표식을 기재하여 국제적으로 인정받음과 동시에 실효적 지배를 강화할 수 있다는 것을 의도했다.

중국정부는 1996년 7월 18일과 24일에 걸쳐 일본정부에 대해 "일본정부가 당장 유효한 조치를 취하여 이번 사건으로 좋지 않은 영향을 배제할 것"을 요구했고, 또한 "중국이 일관되게 우호적인 대화로 해결을 주장하고 있는데 쌍방이 자제하는 태도를 취할 것"을 요구했다. 이에 대해 18일 일본정부는 "센카쿠영토는 일본영토이고 소유자가 등대건설을 허가했다. 정부가 관여할 여지가 없다"라고 대응했다. 7월 21일 중화민국의 동해안어업조합은 7월 28일~8월 2일까지 어선 200척 이상을 센카쿠제도에 상륙시킨다는 계획을 발표했고, 대만정부도 어민보호를 위해 보안경찰 제7총대의 순시선을 파견한다고 밝혔다.

한편 일본청년사는 8월 28일을 전후해서 두 번에 걸친 태풍으로 직관형(直管型) 등대가 금속부식으로 인해 내륙으로 35도 비스듬하게 기울어졌다는 사실을 알고, 8월 대원 2명을 키타코지마(北小島)에 파견하여 그 원인을 규명하고 9월 9일 등대를 수리했다. 일본청년사는 9월 10일 이시가키(石垣) 해상보안본부에 키타코지마 어장등대의 관리인가 신청서를 제출했다.

이에 항의하여 9월 26일 홍콩의 정치활동가와 보도관계자 40여명이

---

21) 「尖閣諸島の領有權問題と中國の東シナ海戰略」, 『杏林社會科學硏究』第12卷 第3号, 1992년 2월.「日本靑年社가 추진하는 尖閣諸島의 實效支配」, http://www.seinensya.org/undo/ryodo/senkakushoto/030616senkaku.htm.

센카쿠제도에 접근했고 그 중 5명이 바다에 뛰어들어 1명이 익사하는 사건이 발생했다.[22] 또 중국과 대만에서는 이를 주권 및 영토 침해라고 항의했다. 10월 7일에는 대만, 홍콩, 마카오 항의단체가 49척의 어선을 출동시켜 그 중 41척이 영해를 침범했고, 4명은 우오쓰리시마에 상륙하여 중화인민공화국 및 대만 국기를 세웠다.[23] 이에 대해 하시모토 수상은 "불측의 사태에 준비하라"고 지시했다. 중국은 매스컴을 통해 일본정부가 배후에서 조종하여 발생했다고 선동했으며, 항의데모는 중국 국내 및 유럽까지 확산되었다.[24] 이러한 상황이 되자 일본정부는 부득이 10월 4일 등대허가를 보류하는 결정을 내리고 사태를 진정시켰다.[25] 대만도 예정되었던 200척의 동해안어업조합 어선단 파견을 취소하게 되었다.

중국정부는 일본정부가 묵인하기는커녕 종용하고 있다고 비판했고, 이를 계기로 홍콩, 대만을 중심으로 일본에 항의운동을 전개했다. 홍콩에서는 1만 명 규모가 시위를 했고, 중국 당국자들도 영해 침입(일본 입장), 불법 상륙을 감행하여 매우 강경하게 반발했다.

이에 대해 "일본정부는 민간단체가 건축물을 세운 곳은 민유지이며, 민유지에서의 정치활동을 제한할 수 있는 일은 별로 없다. 일본국 헌법에도 허용되어 있는 정치활동에 대해 일본정부는 헌법을 최대한 존중하

---

22) 「尖閣抗議の香港台湾船日本領海に侵入, 海保と接触, 上陸の機會うかがう」, 『産経新聞』, 1996년 9월 26일 석간.

23) 「活動家4人が泳いで上陸, 尖閣諸島中台の旗, 政治レベルで問題化も」, 『産経新聞』, 1996년 10월 7일, 「尖閣諸島, 香港, 台湾抗議だ上陸」, 1996년 10월 7일 석간.

24) 「日本別船蠢事」, 『인민일보』, 1996년 10월 14일.

25) 「센카쿠제도문제」, 보도관회견기록, 平成8년 10월 4일, http://www.mofa.go.jp /mofaj/press/kaiken/hodokan/hodo9610.html#3-D.

며, 더불어 중국이 부디 알아주었으면 하는 것은 일본은 이러한 체제의 국가일 뿐만 아니라, 결코 정부는 민간단체의 활동에 관여하지 않았으며 또 지원하지도 않았다"고 주장했다.[26]

일본청년사는 11월 26일 키타코지마 어장등대 인가보류에 대해 「부작위(등대인가보류)에 대한 심사청구서」를 제11관구 해상보안본부장에 제출했다. 그때 12월 해상보안청 관리로부터 키타코지마의 등대불이 꺼져 있다는 연락을 받고 바로 대원을 파견하여 실지조사를 했고, 그 결과 등대 본체가 휘어져 등대불이 꺼져 있는 것을 확인했다. 1997년 2월 4일 키타코지마의 등대가 파손된 것에 대해 오키나와현경(沖縄縣警)에 고소장을 제출했고, 경찰은 이를 수리했다.

사실 일본정부가 중국과의 분쟁을 의식하여 등대인가를 공식적으로는 보류하고 있었지만, 중국의 대응을 보면서 등대인가 시기를 기다리고 있었다. 간접적으로는 등대가 제대로 역할을 하도록 일본청년사의 상륙을 묵인하는 동시에 등대가 온전하도록 감시해주는 역할까지 담당하고 있었다.

일본청년사는 등대 밧데리 교환을 위해 2003년 5월 12일~18일 우오쓰리시마에 상륙하여 15일 등대를 보수점검하고 밧데리를 교환했으며, 센카쿠신사(尖閣神社)에서 제례를 지내고, 그 해에 고인의 위령제를 예정하고 있었다. 그런데 장마전선의 영향으로 연기되었다가, 후일 일본청년사 의원동지연맹 간사장인 오카다 야스히로(岡田康弘)와 오카야마현(岡山縣) 쓰야마시(津山市) 의회의원이 동행하여 우오쓰리시마 앞

---

26) 「센카쿠제도문제」, 외신관회견요지, 平成8년 9월 17일, http://www.mofa.go.jp/ mofaj/press/kaiken/hodokan/hodo9609.html#2-A.

바다 150미터 지점까지 접근했다. 그러나 고무보트를 내려 3번이나 상륙을 시도했지만 악천후로 결국은 상륙하지 못했다.

2004년 4월 일본정부는 센카쿠제도를 평온하고 안정적인 상태로 유지하기 위해 우오쓰리시마(어조도), 미나미코지마(남소도), 키타코지마(북소도) 3섬을 섬의 소유자로부터 임차했다. 일본정부는 우오쓰리시마 등대의 기능을 계속 유지하기 위해 2005년 2월 필요한 지식과 능력을 가지고 있는 해상보안청에 위임했다. 해안보안청은 항해표식법에 의거하여 2월 9일부터 소관항로표식으로서 '우오쓰리시마 등대'의 보수와 관리를 담당하게 되었다. 해상보안청은 우오쓰리시마 등대의 설치를 항해경보로 항해선박에게 알리고 관보에 게시함과 동시에 해도에 기재했다. 이로 인해 향후에도 이 등대를 적정하게 유지관리하게 되었다.

이에 대해 중국정부는 「불법이며, 무효다」라고 일본정부를 비난했다. 그런데 일본정부는 센카쿠제도에 관해서는 일중간의 영토문제가 존재하지 않는다는 입장을 취했고, 어디까지나 이는 국내문제라고 주장했다.[27] 그러면서도 일본정부는 2006년 2월 센카쿠제도의 등대소유자(어업관계자)가 소유권을 포기한다는 의사를 밝혀 와서 부득이 민법규정에 의해 등대를 일본정부의 소유로 이관하게 되었다고 주장했다.

요컨대 일본정부는 중국의 항의에 대해 민간인이 등대를 설치했고 민간인들이 설치한 시설물을 간섭할 수 없다는 명목으로 등대설치를 묵인했다. 그후 기회를 기다려서 최종적으로 정부에 이관하고 항해표식법에 의거하여 정식 등대로서 기정사실화하여 관리하게 되었던 것이다.

---

27) 「센카쿠제도」, 외무대신회견기록, 平成17년2월10일, http://www.mofa.go.jp/mofaj/press/kaiken/gaisho/g_0502. html#4-D.

이 외에도 일본청년사가 2000년 4월 20일 우오쓰리시마에 신사(神社)를 건립했고, 제2차 세계대전 이후 처음으로 신관이 상륙하여 신사를 참배했다.[28]

또한 이시가키시(石垣市)는 실효적 지배의 일환으로 시마네현의 '죽도(竹島)의 날' 조례제정에 자극을 받아 중국의 영유권 주장에 대항하여 실효적 지배의 강화 차원에서 '센카쿠제도의 날'의 조례안을 5월 22일 시의회에 제출했다.[29] 2005년 5월 25일 이시가키지마(石垣島)의 이시가키시(石垣市)의회는 "센카쿠가 일본고유의 영토라는 점을 내외에 널리 알리고 외국(중국)의 불법점거를 저지하기 위해" 센카쿠제도는 행정구역상 이시가키시에 편입되어져 있어서 1895년 센카쿠제도의 관할권이 일본에 편입된 날을 기념하여 1월 14일을 '센카쿠제도의 날'로 지정한다고 하여 조례안을 심의했다. 또한 이시가키시장(大浜長照)은 '센카쿠제도의 날'에는 관할지자체 수장으로서 센카쿠제도에 상륙할 계획을 세웠고, 그것이 여의치 않으면 상공에서라도 시찰하겠다고 했다.

이에 대해 중국외무성은 이시가키시의 움직임에 대해 "일본이 센카쿠제도에 대해 일방적인 조치를 취하는 것은 중국의 영유권 주장을 심각히 위반하는 것이며, 이는 위법적이며 무효이고, 중국은 절대로 동의할 수 없다"고 항의하여 조례제정의 중지를 요구했다.

---

28) http://www.seinensya.org/undo/ryodo/senkakushoto/030616ayumi.htm
29) 「石垣市議會が「尖閣諸島の日」制定へ」, 2005년 3월 25일, http://japan.donga.com/srv/service.php3?biid=2005032620288

(2) 센카쿠제도를 둘러싼 제 문제

① 일본이 주장하는 배타적 경제수역 내의 진입문제

중국은 고유영토인 센카쿠제도를 일본이 불법으로 점령하고 있다는 인식을 갖고 있다. 중국 어선들은 일중평화조약체결을 앞두고 센카쿠제도의 영유권 문제가 일본에 유리하게 해결되는 것을 막기 위해 1978년 4월 센카쿠제도 영해 내에 중국어선 100여척을 정박시켰다.[30] 중국정부는 일본에 대해 우발적인 행동이었다고 설명하고 중국어선을 퇴거시켰다.[31] 등소평은 8월 12일 일중평화우호조약을 체결하기 위해 중국을 방문한 소노다 스나오(園田眞) 외상에게 "이 같은 사건을 향후에는 일으키지 않겠다"고 언급하여 영유권 문제의 유보를 제안했다.[32] 일본은 표면적으로는 중국의 유보 주장을 받아들이지 않았다고 하지만, 중국에서는 센카쿠제도 문제의 유보를 양국이 합의한 것으로 판단했다.

1996년 8월 3일 대만정부는 일중 간에 어업협정이 한창 논의되고 있을 시점에 일본의 요구를 수용하여 영토문제를 유보한다는 전제로 중국과의 어업협정보다 먼저 배타적 경제수역의 경계 결정에 적극적인 자세를 보였고, 결국 양국은 '종래대로 어업을 행할 수 있다'는 것을 합의하여 어업협정을 체결했다. 대만과 일본정부 간의 어업협정에 항의하여 반일데모가 중화민국, 홍콩을 비롯하여 중국대륙으로 확산되었다. 이 문제는 센카쿠제도 영토문제로 확산되었다. 이런 상황에서 8월 29일 일

---

30)「東シナ海の石油開發と尖閣諸島」, 平山茂雄, 『中國の海洋戰略』, 勁草書房, 1993, pp.84-85.

31)「『絶對故意ではない』尖閣事件で, 副首相が言明」, 『毎日新聞』, 1978년 4월 14일.

32)「日中審議の要旨」, 『朝日新聞』, 1978년 10월 14일. 「尖閣2030年現狀で鄧氏の言明と外相裏話」, 『讀賣新聞』, 1978년 9월 19일.

본 해상보안청 순시선이 요나쿠니시마(与那國島) 근해에서 대만 낚시선을 검문했다.[33] 이에 분개한 대만 어선은 의도적으로 9월 4일 보도관계자를 태우고 일본이 주장하는 센카쿠제도의 영해 내측으로 들어가서 2시간 반 동안 시위활동을 벌였다.[34]

　1996년 홍콩과 대만의 부부가 센카쿠제도에 상륙했고, 9월 26일 홍콩 선박의 항의 시위자가 센카쿠제도 주변해역에 뛰어들어 사망하는 사건이 발생했다.[35] 이때 대만 국방부는 이 같은 사고를 방지하기 위해 대만 군대의 구난 페리의 파견을 검토했다. 자위대와의 연락수단이 없어서 최종적으로는 군사적 긴장감을 피하기 위해 단념했다.[36] 그때 일본은 대만 페리의 상륙을 막기 위해서 조기경계기 E2C 5기를 아오모리현(青森縣) 항공자위대 미사와(三澤)기지에서 나한(那覇)기지에 이동했다. 1996년 10월 10일부터 약 10일간 센카쿠제도 동북 앞바다에 E2C 조기경계기가 출격했고, 동남동 앞바다에 F4팬텀전투기가 출격했다. 수상 관저에서는 무기사용 여부를 논의했다. 일본정부는 페리가 경고를 계속적으로 무시할 경우 대영공침범 조치에 따라 '엄숙히 대응'하기로 합의했지만 결국 페리가 출항하지 않았다.

　일본은 1996년 9월 국제연합 총회에서 일중 외상회담을 거쳐, 11월 APEC의 일중 정상회담에서 하시모토 총리대신과 강택민 국가주석은

---

33) 「台湾漁業臨檢, 日本に抗議団派遣へ」, 『産経新聞』, 1996년 8월 13일.
34) 「日艦在公海, 盤查驅我海釣船」, 『連合報』, 1996년 8월 31일, 「台湾業民臨檢日本に抗議団派遣へ」, 『産経新聞』, 1996년 9월 1일.
35) 보도관 회견기록, 平成8년 9월 27일, http://www.mofa.go.jp/mofaj/press/kaiken/hodokan/hodo9609.html#3-C.
36) 현재 일중간의 군사교류는 정체된 상태이고 긴급사태를 위한 핫라인 설치도 논의될 수 없는 상황.

"현재 기본적으로 일본이 실효적으로 지배하고 있는 입장이기 때문에 일중관계 전체의 건전한 발전에 악영향이 미치지 않도록 냉정하게 대응한다고 합의했다.[37]

1997년 일본은 홍콩, 대만인이 센카쿠제도에 상륙하거나, 그 부근에서 낚시대회를 실시한다는 정보를 입수하고 중국정부에 항의했다. 이에 대해 중국당국은 실제로 항의활동을 하는 민간인의 자유를 침해할 수 없다고 하여 일본의 주장을 무시했다. 일본정부는 중국인의 센카쿠제도 상륙을 막기 위한 대응책으로 우선적으로 일본 국내법을 위반한 행위로 간주한다고 하여 이들 관계자들에게 센카쿠제도를 둘러싼 일련의 사태에 대해 냉정하게 대처한다는 것과 이번 계획의 자제를 요구했다. 또한 적절한 방법으로서는 상륙을 막는다는 방침으로 냉정하게 대처하겠다는 것이었다.[38]

1997년 신진당(新進黨) 중의원 의원이 센카쿠제도를 시찰한 것에 항의하여 그해 5월 실제로 센카쿠제도에 7명의 중국인이 상륙하는 사태가 발생했다. 일본정부는 "단호히 필요한 조치를 내리겠지만, 이로 인해 사태가 크게 발전하지 않도록 최대한 주의하여 조치한다"는 방침을 세웠다. 이런 경우에는 통상적으로 강제퇴거조치를 취하는데, 절차상으로 법에 따라 신체를 구속하고, 불법입국 외국인으로서 취급하여 그 절차를 밟게 된다.[39] 그러나 일본정부는 중국정부에 대해 기본적으로 일중

---

37) 「센카쿠제도문제-1996년의 국제사회와 일본외교-」, http://www.mofa.go.jp/mofaj/gaiko/bluebook/97/1 st/chapt1-2. html.
38) 「센카쿠제도문제」, 보도관회견요지, 平成9년 5월 23일, http://www.mofa.go.jp/mofaj/press/kaiken/hodokan/hodo9705.html#7-A.
39) 「센카쿠제도에 대만, 홍콩의 그룹이 1997년 5월에 상륙한다고 하는 움직임」, 「센카쿠 제도에의 항의상륙계획의 문제에 대해, 홍콩에서는 서명활동 등도 행해지고

관계가 아시아태평양지역, 더 나아가 세계 전체의 평화와 번영을 위해 중요한 관계인 것을 고려하여 양국이 관계 발전을 위해 함께 노력하기로 합의하였음에도 불구하고 이런 불상사를 유발한 것은 중국측의 책임이라는 점을 강조하여 일본의 행위를 정당화하려고 했다.

이에 대해 중국은 "강택민 주석은 센카쿠에 대해 일부 사람들의 도발이 양국관계를 악화시키고 있는 것을 우려하고 있다. 이 문제는 즉시 해결된다고 생각하지 않지만, 쌍방의 노력이 필요하고, 정치가나 지도자들도 넓은 도량과 장기적인 시야로 문제해결에 대처해야한다고 생각한다. 일본이 하고 있는 일련의 노력에도 유의하고 있고, 앞으로도 계속 노력해 주었으면 한다"고 했다.[40]

1999년 봄부터 여름에 걸쳐, 중국의 해양조사선이 일본이 주장하는 배타적 경제수역 내에서 일본의 사전 동의 없이 빈번히 해양조사 활동을 실시했다. 국제해양법협약에서는 타국의 배타적 경제수역 내에서 과학조사를 실시할 때 상대국의 양해를 구해야한다고 규정되어있다. 그러나 중국은 일본이 주장하는 센카쿠제도 기점의 배타적 경제수역을 인정하지 않으려고 하고 있다. 일본 국내에서는 중국에 대한 악감정이 확대되어 갔다. 이에 고노 요헤이(河野洋平) 외무대신은 8월 중국을 방문하여 일중 외상회담에서 일본 측의 문제의식을 중국 측에 명확하게 전달했다. 그 결과 일중 양국은 해양조사에 있어서 상호 사전통보 범위를 지정하기로 합의했다. 그 범위는 2001년 2월에 성립되었고 덧붙여 중

있는 것 같다」, 「센카쿠제도문제」, 보도관회견요지, 平成9년 4월 11일, http://www.mofa.go.jp/mofaj/press/kaiken/hodokan/hodo9704.html#10-A.
40) 「센카쿠제도」, APEC 때의 일중정상회담, 平成8년 11월 24일, 외무성중국과, http://www.mofa.go.jp/mofaj/gaiko/apec/96/kaidan/kaidan6.html.

국 해군함정은 일본 근해에서 2000년 7월을 마지막으로 활동을 중지했다.[41]

그런데 그 후에도 중국은 '사전통보제'에 합의했음에도 불구하고, 센카쿠제도를 중국영토로 간주하고 있기 때문에 일본이 주장하는 배타적 경제수역에서 조사를 실행하면서도 일본에 통보하지 않았다. 일본정부는 중국의 해군함정이 2003년 6월과 10월, 2004년 1월과 3월, 2005년 센카쿠제도 주변 등 동지나해에서 4건, 오키노도리시마 주변 등 태평양 앞바다에서 18건 '위법조사'를 실행했다고 주장한다.

일본은 센카쿠제도를 실효적으로 지배하고 있는 상황에서 중국이 사전에 통보하면 그 구실의 타당성을 판단하고 영내에 들어올 수 있도록 허가하여 일본의 실효적 지배를 강화하겠다는 의도였다. 그런데 당시 사전 통보제도를 합의할 때 중국은 일본의 허가를 받게 되면 일본의 실효적 지배를 강화시켜주는 것이 되어 중국에 불리하다는 사실을 파악하지 못했던 것 같다.

특히 2004년 3월 중일간의 EEZ침입문제를 둘러싸고 양국 간의 공방이 있었다. 당시 양국의 대응을 살펴보면서 일본의 영토전략을 분석해 보기로 한다.

2004년 3월 24일 「중국민간 보조(保釣) 연합회」에 소속된 중국인 활동가 7명[42]이 센카쿠제도에 상륙하는 사건이 발생했다. 이들은 상륙 예정일과 다르게 센카쿠제도에 보트를 내리고 상륙하고 모선은 영해 밖으

---

41) 「일중관계」제1장 총괄, http://www.mofa.go.jp/mofaj/gaiko/bluebook/01/1st/bk01_1. html.
42) 馮錦華(33), 胡顯峰(34), 尹冬明(23), 王喜强(29), 殷敏鴻(29), 張立昆(40), 方衛强(29), http://www.asahi.com/special/senkaku/OSK200403250025.html.

로 달아났다. 이에 일본정부는 체포할 수밖에 없었다고 이들을 감금했다. 활동가들은 센카쿠제도는 중국영토이고, 불법입국이 아니라고 하여 체포된 이유를 따졌다. 중국활동가들은 휴대전화, 중국국기, 중국인 신분증명서를 소지하고 있었다. 또 중국은 사건발생 직후 일본에 대해 구속조치의 자제를 요구하면서 "평화적인 대화로 해결되어야 한다"고 주장했다. 또한 일본의 체포라는 강경한 대응에 대해 "분쟁지역에서 발생한 문제는 국제법으로 대처해야함에도 불구하고 국내법을 적용하는 것은 전대미문"(재일대사관 黃星原·보도참사관)이라고 강력하게 반발했다.

한편, 일본 우익단체 일본청년사(본부 東京) 회원은 "어조도 주변해역에 가서 중국인활동가가 파괴한 「신사」 등의 피해상황을 해상에서 조사한다는 명목으로 4월 8일 미명 이시가키시 항구에서 어선으로 출항했으나, 제11관구 해상보안본부(那覇市)는 해상에 파도가 높다는 이유로 약 50km 지점에서 일본청년사 회원의 선박을 돌려보냈다.[43] 이처럼 일본은 간접적인 방법으로 중국과의 대립을 피하기 위해 일본민간인들의 상륙을 자제하도록 하고 있다.

그러나 최근 중국이 센카쿠제도주변해역에서의 활동이 활발해졌고, 이에 대응하는 일본의 정치가들의 태도도 강경해졌다. 일본정부는 종래와 달리, 2004년 3월 24일 관계관청회의를 열고 동중국해에서의 영향력을 강화하기 위해 중국에 대해 의연하게 대응해야한다는 방침을 세우고 3월 24일 중국인 활동가를 체포했던 것이다. 1996년 중국인 활동가가 센카쿠제도에 들어왔을 때 일본정부는 섬을 지키는 해상직원에게 절

---

43) 同上.

대로 체포하지 말고 쫓아낼 것을 지시한 적이 있었다.

「중국민간 보조연합회」의 회원 25명이 2004년 3월 28일 2척의 배 (100톤급)로 약 아모이에서 출발하여 센카쿠제도에 진입할 계획을 세우고 있었다. 그러나 3월 27일 복건성(福建省) 아모이에서 기자회견을 갖고 대만해협의 긴장과 기후 악화를 이유로 3월 28일 예정이었던 도항 계획을 연기한다고 발표했다. 이는 양국관계의 악화를 우려한 중국정부의 의향에 의한 것이었다.[44] 한편 일본에서는 3월 28일 제11관구 해상보안본부(那覇市)는 타 관구로부터 협조를 요청하여 순시선 20척 이상을 섬 주변에 배치하여 초계를 늦추지 않고 있었다. 또한 일본 우익단체도 우오쓰리시마(魚釣島) 상륙을 시도하려고 이시가키시마(石垣島)에서 머물고 있었다. 그런데 이러한 급박한 상황에서 일본정부의 출항 중지명령으로 상륙을 단념하지 않을 수 없었다.[45]

자민당과 민주당 일부에서는 센카쿠제도가 일본영토임을 확인하는 국회결의를 요구했다. 그래서 2004년 3월 30일 중의원 안보위원회에서는 '우리나라의 영토보전을 위한 건'을 전원일치로 가결하여 정부에 대해 경계 경비에 만전을 기할 것을 촉구했다. 이에 대해 일본정부의 입장(福田 관방장관)은 "영유권문제는 명확하게 해결되었다. 재차 결의가 필요 없다."고 했고, 여당인 자민당(安倍晋三·自民黨 간사장)에서도 "센카쿠제도는 명명백백히 일본의 시정 하에 있기 때문에 더 이상 결의가 필요 없다."는 신중한 자세를 취했다. 이에 대해 민주당은 '영유확인' 차원이 아니라 '영토보전' 차원에서 결의가 필요하다고 주장했다. 그러나

---

44) 同上.
45) http://www.asahi.com/special/senkaku/OSK200403280014.html.

결국 민주당(국가대책위원회 간부)은 본회의에서 "최대한 중국을 자극하지 않는 형태로 영토보전을 결의한다는 위원회[46)]의 결의대로 실행하기로 여당과 합의"했다. 따라서 본회의에서는 의결을 피함과 동시에 문면으로도 중국을 과도하게 자극하지 않기로 했다. 위원회에서는 "70년대에 중국정부가 센카쿠제도의 영유권을 주장한 이래, 상륙 및 영해침범으로 여러 차례 주권을 침해했다"고 하는 문구를 삭제했다. 이렇게 해서 중참양의원에서 처음으로 센카쿠제도의 영토보전을 요구하는 결의가 국회에서 가결되었다.[47)]

한편 중국에서는 고이즈미의 야스쿠니 신사참배나 일본인들의 중국 내에서의 매춘사건 등으로 중국민중의 반일감정이 악화되어 내셔널리즘이 고양되어있는 상황이었다. 이러한 상황에서 이번 중국 활동가들이 센카쿠제도에 상륙하여 일본의 실효적 지배를 방해하려고 했던 것이다.

결국 고이즈미 수상은 "법에 의해 적절히 처리함과 동시에 일중관계에 악영향을 미치지 않는 대국적인 판단"으로 조기에 결착되기를 원한다고 했다. 또한 "외무성에서는 영토문제는 국민감정에 직결된다. 센카쿠제도문제는 폭발하면 일중관계 전체로 번지는 불씨이다"라고 경고했다.[48)] 이러한 판단으로 일본정부는 실제로 법률보다는 외교적 배려를 우선했던 것이다.

일본정부는 분쟁을 넘어서 새로운 일중관계의 구축을 위해 노력하는 차원에서 우선적으로 중국정부에 항의하고 강제퇴거하기로 결정했던

---

46) 이 위원회에는 共産黨, 社民黨 위원은 없었다.
47) http://www.asahi.com/special/senkaku/TKY200403300323.html.
48) 외무성에서 대중외교를 담당했던 淺井基文 · 明治學院大敎授.

것이다.[49] 2004년 4월 3일 오후, 베이징을 방문 중이었던 가와구치(川口) 외무대신은 "센카쿠제도는 일본의 고유영토이다. 지난 번 중국인 활동가 7명이 불법 상륙했던 것은 지극히 유감스럽고, 유사한 사태의 재발을 방지할 것"을 강하게 요구했다. 이에 대해 중국은 「어조도(중국명 조어도)」가 중국영토라는 성명을 일본에 대해 이미 여러 번 천명한 적이 있었다는 취지를 언급했다.[50]

중국정부(李肇星 外相)는 4월 26일 "센카쿠제도(釣魚島:중국명칭)는 역사적으로나 국제법상으로도 중국영토이다."라고 하여 즉시 무조건으로 석방할 것을 요구했다. 이에 대해 일본정부(川口 외상)는 "센카쿠제도는 일본영토이므로 법률로 처리했다"고 반박했다. 베이징(北京)의 일본대사관 앞에서는 중국민중들이 히노마루를 불태우면서 일본정부에 항의했다.[51]

결국 일본정부는 「일본의 고유영토」라는 입장에서 중국의 활동가를 체포하긴 했지만, 최종적으로는 송검을 피하고 강제송환하기로 결정했다. 중국은 일본이 7명을 계속적으로 구속했더라면 4월 3일 예정된 카와구치 외상의 방중을 연기할 생각이었다고 했다.[52] 일본정부는 영토문제의 대응을 고심하고 있었다.

일중간의 센카쿠제도 영유권 분쟁의 역사를 보면, 30년 이상 일본은 실효적으로 점령한 상태에서 영유권분쟁이 존재하지 않는다는 공식입

---

49) 「부대신회견기록」, 平成16년 3월 25일, http://www.mofa.go.jp/mofaj/press/ kaiken/ fuku/f_0403. html#3-A.
50) 「센카쿠제도」, 일중관계, 카와구치 외무대신 방중, 온가보 총리와의 회견, http://www.mofa.go.jp/mofaj/kaidan/g_kawaguchi/china_04/kai_on.html.
51) 同上.
52) http://www.asahi.com/special/senkaku/TKY200403260347.html

장을 취하고 있으면서도 중국과의 마찰을 우려하여 법 집행에 있어서는 정치적으로 조정해왔던 것이다.[53]

센카쿠제도의 분쟁에 대해 APEC의 일중외상회담(1996년 11월 26일)의 대화록을 통해 일중 양국정부의 기본적인 입장을 살펴보면 다음과 같다.

일본(이케다 대신)은 "센카쿠제도가 일본의 고유영토라는 것이 일본의 입장이며, 중국은 그에 대해 다른 입장을 취하고 있지만, 이로 인해 양호한 일중 관계의 발전에 저해되어서는 안 된다는 인식은 일중 간에 일치하고 있다고 생각한다"고 했다. 이에 대해 중국(錢 부장)은 "본 문제에 대해 일중의 입장은 다르지만 중국은 진지하고 냉정한 자세로 대응해 오고 있고, 이러한 문제로 양국 관계의 발전에 저해되는 것은 바라지 않으며, 중국 측의 태도처럼 일본 측도 올바르게 대응할 것을 요구하고 싶다."는 취지를 언급했다. 이에 대해 이케다 유키히코(池田行彦) 외무대신은 "냉정한 대처가 필요하고, 입장의 차이가 양국 관계에 악영향을 주지 않도록 하기 위해서는 일중 쌍방의 노력이 필요하다."고 했다.[54]

2004년 5월 10일 중국어선 「민렌요 0257」이 센카쿠제도(魚釣島)의 북서 약 20킬로미터 지점, 일본이 주장하는 영해 내에서 조업을 행했다. 제11관구 해상보안본부 순시선 「유구」는 일본영해에서 퇴거할 것을 경고하면서 양국의 선박이 서로 충돌하는 사건이 발생했다.[55] 또 중국의 해양조사선 「분투(奮鬪)7호」(약 1,500톤)가 일본 측에 사전통보 없이 5월 7일~9일 사이에 이 수역에 들어가 조사를 실시했다. 다시 5월

---

53) 同上.
54) 「센카쿠제도」, APEC 때의 일중외상회담, 1996년 11월 24일, 외무성 중국과, http://www.mofa.go.jp/mofaj/gaiko/apec/96/kaidan/kaidan3.html.
55) http://www.asahi.com/special/senkaku/OSK200405100021.html.

12일에 센카쿠제도(魚釣島) 앞바다 북서 약 69km의 일본이 주장하는 EEZ 내에서 해양조사활동을 실시했다.[56] 일본외무성이 재일중국대사관에 항의하여 재발방지를 요구했다.

이에 대응하여 2004년 6월 21일 일본국회에서는 자민당과 민주당 국회의원 75명이 조직한 '일본영토를 지키기 위해 행동하는 의원연맹'[57]이 해상보안청의 초계기를 타고 센카쿠제도를 상공에서 시찰한다고 발표했다.[58]

일본이 실효적 지배를 기반으로 센카쿠제도를 일본영토로 간주하여 12해리 영해와 200해리 배타적 경제수역을 고수하고 있지만, 사실 중국도 일본과 상반되는 논리로 영유권을 주장하고 있는 입장이다. 그래서 일본은 이러한 상황을 극복하기 위해 국회의원 등 영유권에 대한 의지를 표명하면서도 양국 간의 견해 차이를 인정하고 최대한 충돌을 피하여 문제를 극복하려고 했다. 그래서 센카쿠제도에 진입하는 중국의 활동가에 대해 감금하여 강력한 법적 조치를 취하는 것을 피하고 정치적 수단으로 이들을 추방하는 최소한의 조치로 대응하는 정책을 실시하고 있다.

일본 지식인들 중에는 "센카쿠제도문제는 단지 중국과 일본 간의 문제가 아니라, 대만, 홍콩, 미국을 포함한 세계 각국에 산재되어 있는 중국인의 민족의식을 자극하는 요소를 갖고 있다. 일미관계, 일본 국내정

---

56) 2004년 05월 13일, 제11관구 해상보안본부(那覇) 소속의 항공기가 발견됨.
　　http://www.asahi.com/special/senkaku/JJT200405130007.html.
57) 2004년 6월 16일, http://www.asahi.com/special/senkaku/TKY200406160328.html.
58) 자민당 7명, 민주당 7명을 비롯해서 모두 17명이 참가한다고 밝혔다.
　　http://www.asahi.com/special/senkaku/OSK200405120033.html.

치의 동향, 중국대만관계, 홍콩문제 등이 얽혀있는 복잡한 문제이다." 또한 "향후 중국의 경제성장과 군사대국화에 의한 일본과 중국의 입장이 역전될 가능성이 있다"고 하여 영유권 확보가 더욱 어려워질 것이라고 우려하는 목소리도 있었다.[59] 이처럼 일본은 중국이 영유권에 대한 강력한 의지를 갖고 있기 때문에 실효적 지배강화를 유보하고 오직 실효적 지배기간을 연장하는데 진력하고 있다고 하겠다.

②센카쿠제도 주변해역의 석유 및 천연가스전 문제

유엔 산하의 자원개발기구가 1968년 센카쿠제도 부근을 조사하여 1969년 풍부한 석유·천연가스의 매장 가능성을 발표했다. 대만정부는 1969년 7월 17일 "자국 연안에 인접하는 대륙붕의 천연자원에 대해 모든 주권적 권리를 행사할 수 있다"고 하는 성명을 발표했다.[60] 또한 1970년 8월 대만정부는 대륙붕조약을 비준하고 '해역유전탐사 채굴조례'를 제정하여 미국계 석유기업과 탐사시굴계획을 체결하고 센카쿠제도에 국기를 세웠다. 한국도 동중국해 대륙붕에서 광구를 설정하여 미국계 석유회사와 계약을 체결했고, 일본도 4개의 석유기업이 광구를 설정했다. 결국 이렇게 하여 3국의 광구가 중복되게 되었다. 그래서 1970년에 들어와서 일본, 대만, 한국은 영유권을 유보하고 석유의 공동개발을 협의했다. 중국정부는 1970년 말 처음으로 3국의 자원공동개발은 중국 자원을 약탈하려는 것이라고 하여 센카쿠제도에 대한 영유권을 주

---

59) 「尖閣諸島の領有權問題と中國の東シナ海戰略」, 『杏林社會科學研究』제12권 제3호, 1992년 2월.
60) 「尖閣諸島の領有權問題と中國の東シナ海戰略」, 『杏林社會科學研究』제12권제3호, 1992년 2월.

장했다.[61] 이로 인해 3국의 공동자원개발의 논의가 중단되고 말았다.

일본은 1996년 유엔해양법조약 체결국이 되어서 센카쿠제도를 기점으로 200해리 배타적 경제수역을 선언했다.

중국은 1990년부터 일본이 주장하는 동중국해의 배타적 경제수역(연안에서 200해리) 경계선인 일중 중간선의 중국 측에서 복수의 석유 가스전 개발을 시작했다. 1999년 핑후(平湖) 가스전에서 천연가스 생산을 개시했고, 2003년 일본이 주장하는 EEZ 외측에 있는 춘샤오(春曉)가스전 개발도 착수했다. 이에 대해 일본정부는 시굴지점이 일중 중간선 바로 근처에 있는 가스전 구조가 중간선의 일본 측까지 해저로 연결되어 있다는 것이 조사에서 확인되었으므로 일본 측의 자원까지 중국 측으로 넘어갈 우려가 있다고 주장했다.

2004년에 들어와서, 중국은 해외 메이저회사와 공동 출자로 동중국해의 유전개발을 착수했는데, 구미계의 몇몇 회사가 계속적으로 투자할 수 없다고 하여 철수했다. 철수 이유에 대하여 일본정부는 비즈니스상의 채산성과 미래성이 없었기 때문이라고 주장했다. 그러나 실제로는 "일본정부가 중국에 대해 일중 중간선의 아슬아슬한 장소에서 유전개발을 하고 있어서 여러 번에 걸쳐 개발 작업의 중지와 가스전 지하구조 등의 데이터를 제공할 것을 요구했고, 이에 대해 중국 측은 신속히 응하지 않았고, 또한 일본에 공동개발을 제안하기도 했다. 그래서 개발사업에 직접 종사하고 있는 민간기업 혹은 기업그룹들이 일본의 눈치를 보고 철수했을 가능성도 있다"고 의문이 제기되었다.[62]

---

61) 同上.
62) 「東シナ海の油田開發, 副大臣會見記錄」, 平成16년 9월 30일,

또한 일본은 중국의 천연가스전 및 석유개발을 방해하기 위해 자민
당이 '해양구조물의 안전수역에 관한 법안'을 마련했고, 공민당과 민주
당도 공동으로 제출하려고 했다.[63] 일본은 중국이 동중국해의 춘효가스
전의 가동에 대해 채굴을 개시하여 적어도 반경 500미터에 링을 파게
되면 그 주위에 다른 배가 들어오게 되어 조업에 큰 지장을 초래할 수
있다는 이유로 개발중지를 요구했으며, 일본 자민당이 법률을 제정하여
이를 방해하려고 했다.[64]

한편, 일본정부는 수뇌 간 또는 외상 간의 협상을 통해 동중국해를
「우호·협력의 바다」로 해야 한다고 강조하여 중국의 자원개발을 막기
위해 중국정부와 「동중국해 등에 관한 일중 협의」를 여러 차례 실시했
다. 일본정부는 본건이 일중 관계 전체의 발전에 지장을 초래하지 않도
록 공동 개발의 가능성도 포함해서 계속적으로 본건 해결을 위해 협의
해 가기로 방침을 정했다. 또한 자위대를 전진 배치시키려는 계획도 세
웠다.[65]

2004년 11월 'ASEAN+3 정상회의'의 일중 정상회담(溫家寶 총리)에
서 고이즈미 총리는 실효적 지배를 하고 있는 입장이므로 "동중국해에
서의 중국의 자원개발에 대해 적절한 대응이 중요하고, 동중국해를 「대
립의 바다」로 만들지 않는 것이 중요하다." 최근 중국 잠수함의 영해침

---

http://www.mofa.go.jp/mofaj/press/kaiken/fuku/f_0409.html#4-C.

63) 일본 측 중간선(센카쿠제도 일본령 간주) 이내에 매장된 원유량은 5억키로리터로
일본이 비축하고 있는 국가원유의 10배라고 함(세계일보사, 2006년 3월 12일).

64) 「외무대신회견기록」, 平成17년 11월 29일, http://www.mofa.go.jp/mofaj/press/
kaiken/gaisho/g_0511.html#8.

65) 「石垣市議會が『尖閣諸島の日』制定へ」, 2005년 5월 25일,
http://japan.donga.com/ srv/service.php3?biid=2005032620288.

범사건, 동중국해를 둘러싼 문제를 언급한 후, "향후 이러한 문제를 넘어 협력 협조의 관계가 되었으면 한다"고 언급했다. 이에 대해 중국(溫家寶 총리)은 "대화를 계속해 가고 싶다"고 언급했다. 즉 일본은 중국의 개발을 막으려했고, 중국은 외교적인 발언으로 문제의 본질을 피해나가려고 했다.

2005년 5월 '교토 ASEM 외상 회의'의 일중 외상회담에서 중국(李 부장)은 "동중국해를 우호·협력의 바다로 만들고 싶다"고 했고, 일본(町村 대신)은 "동중국해를 우호의 바다가 되었으면 한다는 것에는 인식을 같이 한다"고 했다.

2005년 4월 일본정부는 중국이 개발하고 있는 동중국해의 천연가스 문제에 대응하여 중국의 춘사오, 돤쵸오의 가스전 구조가 일중 중간선의 일본 측까지 연속되어있다는 보고를 발표했다. 중국은 2006년 여름 일부 가스전에서 새로 조업을 시작했다. 이에 대응하여 일본도 2006년 4월 13일 일본의 민간개발업자에게 시험채굴권을 인정하는 시굴권 절차를 만들었다.

중국 외무성은 「중대한 도발」이라고 항의했다. 이에 대해 일본은 "국제법, 유엔 해양법조약에 근거한 주권적 권리를 확실히 확보하기 위해 시굴권 설정의 출원수속을 일본 법령, 혹은 거기에 관한 제 절차에 따라 조용하게 진행한다는 것에는 변함이 없다. 또 동시에 최선을 다해 신속하게 중국의 동중국 가스전 개발에 대한 관련정보의 제공 및 개발행위를 중지하도록 하겠다. 하지만, 가능한 한 대화로 동중국해가 평화의 바다가 되도록 노력한다는 대국적인 관점이 중요하다. 당연히 그 점에 염두에 두면서 주권적 권리를 확실히 확보하겠다"고 하여 경우에 따

라 물리적으로 중국에 대응하겠다고 경고했다.[66]

동지나해의 경계확정 문제를 둘러싼 일중 분쟁의 근본적인 원인은 대륙붕의 자연연장선상으로 해야 한다고 하는 중국과 중간선(센카쿠제도 기점)으로 해야 한다는 일본의 주장이 서로 상반되었기 때문이다.

일중 양국은 이러한 분쟁을 해결하는 방법으로서 영유권을 유보하고 자원의 공동개발을 검토하고 있다. 그러나 일본은 센카쿠제도를 전적으로 일본의 고유영토로 보고 자신이 주장하는 배타적 경제수역 내에서의 공동개발에는 반대하고 있다. 또한 일본이 개발을 막으려고 하는 중국의 가스전은 일본이 영유권을 주장하고 있는 센카쿠제도의 200해리 배타적 경제수역의 외곽에 있다. 또한 가스전 문제는 영유권문제에 직결되기 때문에 일본이 센카쿠제도를 실효적으로 지배하여 자국영토로 간주하고 있는 상황에서 대등한 조건으로 공동개발을 하는 것은 사실상 불가능하다. 다만 현재 중국이 개발하고 있는 지역에 한해서 중국이 양보한다면 양국의 공동개발은 가능하게 될 것이다.

실제로 2008년 6월 18일 "양국은 동중국해의 평화와 안정을 위해 해양선 경계에 대한 입장을 보류하고 과도적인 조치로 공동개발을 추진하기로 합의했다."[67] 첫째, 일본이 주장하는 배타적 경제수역 경계선인 중간선에 걸쳐있는 룽징(龍井)가스전 남부지역의 약 2,700㎢ 해역을 공동개발 한다. 둘째, 춘샤오(春曉)가스전에 대해서는 중국의 개발권을 인정하고, 일본기업이 중국법에 따라 출자하여 일정 지분을 보유하기로

---

66) 「일중관계(반일데모, 동중국해 가스논개발)」, 부대신 회견기록, 平成17년4월 14일, http://www.mofa.go.jp/mofaj/press/kaiken/fuku/f_0504. html#2-A).

67) 『해운항공신문』, 2008년 6월 25일.

합의했다. 셋째, 돤쵸오(斷橋)와 텐와이텐(天外天)가스전 등에 대해서는 향후 지속적으로 공동개발을 논의하기로 했다.

4. 중일 간의 영토관련 제 협상

①영유권 협상

중일 간에 센카쿠제도가 분쟁지역으로서 표면화 된 것은 1968년 유엔아시아극동경제위원회(ECAFE)가 센카쿠제도 주변의 자원을 조사하여 1969년 센카쿠제도 부근에 풍부한 석유, 천연가스매장의 가능성이 발표되었을 때 중국과 중화민국(68)이 영유권을 주장하면서 시작되었다.(69) 1970년 중국정부와 중화민국당국이 정식으로 영유권을 주장하게 되었고, 유구열도 및 센카쿠제도를 점령통치하고 있던 미국은 1972년 오키나와를 일본에 반환하면서 센카쿠제도의 관할권을 일본에 양도했다. 결국 영유권문제는 중국, 중화민국, 일본이라는 당사자 간의 합의사안이 되었다.

전후 냉전 상황임에도 불구하고, 1972년 중화인민공화국(중공)과 일본이 공동선언을 발표하여 정식적으로 국교를 회복했다. 이때에 다나카 가쿠에이(田中角榮) 수상은 중국을 방문하여 외교관계 수립 때에 센카

---

68) 1972년 중일간의 공동선언으로 일본이 대만을 중국의 일부로 취급하기로 결정하기 이전의 경우는 중화민국으로 보는 것이 타당하다.
69) 센카쿠제도가 일본영토로 결정되면 주변의 동중국해역이 일본의 EEZ 속에 포함이 되어 중국해군이 태평양으로 나가는데 장애가 되어 군사전략상 중요한 지역임. 『해운항공신문』, 2008년 6월 25일.

쿠제도 영유권문제를 분명히 하고 싶다고 했다. 그런데 주온례(周恩禮) 수상은 경제 원조를 기대하면서 영토문제 논의의 유보를 요구하여 영토문제를 회피했다.

1978년 10월 23일 중국 등소평(鄧小平) 부수상도 도일하여 일중평화우호조약의 비준서를 교환했을 때, "센카쿠제도를 중국에서는 조어도(釣魚島)라고 부른다. 이름부터 다르다. 센카쿠제도의 영유문제에 대한 중일 간에는 분명히 쌍방의 차이가 있다. 국교정상화 때에 양국은 그것에 관해서 언급하지 않기로 약속했다. 이번 평화우호조약교섭에서도 마찬가지로 언급하지 않기로 의견이 일치했다. 중국인의 지혜로서 이러한 방법이 있다. 이 문제를 피할 수밖에 없다. 이러한 문제는 유보해도 된다. 다음 세대에는 우리세대 보다도 더 지혜가 있으리라 믿는다. 모두가 수용할 수 있는 좋은 해결방법을 찾게 될 것이다"라고 발언했다. 이에 대해 후쿠다 타케오(福田赳夫) 수상은 "일중의 국익은 유지되었다." 소노다 스나오(園田直) 외상은 "이 문제는 더 이상 추궁하지 않는 것이 좋겠다."는 발언을 했다. 이처럼 일본은 중국의 영유권문제 유보요구에 대해 영토문제가 존재하지 않는다는 단호한 입장을 취하지 않았다. 이러한 형태로 양국은 우선적으로 관계의 정상화를 성사시키기 위해 센카쿠제도 문제를 직접적으로 처리하지 않고 중국의 유보제안을 일본이 받아들이는 형태가 되었다. 결국 영토문제는 해결되지 않았다.

1979년 9월 곡목(谷牧) 중국 부수상이 도일하여 기자회견에서 "센카쿠제도는 원래 분명히 중국영토이다. 그러나 (석유자원)개발을 위해 중국의 주권을 유보해도 좋다."라고 발언했다. 일본 외무성은 여기에 반발하여 "센카쿠제도가 일본영토라고 하는 것은 지극히 자명하다. 곡목

(谷牧) 부수상의 발언은 이해할 수 없다."라는 입장을 발표했다. 이처럼 일본이 중국의 유보제안을 받아들였기 때문에 중국은 센카쿠제도 문제가 유보상태라고 믿고 있었는데, 일본은 유보상태를 부정하고 고유영토라고 주장하고 있다.

그런데 중국 국민들이 동아시아지역의 내셔널리즘이 고양되면서 일본의 실효적 지배에 대해 때때로 센카쿠제도의 상륙을 시도함으로써 유보상태는 좀처럼 지켜지지 않았다. 중국측 어민들의 상륙시도로 영토분쟁이 발생할 때마다 중국정부는 공식적인 입장으로 센카쿠제도의 영유권을 주장했다. 이에 대해 일본은 실효적으로 지배하고 있는 상황이므로 영토문제는 존재하지 않는다는 공식입장을 취하지만, 중일 양국은 원만한 관계를 유지하길 원하기 때문에 중국이 먼저 미래의 해결을 요구하였기에 유보상태가 최선의 대책이라고 서로가 공감하고 있다.

하지만 일본청년사는 이러한 일본정부의 현상유지 방침에 항의하여 등대를 설치하는 등 실효적 지배의 강화를 요구했다. 한편 중국의 활동가들은 반일 데모와 일본의 실효적 지배에 항의하여 영유권을 주장하면서 센카쿠제도에 상륙하여 영토분쟁으로 비화되기도 했다.

중국은 영토문제의 유보를 요구했지만, 영유권 자체를 포기한 것이 아니었기 때문에 때때로 현상유지 약속을 어기고 실효적 지배를 강화하는 일본에 대해 강력히 항의하였다.

②어업협정

양국은 일본이 센카쿠제도를 실효적 지배하고 있는 상황에서 1972년 국교회복과 1979년 평화조약을 체결하면서 양국관계를 해치지 않기 위해 센카쿠제도의 영토문제를 유보하기로 암묵적으로 합의한 것은 현상 유지를 약속한 것이나 마찬가지였다. 그러나 양국 사이에는 시대상황의 변화에 따라 직접적으로 영유권 협상을 요구하지는 않았지만, 어업자원과 광물자원을 둘러싼 분쟁과 협상이 진행되었다.

1984년 12해리 영해, 200해리 EEZ의 유엔해양법협약이 채택되고 난후, 중국은 1992년 2월 영해법을 제정하여 센카쿠제도를 중국영토로 명기했다. 이에 대해 일본정부는 구두상으로 항의하는데 그쳤다.

1994년 200해리 배타적 경제수역의 유엔해양법조약이 정식으로 제정되었는데, 1996년 12월 일중 양국 간에도 이 조약의 200해리 배타적 경제수역법에 의거하여 협상이 개시되었다. 1997년 9월 3일 일본과 중국은 일중 수교 25주년기념의 정상회담에서 동중국해에 양국 간의 '잠정조치 수역'을 설정키로 최종적으로 합의하고 1997년 11월 일중 어업협정을 체결했다. 1998년 4월 중국 측은 5월에 국내법 절차인 국회의 승인을 마쳤다. 그러나 양국은 협정을 발효시키기 위한 협의를 시작했는데, 난항을 거듭하여 서명 후 2년이 지나서 2000년 6월 1일에 비준되었다.

이 어업협정에서 일중 양국은 센카쿠제도의 영유권 분쟁에 의한 쌍방이 주장하는 200해리 경제수역이 중복되는 부분을 잠정조치수역으로 정했다. '잠정합의수역'은 동중국해에서 '북위 30도 40분선과 북위 27도선 사이'는 일중 양국으로부터 대개 해안에서 각 위도선상의 52해리점을 연결하는 수역으로서, 이 수역에서는 일중 양국이 공동으로 자원을 관리하고, 단속은 자국의 어선에 한해서만 행하도록 했다. 양국의 해안에서 52해리까지를 전관수역으로 하고 그 나머지 수역은 공동관리수역

으로 정했다. 북위 27도 이남의 동해 협정수역 및 동중국해보다 남쪽인
동경 125도 30분 이서의 협정수역(남해의 중국의 배타적 경제수역을 제외)
에서는 기존의 어업질서를 유지했다. 이때에 양국은 센카쿠제도의 영유
권 귀속 문제에 대해서는 보류하기로 합의했던 것이다.

일본정부가 대만정부와의 어업협상에서는 1996년 타이뻬이(臺北)에
서 영유권문제의 유보를 전제로 중일간의 배타적 경제수역이 설정되더
라도 센카쿠제도의 주변해역에서 대만 측 어선의 조업에 대해서는 당면
현상태로 유지한다고 합의했다.[70]

중일간의 어업협정에서는 센카쿠제도의 영유권문제 때문에 양국의
주장이 겹치는 부분에 대해서는 잠정조치수역을 채택하기로 했는데, 일
본은 실효적으로 지배하고 있는 센카쿠제도 주변해역을 잠정조치수역
에서 제외시키는데 성공했다. 따라서 일본에게는 이 어업협정에 의해
실효적으로 지배하고 있는 센카쿠제도의 영유권에 대해 직간접적으로
도 아무런 영향이 미치지 않도록 되어 있었다.

③석유 및 천연가스전 협상문제

중국은 1992년 영해법을 제정하여 센카쿠제도를 중국영토로 간주했
고, 대륙붕이 이어지는 '오키나와 트로프(주상해분)'까지를 중국의 경계선
이라고 주장했다. 그리고 근해인 동중국해에서 천연가스전 개발 및 연
안부에 수송하는 해저 파이프라인 부설을 적극적으로 추진하고 있다.

중국 측은 동중국해의 천연가스전 개발을 둘러싼 제4회 일중국장급

---

70)「尖閣諸島領有權は棚上げの方向か, 日台が漁業權で初協議」,『時事通信』,
　　1996년 8월 5일.

협의(2006년 3월 6-7일)에서 센카쿠제도의 영유권을 주장하면서 일본이 주장하는 배타적 경제수역 내에서의 공동개발을 제안했다.[71] 중국은 고이즈미의 야스쿠니신사참배를 이유로 천연가스전 개발에 관한 협의를 약 5개월간 연기했다. 중국은 이미 카시(樫)가스전에서는 생산을 시작했고, '시라카바(白樺)' 유전에서는 생산을 목전에 두고 있다. 일본은 센카쿠제도를 기점으로 한 중간선의 일본 측에 해저자원의 대부분이 매장되어 있고 중국이 이를 채굴해 간다고 우려를 하고 있었다.

일본은 제3회 협의에서 센카쿠제도를 일본영토로 간주하여 센카쿠제도를 기점으로 '시라카바(白樺, 중국명 春曉), 쿠스(楠, 중국명 斷橋), 카시(樫, 중국명 天外天), 야스나로(翌檜, 중국명 龍井) 가스전 등 양국에서 등거리에 있는 중간선의 중국 측 해역의 4개 광구에서 공동개발을 요구했다.

중국이 제4회 협의에서 제안한 안은 센카쿠제도의 북쪽 영해(센카쿠제도에서 22,2km)에 가까운 일본이 주장하는 EEZ 내와 한일대륙붕협정을 기초로 한 한일공동개발구역 내에서 공동개발을 요구했다. 센카쿠제도의 영유권을 주장하고 있는 중국의 입장에서 본다면 당연한 제안일 것이다. 그러나 센카쿠제도를 전적으로 일본영토로 간주하는 일본의 입장에서는 받아들이기 어려운 제안일 것이다.

그런데, 일중 양국은 동중국해의 평화를 위해 영유권 문제를 유보하고, 일부 가스전 개발에 대해서도 영유권 유보를 전제로 일본이 출자하는 대가로 중국이 양보하여 극적으로 합의를 이루어 내었다.

---

71) 이에 대해 일본은 센카쿠제도를 중국영토로 하기 위한 포석이라는 의견도 있음. 『세계일보사』, 2006년 3월 12일.

5. 나오면서

이상으로 전후 일본의 센카쿠제도에 대한 영토전략에 관해서 검토했는데, 그 내용을 요약하면 다음과 같다.

첫째, 일본 영토정책의 특징은 다음과 같다. 영토분쟁은 반드시 법적인 원칙에 의해 해결되는 것이 아니고, 일반적으로 외교협상을 통해 해결되는 것이 원칙이다. 그래서 법적 근거도 중요하지만 정치적 타협도 매우 중요하다. 법적 논리는 정치협상에 있어서 가장 중요한 기준이 되지만, 일단은 정치협상을 위한 근거자료에 불과하여 협상력이 뛰어나면 이를 극복할 수도 있다. 결국 동아시아 3국의 영유권 분쟁은 자국에 유리하도록 법적 권원을 바탕으로 정치적 타협점으로 해결될 것이다.

일본은 센카쿠제도를 실효적으로 지배하고 있어 영유권문제가 존재하지 않는다는 입장을 취하고 있다. 하지만 중국과의 분쟁을 최소화하기 위해 실효적 지배 강화를 최대한 억제하고 있고, 또한 간접적인 방법으로 민간인의 활동을 묵인하는 방법으로 실효적 지배를 강화하는 형태를 취하고 있다. 중국의 항의에 대해서는 민간인들의 활동을 정부가 간섭할 사안이 아니라는 구실로 의지를 관철시키려고 했다. 반면, 중국은 영유권을 주장하면서도 양국 간의 원만한 외교관계를 해치지 않기 위해 후세에 해결을 미루는 현상유지정책을 실시하고 있다.

이처럼 일본은 분쟁지역이 아님을 전적으로 부정하지 않았고, 양국 간의 의견 차이의 존재를 인정함과 동시에 분쟁을 최소화하면서 실효적 지배기간을 최대한 연장한다는 정책을 세우고 있다.

둘째, 영유권에 대한 일본의 기본방침은 무주지 선점으로 획득한 일본의 고유영토라는 주장이다. 그러나 실제로 센카쿠제도가 역사적으로 일본과 관련이 없는 지역이고, 유구의 사신이 중국 복건성을 왕복하던 길목에 위치한 섬으로서 역사적 권원이 중국에 있다. 이러한 섬을 일본 제국주의가 영토를 확장하던 청일전쟁기에 은밀히 편입조치한 지역이다. 그런데 종전(1945년) 후 미국이 오키나와를 신탁통치하고 있을 때 일본이 이 섬을 미군 관할 하에 넣도록 로비했으며, 1972년 미국이 오키나와를 일본에 반환할 때 섬의 관할권을 일본에 양도했다. 이때 미국은 섬의 영유권에 대해서는 유보의 입장을 취했다. 이처럼 센카쿠제도는 국제법적으로 영토문제가 해결되지 않은 분쟁지역이다. 일본은 센카쿠제도가 분쟁지역이 아니라고 주장하지만, 이는 협상에서 유리한 지위를 확보하기 위한 정치적 주장에 불과하다.

셋째, 센카쿠제도에 대한 일본의 실효적 지배의 특징은 다음과 같다. 센카쿠제도 문제를 중국이 후세에 현명하게 해결되기를 기대한다고 했고, 일본은 이러한 중국의 조치를 최대한 살려서 실효적 지배기간을 연장하는 정책을 실시하고 있다. 그래서 중국과의 표면적인 충돌을 피하려고 실효적 지배강화를 최대한 자제하면서도 실제로는 민간인들의 실효적 지배 행위를 묵인하여 간접적인 방법으로 실효적 지배를 강화하고 있다. 등대 설치, 신사건립, 민간인 상륙, 지자체의 '센카쿠제도의 날' 조례제정 등을 묵인했다. 또한 일본은 센카쿠제도를 방위구역으로 지정하여 중국인의 상륙 및 배타적 경제수역 침범을 못하도록 철저히 경계하고 있다.

넷째, 국제사법재판소에서의 영토해결에 대한 중일 양국의 인식은 다음과 같다. 일본은 실효적 지배 상황에 있기 때문에 영유권 문제는 존재하지 않는다는 입장을 취하여 국제사법재판소에서의 문제해결을 언급한 적이 없다. 그리고 중국도 국제법이 유럽에서 만들어진 것으로서 여기에 익숙하지 않고 또한 중국은 많은 국경분쟁지역을 갖고 있기 때문에 영유권분쟁의 해결을 당장 시급한 과제로 보고 있지 않기 때문에 원만한 외교관계의 유지를 더 중시하고 있다. 그래서 영토문제는 후세에서 자연스럽게 해결되는 것을 원하고 있어서 국제사법재판소에서의 문제해결을 원치 않고 있다.

중국은 대만을 중국의 일부라고 생각하고 있을 정도로 영토 주권의식이 매우 강한 나라이다. 현재와 같은 체제에서 중국은 절대로 센카쿠제도의 영유권을 포기하지 않을 것이다. 일본이 더 이상 실효적 지배를 강화하지 않는다면, 영유권에 한해서는 지금처럼 현상유지상태를 희망하고 있을 것이다. 하지만, 자원개발에 아주 적극적인 중국의 입장에서는 일본의 투자에 의한 자원의 공동개발도 수용하고 있는 실정이다.

제6장

전후 일본의 「독도」에 대한 영토전략

1. 들어가면서

　제2차 대전에서 패망한 일본이 연합국에 무조건적으로 항복하고 포츠담선언을 전적으로 수용함으로써 1910년 일본에 병합된 한국은 1945년 8월 병합되기 이전 상태로 한반도(일본이 영유권을 주장하는 독도 포함)를 일본영토에서 분리 독립되었다. 이렇게 보면 일본이 독도를 실효적으로 지배한 적은 식민지통치 시기밖에 없다.[1] 한편 한국 측에는 조선

---

[1] 일본은 1903년부터 中井養三郎가 독도에서 강치잡이에 종사하여 실효적 지배를 했다고 주장하겠지만, 이미 그 시기는 1900년 고종황제 칙령41호에 의해 울도군

시대에 '우산도'라는 이름으로 울릉도와 더불어 고유영토로서의 역사성을 갖고 있다는 사료적 증거가 있고, 근대에 들어와서는 대한제국이 전근대의 역사성을 바탕으로 1900년 칙령 41호로서 국제법에 의거한 영토임을 명확히 했으며, 또한 해방이후에는 독도를 오늘날까지 70여 년간을 한국영토로서 실효적 지배를 해오고 있다. 일본이 독도영유권을 주장하는 근거는 1905년 2월 22일에 편입했다고 주장하는 시마네현(島根縣)고시 40호이다. 그때는 이미 독도가 한국의 행정관할 지역으로서 통치되고 있던 섬이었다. 이러한 역사적 권원을 무시한 일본의 일방적인 편입조치는 법적 효력이 발생하지 않는다. 그럼에도 불구하고 전후 일본은 줄곧 독도의 영유권을 주장하고 있다.

따라서 본 연구는 전후 일본이 어떤 논리로 독도의 영유권을 주장하고 있는지, 그 전략에 관해서 고찰해보려고 한다. 일반적으로 일본의 영토정책 전략은 다음과 같은 특성을 갖고 있다. 우선적으로는 독도의 사료를 왜곡 또는 조작하는 방법으로 일본영토로서의 역사적 법적 논리를 만든다. 둘째로는 현 물리적인 방법으로 독도의 실효적 지배를 방해하고, 불법적인 행정적 조치를 단행하여 실효적 지배를 시도한다. 셋째로는 중앙정부 차원에서 상대국에 협상을 요구하여 분쟁지역화를 시도하고 협상을 통해 권익을 확보한다.

일본은 독도에 대해서도 영유권을 확보하기 위해 전통적인 방법을 답습하고 있다. 지금까지 일본은 3기에 걸쳐 독도의 영유권 주장을 강화해왔다. 그때마다 양국 사이에는 격렬한 외교논쟁이 일어났다. 제1기

의 행정관할로서 한국의 통치 지역이었다. 이를 토대로 하여 조치했다고 하는 일본의 영토편입 및 대여 주장은 일방적인 불법조치에 불과하다.

는 1952년 한국정부가 평화선을 선언하여 독도영토에 대한 영유권의 의지를 대내외적으로 명확히 선언하였을 때이고, 제2기는 1965년 한일협정을 체결하여 국교를 정상화하였을 때이다. 제3기는 1984년 200해리 배타적 경제수역의 유엔 해양법조약을 채택되고 1996년 한일 양국이 이를 비준하여 그 효력이 발효되었을 때까지이다.

본 연구는 3기에 걸쳐 발생한 독도 영유권파동의 시대적 배경, 독도영유권의 역사적 법적 지위에 대한 일본의 입장, 한국의 실효적 지배에 대한 일본의 방해, 그리고 한일 양국 간의 영토협상에 관한 내용, 일본의 독도 영토 전략들에 관해서 고찰한다.

본 연구는 선행연구가 주로 독도의 역사적 법적 지위에 관해서 진행되었던 것에 비해, 독도영토분쟁의 정치과정에 관해 일본학적 접근으로 총체적으로 분석했다는 점이 그 특징이라 하겠다.

2. 독도 영유권에 대한 일본의 주장

일본정부는 1952년 한국이 평화선을 선언했을 때를 전후하여 처음으로 독도의 영유권을 주장했다. 이를 계기로 그 이후 한일 양국은 여러 차례 역사적 국제법적 근거를 둘러싼 외교논쟁이 일어났으며, 그 과정에서 한국이 제시한 역사적 국제법적 권원에 대해 반박해왔다. 이때 처음으로 일본이 독도에 관해서 역사적 국제법적인 구체적인 논거를 한국정부에 제시해왔다. 최근 새로운 자료의 발굴로 일본의 견해가 다소 변화된 부분도 있지만,[2] 현재 일본정부의 공식견해는 다음과 같다.[3]

일본정부의 기본입장은 "역사적 사실에 입각하여 일본은 늦어도 17세기 중반에 실효적으로 지배하여 「죽도(竹島)」영유권을 확립하고 있었다고 생각되고,[4] 1905년 이후에도 각의 결정으로 근대국가로서 죽도를 점유한다는 의지를 재확인한 후 이 섬을 실효적으로 지배해 왔다."는 것이다.

먼저, 일본이 주장하는 독도의 역사적 근거는 다음과 같다.

"일본은 예전부터 죽도(竹島; 당시의 松島)를 인지해 왔다. 이 사실은 다수의 문헌과 지도 등에서 명백하다. 경위선을 투영하여 간행한 일본지도로서 가장 대표적인 것은 나가쿠보세키스이(長久保赤水)가 제작한 「개정일본여지노정전도(改正日本與地路程全圖)」(1779년)인데, 현재 죽도의 위치관계를 바르게 기재하고 있다. 이 외에도 메이지(明治)시대에 걸쳐 다수의 자료가 있다. 그리고 에도(江戸)시대 초기(1618년), 호키번(伯耆藩)의 오야(大谷), 무라카와(村川) 두 가문은 막부로부터 울릉도를 하사받고 도항면허를 취득하여 매년 이 섬에서 조업하여 전복을 막부에 헌상했다. 죽도는 울릉도로 도항하기 위한 기항지 및 어로지로서 이용되었다. 또한 늦어도 1661년 두 가문은 막부로부터 죽도를 하사받았다. 1696년 울릉도 주변 조업을 둘러싼 한일 간의 교섭 결과, 막부는 울릉도의 도항을 금지했지만(竹島一件), 죽도의 도항은 금지하지는 않았다."

---

2) 초기 외무성의 견해에 지대한 공헌을 한 사람은 당시 외무성 관리로 고용된 川上健三이다. 그는 「竹島の歴史地理的研究」(1966년)를 저술했다. 島根縣에서는 田村淸三郎가 현 직원으로 고용되어 「島根縣竹島の研究」(1954년)를 저술했다.

3) 일본 외무성 홈페이지의 「竹島問題」참조. 최근 일본외무성은 홈페이지를 새로이 개정 보완하여 竹島의 영유권을 주장하는 새로운 논리를 개발하여 각국의 언어로 표기하고 있다. 본 내용은 개정 전의 내용이다.

4) 본 연구는 일본정부의 영토정책에 관한 연구이므로 일본측의 명칭을 사용해야할 때는 일본에서 호칭되고 있는 '竹島'를 '죽도' 혹은 죽도라고 사용하기로 한다.

이러한 일본의 주장은 독도가 일본영토라는 것을 전제로 한국의 역사적 권원을 전적으로 무시했고, 또한 국제법의 영토취득의 조건으로서 영유권 인식의 주체가 국가라야 한다는 사실을 무시한 비논리적인 주장이라고 할 수 있다.

둘째, 일본이 주장하는 국제법적 근거는 다음과 같다.

일본은 1905년 1월의 각의결정, 2월 시마네현 고시 40호로 죽도를 시마네현(島根縣)에 편입시켰고, 죽도를 영유한다는 의사를 재확인했다. 그 후, 죽도는 관유지대장에 기재되었으며, 죽도의 강치조업은 허가제로서 1941년 제2차 세계대전의 발발로 중지될 때까지 지속되었다.

1905년 각의결정과 시마네현 고시에 의한 죽도의 시마네 현 편입조치는 일본정부가 근대국가로서 죽도를 영유할 의지가 있음을 재확인한 것이며, 그 이전 일본이 죽도를 영유하지 않았다는 사실, 하물며 타국이 죽도를 영유하고 있었다는 사실을 인정하는 것이 아니며, 또한 당시의 신문에도 게재되었듯이 비밀리에 행해진 것도 아니다. 이러한 점에서 법적으로 유효한 조치이다. 영토편입조치를 외국정부에 통고하는 것은 국제법상의 의무는 아니다.

대일평화조약 이전에 행해진 일련의 조치 즉, 1946년 1월 29일자의 연합군 총사령부 각서 제677호는 일본이 죽도에 대한 정치상 혹은 행정상의 권력을 행사하거나 행사하려고 하는 것을 잠정적으로 정지하였던 것이고, 또한 1946년 6월 22일자의 연합군 총사령부 각서 제1033호는 일본어선의 조업구역을 규정한 맥아더 라인을 설치한 것으로서 죽도를 그 선 밖에 둔 것인데 일본영토의 귀속을 최종적으로 결정한 것이 아니라는 점을 명기하고 있기 때문에 죽도를 일본영토에서 제외한 조치가 아님이 명백하다. 또한 원래부터 일본의 고유영토인 죽도는 1943년 카이로선언의 「일본은 폭력 및 탐욕에 의해 약취한 다른 일체의 지역에서 구축(驅逐)되어야 한다」는 조항의 「폭력 및 탐욕에 의해 약취한」 지역에 해당되지 않는다.

1951년 샌프란시스코 평화조약에서 일본이 그 독립을 승인하고 모든 권리, 권원 및 청구권을 포기한 「조선」에 죽도가 포함되지 않았다는 사실은 미국기록 공개문서 등에서도 명백하다.

1954년 9월 일본은 본건 문제에 대해 국제사법재판소에 제소할 것을 제안했지만, 한국 측은 이 제안을 거부했다. 또한 양국은 국교정상화 때에 「분쟁해결에 관한 교환공문」을 체결했다.

이상이 일본정부가 주장하는 독도의 역사적 법적 근거에 대한 공식적인 견해이다. 일본의 논리에 대한 비판은 본연구의 대상이 아니기 때문에 생략하지만, 일본정부의 주장은 사실 독도의 본질과는 상당히 차이가 있다. 일본은 독도가 일본영토라는 것을 대전제로 하여 미묘하게 사실을 조작 또는 왜곡하고 있다.[5] 일본정부는 내셔널리즘에 의거하여 국익을 최우선으로 하여 전략적으로 독도의 본질을 왜곡하여 학교교육 및 매스컴 등을 통해서 여론을 조장하고 있다.

---

5) 일본정부 견해의 왜곡된 내용에 관한 분석은 필자의 「일본의 중앙·지방정부의 독도사료조작」, 『일어일문학』제33집, 2007년 2월 참조.

3. 한국의 실효적 지배 강화와 일본의 방해

(1) 해방 직후의 독도 실효적 점유에 대한 일본의 방해

1945년 8월 한국의 독립과 더불어 우선적으로 독도가 한국영토로서 조치되어 어민들은 다시 독도주변 어장에서 조업하게 되었다.[6] 1945년 9월 27일 미국 제5함대 사령관각서 제80호는 일본의 어로제한선을 설정하여 독도를 어로제한선의 외부인 한국령에 귀속시켰다. 또 그해 10월 13일 연합국최고사령부는 공시 제42호로 일본인의 어업구역 한계선을 독도기점 동쪽 12해리상의 경계선으로 설정했다. 1946년 1월 연합국총사령부의 지령 SCAPIN 677호는 '약간의 주변지역을 정치상 행정상 일본으로부터 분리하는 것에 관한 각서'에서 독도를 일본의 행정구역에서 분리했다.[7] 또한 1946년 6월 최고사령부각서의 지령 SCAPIN 1033호는 '일본의 어업 및 포경업의 허가구역에 관한 각서'에서 독도를 조선의 어업구역으로 정하고 일본 어선들의 출입과 조업을 금지했다.[8]

미국은 1947년 3월 20일자로 대일강화조약 초안(제1차)을 작성하여

---

6) 1945년 9월 6일 미국은 '항복 후 미국의 초기 대일본정책'을 발표하여 "일본의 주권은 本州, 北海島, 九州, 四國와 카이로선언 및 미국이 이미 참가하였고, 또 장래에 참가하는 기타 협정에 의해 결정되는 주변의 諸小島(minor outlying island)에 국한된다"고 규정했다. 실제로 한국어민이 해방이후 바로 독도 및 그 부근에서 조업을 시작했다.

7) 1946년에 발표된 '연합국최고사령부 행정지역, 일본과 남한(ADMINISTRATIVE AREAS JAPAN AND SOUTH KOREA)'에서도 付圖에 선으로 표시하여 독도를 한국영토에 포함시켰다.

8) 그 3조 b항에 "일본인 선박과 선원은 북위 37도 15분, 동경 131도 53분에 위치한 리앙쿠르岩의 12마일 이내에 들어오지 못하며, 또한 이 섬에 어떠한 접근도 해서는 안된다"고 했다. 1952년 4월 25일 맥아더라인은 강화조약의 비준과 더불어 폐기되었다.

제4조에 "일본은 이에 한국의 제주도, 거문도, 울릉도, 독도를 포함하는 근해의 모든 작은 섬들에 대한 권리와 권원을 전적으로 포기한다."고 했고, 이 초안에 첨부된 연합국의 '구일본영토 처리에 관한 합의서' 제3항에 일본이 한국에 반환할 영토에 한반도 본토와 주변의 모든 섬 즉, 제주도, 거문도, 울릉도와 함께 독도(Liancourt Rocks: Takeshima)가 표기되어 있다. 또한 1947년의 대일강화조약 제1차 초안에서 1949년 11월 2일의 제5차 초안까지 독도를 한국영토로 명기했다.

이처럼 독도는 일본의 패전과 더불어 한국이 독립되면서 미국을 비롯한 연합국의 공통된 인식아래 실효적 점유를 하게 되었다. 그 증거로서 1948년 6월 8일 미공군기가 폭격연습을 하던 도중, 독도에 출어 중이던 한국어민 30여명의 사상자를 내었고, 어선 10척이 침몰하는 사건이 발생하였던 것이다.

그런데 일본은 미소 양 진영이 대립하는 냉전의 국제질서를 교묘히 이용하여 한국의 실효적 지배를 방해하려고 했다. 일본은 자신들을 자유진영에 두기를 강력히 희망했던 미국을 설득하기 시작했다. 그 결과로 미국은 1949년 대일강화조약 제6차 초안에서 한국영토로 간주해오던 종래의 입장을 번복하여 독도를 일본영토로 명기했다.

영국은 1951년 3월 「대일강화조약」 제2차 초안에서 한국과 관련되는 제1항에 제주도와 복강도(福江島) 사이, 한반도와 쓰시마(對馬島) 사이, 독도(Takeshima)와 오키도(隱岐島) 사이를 연결하는 선을 그어 제주도와 독도를 한국영토에 포함시켜서 당초 연합국이 합의했던 대로 복원시켰다.

뉴질랜드는 1951년 6월 1일 연합국이 「영미합동초안(5월 3일자)」을 토론하는 장에서 영미합동초안에 반대하여 영국의 제3차 초안처럼 제1조에 경위도선을 표시하여 일본영토를 정확히 한정시켜 일본 주변에 있는 어떠한 섬에 대해서도 주권분쟁의 여지를 남기지 않도록 하자고 주장했다. 이에 대해 미국은 그렇게 할 경우 일본에게 울타리를 친 것 같이 보여 심리적으로 일본에게 불이익을 줄 것 같다고 했다. 결국 미국은 영국을 설득하여 영국초안을 사용하지 않기로 합의했다. 주권분쟁의 소지가 있는 독도에 대해서는 논의를 자제했다. 미국은 도쿄(東京)에서 영국초안을 토론할 때 일본인들이 영국초안에 반대했기 때문에 이 안을 폐기했으며, 한국영토에 제주도, 거문도, 울릉도를 포함시키는 미국초안을 가지고 영국 측을 설득했다. 최종적으로 영미를 비롯한 연합국의 합의사항은 무인도의 분쟁지역에 대해서는 법적 지위 규정을 피하고, 유인도의 분쟁지역에 대해서는 신탁통치하기로 결정되었던 것이다. 그 결과로 대일강화조약 원안에서는 독도의 지위가 명기되지 않게 되었다.[9] 일본은 대일강화 이후 강화조약에서 정치적으로 애매하게 처리된 독도의 지위를 악용하여 영유권을 주장하기 시작했던 것이다.[10]

---

9) 한국전쟁 당시는 울릉도 어민이 의용수비대를 조직하여 독도를 사수했고, 전쟁이 끝난 후에는 경찰의 주둔과 더불어 실효적 지배를 강화해갔다.

10) 1949년 11월 14일 도쿄 맥아더 사령부 정치고문국 고문 시볼드(연합국최고사령부 외교국장)가 5차 초안을 검토하고 맥아더와 상의한 후 워싱턴의 일본문제 담당 버터워스 국무부 차관보에게 독도귀속 수정을 건의했다. 그 결과, 1949년 12월 29일 미국 대일강화조약 6차 초안의 6조에서는 제주도, 거문도, 울릉도만 남기고 독도를 제외시켰다. 그러나 연합국은 1949~1950년 「舊日本領土 처리에 관한 合意書」를 작성하여 제3조에 한국에 반환해야 할 영토는 "연합국은 한국 본토와 모든 주변의 한국 섬들에 대한 권리와 권원을 대한민국의 주권에 이양할 것에 합의하였다. 그 섬들은 제주도, 거문도, 울릉도, 獨島(Liancourt Rocks, Takeshima)와 모든 다른 섬들을 포함한다."고 했고, 부속지도에도 '독도'를 한국 영토로 작성하여 첨부했다.

한국은 실효적 지배의 일환으로 1946년 8월 16일에서 25일까지 약 2주일간 한국산악회 주최로 제1차 학술조사단을 파견하여 '울릉도, 독도 학술조사'를 실시했다. 1950년 6월 8일 당시 경상북도지사 조재천(曹在千)의 참석 하에 독도폭격사건으로 사망한 어민들을 위해 '독도조난어민위령비'를 건립했다. 이때에 일본은 아무런 항의도 하지 않았다. 이는 1946년 1월 이후 맥아더라인에 의해 미국을 비롯한 연합국이 독도를 한국영토로 인정하고 있었다. 연합국은 1905년 영토편입조치가 불법적인 것으로 카이로, 포츠담선언에 의거하여 당연히 한국영토에 반환된 것으로 인식하고 있었다. 당시의 일본도 독도가 한국영토임에 별다른 의심을 하지 않았던 것이다.

(2) 대일강화조약 이후의 실효적 점유에 대한 일본의 방해

①한국전쟁과 '평화선' 선포

1945년 8월 일본의 패전으로 한국이 독립되었으나, 국제질서는 미소 중심의 냉전체제로 진입되어 공산진영과 자유진영이 대립하게 되었다. 그 충돌은 표면적으로 미소의 대리전 형태로 한반도에서 1950년 6월 한국전쟁이 일어났다.[11] 1951년 7월 정전(停戰)회담이 시작되어 한국

---

11) "1950년 6월 25일 한국군은 한 대의 전차도 없이 240여 대의 전차를 앞세우고 공격해 오는 인민군에게 밀려 후퇴하였다. 6월 27일 저녁에 서울 근교까지 밀어닥친 인민군들과 육박전을 감행했으나, 워낙 전세가 불리하여 정부를 대전으로 옮겼다. 미국은 유엔 안전보장이사회를 열어 미국을 비롯하여 영국, 프랑스, 콜롬비아, 터키 등 16개의 회원국이 유엔군을 조직하여 한국전에 참전하기에 이르렀다. 한국정부는 대전에서 대구로 내려와 있었는데, 다시 부산으로 이동하였다. 맥아더 사령관이 지휘하는 유엔군과 국군은 9월 15일 인천 상륙 작전에 성공하여 9월 28일에 서울을 되찾았다. 10월에는 평양을 거쳐 압록강에 이르렀고, 11월에는 두만강 일대까지 진격하였다. 중화인민공화국의 인민해방군이 전쟁에 개입하

정부가 전시체제이긴 했지만 평시 업무가 가능했다.

미국은 일본을 자유진영에 포함시키기 위해 일본의 입장을 두둔하고 있었다. 일본은 이러한 미국을 이용하여 대일평화조약을 협상하는 과정에서 독도의 영유권을 주장하여 일본영토로 명기하려고 연합국을 설득했다. 그러나 전후 줄곧 연합국이 독도를 한국영토로 인식하고 있었기에 일본은 미국을 움직이긴 했지만, 영국을 비롯한 영연방국가의 반대로 1951년 9월의 대일강화조약에서 「조선의 독립과, 제주도, 거문도, 울릉도를 조선에서 제외한다」는 형식으로 결정되어 미국의 의사가 관철되지 못하였고, 독도의 지위에 대해서는 아무런 규정을 정하지 않았다.

1950년 6월 한국전쟁이 발발한 후, 이 한국전쟁을 기회로 이용하여 미국의 영향력을 배경으로 일본 어선들이 맥아더라인을 넘어서 독도근해에 침범했다. 그래서 한국정부는 1952년 4월 28일 대일강화조약의 발효와 더불어서 맥아더라인이 철폐됨에 따라 일본어선의 독도침범을 우려하여 1952년 1월 18일 대통령주권선언인 평화선을 선언하여 일본어선의 침입에 단호하게 대응했다.[12] 그 후 한국은 일본어선이 독도근

여 다시 국군은 50여만 명의 인민해방군에 밀려 후퇴하기 시작했다. 1951년 1월 4일에는 서울을 다시 내주었다. 1월 7일에는 수원이 함락되어 인민무력군은 계속 남진했으나, 국군은 이미 병력과 장비를 정비하여 반격 태세를 갖추었다. 인민군은 10여 만의 전사자를 내면서 퇴각하였고, 3월 2일에 아군이 한강을 넘어서 14일에는 서울을 되찾았다. 다시 북진했으나 인민군이 이미 전 전선에 참호를 구축했기 때문에 결국 38선 부근에서 일진일퇴를 거듭하며 전쟁은 오랫동안 계속되었다. 1951년 7월에 정전 회담이 개시되었다. 북한이 소련을 통해 휴전을 제의하였고 유엔군이 승인하여 휴전되었다. 1953년 7월 27일에 휴전 협정이 조인되었다.", http://enews.kcg.go.kr//publish/php/articleview.php?idx=41999§ion=4&diary Date=2006-05-15.
12) 1952년 1월 18일 한국정부가 「인접해양의 주권에 대한 대통령선언」(국무원 고시 제14호)을 공포했다. 설치이유는 대일강화조약 조인으로 파기될 '맥아더 라인'을 보완하여 한일 간의 어선척수와 어업기술의 차이로 인한 피해와 대륙붕의 해저자

해에 출몰할 때마다 단호하게 대응하여 독도의 실효적 지배를 강화했던
것이다.

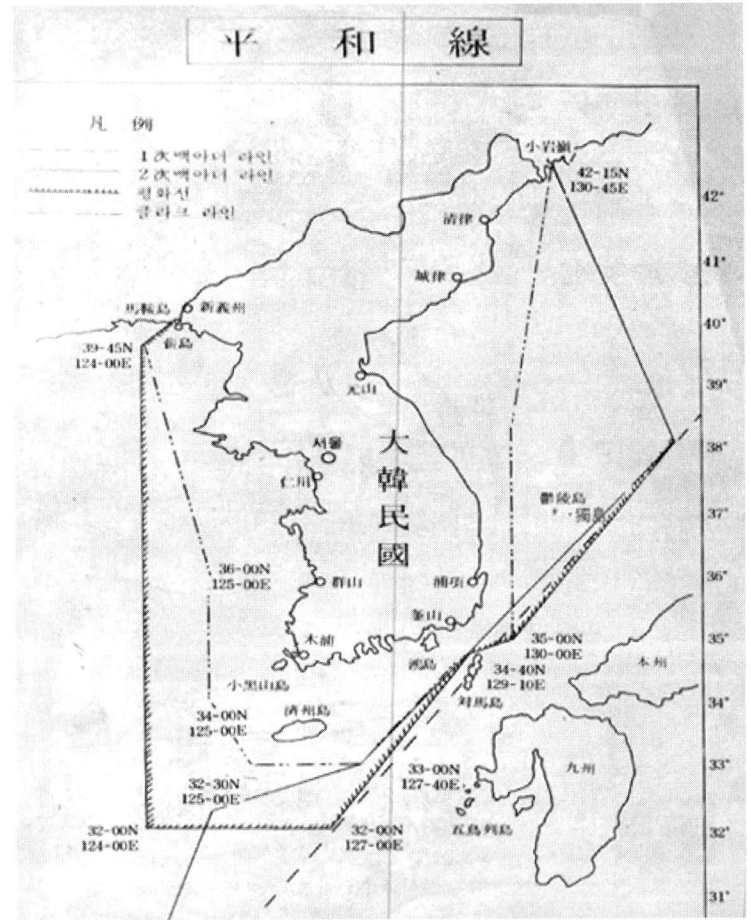

원을 보호하기 위해서였다. 평화선의 성격은 대륙붕자원의 보호를 위한 것이므로
지금의 EEZ와 유사하다. 「평화선 개념도」는 해양경찰청 섹션형 전자신문 'e-Focus',
http://enews.kcg.go.kr//publish/php/articleview.php?idx=41999§ion=4&diaryDa
te=2006-05-15.

일본은 이에 항의함과 동시에 독도에 대한 한국 영유권을 부정하는 외교문서(구술서)를 한국에 보냈다. 이를 시발로 한일간 독도 영유권논쟁이 본격화 되었다. 양국은 여러 차례 구술서를 서로 보내어 영유권의 주장과 반박을 거듭했다.

②독도의 미군 해상훈련구역 지정과 파기

1952년 1월 28일 한국이 평화선을 선포하여 일본어선을 나포함으로써 일본어선의 독도근해 진입이 불가능해졌다. 일본정부는 한국이 선언한 평화선을 무의미하게 만들기 위해 미국을 설득했다.[13] 그래서 주일 미군은 1952년 7월 26일 미일합동위원회를 개최하여 '미일행정협정'을 체결했다. 제2조에 '독도 및 주변해역을 주일 미군의 해상훈련구역으로 지정'했다. 일본은 외무성 고시 34호로 이를 공시했다. 미군은 9월 15일 독도에 2차 폭격훈련을 감행했다. 독도는 해방과 더불어 우선적으로 한국영토로서 조치되어 한국어민의 조업구역이 되어 있었다. 미국은 일시적으로 한국정부와 아무런 합의 없이 일방적으로 독도를 무단으로 차용하여 폭격훈련장으로 활용했다. 이에 대해 한국정부는 11월 10일 미대사관에 폭격사건의 재발방지를 요구하는 공문을 보냈다. 12월 4일 미대사관은 한국정부에 독도를 폭격연습지로 사용하지 않겠다는 회신을

---

13) 지난 1947년 일본에 있던 연합국 최고사령부는 독도를 미군의 폭격연습장으로 지정했다. 5년 뒤 일본은 '미일행정협정'을 통해 독도를 다시 폭격연습장으로 지정했다. 그렇다면 여기에 왜 일본이 개입했을까? 지난 1952년 5월 일본 국회 속기록이다. "독도가 연습장으로 지정되면 일본의 영토로서 확인받기 쉽다는 점에서 볼 때 외무성이 독도의 폭격연습지 지정을 바라느냐?"는 한 의원의 질문에 외무성 관계자는 "대체로 그런 발상에서 다양하게 추진하고 있다"고 답변했다. 「독도, 미군 폭격장 배후는 일본」, KBS TV 2006년 8월 15일, http://www.dokdomuseum.go.kr/board.

보내왔다. 미국은 한국의 요청을 받아들여 종전대로 독도와 그 주변해역이 평화선에 의해서 보호받는 한국어민의 조업구역이 되었다.

③일본의 죽도 영토표시판 설치와 실효적 지배의 시도

한국이 평화선을 선언하여 일본인의 독도 침입은 사실상 불가능하게 되었다. 위에서 고찰한 바와 같이 일본은 평화선을 무의미하게 만들기 위해 1952년 7월에 미국을 설득하여 독도를 미군의 폭격연습지로 지정했다가, 한국의 항의를 받고 그해 12월 폭격연습장에서 제외했다. 그러자 일본은 수산시험청 소속 선박 및 시마네현 어업시험장의 시험선인 공선(公船)을 이용하여 독도진입을 시도했다. 동시에 한국외무부에 항의문서를 보내어 독도를 일본영토라고 주장했다.[14)]

1953년 5월 28일 시마네현 어업시험장의 시험선 시마네호가 독도에 침입했고, 6월 25일 일본 수산시험청 소속 선박이 미국기를 달고 승무원 9명이 독도에 상륙하여 체류 중이던 한국인 6명에게 체류이유를 따지고, 한국정부가 건립한 표지판 등을 사진촬영하고 돌아갔다. 다시 6월 27일 일본선박이 미국기를 달고 8명의 일본인이 독도에 상륙하여 조사하고 돌아갔다. 이처럼 일본은 독도를 조사하기 위해 미국선박을 가장하여 침입했던 것이다.

일본은 미국선박을 가장하여 독도를 조사하고 이를 토대로 대대적으로 독도 점령을 시도했다. 6월 28일 일본 해상보안청 소속 오키호(隱岐

---

14) 일본정부는 "시마네호가 동년 5월 28일 11시경 해산물 실험조사를 위해 독도부근에 들어가 보았더니 약 30명의 한국인들이 독도와 그 수역에서 해산물를 채취하고 있는 것을 발견했다. 이것은 일본영토인 다케시마에 대한 한국인들의 불법침입이므로 재발을 방지해 달라"고 하는 항의 구술서를 한국정부에 보내왔다.

號)와 구주류호가 약 30여 명의 일본 관리들과 경찰관들을 대동하여 독도에 상륙했다. 일본인 관리들은 6명의 한국 어부들을 권총으로 위협하면서 독도가 일본영토라고 하여 출입을 금할 것을 요구했고, 한국의 영토표식과 위령비를 파괴했다.15) 이들은 '시마네현 오카군 고카무라 죽도(島根縣 隱岐郡 五箇村 竹島)' 라고 쓰여진 경계표식과 게시판을 각각 2개씩 설치했다. 게시판에는 "일본 국민 및 상륙을 위해 합법적 절차를 밟은 외국인을 제외하고, 일본정부의 허가를 받지 않는 모든 사람의 출입을 금함"이라고 적혀 있었다. 7월 12일 일본관리 30명이 재차 독도에 상륙했고, 9월 17일 일본 수산시험청 소속 선박 1척이 어업시험관을 포함한 일본관리들이 독도에 상륙했다.

당시는 한국전쟁이 종료(1953. 7. 27)되기 이전이라서 정식경찰이 주둔하지 않았다. 그래서 울릉도 주민들 중에서 홍순칠 대장을 비롯해서 의용수비대를 조직하여 일본의 독도침탈에 대응했다. 일본인이 독도에 상륙하여 설치한 일본영토 표지판을 한국영토표지판으로 서너 차례나 교체했고, 1953년 8월 15일에는 동도 암벽에 '한국령'이라는 글자를 새겨 넣었다.16)

④한국국회와 경북의회의 한국정부에 대해 강력대응 요구

일본 공선이 1953년 5월 28일, 6월 25일 미국기를 달고 독도에 침입하여 조사를 했고, 6월 28일에는 일본영토임을 선언하는 표식을 세우고

---

15) 경상북도 의회가 정부에 요청한 요구서에서 알 수 있듯이 1953년도에 이미 독도 수호를 위한 민간인의 활동이 행해지고 있었음을 알 수 있다.
16) 의용수비대의 일원인 서기종씨의 증언.

돌아갔다. 이에 대해 한국국회 및 경북의회가 각각 1회씩 정부에 대해 일본의 독도침탈에 강력히 대응할 것을 촉구했다. 1953년 7월 8일 대한민국 국회는 일본의 독도침범에 대해 "대한민국의 주권과 해양주권선의 침해를 방지하기 위한 적극적인 조치를 취하여 금후 독도에 대한 한국어민의 출어를 충분히 보장할 것, 일본관헌이 건립한 표식을 철거할 뿐 아니라 금후 어떠한 불법침입도 일어나지 않도록 일본정부에 엄중히 항의한다"고 하는 결의문을 채택했다. 7월 10일 경상북도의회는 일본이 6월 25일, 27일, 28일 3번에 걸쳐 미국기를 달고 독도에 침범하여 어로작업 중인 한국인을 추방하고, 한국의 영토표식과 위령비를 파괴하고 그들의 게시판을 설치한 것에 대해 중앙정부가 강력한 조치를 취할 것을 요구했다.

한국정부는 구술서를 일본에 보내어 일본 공선(公船)의 한국 영해 침범에 대해 강력히 항의했고, 일본도 이에 대해 한국에 구술서를 보내어 반박했다. 그후 양국 간에는 구술서를 통한 외교논쟁이 격렬하게 일어났다.

⑤일본의 독도 실효적 지배를 위한 공식적 항의

1953년 6월 22일 일본정부는 한국정부에 대해 "시마네호가 동년 5월 28일 해산물 실험조사를 위해 독도부근에 들어가 보았더니 약 30명의 한국인들이 독도와 그 수역에서 해산물를 채취하고 있는 것을 발견했다. 이것은 일본영토인 죽도에 대한 한국인들의 불법침입임을 엄중히 항의한다. 재차 침입을 방지해 주기 바란다"라고 구술서를 보내어 항의했다. 일본정부는 독도를 실질적으로 실효적으로 지배하고 있는 것처

럼, 외교적 수사를 동원하여 한국정부에 공식적으로 통보함으로써 영토
주권이 일본에 있는데 한국이 불법적으로 독도를 점령하고 있다고 역설
적인 표현법을 사용했다.

⑥일본의 독도 인광석(燐鑛石) 채굴권 허가

일본은 1954년 2월 26일 자국민에게 독도지역에 대한 인광석(燐鑛
石)의 채굴권을 허가하고 광구세를 징수하기 시작했다. 한국의 독도 실
효적 지배에 대항하여 일본도 실질적으로 실효적 지배를 하고 있다는
증거를 만들어 일본영토의 권원을 확대하겠다는 의도였다.[17] 또한 실효
적 지배의 일환으로 1959년 9월 일본 극우단체가 '독도돌격대'를 조직
하고 3척의 철선과 150명의 인원을 동원하여 독도탈취를 기도한 적도
있었다.[18]

⑦한국의 '한국령(韓國領)'과 '태극기' 조각에 대한 항의

한국정부는 독도가 명백히 한국영토임을 분명히 하기 위해 1954년 5
월 18일 관리들과 석공을 파견하여 일본관리들이 세운 표지판을 철거
하고, 독도 남동쪽 암벽에 '한국령(韓國領)'과 태극기를 새겨 넣었다. 일
본정부는 한국정부가 설치한 시설물에 반박하는 구술서를 보내어 항의
했고, 동시에 5월 23일 해상보안청 순시선 쓰루가호(鶴賀號)를 독도에

17) 1961년 11월 인광 채굴권자가 시마네현을 상대로 일본국가가 독도에 대한 통치
권을 완전히 회복할 때까지 광구세 납무의무가 없다고 항의했다. 이에 대해 東京
지방재판소는 광구 소재지역에 대한 통치권이 상실된 경우가 아니라 사실상 그
행사가 불가능한 것이므로 광구세의 부과징수권은 상실되지 않는다고 판결했다.
18) 「연대기로 본 독도의 역사」, http://kr.ks.yahoo.com/service/ques_reply/ques_view.
html?dnum=AAH&qnum=3943363.

파견하여 한국령과 태극기가 새겨진 것을 확인했다. 6월 14일 일본정부는 한국선박의 영해침범과 한국정부의 암벽 조각물 및 한국어부들의 어로활동에 대한 항의 구술서를 보냈다. 한국정부도 같은 날 역시 일본 공선(公船)의 영해침범과 5월 23일의 일본 순시선 쓰루가호의 독도침입, 5월 28일의 선박 1척의 독도침입 및 승무원의 상륙, 한국 측 표지물의 사진촬영 사실에 대해 항의 구술서를 보냈다. 일본정부는 6월 16일 순시선 쓰루가호를 독도에 파견했고, 7월 28일 순시선 나가라호와 쿠주류호를 파견했다. 한국 어부들의 어로작업과 한국이 세운 영토표지판과 태극기를 사진 촬영하고 돌아갔다.

⑧무인등대 설치와 동도의 독도영토 표지석 설치에 대한 일본의 항의

한국정부는 1954년 8월 15일 독도의 동도 정상에 무인등대를 설치하여 정오부터 점등을 시작하여 세계 각국에 알렸다. 8월 24일 경북도는 독도 영토표지석을 제작하여 동도에 설치했다. 8월 24일 일본은 순시선 오키호를 독도에 파견하여 섬 주위를 선회하던 중 새로이 설치된 등대를 발견하고 철거를 요구해왔다. 일본정부는 8월 26일 일본순시선이 독도 의용수비대에 피격된 것에 대해 항의하는 구술서를 보냈다. 또 8월 27일 독도에서의 한국기 게양과 등대 건립에 대한 항의 구술서를 보냈었다. 한국정부는 8월 30일 일본 공선의 영해침범에 대한 항의 구술서를 일본정부에 보냈다. 또한 9월 1일에도 일본 순시선의 영해 침입에 대해 강경하게 항의했다. 9월 24일 일본정부는 한국정부에 등대설치에 대한 항의 구술서를 보내었다.

⑨ 의용수비대의 활동

독도 의용수비대는 1953년 홍순칠 씨(3대에 걸쳐 울릉도에 살면서 독도 에서 어로활동을 해옴)를 대장으로 7명의 '독도사수특수의용대'라는 이름 으로 독도수비를 담당했던 민간인 의용 단체였다. 1956년 12월 25일 독도의용수비대가 완전히 철수한 후에 비로소 울릉경찰서 소속 경찰이 정식으로 독도 수비임무를 맡게 되었다.[19]

1954년 8월 23일 독도의용수비대는 서도 북서쪽 해안에 접근하는 일 본의 순시선 오키호에 대해 약 10분간 경고사격으로 600발을 발사했다. 또 10월 2일 독도 의용수비대원 7명은 일본의 해상보안청 순시선 오키 호와 나가라호는 동도 1.5마일 내로 접근하는 것을 보고 나무대포의 덮 개를 벗기고 순시선을 향해 사격태세를 갖추는 것을 보고 철수했다. 일 본정부는 10월 21일 한국정부에 독도에서의 '대포 설치'에 항의하는 구 술서를 보냈다. 11월 21일 일본이 해상보안청 순시선 오키호와 헤쿠라 호를 독도에 파견했고 독도의용수비대는 헤쿠라호가 동도로부터 1,500 야드 떨어진 해안에 접근하는 것을 보고 연기신호로 철수를 요구했음에 도 불구하고 이를 무시하고 가까이 접근하였기에 5발의 포탄으로 경고 사격을 했다. 11월 30일 일본정부는 일본 순시선 피격에 대해 한국정부 에 항의해 왔다. 12월 30일 한국정부는 일본정부에 일본어선의 영해침 범에 항의하는 구술서를 보냈다.

---

19) 1996년 6월 27일 경북경찰청 울릉경비대가 경비임무를 인수할 때까지 독도수비 는 울릉경찰서 독도경비대와 경북경찰청 318전경대에 의해 이루어졌다.

⑩독도의 신등대(新燈臺) 건립

1955년 7월 8일 한국정부는 독도에 신등대를 건립하고 8월 8일 일본정부에 신등대 설치를 통보했다. 8월 16일 일본정부는 구술서로 한국의 등대 및 창고 설치에 항의했고, 8월 24일 한국의 등대설치를 인정하지 않는다는 구술서를 보내왔다. 8월 31일 한국정부는 일본정부에 등대설치 등의 합법성을 재천명하는 구술서를 보냈다.

⑪독도도안의 우표 발행

1954년 9월 15일 한국정부는 3종의 독도도안 우표를 발행했다. 한국정부는 9월 15일 일본정부에 등대설치 사실을 통고하면서 독도도안의 우표을 사용했다. 일본정부는 이에 대해 11월 19일 독도도안의 우표가 붙은 우편물을 반송하기로 의결했으나, 반송이 어렵게 되자 우표에 먹칠을 한 채 배송했다. 11월 29일 일본정부는 한국정부의 독도우표발행에 대해 "독도를 한국영토로 세계에 알리려는 선전활동"이라고 항의했다. 한국정부는 12월 13일 "독도는 한국영토의 일부이므로 독도를 그린 우표 발행은 대한민국정부의 통치권 내의 일이므로 일본정부는 이에 항의할 위치에 있지 않다"고 하여 독도우표 발행의 합법성을 천명했다. 이렇게 하여 한국정부는 일본의 독도침탈시도를 저지하고, 독도에 등대 등의 시설물을 설치하여 실질적으로 독도를 실효적으로 점유하게 되었다.

⑫일본의 국제사법재판소에서의 독도문제 해결 제의

일본정부는 한국이 서서히 독도의 실효적 지배를 강화하게 되자, 이

를 저지하기 위한 방안으로 1954년 9월 25일 한국정부에 대해 등대설
치에 항의함과 동시에 독도를 국제법상의 영유권 분쟁지역으로 간주하
여 분쟁의 평화적 해결을 위해 국제사법재판소에서 최종적으로 결정하
자고 제의해 왔다. 이에 대해 한국정부는 10월 28일 "한국이 독도 영유
권을 갖고 있음은 논란의 여지가 없다. 일본정부가 마치 독도에 대한
영유권을 가진 것처럼 전제하면서 존재하지도 않는 독도 영토분쟁을 만
들어 비록 일시적일지라도 한국과 대등한 입지에 서려고 하는 것"이라
고 단정하고, 일본정부가 독도문제를 '국제사법재판소'에 회부하자는 제
의를 전적으로 거부했다.

⑬관민 상주와 등대 상존에 대한 일본의 항의
  일본정부는 1957년 4월 19일 순시선 쓰가루호를 독도에 파견하여 독
도의 시설물들을 관찰하고 5월 8일 독도에 한국관민의 상주와 등대의
상존에 항의하는 구술서를 한국정부에 보냈다. 그 후 일본은 계속적으
로 순시선을 파견하여 독도를 관측한 후, 한국관민의 상주와 등대의 상
존에 항의하는 구술서를 보냈다. 8월 11일, 10월 20일에도 순시선을 파
견하여 독도를 관측했고, 10월 6일, 12월 25일 또 다시 한국 관민의 상
주와 등대 상존에 항의하는 구술서를 보내왔다. 이에 대해 한국정부는
1957년 6월 4일 일본의 구술서를 반박하고 쓰가루호의 독도수역 침범
에 대해 강력히 항의하는 구술서를 보냈다.
  일본정부는 1958년 1월 7일, 10월 6일에 독도의 한국관민 상주와 등
대 상존에 대한 항의구술서 보냈고, 5월 7일, 9월 10일 일본 순시선을
파견하여 독도를 관찰했다. 이에 대해 한국정부는 1959년 1월 7일 '한

국정부견해(3)'을 일본정부에 보내어 일본의 영유권 주장을 반박했다.

1959년 9월 15일 일본 순시선 헤쿠라호가 독도 해역을 침범했고, 이에 대해 한국정부가 9월 18일 일본순시선의 영해침범에 항의하는 구술서를 보냈다. 9월 23일 일본정부는 "다케시마(竹島-독도)는 일본영토이므로 한국정부는 항의할 위치에 있지 않다"고 반박했고 한국은 9월 23일자로 일본의 구술서를 반박했다. 12월 8일 일본 해상보안청 순시선이 독도 영해를 침범했고, 한국정부는 12월 13일 일본순시선의 영해침범에 항의했다.

일본정부는 1960년 12월 22일 독도에 등대를 비롯한 건조물이 상존하고 있는 것에 대한 항의구술서 보냈고, 이에 대해 한국정부는 1961년 1월 5일 반박하는 구술서를 보냈다. 1961년 12월 3일 일본정부는 순시선 헤쿠라호를 독도에 파견했고, 12월 25일 독도에서의 한국인 철수와 시설물 철거를 요구하는 구술서를 보냈다. 이에 대해 한국정부는 12월 27일 "일본정부의 그러한 요구는 내정간섭이며 헤쿠라호는 독도 동쪽 한국영해 500m 지점까지 침입했다가 물러갔는데 다시는 이러한 침입이 재발하지 않도록 적절한 대책을 세울 것을 일본정부에 강력히 촉구한다"고 하는 구술서를 보냈다. 일본정부는 1962년 7월 13일 '일본정부 견해(4)'를 보내어 독도의 영유권을 주장했고, 12월 22일 일본 순시선 오키호가 독도를 선회하면서 관찰했다.

이처럼 일본은 정기적으로 독도에 순시선을 파견하여 독도를 관찰하고 한국의 독도 실효적 지배를 불법적인 행위라고 항의하는 구술서를 보내어 영유권을 포기하지 않고 있음을 확인시켰다.

⑭한국 아마추어무선연맹의 독도 상륙 영토계몽에 대한 항의

한국아마추어무선연맹은 일본의 독도 영유권 주장에 항의하여 독도
가 한국영토라는 것을 국제사회에 알리는 행사를 계획하고 있었다.
1962년 2월 3일·4일자의 『한국일보』는 "한국아마추어무선연맹 회원 5
명과 한국일보 기자 2명이 한국해군이 제공한 선박을 타고 2월 2일 독
도에 상륙하여 7일간 독도에 머물면서 독도가 한국영토라는 메시지를
외국과 교신하기로 했다"라고 보도했다. 이에 대해 일본정부는 2월 10
일 한국아마추어무선연맹 회원들의 독도에서의 활동에 대해 강력히 항
의하는 구술서를 보냈다.

⑮한국 경비정의 무기반입에 대한 항의

한국은 일본 공선이 독도와 그 주변해역에 침범하는 사례가 증가하
여 시설물보호 및 거주민을 보호하기 위해 무장한 순시선이 독도를 지
켰다. 1963년 1월 8일 경상북도 울릉경찰서 소속 순시선 화랑호가 폭
풍으로 시마네현에 표류되었다. 일본정부는 2월 5일 한국 경비정이 독
도에 무기를 반입하였다고 항의하는 구술서를 보냈다. 이에 대해 한국
정부는 1963년 2월 25일 "일본당국이 화랑호[20]를 구조해 준 것에 대해
서는 감사하지만 독도가 한국영토이므로 일본정부는 항의할 위치에 있

---

20) 1956년 10월 8일 평화선 침범으로 나포되었던 일본어선 제1, 2晶和丸 (각80톤)
를 경비정으로 편입해 충무호와 화랑호로 각각 명명하고, 1957년 일본어선 勢力
丸와 日進丸(81.19톤)를 각각 S-1정, 101정으로, 1959년 9월 일본어선 제183
明石丸(98톤), 제185明石丸(98톤)를 105정, 106정으로 명명하여 보조경비함정
으로 사용했다. 이들로 하여금 부족한 경비함정의 수요에 충당했다. 「한때 이런 배
로 우리바다를 지켰습니다」, http://news.empas.com/show.tsp/cp_dk/20060517n
08046.

지 않으며, 한일회담이 개최되어 국교정상화 협상이 진행되고 있는 중에 일본 순시선 오키호가 독도수역을 침입한 것은 우호적이지 못하다."라고 하여 반박구술서를 보냈다. 일본정부는 1964년 1월 31일 해상보안청 순시선 헤쿠라호를 독도에 파견했고, 3월 3일 독도에서의 한국경찰 즉시 퇴거를 요구하는 구술서를 보냈다. 이에 대해 한국정부는 3월 18일 구술서를 보내어 반박했다.

일본 외무성은 『오늘의 일본』을 발간하여 "죽도가 일본영토인데 한국이 불법으로 점령하고 있다."고 하는 내용을 게재했다. 한국정부는 1964년 11월 2일 『오늘의 일본』의 내용에 대해 항의하는 구술서를 보냈다. 이에 대해 일본정부는 11월 12일 "죽도는 일본영토의 불가분의 일부이므로 한국 측의 항의를 접수하지 않는다."고 하여 한국의 항의 구술서에 대해 반박문을 보냈다. 1965년 2월 13일에도 일본 해상보안청 순시선 오키호는 독도를 관찰했다. 일본정부는 4월 10일 독도에서 한국경찰의 즉시 퇴거를 요구하는 구술서를 보냈고, 한국정부는 5월 6일자로 일본정부의 구술서에 대해 반박했다.

⑯최종덕(崔鍾德)씨 등 독도주민의 거주

1965년 3월 울릉군 주민 최종덕씨가 도동어촌계 1종 공동어장 수산물 채취를 위해 독도에 들어가 거주하기 시작했다. 1980년 일본이 독도 영유권을 다시 주장하고 나오자, "단 한 명이라도 우리 주민이 독도에 살고 있다는 증거를 남기겠다."고 하여 1981년 10월 울릉읍 도동 산 67번지 서도 벼랑어귀에 주민등록을 옮겼다. 최종덕씨는 5년 동안 독도에 거주하면서 서도 선착장에 시멘트 가옥을 짓고 경사 70도의 가파른 바

위섬에 식수가 나오는 물골까지 시멘트 계단을 설치했다. 그는 수중창고를 마련하고 전복수정법, 특수어망을 개발하였으며, 서도에 물골이라는 샘물도 발굴했다. 그는 1987년 10월 14일 생을 마감했다. 그 후 1986년 7월 8일 조준기씨 등이 강원도 동해에 거주하면서 울릉도 주민으로서 가족 3명이 전입신고를 했고, 1991년 11월 17일 울릉도 주민 김성도 · 김신열 부부도 전입하여 현재 이들은 독도에 거주하고 있다.

(3) 한일협정 이후의 독도 실효적 점유에 대한 일본의 방해

①한일협정과 일본의 평화선 철폐 요구

한일협정은 1951년 대일강화조약이 체결된 이후 예비회담을 시작으로 15년간의 줄달리기 협상 끝에 1965년 6월 22일 체결되었다. 이는 자유진영의 중심국가였던 미국이 같은 진영에 있는 한국과 일본의 국교정상화를 절실히 필요로 하고 있었다. 한일 양국은 「한일 양국간 분쟁의 평화적 처리에 관한 교환공문」를 작성하여 "분쟁해결은 외교적 수단으로 해결한다."고 하는 내용을 삽입했다. 삽입이유에 대해서는 한일협정에서 독도문제가 존재하지 않는다는 한국의 단호한 입장 때문에 일본이 타협안도 있겠지만 독도 영토문제를 거론하지 못하게 되었기 때문에 독도 영유권 주장의 빌미를 만들기 위한 것이라고 할 수 있다. 한국 측이 이 조항에 동의한 것은 독도영토를 제한하는 내용이 아니었기 때문에 독도문제로 한일협정의 지연을 방지하기 위해 동의했던 것이다. 그 이후 이 조항에 대한 양국의 해석은 달랐다. 일본은 "교환공문의 '양국간의 분쟁 해결에 관한 합의조건'에 따라 독도문제에 대해서도 한국은 일본 측의 제안에 따를 의무가 있다"고 주장했다. 이에 대해 한국정부는 "교환공문은 '한일협정에서 발생하는 양국 간의 분쟁해결에 한정하는 합의조건'이므로, 한국의 영토임이 분명한 독도문제는 여기에 포함되지 않는다"고 반박했다.

②한일협정 이후의 독도 영유권을 둘러싼 외교적 공방

양국은 한일협정으로 관계가 정상화되었다. 양국 사이에 독도에 대한 실효적 지배 및 방해 활동이 다소 소강상태에 빠졌다.[21] 그렇다고 해서 일본이 독도 영유권 주장을 포기한 것은 아니었다. 여전히 해상보안청 순시선이 독도를 관찰했고, 동시에 외교문서를 통해 정기적으로 독도 영유권을 주장했다. 1969년 8월 15일 일본 해상보안청 순시선 헤쿠라호가 독도를 관찰했고, 일본정부가 10월 28일 독도 주둔 한국경찰의 즉시 퇴거를 요구하는 구술서를 보내왔다. 이에 대해 한국정부는 11월 25일 일본순시선의 영해침범에 대해 항의했다. 1970년 9월 13일 일본 해상보안청 순시선 헤쿠라호가 독도를 관찰했고, 11월 13일 한국인의 철수와 시설물의 철거를 요구했고, 이에 대해 한국정부는 11월 24일 일본순시선의 영해침범에 대한 항의 구술서를 보냈다. 1971년 7월 1일 일본 해상보안청 순시선 나가라호가 독도를 관찰했고, 9월 6일 일본정부가 한국인의 철수와 시설물의 철거를 요구한 것에 대해 한국정부가 10월 12일 항의 구술서로 반박했다.

일본정부는 1972년 4월 1일 "한국정부가 독도의 등대를 태양열 사용의 반영구적 등대로 교체하려는 계획을 갖고 있음을 확인했는데, 이것

---

21) 1968년 5월 崔鍾德씨가 독도에 시설물 건립을 착수함.

은 한국정부가 앞으로도 독도를 장기간 불법 점유할 의사를 표시한 것으로 간주할 수밖에 없다."고 하여 한국의 반항구적 등대(태양열) 설치계획에 항의했다. 이에 대해 5월 15일 한국정부는 "한국영토인 독도에 대한 정당한 주권행사에 일본 측이 간섭함은 유감"이라고 하여 반박구술서를 보냈다. 또 8월 22일 일본 해상보안청 순시선 헤쿠라호가 독도를 관찰했고, 일본정부는 10월 26일 한국인의 철수와 시설물 철거를 요구하는 구술서를 보냈고, 이에 대해 한국정부가 12월 11일 구술서를 보내어 반박했다.

일본정부는 1973년 4월 25일 한국정부가 독도수역 어업개발 조사계획을 가지고 있다는 사실을 알고, "이것이 만일 죽도 3마일 이내의 영해를 포함한 것이라면 일본영해를 침범하는 것이 되고, 12마일 이내의 수역을 포함하는 것이라면 일본의 전관수역을 침범하는 것이다."라고 하여 한국의 독도개발계획 보도에 대해 구술서를 보내어 항의했다. 이에 대해 한국정부는 5월 7일 "독도수역 어업개발 조사계획은 한국정부의 정당한 영토주권의 행사"라고 반박하는 구술서를 보냈다. 또 1975년 9월 9일 일본 해상보안청 순시선 헤쿠라호가 독도를 관찰했고, 일본정부는 11월 19일 한국 관리의 즉시 퇴거 및 건물 철거를 요구하는 구술서를 보냈다. 이에 대해 한국정부는 11월 24일 구술서를 보내어 반박했다.

1975년 8월 4일 『조선일보』가 한국햄연맹 독도원정대가 한국정부의 해양경비정편으로 7월 27일 독도에 도착하여 '아마추어 이동무선국'을 설치했다고 보도했다. 또 8월 20일 『중앙일보』가 한국자연보호협회 주관으로 제2차 울릉도·독도에 대한 종합학술조사단이 한국정부의 해양경비정으로 7월 27일 독도에 도착했다고 보도했다. 종합학술조사의 결과는 『자연과 보존』 제22호와 제23호에 발표되었다. 이에 대해 일본정부는 9월 8일 "한국의 아마추어 무선가들 및 학술조사단이 일본영토인 죽도(독도)에 불법 상륙했을 뿐 아니라, 한국정부의 공선(公船)인 해양경비정이 이들을 지원했다는 사실은 독도분쟁을 더욱 악화시키는 도발적 행위로서 유감을 표한다"라고 하여 독도에서의 아마추어 이동무선국 설치와 학술조사 활동에 대한 항의 각서를 한국정부에 보냈다. 이에 대해 한국정부는 9월 13일 구술서를 보내어 반박했다. 또 일본정부는 1976년 10월 25일 독도에서 한국 관리의 즉시 퇴거 및 시설물 철거를 요구하는 구술서를 보냈고, 한국정부는 10월 25일 구술서를 보내어 반박했다.

　③일본정부 및 시마네현의 공식적인 영유권 주장과 수호운동
　일본정부는 기회가 있을 때마다 한국정부에 대해 독도문제 협상을 요구하여 죽도 영유권을 주장해왔다. 한국정부는 그때마다 '독도의 영유권문제는 존재하지 않는다.'라고 하는 입장을 고수했다. 1967년 3월 30일 사토 에이사쿠(佐藤榮作) 수상은 "한국을 방문하게 되면 '죽도' 귀속문제를 한국 측과 논의할 의향이 있다."고 했고, 1969년 2월 25일 아이치 키이치(愛知揆一) 외상은 "한국과 공식 외교경로를 통해 죽도문제를 협의 하겠다"고 했다. 1977년 2월 5일 후쿠다 타케오(福田赳夫) 수상은 "일본의 영해를 12해리로 설정할 때에는 죽도를 일본의 고유영토로 전제하여 설치하겠다"고 했고, 1986년 9월 10일 쿠라나리 타다시(倉成正) 외상은 "죽도는 일본의 영토"라고 언급했다. 일본정부는 1988년

9월 16일 구소련 정찰기가 독도상공을 비행했을 때 일본 영공을 침범했다고 항의했고, 1991년 8월 10일 외무성은 "죽도는 법적, 역사적으로 일본 고유의 영토임이 명백하다"고 성명을 발표했다.

한편, 일본에서 독도를 관할로 하고 있는 시마네현(島根縣)에서는 일본정부에 대해 적극적인 독도 영토정책을 요구했고, 국민계몽활동에 앞장섰다. 1977년 3월 19일 시마네현의회는 다케시마 영토권 확립 및 안전조업의 확보에 대해 결의했고, 4월 27일 시마네현은 '죽도' 문제해결촉진협의회(촉진협)를 설립했다. 촉진협은 1977년부터 1995년까지 꾸준히 일본정부에 대해 '죽도 영토권의 확립 및 안전조업의 확보'를 요구했다. 이러한 과정에서 일본정부는 1978년 독도근해를 '쓰시마분지'라고 하는 해저지명을 비공식적으로 국제수로기구에 등재했다. 1987년 3월 11일 시마네현은 '죽도·북방영토반환요구운동'의 시마네현민회의를 설립했다. 또한 8개의 죽도광고탑을 설치하여 현의회와 연계하여 죽도가 일본영토라고 계몽해왔다.[22]

④국제해양법협약의 발효에 따른 일본의 독도 영유권 주장의 노골화

1884년 200해리 배타적 경제수역(EEZ)의 국제해양법협약이 채택되고, 동 협약이 1994년 11월 16일 발효되었다. 일본은 이 협약의 발효에 따라 동해의 해양주권을 일본에 유리하게 확보하기 위해 재차 독도 영유권 주장을 강화했다. 일본 문부성은 1995년 초·중·고교 검인정교과서에 "한일 간의 국경선을 죽도와 울릉도 중간에 긋도록 지침했다."

---

22)「かえれ！竹島」,『島根縣ホームページ』, 2006년 5월 22일.

또한 일본 전국 어업자 약 6,000명은 2월 28일 도쿄 부토칸(武道館)에 모여 일본정부에 대해 EEZ을 전면적으로 설정하여 전적으로 적용할 것을 강력히 촉구했다.

일본정부는 이를 반영이라도 하듯이, 1996년 1월 유엔해양법협약의 비준서를 유엔에 기탁했다.[23] 한일 양국은 그해 2월 200해리 EEZ를 선포한다는 방침을 발표했다. 일본정부는 6월 14일 「배타적 경제수역 및 대륙붕에 관한 법률」을 공포하여 국내법으로 200해리 EEZ법을 실시하기로 결정했고, 6월 20일 유엔해양법협약에 비준했다. 그리고 200해리 EEZ법은 7월 20일 발효와 더불어 시행되었다.[24]

일본은 국제해양법협약에 비준하는 과정에서 동해의 EEZ협상에서 유리한 지위를 획득하기 위해 노골적으로 독도 영유권을 주장하였다. 1996년 2월 9일 이케다 유키히코(池田行彦) 외상은 "독도는 역사적으로 보아도 일본의 고유영토이며 한국 측의 접안 시설 공사는 심히 유감"이라고 했고, 9월 30일 자민당은 선거공약으로 독도 영유권을 채택했다. 1996년 일본 국회에서도 200해리 EEZ에 독도를 포함시킬 것으로 의결했다. 1997년 일본 외교청서에 일본외교 10대 지침에 독도 탈환 외교를 포함시켰다. 1998년 1월 일본은 독도주변해역에 해저 광케이블 설치공사를 시행했고, 11월에는 일본자위대가 독도를 탈환하는 가상훈련을 실시했다. 독도를 둘러싼 한일간의 외교적 분쟁은 극에 달했다.

그러나 하시모토 류타로(橋本龍太郎) 수상은 1996년 12월 참의원 예

---

23) 1996년 6월 7일 중국이 유엔해양법협약을 비준함.
24) 한국은 1996년 8월 8일 200해리 EEZ법를 실시하는 국내법 「배타적 경제수역법」, 「배타적 경제수역에 있어서의 외국인어업에 관한 주권적 권리의 행사에 관한 법률」을 공포했고, 1996년 1월 29일 85번째로 비준했다.

산위(參院予算委)에서 「입장의 차이로 우호관계를 훼손하는 상황을 만들어서는 안된다」고 했는데,[25] 이는 영토문제를 유보하고 어업협정 체결의 시급성을 간접적으로 암시했던 대목이다. 한국정부는 외교적 마찰을 최소화하기 위해 독도의 실효적 지배의 일환으로 완성된 동도 접안시설 축조공사의 준공 기념식을 예정되었던 독도에서 행하지 않고 11월 6일 울릉도에서 거행했다.

⑤일본의 중간수역에 의한 신어업협정 요구

양국은 1996년 국제해양법협약에 비준함으로써 본격적으로 EEZ협상을 논의하게 되었다. 1996년 8월 13일 양국정부는 일본 외무성에서 개최된 '유엔해양법협약에 기초한 양국 간의 EEZ의 경계 획정에 관한 1차 교섭'에서 독도 영유권 문제와 배타적 경제수역의 경계 획정문제를 분리하여 진행한다는 방침을 확인했다. 1997년 3월 6-7일 한국과 일본은 EEZ경계문제와 어업협력협의를 분리하여 협의하기로 합의하고 한일 간 어업협의의 실무자 회의가 시작되었다. 그러나 양국 모두가 영유권을 주장하고 있는 독도를 기점으로 채택함으로써 해결의 실마리를 찾지 못하고 있었다.

그렇게 되자, 일본은 1997년에 일방적으로 1년이라는 기한을 정하여 1965년의 어업협정으로 유지되어오던 동해의 어업질서를 파기하겠다고 선언했다. 1997년 바로 그때 한국은 외환보유액의 부족으로 국제통화기금의 구제금융을 지원받아야 하는 금융위기 상황이 되었고, 설상가상

25)「先銳化する領有爭いー尖閣上陸巡る日本の對応」,
http://www.asahi.com/special/senkaku/TKY200403310241.html.

으로 들이닥친 어업문제에 당황하게 되었다. 일본은 유리한 어업체제를 확보하겠다는 의지로 1997년 6월 확장된 직선기선을 선언했고, 이를 적용하여 일본 서해안에서 통상적으로 조업하던 한국어선을 나포하기 시작했다. 일본은 1998년 1월 23일 한일어업협정의 종료를 통고하고 일방적으로 1965년 한일어업협정을 파기했다. 일본은 10월 10일 제6차 도쿄에서 열린 한일 어업실무자 회담에서 한국의 국제적 어려운 상황을 악용하여 영토문제와 무관하다는 것을 조건으로 중간수역을 설정하여 잠정적으로 어업자원을 관리한다는 안을 수용하게 했다. 결국 한일 양국은 1998년 11월 28일 유효기간 3년의 신한일어업협정에 서명했고, 이는 이듬해 1월에 비준되었다.[26] 중간수역 안에는 독도와 12해리 영해가 좌표를 정하지 않은 채 '잠정합의수역' 안에 위치하게 되었다. 여기서 일본이 중간선을 채택한 또 다른 숨은 의도는 독도영토 및 EEZ협상에서 이를 정치적으로 악용하여 중간수역에서 최소한 50%의 권한을 주장하기 위한 것이었다.

한편 한국은 독도의 실효적 지배를 강화하기 위해 1997년 10월 13일 국방백서에 독도사진의 게재와 더불어 독도의 영토주권을 기술했고,[27]

---

26) "일한어업협정교섭이 재개되었으나, 한국 측이 竹島영유권을 주장하여 양보할 기색이 없었다. 이에 대해 일본은 조기해결을 위해 竹島문제를 유보하고 일한의 어업관계를 새로운 해양법체제로 구축하려고 했다. 일본정부 여당이 7월 20일이라는 기한을 정하여 한국에 재촉했다. 일본 어민관계들과 국회의원들은 이번 8월 상순에 열리는 교섭에서 최대한 노력하여 교섭 타결을 원하지만, 그렇지 않을 경우에는 현 협정의 파기를 통고해야한다고 주장했다. 결국 한국 측이 양보하여 타결되었다." 「日韓外相會談, 報道官會見記錄(平成9年 7月)」, http://www.mofa.go.jp/mofaj/press/kaiken/hodokan/hodo9707.html#7-G.

27) 「竹島問題」, 報道官會見記錄(平成9年 10月), http://www.mofa.go.jp/mofaj/press/kaiken/hodokan/hodo9710.html#3-B.

1997년 11월 500톤급의 선박이 접안할 수 있는 시설을 완공했으며, 1998년 12월에는 1954년 8월에 점등을 시작한 독도의 무인등대를 유인등대로 승격(3명)시켰다. 또한 일본과의 충돌을 최소화하고 분쟁지역화를 막겠다는 의도로 1999년 12월 10일 문화재청이 천연기념물 제336호로서 독도를 '천연보호구역'으로 지정했다.

⑥ 신어업협정 체결 이후의 독도영유권을 둘러싼 공방

독도 근해를 공동 관리수역으로 결정한 신한일어업협정의 체결 이후, 일본은 1999년 일본인 6가구의 7명의 호적을 독도에 이전했다. 이에 대항해서 한국에서도 독도에 호적을 이전하는 주민이 늘어났다. 1987년 11월 2일 송재욱 씨(60·전북 김제군 봉산면 종덕리) 일가족 6명이 처음 호적을 옮겼고 그 후 줄곧 늘어나 1999년에는 22가구의 77명이 독도에 호적을 옮겼다. 그리고 2000년에는 '독도 유인화운동본부'가 '독도 호적옮기기 운동'을 대대적으로 벌여 2000년 말에는 147가구에 527명이 되었다.[28]

2002년 8월 12일 환경부는 독도 국립공원화계획을 발표했고,[29] 2003년 1월 1일 독도에 우편번호(799-805)를 부여했다. '독도'라는 행정적인 지명이 없다는 시민의 제안을 받아들여 2000년 4월 7일 '독도리'를 신설했다. 2005년 4월 26일 한국 국회는 독도에 대해 '지속가능한 이용'에 관한 법률을 제정했다.[30] 한국정부는 2004년 1월 16일 독도우표를

---

28) 「독도로 호적 옮기는 사람 많다. …87년후 147가구 옮겨」, http://www.donga.com/fbin/moeum?n=dokdo$j_612&a=v&l=2&id=200101020572.
29) 「最近のトピックス」,http://www.mofa.go.jp/mofaj/comment/q_a/topic_39.html.
30) 「韓國國會による竹島の '持續可能な利用'に關する法律について」,

발행했고,[31] 2005년 5월 2일 진대제(陳大濟) 정보통신부장관이 독도에 입도했다.[32] 한국이 2006년 6월 국제회의에서 해저지형의 명칭을 등록하려고 했으나, 일본은 '죽도' 주변해역의 해저를 조사한다는 명목으로 탐사선을 파견하여 지명등록을 방해했다.[33]

일본의 모리 요시히로(森喜郎) 총리는 한국의 KBS와 인터뷰에서 2000년 "독도를 일본의 고유영토"라고 주장했고, 2000년 5월 일본 외무성도 2000년 외교청서에서 독도를 '일본의 고유영토'라고 기록했다. 2000년 7월 주한 타카노 토시유키(高野俊行) 일본대사는 서울 일본대사관에서 '독도가 일본의 고유영토'라고 주장했다. 또한 2001년 3월 9일자의 『산케이신문』은 "독도는 틀림없는 일본영토"라고 했다. 일본정부는 2005년 4월 5일 중학교에 이어 2006년 고등학교 교과서에도 독도를 일본영토로 명기하기로 결정했다.

한편, 시마네현에서는 2004년 3월 15일 현의회가 일본정부에 '죽도의 날' 제정을 촉구하는 의견서를 채택하고, 10월 25일, '죽도의 날' 제정을

---

http://www.mofa.go.jp/mofaj/press/danwa/17/dga_0427.html.
31) 「竹島切手問題」, 外務大臣會見記錄(平成16年 3月), http://www.mofa.go.jp/mofaj/press/kaiken/gaisho/g_0403.html#5-D.
32) 「最近の韓日關係」, http://www.mofa.go.jp/mofaj/area/korea/kankei.html.
33) "한국이 자신들이 주장하는 EEZ에 들어갈 경우 나포한다고 보도하는데, 조사선은 해상보안청의 조사선으로 공선이다. 공선은 관할권이 일본에 있기 때문에 공선을 나포하거나 임검하는 것은 국제법상 위법이다."(平成18년 4월 26일), http://www.mofa.go.jp/mofaj/press/kaiken/hodokan/hodo0604.html#4. 2005년 6월 22일, 뉴욕 유엔해양법조약 체약국회합에서 국제해양법재판소(ITLOS) 재판관 선거에서 한국의 박춘호 재판관(현직: 2008년 타계)과 일본의 柳井俊二(中央大學法學部 교수, 전주미대사)가 선출되었다. 국제해양법재판소는 유엔해양법조약에 의거하여 1996년에 함브르크에 설립되어 21명의 재판관이 9년 임기로 7명씩 3년마다 개선하기로 되어있다. http://www.mofa.go.jp/mofaj/press/danwa/17/dga_0623.html.

정부에 요청했다. 시마네현 의회는 2005년 3월 16일 본의회에서 '죽도의 날'을 정하는 조례안을 찬성 다수로 가결했고,[34] 시마네현 지사는 2005년 3월 25일 조례를 공포·시행했다. 시마네현은 그 일환으로 '죽도문제연구회'를 발족시키고 시마네현에 독도 전담부서를 두었다. 또한 죽노 홍보비디오를 제작했으며, 지방 TV에 영유권을 주장하는 광고를 편성했다. 2006년 10월 도도부현 의회의장 연합회가 독도 영유권 확보를 채택하는 선언서를 낭독했고, 2006년 9월 독도 영토권확보를 위한 돗토리현(鳥取縣)의회 의원연맹을 발족시켰다.

독도문제 해결방법에 대해 일본정부는 과거 2번 정도 직간접적으로 한국정부에 대해 국제사법재판소에서의 문제해결을 제안한 바 있으나, 그 후는 제안이 없었다. 일본정부가 국제사법재판소에서 해결하려는 의지가 없다고 봐야한다. 그런데 일부 여론은 한국이 패소를 우려하여 회피하고 있는 것처럼 보도하여 독도문제의 본질을 왜곡하였다. 그래서 마치 일본에 영토적 권원이 있는 것으로 오해하여 국제사법재판소에서 독도문제 해결을 촉구하기도 한다.

4. 독도 분쟁화를 의도한 일본의 영토협상 요구와 불성립

한일 양국 간에 독도를 둘러싼 영토협상은 실질적으로 단 한 번도 이

---

34) "이것은 지방자치의 문제이다. 외무성이 압력을 넣은 적이 없다. 島根縣은 島根縣의 판단으로 하는 것이다." 「竹島問題」, 副大臣會見記錄 (平成17年 3月 10日), http://www.mofa.go.jp/mofaj/press/kaiken/fuku/f_0503.html#2-A.

루어지지 않았다. 그 이유는 일본의 영유권 주장은 독도침탈을 위한 행위이고, 역사성을 바탕으로 현재 한국이 실효적으로 점유하고 있는 고유영토로서 분쟁지역을 인정하지 않고 있기 때문이다. 이에 비해 일본은 여러 차례 독도의 영유권을 주장함과 동시에 영토협상을 요구했다.

한국정부가 1952년 1월 18일 한국전쟁 중 일본의 독도 침범을 우려하여 평화선을 선포하였을 때, 일본은 죽도 영유권을 주장하면서 항의한 이후, 1954년 한국정부에 정식으로 국제사법재판소에 독도문제 해결을 제의했다. 그러나 한국정부는 한국의 고유영토인 독도를 침탈하기 위한 일본의 정치적인 음모라고 하여 응하지 않았다. 독도가 분쟁지역이 되려면 당사자인 한일 양국이 모두 인정을 해야 되는 것이다.

일본은 1965년 국교회복을 위한 한일 협상과정에서 독도의 영토협상을 요구했다. 한국정부는 역사적으로나 국제법적으로 고유한 한국영토로서 영토문제는 존재하지 않는다고 협상요구를 일축했다. 다만 어업협정에서 일본의 집요한 요구에 의해 외교력에 밀린 한국정부는 평화선을 철폐하고 말았다. 평화선은 오늘날의 국제법상으로 EEZ에 해당되는 경계선이었는데, 평화선이 철폐됨으로써 독도기점의 EEZ이 없어지고 독도는 공해상에 놓이게 되었다. 이는 어업에 관한 합의로서 영토와는 상관이 없다. 일본은 한일협정에서 독도문제를 유보하는 형식을 취하기 위해 "양국 간의 쟁점사안은 외교적 합의로 결정한다"라는 내용을 삽입하도록 했다. 그러나 이 항목에는 독도와 관계되는 내용이 포함되어 있지 않다. 이는 한국정부의 영토의지에 의한 것이었다. 일반적으로 국교를 정상화할 때는 영토문제를 우선적으로 해결하는 관례가 있다. 국교정상화를 위한 한일협정에서 독도의 영유권을 논의하지 않았다는 것은

일본이 영토문제가 존재하지 않는다는 한국의 입장을 다소 수용했다고
할 수밖에 없었다.

한국과 일본은 1969년 아시아극동경제위원회(ECAFE) 보고서에서 동
북아시아의 동중국해와 황해 등에 페르샤 만에 맞먹을 만큼의 거대한
해저유전이 매장되어 있을 가능성이 있다고 보고했다는 점에 유의하여
대륙붕 탐사와 경계 획정의 필요성을 절감하였던 것이다.[35]

대륙붕 개발문제는 1969년 북해대륙붕사건의 판시였던 대륙붕의 경
계는 육지영토의 자연적 연장이라는 대륙붕의 기본적 개념을 존중함과
동시에 모든 관련 사정을 고려하여 형평성원칙에 따라 확정되어야 한다
는 사실에 집중되었다.[36]

한일 간의 대륙붕협정에서도 한국은 육지의 자연 연장선 방식을 주
장했고, 일본은 중간선 방식을 주장했다. 그래서 결국 양국이 주장하는
중복수역에 대해서는 경계획정을 뒤로 미루고 공동으로 개발하는 형식
으로 타결되었던 것이다. 1972년 초안을 완성하여 1974년 1월 북부대
륙붕 경계협정과 제주도남쪽수역의 경계획정을 50년 후로 미루고 공동
개발한다는 것을 전제로 '한일간의 대륙붕 북부구역 경계에 관한 협정'
과 '대한민국과 일본국간의 양국에 인접한 대륙붕 남부 구역 공동개발
에 관한 협정'으로 제주도남쪽수역의 경계획정을 50년 후로 미루고 공
동으로 개발한다는 2개의 협정안을 체결했다. 한국의 경우는 1974년
12월 국회에서 비준되었으나 일본의 경우는 찬반양론으로 의견 일치를

---

35) 이상면, 「신한일어업협정상 제주도남쪽 중간수역이 안고 있는 문제점」, 『독도영
   유권과 배타적경제수역 경계획정문제』, (사)한국영토학회 제2회 학술대토론회,
   2006년 9월 7일 백범기념관, p.66.
36) 위의 논문, 이상면, pp.66-67.

272 제2부 : 전후 일본의 영토전략

보지 못해 지연되다가 1978년 6월에 국회 동의를 얻어 비준되었다.[37] 이때에 일본은 독도의 영유권을 주장하지 않았다.

1984년 200해리 배타적 경제수역법의 국제해양법협약이 채택되면서 일본은 EEZ협상을 요구해왔다. 독도 영토문제가 해결되지 않는 상태에서 EEZ를 결정하는 것은 쉬운 일이 아니었다. 그래서 일본은 한국에 대해 잠정적인 어업협정을 요구했고, 한국은 어업협정에 한해서 잠정적으로 동의했다. 이때에도 한국은 독도가 한국영토라는 입장에는 조금도 변함이 없었으며 영토문제는 존재하지 않다는 입장을 분명히 했다. 그러나 일본은 국제통화기금을 지원받는 한국의 경제위기 상황을 악용하여 신어업협정(공동관리 수역체제)을 한국에 강요했다. 이때에 합의된 내용은 한국이 양국의 입장에서 원만한 타결을 위해 독도를 무인도로 간주되어 200해리 배타적 경제수역을 갖지 못하는 섬으로 해석했다. 그래서 독도가 중간수역에 포함되었는데, 이 협정이 어업문제에 한정한 것이었으므로 분쟁지역으로 해석되지는 않는다.

2006년 6월 12일 한일 양국은 EEZ가 겹치는 동해, 남해 및 동중국 해상에서의 경계 획정 문제를 협의하기 위해 제5차 한일 EEZ 협상이 도쿄에서 열렸다.[38] 일본정부는 1996년 8월부터 2000년 5월까지 4차례에 걸친 협상에서 독도 기점을 주장했다. 그때마다 한국은 독도 영토와 상관없는 협상임을 전제로 하여,[39] 현실적으로 타결 가능한 범위로

---

37) 상동, 탐사권은 8년, 채취권은 30년으로 했고, 소요비용과 채취자원의 취득권은 동등하게 배분하기로 합의했다.

38) 「한일 EEZ협상 대표단 출국…내일 협상 개시」, 인터넷한겨레, http://www.hani.co.kr/arti/politics/diplomacy/131137.htm.l.

39) "배타적경제수역의 경계획정은 기본적으로 竹島 영유권문제와는 별도로 경계획정문제로 교섭해왔다.", 報道官會見記錄(平成18年 4月 26日),

서 울릉도와 오키섬 사이를 경계로 결정하자고 주장했다.[40] 일본은 아직까지 한 번도 독도기점 주장을 포기한 적이 없었지만, 타협 가능한 범위를 제시했던 것이 표면적인 해석으로 한국이 독도기점을 포기한 것처럼 보였다. 이러한 영향도 있고 해서 일본은 한국이 추진하고 있었던 독도주변 해저지명등록을 막고, EEZ협상에서 보다 유리한 지위를 선점하기 위해 2006년 4월 독도 주변수역에 탐사선을 파견하여 조속한 EEZ 협상을 요구했다. 일본이 측량선을 파견한 결과 한국이 지명등록을 유보했고, 조속한 시일 내에 EEZ를 체결한다고 합의함으로써 양국의 물리적 충돌을 피할 수 있었다.

일본은 독도가 영토분쟁지역임을 전제로 하여 영유권과 EEZ을 분리해서 일본과 동등한 입장에서 일본도 양보하고 한국도 양보하여 EEZ협정에서 동등한 권리를 갖도록 하자고 주장했다.[41] 이에 대해 한국정부는 이번 측량선 파견처럼 일본의 독도침탈 시도가 노골적으로 자행되는 것을 우려하여 독도기점을 살려서 독도와 오키섬 사이의 경계선을 제시했다.[42] 일본은 과거 4차례의 EEZ 협상에서 한국이 울릉도와 오키섬 사이의 중간선을 경계로 제시해오다가 이번에 독도기점을 주장하여 입

---

http://www.mofa.go.jp/mofaj/press/kaiken/hodokan/hodo0604.html#4.

40) "우리 측은 이에 대해 울릉도-오키섬 중간선은 일본의 합리적인 태도를 기대하고 제시한 안이며 당시에도 독도 기점을 배제한 것은 아니라고 맞섰다." 「한일 EEZ 경계획정 회담 첫날 양국 입장 차만 확인」, 『서울경제』 2006년 6월 12일, http://kr.news.yahoo.com/service/news/shellview.htm.l.

41) "상대국이 주장하는 EEZ 내에서 해양과학조사를 실시할 경우 사전에 통보하는 제도를 도입하자고 요구했지만 우리 측은 EEZ 협상의 논의 대상이 아니라며 거부했다.", 「한국, "EEZ 경계선은 독도 기점으로!"」, 「YTN뉴스」 2006년 6월 12일, http://kr.news.yahoo.com/service/news/shellview.htm.l.

42) 노무현 정부가 일본의 측량선 파견을 비난하면서 대일성명으로 독도기 동래 울릉도기점을 포기하고 독도기점을 부활시켰다.

장을 바꾼 것은 모순이라고 반박했다.[43]

오히려 일본은 독도가 자국 영토라는 전제 하에 독도와 울릉도의 중간선을 EEZ 경계선으로 삼자는 종전의 입장을 유지했다.[44] 이에 대해 한국은 독도는 명백한 우리 영토인 만큼 독도 영유권을 훼손하는 어떠한 제안도 주권 수호 차원에서 받아들일 수 없다는 뜻을 분명히 밝혔다.[45] 사실 일본도 이번 협상에서 한국의 입장을 잘 알고 있었기에 큰 기대를 하지 않았다.[46]

이처럼 한국은 과거 독도 영토를 분쟁지역으로 인정한 적이 없었고, 일본과 독도의 영토문제를 협상한 적도 없었다. 따라서 독도는 한일 간의 분쟁지역이 아니다. 일본이 말하는 독도문제라는 것은 독도를 영토 분쟁지역으로 유도하기 위해 일본이 영유권을 주장해서 생긴 말이다. 따라서 독도는 한일 양국 간의 영토분쟁지역이라고 정의하기는 어렵다. 일본의 일방적인 정치적 행위에 불과하다.

---

43) 본격적인 협상에 앞서 일본 측 대표인 고마츠 이치로 국제법 국장은 "1996년 당시 하시모토 총리와 김영삼 대통령 사이에 독도 영유권 문제를 EEZ 획정과 분리시키로 했다"고 상기시키며 "이번 협상에서 의미 있는 진전을 이루도록 최대한 노력하자"고 말했다. 그리고 "지난달 카타르에서 양국 외무부장관회담에서도 의미 있는 교섭이 이루어질 수 있도록 하자는데 의견을 일치했다"고 하여 일본도 최대한 노력할테니, 한국 측도 같은 노력을 해달라고 요구했다. 『조선일보』, 2006년 6월 13일.
44) 국제해양법재판소의 한국인 박춘호 재판관은 독도가 무인도이므로 기점으로 주장할 수 없다고 하지만, 일본은 독도기점을 주장하고 있는 것을 보면, 일본인 재판관 柳井俊二는 무인도의 기점 주장을 배제하지 않고 있다.
45) 「한일 EEZ 경계획정 회담 첫날 양국 입장 차만 확인」, 『서울경제』, 2006년 6월 12일, http://kr.news.yahoo.com/service/news/shellview.htm.l.
46) "이번 EEZ교섭에서 일본 측의 목표는 6년 만에 재개되는 것이므로 커다란 성과를 기대하지는 않고, 향후를 위해 대화의 진척을 기대할 뿐이다.", 「事務次官會見記錄(平成18년 6월)」, http://www.mofa.go.jp/mofaj/press/kaiken/jikan/j_0606.html#1-A.

5. 독도 영토화를 위한 일본의 전략적 방침

독도는 역사적으로 일본영토로서 인정할 수 있는 영토적 권원은 단한 점도 없다. 이에 비해 독도가 한국영토로서의 근거는 고대시대이후그 시대마다 영토적 권원을 남기고 있다. 이러한 상황에서 일본은 독도영유권을 주장하기 위해서는 한국영토로서의 역사성을 부정해야했고, 1905년 2월 22일 시마네현의 편입조치를 국제법적으로 합법하다고 주장해야 했다. 게다가 현재 한국의 실효적 점유를 불법점령이라고 주장해야 만이 '죽도'의 영토주권을 정당화 할 수 있기 때문이다. 일본정부는 이를 관철시키기 위해 다음과 같은 전략적인 방침을 세우고 있다.

첫째로, 일본은 "죽도는 역사적 사실에 입각해서 보아도 국제법상으로 봐도 명백한 일본 고유의 영토이다. 한국에 의한 죽도 점거는 국제법상 아무런 근거 없이 이루어지고 있는 불법 점거이며, 이러한 불법점거에 의거하여 한국이 죽도에서 행하는 어떠한 조치도 법적인 정당성이 있는 것은 아니다. 역사적으로 볼 때도 일본이 죽도를 실효적으로지배하고 영유권을 확보하기 이전에 한국이 이 섬을 실효적으로 지배하고 있었다는 사실을 보여주는 명확한 근거를 제시한 적이 없었다."라는것이다.

둘째로, 일본은 "우리나라의 고유영토인 죽도에 대한 한국의 불법점거가 계속되고 있는 상황에서 일본국민이 한국본토에서 죽도에 입역하는 것은 일본국민이 죽도에서 한국 측의 관할권에 복종하여 죽도에 대한 한국의 영유권을 인정했다는 오해를 불러올 수도 있다. 이 점에 관해서 국민 여러분의 협력을 바란다"고 하여 한국본토로부터 죽도에 입역을 자숙할 것을 요청하고 있다. 이처럼 일본정부는 적극적인 방법을 동원하고 있지는 않지만, 한국정부의 체류허가를 받아서 독도에 입도하는 것은 독도에 대한 한국의 실효적 지배를 인정하는 결과가 된다고 하여 일본인의 입도자제를 촉구하고 있다.47)

셋째로, 일본정부는 독도를 분쟁지역으로 몰고 가기 위해 기회가 있을 때마다 "한국도 일본과 마찬가지로 독도가 한국의 고유영토이고 국제법상으로도 아무런 문제가 없다고 하는 입장을 취해왔다. 이런 양측의 입장 때문에 양국 간의 우호관계를 해쳐서 제 문제를 야기하지 않도록 노력해갈 필요가 있다는 것에 양국은 의견일치를 보았다"라는 형식으로 독도문제가 한국과의 합의 하에 유보상태에 있다는 형태를 취하고 있다. 한국정부가 일본의 이러한 입장에 적극적으로 동조한 적은 없었지만, 우호관계의 유지를 위해 일본의 요구에 소극적으로 대응하는 것은 일본으로 하여금 오해를 불러일으킬 수도 있다.48) 이러한 한국정부의 사려 깊지 못한 애매한 태도는 국제법상 EEZ의 기점이 될 수 있는 독도기점마저도 포기하고 일본이 의도하고 있는 대로 울릉도기점을 채택하여 어업협정에서 독도를 공동 관리수역에 포함시키는 실수를 범하

---

47) 실제로 외무성 홈페이지에는 竹島도항의 자숙할 것을 요청하고 있다. "우리영토 竹島는 작은 암초이지만, (귀 단체에 의한 國後島 방문과 같은 관광객이 방문할 가능성이 적기 때문에 일부러 도항 자숙요청은 하지 않고 있다. 그러나 가령 그러한 사태가 발생하게 되면, 北方四島에 준하는 대응을 생각할 수 있다.", 「NGO 団体「ピースボート」からの公開質問狀に對する返書」(平成14年 10월 31일), http://www.mofa.go.jp/mofaj/area/hoppo/pb_qa.html.

48) 「外務大臣會見記錄」(平成16年1月), http://www.mofa.go.jp/mofaj/press/kaiken/gaisho/g_0401.html#1-C. 2005년 4월 7일 일한 외상회담에서 町村外務大臣과 潘基文 외교통상부장관은 "일한 쌍방의 입장은 입장으로 하고 대국적 견지에서 이 문제가 양국의 우호협력관계를 훼손하지 않도록 노력해 가기로 했다. http://www.mofa.go.jp/mofaj/press/danwa/17/dga_0427.html.

기도 했다.[49] 일본은 2006년 6월 제5차 EEZ 경계협상에서도 줄곧 종전의 신한일어업협정을 성과로 삼아 상위개념인 EEZ을 요구하고 있다.[50] 이는 국제법적 정의를 무시한 정치적 요구에 불과하다.

넷째로, "일본정부는 확고한 태도로 죽도가 일본영토라고 주장해왔다. 다른 한편으로 한일 양국은 서로 가장 가까운 이웃 국가이고, 민주주의와 시장경제 등 사고방식이나 가치관이 같은 중요한 국가이다. 따라서 영토문제로 인해 일한관계 전반을 나쁘게 해서는 안 된다. 일본 국내에서는 구체적인 행동을 취해야한다. 실효적 지배를 해야 한다 등의 다양한 의견이 존재한다. 일본은 상황에 따라 확고한 태도로 영유권을 주장하고 있다. 주먹이 근질근질하다고 해서 일본에게 커다란 국익을 제거할 수는 없다. 끈기있게 대응하는 것이 중요하다."[51] 따라서 한일관계를 유지하면서 독도 영토문제를 장기적인 관점에서 철저히 대응해야 한다는 것이었다.

다섯째로, 일본의 지식인들 중에서는 "국제법으로 말하면 물론 일본정부의 입장이 옳다고 생각하지만, 국제분쟁을 해결하기 위해 무력행사는 안 된다는 원칙이 있다. 따라서 영토문제는 주먹이 근질근질하더라도 평화적으로 해결되어야한다. 외무성을 비롯해서 모든 국민이 노력해

---

49) 1996년 3월 방콕, 6월 제주도, 11월 마닐라에서 일한수뇌회담이 행해졌고, 1997년 1월 別府에서 수뇌회담이 열렸다. 「日韓關係「-總括-96年の國際社會と日本外交-」, http://www.mofa.go.jp/mofaj/gaiko/bluebook/97/1st/chapt1-2.html.

50) 배타적경제수역 경계획정교섭은 제1회 : 1997년 8월(東京), 제2회 : 1998년 5월(서울), 第3회 : 1998년 11월(東京), 제4회 : 2001년 6월(서울)에 개최되었다. 「日韓間の第5回排他的經濟水域境界畵定交涉の開催について, 平成18年 6月 9日」, http://www.mofa.go.jp/mofaj/press/release/18/rls_0609e.html.

51) 「外務省타운미팅 제10회 회합」(川口外務大臣), http://www.mofa.go.jp/mofaj/annai/honsho/gaisho/t_meeting/tm_040911c.html.

가는 것밖에 방법이 없다."라고 하여 한국의 입장도 이해할 필요가 있으므로,52) "시간이 걸리더라도 평화적으로 해결되어야 한다"고 제언했다.53)

요컨대 일본은 죽도문제에 대해 역사적으로나 국제법적으로 일본영토에 속하고, 한국이 불법적으로 점령하고 있다는 기본입장을 견지하여 최종적으로 일본이 영유권을 회복할 때까지 지속적으로 끈기 있게 대응해나간다는 방침을 세우고 있다.

6. 나오면서

이상과 같이 전후 일본의 독도 영토화를 위한 전략에 관해서 고찰해 보았다. 일본의 독도 영토화정책의 특징을 다음과 같이 정리할 수 있다.

첫째로, 사실 일본이 독도의 영유권을 주장하고 있지만 독도는 역사적으로 일본영토로서의 권원보다는 한국영토로서의 권원이 월등하게 우월하다. 국제법적으로도 일본은 1905년 근대 국제법에 의거하여 독도를 일본영토에 편입조치했다고 주장하지만, 그 이전 1900년 칙령 41호로 이미 독도가 국제법으로도 대한제국의 영토가 되어있던 지역이었다. 그럼에도 불구하고 한국이 독도를 불법점령하고 있다고 주장하는

---

52) 한국에서는 '獨島'라고 부르는데, 한국국민들 간에는 내셔널 아이덴티티의 상징이 되어 있다. 작은 섬이지만, 독도 노래 등으로 이미지화되어 한국영토라는 인식을 갖고 있다.
53) 「外務省타운미팅 제10회 회합」(川口外務大臣), 田中 東京大學 東洋文化研究所 所長, http://www.mofa.go.jp/mofaj/annai/honsho/gaisho/t_meeting/tm_040911c.html.

것은 독도를 분쟁지역화 하여 EEZ협정 등의 외교협상에서 유리한 지위를 확보하기 위한 정치적 행위에 불과했다.

한국이 1952년 1월 평화선을 선언했을 때 일본이 처음으로 영유권을 주장하기 시작했는데, 그 이후 많은 역사적 사료가 발굴되어 일본의 주장이 허구임이 밝혀졌다. 그럼에도 불구하고 일본정부는 여전히 왜곡되고 조작된 50년 전의 논리를 견지하면서 영유권을 주장하고 있다. 그간에 일본은 왜곡된 역사적 국제법적 주장 아래, 어업협정, 대륙붕조약 등에서 정치적으로 한국과 타협하여 성과를 올려둔 측면도 없지 않다. 그래서 독도문제의 본질이 역사문제임에도 불구하고 이제 독도문제가 역사적 국제법적 논쟁을 넘어서 일본 내셔널리즘에 의한 정치적 문제로 확대되고 있다고 봐야한다.

둘째로, 일본은 한국의 독도 실효적 지배를 방해해 왔다. 한국의 해방과 더불어 연합국의 인식에 의해 한국이 계속적으로 독도를 실효적으로 지배해오고 있었다. 시마네현은 독도가 자신들의 관할구역이라고 선동하여 한국의 실효적 지배에 항의했고, 시마네현의 선동으로 일본의 중앙정부도 독도정책을 강화하여 한국의 실효적 지배를 방해하고 있다.

독도는 일반 시민들이 평상시처럼 거주하기 쉬운 곳이 아니다. 한국은 부득이 일본의 영토침탈에 대응해서 40여명의 경찰경비대원과 어부 김성도 씨가 거주하여 실효적 지배를 강화하고 있는 상태이다. 일본은 한국의 실효적 지배에 대해 항의와 저지를 위한 운동차원에 머물지 않고 오히려 일본영토로서의 실효적 지배를 강화해가려고 한다. 지금까지 양국이 서로 실효적 지배를 강화하려는 움직임 때문에 분쟁상황이 수시로 재연되기도 했다.

셋째로, 일본은 마치 한국이 영토적 권원이 부족하여 국제사법재판소에서 독도문제 해결을 기피하려고 한다고 주장한다. 한국이 독도를 실효적으로 지배하고 있고 영토분쟁 자체를 부정하고 있으므로 국제사법재판소에 기탁할 이유가 없다. 국제사법재판소가 분쟁해결을 강요할 수 있는 국제법상의 규정이 없다. 일본이 1954년 국제사법재판소에서 독도문제를 해결하자고 한국에 제의한 적이 있었다. 그러나 일본의 주장은 반드시 국제사법재판소에서 문제해결을 원해서가 아니라 한국의 국제법적 지위를 훼손하려는 정치적 의도에 의한 것이었다. 그 후 50여년이 지났지만, 일본은 독도문제를 국제사법재판소에 정식으로 제안한 바 없다. 독도의 본질을 제대로 알지 못하는 일부 지식인들 중에서 1954년 국제사법재판소 기탁을 당시의 한국이 거부한 것을 가지고 한국이 '불법적으로 독도를 점령하고 있다'고 비난하면서 거듭거듭 정치적으로 악용하고 있다.

넷째로, 일본은 독도 영유권을 주장함과 동시에 한국이 불법적으로 점령하고 있다고 주장하여, 정상회담, 외무장관회담 등에서 '영토분쟁을 원만하게 해결하기 위해 양자가 노력한다'는 식으로 한국에 대해 최대한 독도가 분쟁지역임을 각인시키려고 노력하고 있다. 한국은 줄곧 독도가 한국의 고유영토로서 분쟁지역이 아님을 강조해왔고, 일본의 영유권 주장을 영토침탈을 위한 기도라고 단정해 왔다. 하지만 과거 한국이 한일관계의 악화를 우려하여 역대 정권들이 가급적 독도분쟁을 야기하지 않기 위해 조용한 정책을 추진해 왔다. 일본은 이러한 한국의 조용한 독도정책을 악용하여 노골적으로 강도 높게 독도 영토화 정책을 내밀었다. 그 결과 김영삼 정부나 노무현 정부에서 외교관계가 마비되기도 했다. 특히 노무현 정부에서는 조용한 정책을 수정하여 독도기점의 EEZ을 선언함과 동시에 실효적 지배를 강화하기 위해 예산을 늘려 독도 전담기관(동북아역사재단)을 신설하는 등 독도정책을 적극적으로 추진했다.

다섯째, 독도문제해결 방안에 관해서, 일본정부는 독도가 역사적으로나 국제법적으로 일본영토라는 방침을 세우고 양국정부간의 협상을 통해 독도의 영토주권을 확보하려고 한다. 1965년 한일협정에서 독도 영유권협상이 성사되지 않자, 그 대신에 어업협정에서 평화선을 철폐하도록 강요했다. 또한 1998년 한국의 외환위기라는 국가적 위기상황을 악용하여 신어업협정을 강요해서 독도를 중간수역에 포함시켰다. 이처럼 일본은 기회가 있을 때마다 독도에 대한 한국의 영토적 주권을 방해하려는 의도를 갖고 있다.

제7장

일본의 동아시아 영토정책의 특징

1. 들어가면서

일본은 중국, 한국, 러시아 동아시아 3국과 영토분쟁을 일으키고 있다. 그 요인은 일본제국주의의 영토 확장정책에 기인한 것이라고 할 수 있다. 일본은 제2차 대전 패전과 더불어 무조건적으로 수용하기로 한 포츠담선언에 의거하여 제국주의가 확장한 영토를 일본영토에서 분리한다는 연합국의 방침이 결정되었는데도 불구하고, 전후 최대한 제국주의가 확장한 영토라도 확보하려고 노력했다. 이러한 원칙에 의하면 3국 간의 영토분쟁지역에서 일본이 주장할 수 있는 영토적 권리는 없다. 그런데 일본은 냉전이라는 국제질서를 교묘하게 악용하여 대일강화조약의 조인을 거부한 공산진영이었던 중국과 러시아에 대해 영유권을 주장했고, 제3국으로 간주되어 체약국에서 제외되었던 한국에 대해서도 영유권을 주장하는 교활한 면을 보였다.

대일강화조약의 체결과정에 소련과 중국, 한국이 당사자가 되어 법의 정의아래 영토문제를 해결했더라면, 영토분쟁은 없었을 것이다. 그런데 일본이 미국의 후원을 배경으로 법의 정의를 무시하고 영유권을 주장하여 영토분쟁이 발생한 것이다. 따라서 이렇게 해서 생긴 영토분쟁이라면 중국, 한국, 러시아 중에서 일본의 정치적인 요구에 쉽게 국익을 포기할 주권국가는 없을 것이다.

영토분쟁해결의 원칙은 반드시 법적인 원칙에 의해 결정되는 것이 아니고, 국제법상의 원칙에 의거하여 외교협상을 통해 최종적으로 해결하도록 되어있다. 그래서 일반적으로 법적 근거를 토대로 정치적 타협으로 해결되므로 정치적 주장이 더없이 중요하다. 법적 논리는 정치적 협상에 있어서는 가장 중요한 기준이 되겠지만, 영토문제 해결에 있어서는 정치 협상의 판단요소에 불과하다. 결국 동아시아 3국은 자국에 유리하게 영유권 분쟁을 해결하기 위해 법적 권원을 바탕으로 최대한 정치적 주장으로 타협점을 찾게 될 것이다.

그래서 일본은 대일강화조약 이후 이들 지역에 대한 영유권을 포기하지 않고 더욱 노골적으로 영유권 주장을 강화했던 것이다. 본 연구에서는 전후 일본이 이들 지역의 영유권을 확보하기 위해 각각 어떤 지역에 어떠한 영토정책을 시행하였는지를 고찰해 보기로 한다.

2. 일본의 영토정책의 특징

(1) 쿠릴열도 남방4도

러일 간의 영토분쟁지역을 '북방영토'라는 것보다는 '쿠릴열도 남방4도'라는 호칭이 더 타당하다고 본다.[1] 그 이유는 러일 간의 분쟁지역인 이 지역에 대한 역사, 정치, 국제법 등을 토대로 영토학적으로 검토해 본 결과 이 같은 호칭이 학술적으로 타당하다고 판단하고 있기 때문이다.

쿠릴열도 남방4도에 대한 러일 양국 간의 영토인식은 다음과 같다. 즉 일본은 쿠릴열도 남방4도를 '북방영토'라고 규정하고 있다. 일본국회에서는 '북방영토의 날'을 법제화했다. 이는 일본국민들에게 '북방영토'가 당연히 일본영토라는 인식을 심어주기 위한 것이었다. 학교교육을 비롯해서 메스컴, 정치활동 등 다양한 방법으로 북방영토가 일본영토라고 교육되어지고 있다. 북방영토가 고유영토이기 때문에 절대로 러시아에게 양보할 수 없다는 것이다. 또한 러시아로부터 반환되어져야한다는 인식이다. 이것이 일본정부를 비롯한 일본의 쿠릴열도 남방4도에 대한 영토인식이다. 러시아는 이러한 일본의 주장에 대해 전혀 동의하지 않고 있다. 러시아는 현재 쿠릴열도 남방4도를 실효적 지배하고 있을 뿐만 아니라 합법적으로 러시아영토라는 것이다. 러시아는 실효적 지배를 하고 있는 입장이라서 일본의 이러한 북방영토 인식과 영유권 주장에 대해 일일이 반박하지 않고 무시하고 있다.

---

1) 일본적 호칭으로는 '북방영토' 혹은 '북방4도'라고 표기하고, 일반적인 학술용어로서는 '쿠릴열도 남방4도'라고 표기한다.

러시아는 일본과의 관계 정상화를 실현해야 하고, 또한 영토문제를 해결하여 평화조약을 체결해야한다는 과제가 남아 있기 때문에 일본이 주장하는 영토분쟁지역임을 부정하려고 하지도 않는다. 그러나 러시아는 분쟁지역이 아님을 강조하면서도 역대정권에 따라 2도반환을 인정하거나 약속한 적도 있었기 때문에 일부러 강조 하지는 않지만, 일단은 영토문제는 존재하지 않는다는 입장을 취하고 있다.

그럼에도 불구하고, 일본정부는 쿠릴열도 남방4도를 회복해야할 영토라고 방침을 세우고 있다. 이러한 인식은 일본이 대일강화조약에서 "쿠릴열도에 대한 영유권을 전적으로 포기한다."고 서명한 이후 미국의 후원에 의지하여 미소가 대립하는 냉전시대에 더욱 노골화되었다. 일본은 1956년 러시아의 요청으로 진행되었던 러일 공동선언의 체결과정에서 4도 반환을 요구했다. 그러나 그때 일본의 의도가 관철되지 못하고, 그 이후 줄곧 일본은 평화조약 체결을 조건으로 4도 반환을 요구하고 있다. 러시아는 평화조약보다 영토주권을 더욱 중시하여 4도 양보의 의지를 전혀 갖고 있지 않았다.

이러한 상황에서도 일본은 최대한 러시아로부터 영토주권의 양보를 받아내기 위해 다양한 방법으로 영토반환정책을 적극적으로 추진하고 있다. 일본국민으로 하여금 북방영토가 일본영토임을 고취시키기 위해 러시아가 일본의 고유영토를 불법적으로 점령하고 있다고 하는 식으로 영유권 교육을 철저히 하고 있다. 러시아가 실효적으로 지배하고 있는 상황이므로 일본은 고유영토임을 주장함과 동시에 정상회담, 외무장관 회담 등 주요 인사들의 협의에서 러시아에 대해 1956년부터 양국 간의 협상 및 담화내용이 유효하다는 것을 확인하는 절차를 밟는다. 최근에는 영유권분쟁지역임을 러시아가 인정하려고 하지 않자, 4도에 한해서 경제지원, 주민교류, 성묘 등을 통해 북방4도와의 연고를 부각시킴과 동시에 현지주민을 교화하는 정책으로 전환했다. 북방영토에 거주하고 있는 러시아인을 지원하여 일본의 관할이 오히려 러시아의 관할보다 생활의 편익을 제공해준다는 인식을 심어주어 주민들의 의식을 전환시키려 하고 있다.

그럼에도 불구하고 일본정부는 4도 반환의 불가능을 인식하게 되어 우선적으로 2도라도 반환 받으려 하고 있지만, 이미 일본국민이 교육에 의해 4도 반환이 당연시 되어있기 때문에 2도반환은 2도의 주권포기로 간주되어 국민의 따가운 시선을 피할 수 없는 상황이 되었다. 그 결과 러일 간의 영토문제는 일본의 리더십부재로 인해 교착상태에 놓이고 말았다.

(2) 센카쿠제도

일본이 호칭하고 있는 '센카쿠제도'보다 '조어도' 라고 호칭하는 것이 학술적으로 더 타당하다. 그 이유는 이 섬이 역사적으로 보면 일본이 청일전쟁 중에 은밀히 편입한 것으로 센카쿠제도라는 호칭은 일본이 편입한 이후 새로 호칭한 것이고 원래는 '조어도'였기 때문이다.

센카쿠제도는 현재 일본이 실효적으로 지배하고 있다. 그 경위는 자유진영이 추진한 대일강화조약에서 일방적으로 센카쿠제도를 미국의 신탁통치구역 내에 두었고, 이를 1972년 오키나와 반환 때에 그 관할권을 반환하면서 일본이 관할하게 되었다. 이에 대해 중국은 미국과 일본 사이의 불법적 담합이라고 항의했다. 그 이후 센카쿠제도는 일본의 실효적 점유상태에서 영토분쟁이 계속되고 있다.

일본은 센카쿠제도를 실효적으로 점령하고 있기 때문에 최대한 실효적 지배 기간을 연장하여 영토적 권원을 견고히 하겠다는 방침으로서 일부러 중국과의 영유권 분쟁을 원치 않고 조용한 외교를 추진하고 있다.

중국도 경제협력을 비롯해서 일본과의 교류관계에 장애가 되는 것은 결코 중국에 이익이 되지 않는다는 판단으로 작은 암초문제로 양국관계가 소원해지는 것을 원치 않고 그 해결을 후세에 미루어 현상유지정책에 무게를 두고 있다. 그래서 일본이 더 이상 센카쿠제도에 대해 실효적 지배를 강화하지 않는 한, 서로가 묵시적으로 인정하는 영유권 분쟁지역으로 유보의 입장을 취하고 있다.

일본은 실효적 지배 상황에서 표면적으로는 당연히 영유권문제가 없는 일본영토라고 강조하면서도 최대한 중국과의 분쟁을 야기하지 않으려고 노력하고 있다. 그 일환으로 실효적 지배강화를 최대한 억제하고 부득이 할 경우에만 민간인을 동원해서 실효적조치를 취하는 형식으로 중국의 비판을 피하려 하고 있다. 일본은 전적으로 분쟁지역이 아님을 고집하지 않고, 양국 간의 의견 차이가 존재한다는 사실을 인정하고 있다.

(3) 독도

한국에서는 '독도(獨島)', 일본에서는 '죽도(竹島, 다케시마)'라고 부른다. 독도는 1882년부터 울릉도를 개척한 울릉도민이 부르기 시작한 명칭이고, 고대 신라시대 이후 한국영토로서 역사적 권원을 가지고 있고,

조선시대에는 '우산도'라는 명칭으로 정착되었다가, 1900년 칙령 41호에서는 '석도(石島)'라고 표기한 적도 있었다. 문헌기록상에는 역사적으로 조선에 영토적 권원이 있었고, 1904년부터는 '독도'라는 호칭을 사용했다는 기록이 있다. 반면 일본은 1905년 러일전쟁 중에 일방적으로 강제로 편입하여 '다케시마(죽도)'라고 부르기 시작했는데, 불법적인 조치로서 그 정당성이 없다.

일본은 역사적인 권원보다는 1905년 2월에 편입 조치한 사실을 강조하여 합법적인 일본영토라고 주장함과 더불어 한국영토로서의 역사적 권원을 전적으로 부정하고 있다.

이러한 일본정부의 태도는 일단 한국의 실효적 지배를 방해함과 동시에 영유권을 주장하여 분쟁지역화하고 또한 독도의 본질에 관해 무지한 국제사회가 일본의 주장을 수용하도록 여론화를 조장하여 의도한 목적을 달성하기 위한 것이다.

구체적인 방법으로는 일본은 한국에 대해 영유권이 일본에 있다고 주장함과 동시에 한국이 무력으로 불법 점령하고 있다고 하여, 정상회담과 외무장관회담 등을 통해 '영토분쟁을 원만하게 해결하기 위해 양자가 노력한다'는 식으로 끊임없이 독도가 분쟁지역임을 최대한 각인시켜서 한국이 여기에 동의하도록 유도한다. 국제사회에 대해서는 다양한 자료를 왜곡하고 조작하여 한국이 마치 무력으로 불법점령하고 있는 것처럼 선전하고 있다. 일본국민에 대해서도 국내적으로 쿠릴열도, 센카쿠제도보다도 독도에 대한 영유권 의식이 결여되어 있는 것을 우려하여 적극적으로 국민계몽을 시도하고 있다. 최근에는 일부 중·고등학교 교과서에 한국이 일본의 고유영토인 '죽도'를 불법적으로 점령하고 있다는 식으로 게재하여 국민교육을 추진하고 있다.

이에 대해 한국은 독도가 고유영토로서 분쟁지역이 아님을 강조해왔
고, 일본의 영유권 주장은 독도침탈을 위한 기도라고 판단하여 노무현
정부에 들어와서는 실효적 지배를 강화하는 정책을 적극적으로 추진하
여 정면으로 일본과 분쟁을 일으키고 있다. 그 이전 정부에서는 분쟁의
소지를 줄이기 위해 실효적 지배를 최소화함으로써 오히려 일본이 한국
의 독도영유권에 대한 의지를 의심하고 도전적으로 영토주권을 주장하
기도 했다.

3. 일본의 영유권에 대한 기본방침

(1) 쿠릴열도 남방4도

역사적으로 보면 쿠릴열도 남방4도는 지금의 홋카이도와 더불어 아
이누인들의 생활터전이었다. 제국주의국가로 성장한 일본과 러시아가
아이누민족의 영토를 약탈하고 민족을 말살했다. 이 과정에서 러시아와
일본은 아이누민족의 영역을 두고 쟁탈전을 벌였다. 이 지역을 1855년
러일 화친조약에 의해 일본영토가 되었다. 그 후 1875년 러일 양국이
사할린과 쿠릴열도 교환조약을 체결하여 이 지역은 일본영토로서 재확
인하게 되었다. 처음으로 러시아와 일본 사이에 평화적으로 국경선이
확정되었다. 그런데 1905년 일본이 러일전쟁을 일으켜서 러시아영토였
던 사할린 남부를 할양하여 평화적이었던 러일 국경을 변경시켰다. 이
로 인해 러일 국경선이 다시 불안정한 유동적인 상태가 된 것이다. 일

본이 제2차 대전에서 패전함으로써 러시아는 영국과 미국의 동의를 끌어내려 쿠릴열도 전부와 사할린 남부를 점령하여 러시아영토화 했다. 이러한 경위를 거쳐 현재 쿠릴열도 남방4도는 러시아영토가 되어있다.

그런데 일본은 근대 시대 아이누지역이었던 시기부터 여러 과정을 거쳐 현재 러시아가 최종적으로 점령하게 된 시점 중에서 유독 1855년 러일 화친조약만을 기준으로 처음 평화적으로 결정한 국경선이라고 하여 역사적으로나 국제법적으로 일본영토라고 주장하는 것은 설득력이 부족하다.

1855년 시점에서는 쿠릴열도 남방4도는 일본영토였다. 1875년 시점과 1905년 시점에서도 이 섬은 일본영토였다. 1945년 얄타협정에서 연합국이 일본을 무조건적으로 항복을 받아내기 위해 소련을 참전시켰고 참전의 대가로 이들 섬을 구 소련영토로 인정하기로 약속했고, 이를 실천하기 하기 위해 소련이 무력으로 점령하여 구 소련영토가 되었다고 볼 수 있다. 대일강화조약에서 일본은 구 소련이 실효적으로 점유하고 있는 상황에서 쿠릴열도를 전적으로 포기한다고 명확히 규정되었으므로 일본영토가 아니다. 일본은 하보마이와 시코탄이 홋카이도의 일부이고, 에토로프와 쿠나시리는 남부 쿠릴열도이기 때문에 대일강화조약의 '쿠릴열도에 대한 주권포기' 조항에는 해당되지 않는다고 주장한다. 이것은 일본의 조작된 자의적 논리에 불과하다. 일본이 주장하는 북방4도가 쿠릴열도에 포함되지 않는다고 하여 영유권을 주장하는 것은 외교협상으로 영토주권을 장악하기 위한 정치적 행위에 불과하다.

(2) 센카쿠제도

센카쿠제도는 역사적으로 일본과 관련이 없는 지역이고 유구사신이 중국 복건성을 왕복하던 길목에 위치하여 중국에 알려진 섬이다. 그런데 일본제국이 청일전쟁 중에 무주지 선점이라는 국제공법의 논리를 악용하여 청국영토로 알려져 있던 이 섬을 일본영토에 편입했다. 그리고 청일전쟁의 결과로 대만도 일본에 할양되었다. 대만은 전쟁에 의한 할양이라는 근대 국제법적 원칙에 의거해 청국영토에서 분리되어 일본영토가 되었다. 그러나 센카쿠제도는 무주지가 아닌 중국영토이었음에도 불구하고 일본이 일본영토에 불법적으로 편입한 지역이다. 1945년 제2차 세계대전에서 일본이 무조건적으로 항복함으로써 포츠담선언을 전적으로 승인하여 제국주의적인 방법으로 확장한 영토는 모두 일본영토에서 분리되어야 마땅했다. 그런데 일본이 1895년 센카쿠제도를 영토로서 편입한 이후 1970년 영유권을 주장할 때까지 중국이 75년간 영유권을 주장하지 않은 것에 대한 중국의 책임도 면할 수 없다.

반면 1945년 이후 센카쿠제도가 미국의 신탁통치 하에 있을 때 일본은 미군 관할 하에 넣도록 로비했으며, 또한 1972년 미국이 오키나와를 반환하면서 영유권을 유보하고 관할권을 일본에 인도했던 것이다. 그래서 최종적으로 영토문제가 해결되지 않았던 것이었다. 그럼에도 불구하고 일본이 영토분쟁이 없는 고유영토라는 주장하는 것은 센카쿠제도를 둘러싼 외교적 타협에서 유리한 지위를 확보하기 위한 정치적 행위에 불과하다.

중일 양국은 일본이 실효적으로 지배하고 있는 상황에서 1972년 공동선언과 1978년 평화조약을 체결하였음에도 불구하고 센카쿠제도의 영토문제를 해결하지 않고 유보한 것에는 중국의 책임도 면치 못할 것이다. 또한 일본도 중국의 영유권 주장에 대해 영토문제가 존재하지 않는다는 입장을 취하면서도 중국측의 영토문제 유보요구에 동의한 측면이 있었다는 사실도 부정할 수 없다. 이에 대한 일본의 책임도 있다.

이처럼 일본은 역사적·국제법적으로 영토적 권원에 하자가 많음에도 불구하고 표면적으로는 역사적으로 국제법적으로 그 근거가 일본에 있다고 주장하여 영토문제가 존재하지 않는다는 입장을 취하고 있다.

(3) 독도

일본은 '죽도'가 역사적으로나 국제법적으로 일본영토라고 주장하고 있다. 그러나 지리적으로 보면 독도는 울릉도에서 날씨가 청명하고 바람이 부는 날에는 보이는 거리에 있다. 고대의 우산국시대부터 울릉도에 거주했던 사람들은 독도의 존재를 인식하면서 생활해 왔다. 역사적으로 보면, 독도는 512년 우산국이 신라에 복속된 이후 울릉도와 더불어 동해에 존재하는 2개의 섬 중의 1개의 섬으로 인식되어왔다. 특히 17세기말 '안용복'에 의해 한일 양국 간에 울릉도와 독도를 둘러싼 영유권 분쟁이 일어났을 때 일본은 울릉도를 조선영토로 인정했고, 더불어 독도에 대한 영토의식을 전혀 갖고 있지 않았다. 이는 17세기말 안용복이 일본에 제시한 '조선팔도지도'에서 강원도에 울릉도와 독도를 포함시키고 있는 것으로도 알 수 있다. 또한, 20세기 초 1905년 나카이 요사부로(中井養三郎)가 '영토편입과 대여원'을 제출할 당시 독도를 조선영토라고 단정하고 있었던 것으로도 알 수 있다. 실제로 조선조정에서는 17세기 말 안용복 사건 이후 줄곧 독도를 울릉도와 더불어 명확히 조선의 영토로 인식했고, 1882년 이후 울릉도 개척과 더불어 1900년 칙령 41호로서 울도군의 소속에 사람이 거주할 수 있는 울릉도와 더불어 독도를 행정관할 구역에 포함시키는 조치를 취했다. 이렇게 볼 때 역사적으로 독도가 일본영토라는 근거는 아무데도 없다. 그럼에도 불구하고, 일본 어민들이 1618년 이후 조선 영토였던 울릉도에 도항하면서 독도를 기항지 또는 어로지로 삼았다고 하여 독도를 실효적으로 점유했다고 주장하고 있다. 이와 같이 역사적으로 볼 때 울릉도와 독도는 일본영토로서 권원보다 한국영토로서 권원이 월등하게 우월하다.

국제법적으로 보면, 일본은 1905년 2월 근대 국제법에 의거하여 무주지 선점으로 일본영토에 편입 조치했다고 주장한다. 그러나 위에서 살펴본 바와 같이 독도는 편입당시 무주지가 아니었고 조선영토였다. 일본의 편입조치는 조선영토에 대한 불법적 강압조치에 불과하다. 지금까지 한국정부는 이러한 일본의 주장을 한 번도 인정한 적이 없다. 일본제국주의 시기에 이런 식으로 일본에 침탈당한 독도는 1945년 일본의 패전과 더불어 무조건적으로 포츠담선언을 수용함으로써 연합국은 우선적으로 독도를 조선영토로서 조치하여 한국이 독도를 실효적으로 지배하게 되었다. 일본은 대일강화조약에서 미국에 로비하여 독도의 영유권을 주장한 바 있었지만, 모든 연합국의 합의된 견해가 아니었기 때문에 미국의 주장은 그 정당성을 인정받지 못했다. 그 결과 일본의 주장은 관철되지 못했다. 그 결과로 한국이 독도의 실효적 지배를 계속하게 되었다. 그럼에도 불구하고 일본이 한국의 독도 불법점령 운운하는 주장은 독도를 분쟁지역화 하여 외교교섭을 통해 일본에 유리하게 해결하기 위한 정치적 행위에 불과하다.

4. 일본의 실효적 지배와 방해의 특징

(1) 쿠릴열도 남방4도

일본은 북방영토에 대해 2가지 정책을 동시에 실시하고 있다. 하나는 북방4도가 일본영토라고 주장함과 동시에 정부 간의 협상을 통하여 영유권 확보를 위해 꾸준히 노력하고 있다. 다른 하나는 일본국민 및 제3국민이 러시아영토임을 인정하는 모든 행동을 금지하고 있다.

일본은 러시아의 쿠릴열도 남방4도에 대한 실효적 지배를 불법점유라고 하여 이를 방해하고 있다. 러시아의 영유권을 인정하지 않기 위해서 일본인들이 러시아의 법적 허가를 받아서 북방영토에 상륙하는 것을 자제하도록 요구하고 있다. 한국의 꽁치어선이 러시아의 허가를 받고 일본이 주장하는 배타적 경제수역 내에서 조업을 하였는데, 일본은 배타적 경제수역을 침범했다고 하여 한국에 항의했다. 결국 러시아정부와 협상하여 일본의 의지대로 한국어선은 추방되었다.

일본은 간접적인 방법으로 북방영토에 대한 실효적 지배를 강화하고 있다. 러시아에 요구하여 북방4도민 출신의 고향방문을 가능하게 하여 연고를 강조했다. 또한 일본인들 중에는 북방영토에 호적을 옮겨서 실효적 점유를 강화하고 있다. 이외에도 북방4도민과의 교류, 1만7천명의 러시아인이 거주하는 북방4도민에 대한 편의제공, 경제지원 및 문화교류 등을 통해 북방4도민으로 하여금 일본영토로서의 정당성을 인정하도록 노력하고 있다.

(2) 센카쿠제도

일본은 이른바 센카쿠제도에 대해 실효적 지배를 강화하고 있다.

중국은 일본의 실효적 지배를 방해하고 있다. 일본은 센카쿠제도가 영유권 분쟁지역화 되는 것을 우려하여 최대한 실효적 지배를 자제하고 간접적인 방법으로 최대한 실효적 지배기간을 연장하려는 정책을 시행하고 있다. 그러면서도 일본 해상자위대는 센카쿠제도를 방위구역 내에 두고 경계하고 있으며, 또한 민간인의 명목으로 등대를 설치한다든가, 지방의회가 '센카쿠제도의 날'을 제정한다든가, 중국인의 상륙을 철저히 단속하고 있다. 그러나 중국정부는 일본의 실효적 지배강화에 대해 항의함과 동시에 원만한 양국 관계를 고려하여 현상유지책으로 영유권문제로 분쟁을 일으키는 것을 원치 않고 있다.

중국은 당면한 경제발전에 사소한 암초문제로 양국 간의 관계가 소원해져서 국익에 미칠 영향을 우려하여 영토문제를 유보할 것을 제안했고, 일본도 영유권문제가 존재하지 않는다는 입장을 취하면서도 이러한 중국의 요구를 거부하지 않았다. 한편으로는 중국정부의 유보정책에도 불구하고 중국활동가들이 센카쿠제도에 상륙하는 일이 빈번히 일어났는데, 이에 대해서는 적극적으로 저지하지 않고 방관하고 오히려 센카쿠제도에 상륙하는 일본 활동가들의 위법행위에 대해 경계를 늦추지 않았다. 또한 자원개발에 대해서는 적극적이어서 200해리 배타적 경제수역주변에서 천연가스 개발을 추진하고 있다. 최근 중국은 일본이 주장하는 EEZ의 외곽지역에서 천연가스를 개발하고 있는데, 일본이 이를 방해하여 결국 지분의 일부를 일본의 투자자본으로 공동 개발하는 것으로 합의되었다.

(3) 독도

독도는 일반 시민들이 평상시처럼 거주하기 쉬운 곳이 아니다. 일본의 영토침탈에 대응해서 40여명의 경비대원과 어부 김성도 씨 부부가 거주하는 등, 한국이 실효적 지배를 강화하고 있는 상태이다. 일본은 최대한 한국의 실효적 지배를 저지하려고 하는 한편, 오히려 독도 주변해역 조사, 해저지명 등록, 호적 이적 등으로 일본영토로서의 실효적 지배를 강화하려고 한다. 현재 양국은 서로 실효적 지배를 강화하려는 움직임이 있어서 분쟁상황이 상시 재현될 가능성이 잠재되어 있다.

일본은 한국전쟁 이후 한국경찰의 독도주둔에 대해 항의하여 철수를 주장했고, 등대 및 그 외의 구조물 설치에 대해서도 항의했다. 최근에는 선박 접안시설과 한국민의 독도입항, 독도우편 발행에 대해서도 항의했다.

한편 일본정부는 중·고등학교의 사회과나 공민 교과서를 개정하여 '죽도'가 일본영토라는 교육을 실시하고 있다. 일본정부는 2011년부터는 중학교 사회과 교과목에서 의무적으로 독도가 일본영토라는 교육을 하도록 2008년의 '학습지도요령 해설서'를 개정했다. 또한 세계 각국의 세계지도나 대백과사전에 '죽도'가 일본영토로서 개정하도록 홍보하고 있다. 또한, 독도의 공시가를 정하고 있고, 독도광물채굴권을 민간인에게 매수되어있다. 일본은 독도기점의 배타적 경제수역을 주장하고, 국제수로기구에 독도 근해의 해저지명을 일본식 명칭으로 등록했다. 실효적 지배 상태에 있는 한국의 지위를 인정하지 않기 위해 일본인에게 한국정부의 허가를 얻어 독도에 입도하는 것을 자제하도록 요구하고 있다. 정치가들은 선거활동에서 '죽도' 영유권 확보를 주장하여 선거운동에 이용하고 있고, 일본외무성은 세계 10개국의 언어로 홈페이지를 제작하여 '죽도'가 역사적으로나 국제법적으로 일본영토라고 왜곡하여 홍보하고 있다.

시마네현은 '죽도의 날' 조례를 제정하여 독도가 일본영토임을 국내외에 계몽하고 있다. 또한 2005년 3월 시마네현은 죽도문제연구회를 설치하여 2년간의 연구성과를 내고, 다시 2008년에는 web죽도문제연구소를 설치하여 죽도가 일본영토라는 논리를 계발하고 있다. 시마네현 내에는 박물관 및 자료관에 일본이 죽도를 실효적으로 지배했다는 자료를 전시하여 국민계몽활동을 전개하고 있다. 또한 텔레비전 매체를 동원하거나 시마네현 내에 입간판을 세워서 죽도가 일본영토라고 계몽하고 있다.

민간인들 중에는 호적을 독도에 옮기거나 '죽도'가 일본영토라는 우편을 발행하여 실효적 지배의 일환으로 영유권 운동을 전개하기도 한다.

5. 국제사법재판소에서의 해결 가능성

(1) 쿠릴열도 남방4도

러시아는 쿠릴열도 남방4도를 실효적 점유를 하고 있고 당연히 러시아의 영토라고 인식하고 있어서 영유권 분쟁지역이 아니라고 주장한다. 그래서 이 문제를 국제사법재판소에서 해결하기를 원하지 않는다.

그런데 일본은 러시아에 대해 4도 반환을 요구하고 있다. 러시아는 미소가 대립하던 냉전시대에 평화조약체결을 전제로 선의의 차원에서 하보마이 시코탄 2섬을 일본에 양도할 수 있다고 제안했다. 그런데 일본의 4도 반환 요구 때문에 평화조약을 체결하지 못했다. 일본은 실효적 지배를 하고 있는 상황도 아님에도 불구하고, 쿠릴열도문제를 국제사법재판소에서 해결하자고 제안한 적이 없었다. 그 이유는 국제사법재판소에서 일본에 유리하게 해결될 가능성이 없다고 판단했기 때문이다. 일본은 러시아가 실효적으로 지배하고 있는 상황임에도 불구하고 국제사법재판소에서 영토문제를 해결을 원치 않고 꾸준히 외교를 통한 정치적 타협을 추진하고 있다.

1990년 냉전의 붕괴와 더불어 소련이 해체되어 한때 러시아는 경제적 위기 상황에 처하여 일본의 경제적 지원을 기대하면서 일본의 4도 반환 요구에 대해 법적 정의의 원칙에 의해 해결하자고 제안하여 국제사법재판소에서 해결할 수 있다는 입장을 일본에게 피력한 적이 있었다. 이에 대해 일본은 응하지 않았다. 일본이 국제사법재판소에 의한 문제해결을 적극적으로 원하지 않는 또 다른 이유는 구소련이 언급한 2도 반환에 대해 희망을 갖고 있고, 4도 반환에 관해서도 영토문제 미해결을 이유로 평화조약 체결을 미루고 있는 상황이므로 평화조약 체결을 빌미로 4도 반환의 가능성이 남아 있다고 판단하고 있고, 게다가 러시아가 일본의 4도 반환 요구에 대해 애매한 태도를 취하고 있어서 4도 반환의 가능성을 포기하지 않고 있기 때문이다.

러시아는 영유권문제가 없다는 입장을 취하고 있으면서도, 2도 반환을 1956년 공동선언에서 평화조약체결을 조건으로 선의의 차원에서 행할 수 있다고 언급한 바 있었다. 하지만 4도 반환에 대해서는 국제법상으로 합당하지 않다는 입장을 취하고 있다. 러시아가 현재 실효적으로 지배하고 있는 상황에 있으므로 국제사법재판소에서 영토문제 해결을 주장할 이유가 없다. 구소련이 냉전붕괴로 해체되어 경제적으로 어려움에 처했을 때 러시아는 일본의 경제지원의 대가로 4도 반환 요구에 대해서도 적극적으로 부정하지도 긍정하지도 않았다. 그러나 2006년 푸틴 대통령이 취임한 이후의 러시아는 경제적으로나 정치적으로 안정된 상황에서 일본의 4도 반환요구를 전적으로 부정하고 있다. 러시아는 국제사법재판소에 대해서는 전적으로 부정하지 않고 있다. 하지만 러시아는 실효적 지배를 하고 있는 상황이고 사회주의 국가로서 자유주의 국가에서 만들어진 국제법에 익숙하지 않아서 제3자의 개입을 희망하지는 않을 것이다. 만일 러일 간의 영토문제가 당사자 간에 외교적 합의에 의해서 해결될 가능성이 있다면 2도 반환으로 결착될 가능성이 높다.

(2) 센카쿠제도

일본은 센카쿠제도를 실효적으로 점유하고 있다. 중국은 후세에 현명하게 해결되기를 기대한다고 하여 분쟁지역 상태를 유보하고 현상유지를 희망하고 있다. 일본은 실효적 지배기간을 연장하여 일정한 기간이 경과되면 자연적으로 영토로서 고착화되는 시효에 의한 영토취득을 의도하고 있다. 이러한 이유에서 실효적 점유상황에 있는 일본은 영유권 문제가 존재하지 않는다는 입장으로 국제사법재판소에서의 해결을 언급한 적이 없다.

중국은 사회주의 국가로서 국제법에 익숙하지 않은 이유도 있고, 또한 많은 국경분쟁 지역을 안고 있기 때문에 영유권 분쟁 해결을 당장 시급한 과제로 보지 않고 있다. 그리고 당장 해결이 어려운 암초의 문제를 유보하고 경제협력을 위해서라도 원만한 외교관계의 유지를 더 중시하고 있다. 따라서 센카쿠제도가 양국이 국제사법재판소에서 해결을 원치 않기 때문에 제3자에 의한 해결 가능성은 현재로서는 전혀 없다고 볼 수 있다. 그런데 일본이 센카쿠제도가 일본영토로서 확신을 갖고 있다면 국제사법재판소에서 영유권을 명확히 하여 영토문제를 종결 지우면 될 것이다. 그런데 과거 국제사법재판소에서 현안을 해결한 경험이 있는 일본으로서, 국제사법재판소에서의 해결을 원치 않는 것은 영토적 권원이 일본 측에 있다고 확신을 갖지 못하고 있기 때문일 것이다. 일본이 분쟁지역 자체를 인정하고 있다고도 해석이 가능하다. 사실 센카쿠제도의 역사적 권원과 영토편입 조치과정을 보면 일본이 영토취득의 요건을 제대로 갖추지 못한 부분이 많다.

(3) 독도

한국은 역사적 권원에 의거하여 실효적 지배를 하고 있는 상황이고 해서 영유권 자체를 부정하고 있다. 따라서 영토문제가 존재하지 않기 때문에 국제사법재판소에 독도문제를 기탁할 이유가 없다는 입장이고, 제3국의 재판관에 의해 판결되는 국제사법재판소에서의 해결은 일본의 정치적 로비에 의해 본질과는 달리 정치적 논리로 판결되는 것을 우려하고 있다. 일본은 1954년 한국의 독도의용수비대가 실질적으로 독도 점유를 시작하자, 다급해진 일본이 국제사법재판소에서 독도문제를 해결하자고 한국에 대해 제안한 적이 있었다. 이는 독도문제를 국제사법재판소에서 반드시 본질적으로 해결하겠다는 의지에 의한 것이 아니었다. 일본은 그 이후 공식적으로 국제사법재판소에서 독도문제를 해결하자고 제안한 적이 없다. 따라서 당시의 일본의 행위는 독도에 대한 한국의 국제법적 지위를 훼손하려는 정치적 의도에 의한 것이었다. 따라서 국제사법재판소는 강제성을 갖고 있지 않기 때문에 반드시 영토문제를 국제사법재판소에서 해결해야할 의무는 없다.

또한 대일강화조약이후 점령통치를 하고 있던 미국이 일본을 자유진영에 편입시키기 위해 일본의 입장에 동조하는 상황이었는데, 이를 이용하려한 것이었다. 만일 일본이 패소하더라도 대일강화조약의 영토조항을 일본에 유리하게 자의적으로 해석하여 승복하지 않더라도 미국의 동조아래 국제사회의 비난을 피할 수 있다고 판단했기 때문이다.

한국의 입장에서 보면, 역사적으로 독도가 일본영토로서의 권원이 전혀 없을 뿐만 아니라 오히려 근세와 근대시대 일본의 중앙정부가 독도를 한국영토를 인정했다. 또한 1905년 2월 일본의 편입 조치는 제국주의의 침략에 연장선상에서 취해진 것으로서 이는 제2차 세계대전에서 패한 일본이 포츠담선언을 전적으로 수용했기 때문에 독도가 전후 일본영토에서 분리되었다는 것이 너무나 명백하다. 그리고 실질적으로 일본이 패전한 직후부터 연합국의 인식에 따라 한국이 줄곧 실효적 지배를 하고 있는 상황이다. 한국정부는 이처럼 명백한 한국영토로서의 근거를 갖고 있기 때문에 스스로 분쟁지역이라고 사실을 왜곡하여 국제사법재판소에 독도를 기탁할 이유가 없다는 것이다. 따라서 독도문제가 국제사법재판소에서 해결될 가능성은 현재로서 전혀 없다고 할 수 있다.

그리고 일본 또한 독도에 대한 유리한 영토적 권원이 없기 때문에 국제사법재판소에서 해결되기를 원하지 않는다. 만일 일본이 국제사법재판소에서 독도문제 해결을 요구한다면 일본이 실효적 지배를 하고 있는

센카쿠제도에 대해 국제사법재판소에서 해결을 기피하는 것과는 모순
적이다. 이는 영토문제를 본질적으로 해결하겠다는 의지보다는 정치적
으로 쟁점화 하여 정치적 타협으로 유리한 지위를 확보하겠다는 의도라
고 하겠다.

6. 나오면서

이상으로 일본이 분쟁지역화하고 있는 동아시아 3국간의 영토분쟁의
특징에 관해 고찰해 보았다. 이를 정리하면 다음과 같다.

첫째로, 일본이 영유권을 주장하여 분쟁지역이 되어 있는 지역은 모
두 과거 일본제국주의가 확장한 영토의 일부분이라는 특징을 갖고 있
다. 즉 다시 말하면, 제국주의가 확장한 영토를 현재의 영토로서 확보
하겠다는 의도이다. 우선 이를 달성하기 위해 일본은 역사적으로나 국
제법적으로 일본영토라는 것을 전제로 하여 정상회담이나 외무대신 회
담 등에서 일본이 실효적 지배하고 있는 센카쿠제도는 일본의 고유영토
이고, 상대국이 지배하고 있는 독도와 북방영토에 대해서는 영토분쟁지
역임을 각인시킨 후 정부 간의 협상을 통해 권익을 확보하겠다는 것이
다. 경우에 따라서는 다른 사안과 일괄타결하거나, 혹은 다양한 방법을
동원하여 점진적으로 상대의 영토주권을 훼손하여 정치적인 해결을 의
도하고 있다. 물론 일본이 실효적 지배를 하고 있는 지역에 대해서는
당연히 영토분쟁지역이 아님을 주장하고, 최대한 상대방을 자극하지 않
는 방법으로 실효적 지배기간을 연장하여 시효취득에 의한 영토취득을

의도하고 있다.

둘째로, 영유권에 대한 기본방침으로서, 분쟁지역에 대해 역사적으로나 국제법적으로 일본영토라는 것을 전제로 하고 있다. 역사성에 대해서는 일본영토로서의 최대한 근거를 확대해석하고 상대측의 영토적 권원을 무시하거나 부정한다. 국제법적 해석에 있어서도 일본의 입장만 최대한 확대해석하는 방법으로 상대의 주장을 무시하거나 전적으로 부정한다.

셋째로, 현재 일본은 센카쿠제도를 실효적으로 지배하고 있다. 이런 섬에 대해서는 최대한 상대를 자극하지 않는 방법을 동원하여 간접적인 방법으로 실효적 지배를 강화한다. 센카쿠제도는 중국과의 충돌로 인해 분쟁지역으로 고착화되는 것을 우려하여 최대한 중국과의 충돌을 회피하고 민간인들의 활동을 묵인하는 방법으로 실효적 지배를 강화했다. 한편, 상대국이 실효적 지배를 하고 있는 독도나 쿠릴열도 남방4도에 대해서는 현상태의 유지를 바탕으로 상대국이 더 이상 실효적 지배를 강화하지 못하도록 항의 등으로 방해하고 있다.

넷째로, 동아시아에서 영토분쟁을 국제사법재판소에서 해결한 역사가 거의 없다. 일본 또한 근본적으로는 국제사법재판소에서 영토문제해결을 희망하지 않는다. 특히 일본은 다른 선진국들보다도 내셔널리즘이 강한 국가로서 국익을 제3국에 맡길 수 없다는 것이다. 일본이 실효적 지배를 하고 있는 지역에 대해서는 당연히 일본영토로 간주하여 국제사법재판소에 기탁할 의향이 전혀 없다. 또한 상대가 실효적 지배를 하고 있는 영토에 대해서도 별다른 차이가 없다. 쿠릴열도 남방4도의 경우는 과거 소련이 최소한 2도를 평화조약 체결을 전제조건으로 일본에 양도할 의향을 언급한 적이 있기 때문에 기득권이 확보된 상황이라는 판단 아래 이를 제3국에 맡길 수 없다는 입장이다. 한편 러시아는 4도 영유권에 대한 확신을 갖고 있고, 서방국가의 일원이라는 점도 있어서 국제사법재판소에서의 분쟁해결을 전적으로 부정하지는 않고 있다. 그러나 일본은 러시아에 대해 경제협력이라든가 다른 사안과의 일괄 타결방식으로 영토권을 확보하겠다는 정치적 의도를 갖고 있다.

마지막으로, 일본의 영토인식은 다른 제3국과 차이를 보이고 있다. 일본은 고대사회 이후 전근대에는 줄곧 아이누 영토를 점진적으로 수탈하여 영토를 확장해 왔고, 근대에 들어와서는 주변국가의 영토를 통합하거나 분할하는 형식으로 확장해왔다. 그런데 제2차 세계대전에 패배함으로써 연합국의 요구에 의해 근대 국민국가가 확장한 영토 중 아이누모시리와 유구 등의 약소민족의 영역을 제외하고는 대부분 일본영토에서 분리되었다. 따라서 일본의 영토인식에는 고유영토의 개념이 없어서 신 영토에 대한 영토의식이 매우 강하다. 이러한 일본의 영토인식의 특수성에서 본다면, 일본은 동아시아 3국간의 영토분쟁을 본질적으로 해결하겠다는 의지보다는 정치적으로 영토 주권을 확보하겠다는 성격이 강하다고 볼 수 있겠다.

에필로그

　현재 일본이 영유권을 주장하고 있는 지역은 근대 일본제국주의가 일본영토에 편입하여 확장한 지역이다.[1] 근세 봉건국가였던 일본은 유럽으로부터 개방의 압력을 받고 불평등조약에 의해 문호가 개방되고, 유럽과 동등한 주권국가 건설을 위해 탈아(脫亞)를 주창하면서 국민국가를 건설해갔다. 그 과정에서 유럽은 일본에 대해 통상을 위한 압력에 머물고 있었음에도 불구하고, 일본은 아시아의 주변국가에 대해 영토 확장을 위한 문호개방을 요구하여 식민지 개척으로 제국주의국가가 되었다. 근대시대에 일본에 의해 희생된 민족과 국가는 아이누민족, 유구, 대만, 한국, 만주, 중국 등이 여기에 해당된다.

　근대일본이 도전적이고 침략적인 방법으로 국경을 획정하는 과정에서 영토를 확장하는 정책을 추진했다. 반면 일본 주변의 동아시아 각국은 일본제국주의의 강제적인 영토 확장정책에 의해 수동적으로 부득이 영토 상실을 초래하게 되었다. 일본은 고유의 국경선을 외면하고 영토

---

[1]　여기서 굳이 분쟁지역이라는 용어를 사용하지 않는 이유는 분쟁지역이라고 하는 것은 당사자가 분쟁지역임을 인정할 경우이다. 당사자가 분쟁을 인정할 경우에는 양국의 동의에 의해 국제사법재판소와 같은 제3의 기구에 해결을 의뢰할 수 있다. 그러나 양국이 다 같이 분쟁을 인정하지 않을 경우에는 제3의 기구에서 해결하는 것은 불가능하다.

를 확장했고, 반대로 주변의 약소국가들은 국경선을 침탈당하여 영토의 상실과 축소를 피할 수 없었다. 특히 일본은 당시에 유행했던 국제공법을 악용하여 이를 육지에서 떨어진 타국 소유의 섬에 적용하여 무주지 선점론으로 영유권을 주장했고, 반대로 주변 약소국들은 섬에 대한 지배권을 일본에 약탈당하는 경향이 뚜렷했다. 그 대표적인 섬들로는 현재 일본이 영유권을 주장하고 있는 쿠릴열도, 센카쿠제도, 독도 등이 여기에 해당된다.

일본제국주의의 지나친 영토욕은 결국 연합국의 반감을 사게 되어 양 진영은 제2차 세계대전을 일으켰고, 연합국은 전쟁의 승리를 확신하고 일본에 대해 카이로선언(1943년)과 포츠담선언(1945년)을 요구하여 일본제국주의가 확장한 영토에 한해서 일본영토에서의 분리를 명했다. 일본은 무조건적으로 이를 수용함으로써 종전을 맞이했다. 그 결과 일본은 제국주의가 확장한 영토나 섬에 대한 영유권을 상실하게 되었다. 그럼에도 불구하고 냉전체제 속에서 일본을 자유주의체제에 넣기를 원했던 미국의 대외정책에 편승하여 포츠담선언의 영토포기조항을 거부하고 연합국이 예매하게 처리했던 제3국과 공산진영의 도서들에 대한 영유권을 주장하기 시작했다. 이로 인해 일본은 오늘날 한·중·러 3국과 영유권 분쟁을 유발하게 되었고 그 지역이 바로 센카쿠제도, 독도, 쿠릴열도이다.

오늘날 유럽에서는 자본주의의 확산으로 리저널리즘이 중시되고 내셔널리즘이 약화되어가고 있는 추세이다. 이로 인해 과거에 비해 국경선이 그다지 중시되지 않는 시대에 접어들었다. 그러나 일본은 다르다. 근대의 내셔널리즘을 전적으로 단절하지 못하고, 전후에 이어 현재까지도 여전히 내셔널리즘을 강화하는 경향이 없지 않다. 이러한 현상은 정도의 차이가 있을지언정 동아시아 각국의 공통적인 현상이기도 하다. 그 결과 동아시아에서는 내셔널리즘의 잔존으로 이미 국경분쟁이 존재하고 있고, 그 분쟁이 표면화될 가능성까지도 내포하고 있다.

근대의 동아시아는 일본의 영토 확장에 의해 주변 국가들의 영토가 축소되는 영토분쟁의 시대였다고 한다면, 오늘날의 동아시아는 기존의 영토분쟁을 해결하여 국경을 명확히 하려는 의미가 강하다. 국경문제가 해결되면 국경선이 안정화되어 정치적으로 안정된 국제질서가 정착된다.

지구상에서 지금의 유럽은 국경선을 명확히 하여 영토분쟁이 거의 사라졌거나 해결국면에 접어들어 국제질서가 가장 안정된 모범적인 지역이 되어있다. 유럽은 영토분쟁의 역사가 오래되었기 때문에 해결을 위한 노력의 역사도 오래되었다. 오랜 인고 끝에 지역의 안정과 경제적 번영을 위해 분쟁을 극복하여 지역협력을 모색하고 있다. 그 결과 유럽은 유럽공동체를 넘어 유럽연합을 달성하고 있고, 그 범위도 일부에서 전체로 확대되어 가고 있다.

지금 유럽에서는 새로운 영토를 취득하려는 국가는 없다. 과거 유럽에서 영토취득을 위해 만들어진 국제법의 영토조항도 그 역할이 변하여 오늘날은 영토분쟁을 조정하는 역할을 담당하고 있다.

지금 동아시아는 지역의 공동번영을 위해 경제협력이 더없이 중요한 시점이다. 그러나 분쟁이 표면화되고 있지는 않지만, 일본을 둘러싼 한·중·러 3국의 영토문제는 뇌관처럼 분쟁 가능성을 내포하고 있어서 언제 폭발할지도 모르는 상태이다. 특히 에너지자원이 국가발전의 가장 핵심요소인 만큼 특히 센카쿠제도와 독도는 자원개발의 가능성을 잠재하고 있기 때문에 영토분쟁이 표면화될 가능성마저도 없지 않다.

영토분쟁은 이웃국가 간의 외교관계를 단절하는 중요한 요인이 되기 때문에 최대한 자제되어야한다. 국제법을 토대로 한 국제사회의 인식도 국제질서의 안정을 위해 현재의 실효적 지배 상황을 중시하고 있다. 영토문제의 해결방안은 법의 정의에 입각한 실효적 지배를 인정하고 현재의 지위를 부정하려는 도전적인 분쟁을 자제하고 현상유지로 분쟁을 최소화하여 지역 간의 협력으로 공동의 이익을 달성하는데 노력을 기울이는 것이 윈윈 하는 정책일 것이다.

지금 지구상에는 다양한 성격의 영토분쟁이 존재하지만, 일예로서, 19세기말(1885년, 1887년의 감계담판)에서 20세기 초(1909년)에 걸친 간도지역을 둘러싼 한중(일)간의 국경분쟁을 보면, 근대 국민국가의 성립과 더불어 국경선이 확정되던 시기에 중국이 힘의 논리로 이 지역을 강점하려고 했기 때문에 한국과 중국 사이에 간도지역을 둘러싼 영유권 분쟁이 일어났다. 그러자, 신생제국주의국가로 성장하던 일본이 간도에 대한 영토야욕을 품고 개입하여 영토취득에 자신이 없어지자, 이를 빌미로 정치적으로 중국과 담합하여 만주지역의 이권을 확보하는 대신에 간도의 영토주권 중국영토로 인정했다. 그 이후 간도는 중국이 실효적으로 지배하게 되었는데, 일본이 1932년 만주국을 건국하여 결국 간도지역도 그 식민지의 일부로서 통치했다. 일본이 패전한 이후 연합국은 간도지역을 중국영토로서 복귀시켰다. 한국의 의사는 전적으로 무시되어 오늘날 중국이 실효적으로 지배해오고 있다. 현재 한국에서는 이 간도지역을 영토분쟁지역이라는 인식하고 시민단체나 학계에서 영유권을 주장하고 있다. 그러나 한국정부는 해방이후 한 번도 영유권을 주장한

적이 없었다. 그 이유로서는 영유권 분쟁을 제기하면 국제화시대에 양
국관계가 악화되어 국익에 도움이 되지 않는다고 판단했기 때문이다.
이러한 과정에서 현재의 중국은 간도지방이 당연히 중국영토라는 인식
을 갖게 되었다. 한국정부에서는 영유권을 주장할 수 있는 시기를 놓쳤
다는 인식이 강하다. 학계에서도 영유권문제라는 현실적인 문제를 초월
해서 역사문제로 정리하려는 경향이 없지 않다.

그러나 본서에서 집중적으로 조명하고 있는 독도, 센카쿠제도, 쿠릴
열도문제는 분명히 역사적 권원을 바탕으로 한 영유권문제이다.

특히 한일 간의 영토문제인 독도는 그토록 일본이 치밀하게 영토침
탈을 위한 전략을 구상하여 영토침탈을 시도하고 있음에도 불구하고,
한국정부가 일본에 대한 이해 부족으로 지금까지 무대응이 상책이라는
안일한 대응으로 오늘날 독도를 위기상황으로 몰아넣은 경향이 강하다.
따라서 이러한 문제를 해결하기 위해서는 일본의 침략적인 의도를 제압
하고도 남을만한 한국정부의 강력한 주권의식이 국제사회에 어필되어
야할 것이다. 이는 곧 일본의 내셔널리즘적인 영유권 주장을 약화시키
고, 지역의 안정과 공동번영을 위해 지역통합으로 가는 중요한 방안이
기도 하다.

參考文獻

제1장   일본의 영토분쟁의 근원
李漢基, 『韓國의 領土』, 서울대학교출판부, 1969.
石井孝, 『明治初期의 國際關係』, 吉川弘文館, 1977.
石井孝, 『明治初期の日本と東アジア』, 有隣堂, 昭和57.
石井孝編, 『幕末維新期の研究』, 吉川弘文館, 1978.
市川正明編, 『日韓外交史料(1) 개국외교』, 原書房, 1979.
于野俊一, 「神奈川條約」, 『日本歷史大辭典3』, 河出書房, 1974.
臼井勝美, 「일미수호통상조약」, 『日本歷史大辭典7』, 河出書房, 1974.
「A. A. 新興篆刻と國際法」, 『思想』, 1965년 10월.
岡義武, 『國際政治史』, 岩波全書, 1973.
金子利喜男, 『世界の領土, 國境紛爭と國際裁判』, 明石書店, 2000.
外務省編, 『大日本外交文書』第7卷, 日本國際協會, 1939.
外務省編, 『日本外交年表並主要文書(上) 1840-1945』, 原書房, 昭和50.
外務省調査部, 『大日本外交文書』第2卷 第2冊, 1939.
金正明編, 『日韓外交資料集大成』第13券, 嚴南堂, 1966.
金正明編, 『日韓外交資料集大成』第1卷, 嚴南堂, 1966.
芝原拓自편, 『대외관』일본근대사상대계, 岩波書店, 1988.
田畑茂二郎, 「國際法」, 『日本歷史大辭典4』, 河出書房, 1974.
称津正志, 「文久元年露艦ポサドニックの對馬占領に就いて」, 『法と經濟』第2卷 2-4号.
日本經濟新聞社編, 『世界の紛爭地圖』, 日本經濟新聞社, 2001.
日本史籍協會編, 『岩倉具視關係文書』第7卷, 1934.
日本國際協會編, 『大日本外交文書』第8卷, 1939.
福地源一郎, 『懷往事談』, 民友社, 1897.
藤村道生, 「明治初年におけるアジア政策の修正と中國ー日淸修好條規安の檢討ー」, 『名古屋大學文學部研究論集』XLIV.
宮內廳編, 『明治天皇紀』第2卷, 吉川弘文館, 1969.
和田春樹, 『開國ー日露國境交渉』, 日本放送出版協會, 1991.

제2장   근대일본의 영토침략과 영토분쟁의 잉태
崔長根, 『韓中國境問題研究』, 서울: 백산자료원, 1998.
韓相一, 『日韓近代史の空間』, 日本經濟評論社, 1984.
旗田巍, 『日本人の朝鮮觀』, 勁草書房, 1983.
日本外務省編, 『日本外交年表並主要文書』上, 原書房, 1976.
芝原拓自, 『對外觀』日本近代思想大系, 岩波書店, 1988,

新村 出, 『廣辭苑』第2版 補訂版, 岩波書店, 1979.

石井孝, 『明治初期の日本と東アジア』, 有隣堂. 1982.

毛利敏彦, 『明治六年政變』, 中公新書561, 中央公論社, 1988.

本多利明, 『日本思想大系』, 第44巻, 岩波書店, 1970.

井上清, 『日本の軍國主義Ⅱ』, 東京大學出版會, 1958,

纐纈厚, 『侵略戰爭』ちくま親書207, 1999.

市川正明編, 『日韓外交史料』, (1開國外交), 原書房,1979

石井孝, 『增訂明治維新の國際的環境』, 吉川弘文館, 1982.

日韓關係を記錄する會編, 『資料日韓關係1』, 現代史出版會, 1976.

加藤周一, 久野收編, 『近代日本思想史講座4』, 筑摩書房, 1972.

荒木昌保編, 『新聞記事で綴る明治史(上)』, 株式會社 亞土, 1975.

荒木昌保編, 『新聞記事で綴る明治史(下)』, 株式會社 亞土, 1975.

木下宗一編, 『秘錄日本の百年(上)』, 人物往來社, 1967.

木下宗一編, 『秘錄日本の百年(下)』, 人物往來社, 1967.

大久保利謙編, 『近代史史料』, 吉川弘文舘, 1973.

渕信雄, 『日韓交涉史』, 彩流社, 1992.

鹿野政直編, 『幕末思想集(20』, 筑摩書房, 1972.

小松綠, 『明治外交秘錄』, 原書房, 1976.

吉岡吉典, 『日本の侵略と膨張』, 新日本出版者, 1996.

キヌ渕信雄, 『海外の新聞に見る日韓併合』, 彩流社, 1995.

古川万太郎, 『近代日本の大陸政策』, 東京書籍, 1991.

谷壽夫, 『機密日露戰爭史』, 原書房, 1972.

デニ・スウオーナーペギーウオーナー, 『日露戰爭全史』, 時事通信社, 1979.

姜範錫, 『征韓論政変』, サマイル出版者, 1990

佐々木春隆, 『朝鮮戰爭前史としての韓國獨立運動の研究』, 國書刊行會, 1985.

升味準之輔, 『東アジアと日本』, 東京出版會, 1993.

梶村秀樹, 『朝鮮史』, 講談社現代新書p650, 1977.

海野福壽, 『韓國併合』, 岩波新書388, 1995.

제3장 일본의 영토분쟁 현안과 그 전망

河野康子, 『沖繩變換をめぐる政治と外交』, 東京大學出版部, 1994.

下田武三, 『戰後日本外交の證言』, 上卷, 行政問題研究所出版局, 1984.

下田武三, 『戰後日本外交の證言』, 下卷, 行政問題研究所出版局, 1984.

高野雄一, 『日本の領土』, 東京大學出版會, 1964.

細川千博, 『サンフランシスコ講和への道』, 中央公論社, 1984.

每日新聞社編, 『對日平和條約』, 每日新聞社刊, 1946.

宮澤喜一, 『東京ーワシントンの密談』, 中央公論社, 1999.

崔長根, 『明治日本の領土擴張政策-獨島の島根縣編入を中心に-』, 中央大學大學院 法學研究科. 석사학위논문, 1994.

崔長根, 『近代日本の領土政策史研究-滿韓國境問題を中心として-』, 中央大學大學院 法學研究科. 박사학위논문, 1997.

河野康子, 『沖縄返還をめぐる政治と外交-日米關係史の文脈-』, 東京大學出版會, 1994.

伊藤 潔, 『臺灣』, 中公新書1144, 1993.

毎日新聞社編, 『對日平和條約』, 毎日新聞社, 1952.

渡辺昭夫・宮里政玄編, 『サンフランシスコ條約』, 東京大學出版會, 1986.

木村汎編, 『北方領土を考える』, 北海道新聞社, 1981.

木村汎, 『遠い國ロシアと日本』, 世界思想社, 2002.

榎森進, 『改訂增 補北海道近世史の研究ー幕藩體制と蝦夷地』, 北海道出版企畫センター, 1997.

北海道東北史研究會編, 『場所請負制とアイヌ』, 北海道出版企畫センター, 1997.

和田春樹, 『北方領土問題ー歴史と未來』, 朝日新選, 1999.

秋月俊幸, 『日露關係とサハリン島ー幕末明治初年の領土問題ー』, 筑摩書房, 1994.

高野雄一, 『國際法からみた北方領土』, 岩波ブックレットNO.62, 1980.

外務省編, 「尖閣諸島」について」, 外務省情報文化局, 1972.

金子利喜男, 『世界の領土, 國境紛爭と國際裁判』, 明石書店, 2001.

木村汎, 『日露國境交渉史ー領土問題のいかに取り組むか』, 中公新書1147, 中央公論社, 1993.

島根縣教育會編, 『島根縣誌』, 賢美閣, 1979.

芹田健太郎, 『日本の領土』, 中公叢書, 2002.

田中弘之, 『幕末の小笠原』, 中公親書1388, 1997.

洪聖根, 「獨島폭파사건의 國際法的 論爭 분석」, 獨島學會編 『韓國의 獨島領有權研究史』, 독도연구총서10, 독도연구보존협회, 2003.

김병렬, 「대일강화조약에서 독도가 누락된 전말」, 독도연구보전협회, 『獨島領有權과 領海와 海洋主權』, 독도학회, 1998.

김병렬, 『독도: 독도자료총람』, 다다미디어, 1998.

김영진역. 高崎宗司, 『檢定韓日會談』, 清水書院, 1998.

민족문제연구소편, 『한일협정을 다시 본다』, 아세아문화사, 1995.

최장근, 「대일평화조약의 영토조항의 일고찰-정치성에 관해서-」, 『일어일문학』, 21집, 2004.2.

崔長根, 『韓中國境問題研究-일본의 영토정책사적 측면에서-』, 백산자료원, 1998.

崔長根, 「일본외교의 양면성에 관한 고찰-일한어업협정과 영토문제-」, 『日本學報』 제44집, 2000.

崔長根, 「어업협정과 독도 및 EEZ와의 관련성-일본외교의 정치문화적 특성에서 고

　　　　찰-」,『日本學報』, 제50집, 2000.
崔長根, 「현대일본정치의 아이덴티티 모색과 그 방향성- 일본내셔널리즘의 전개과정
　　　　을 중심으로-」. 서울:『日本學報』, 제54집, 2003.
최장근, 『일본의 영토분쟁』, 백산자료원, 2005.
신용하, 『독도의 민족영토사연구』, 지식산업사, 1996.
李漢基, 『韓國의 領土』, 서울대학교출판부, 1969.
정해웅, 「EEZ 체제와 한일 어업협정」,『서울국제법연구』, 제6권 제1호(國際法學
　　　　會), 1999.
독도연구보전협회편, 『독도영유권과 영해와 해양주권(독도연구총서3)』, 독도연구보전
　　　　협회, 1998.

제4장　전후 일본의 「북방4도」에 대한 영토전략
木村汎, 『遠い隣國ロシアと日本』, 世界思想社, 2002.
木村汎 외, 『北方領土ーソ連の五の選擇肢ー』, 日本讀賣新聞社, 1991.
高野雄一, 『日本の領土』, 東京大學出版會, 1962.
每日新聞社編, 『對日平和條約』, 每日新聞社, 1952.
太壽堂鼎, 『領土歸屬の國際法』, 東信堂, 1998.
芹田健太郎, 『島の領有と經濟水域の境界畫定』, 有信堂, 1999.
金子利喜男, 『世界の領土境界紛爭と國際裁判』, 明石書店, 2001.
和田春樹, 『北方領土問題 -歷史と未來』, 일본 : 朝日新選, 1999.
그 외, 「각주」 참조.
최장근, 『일본의 영토분쟁』, 백산자료원, 2005.
최장근, 「샌프란시스코조약의 영토조항에 관한 고찰-영토처리의 정치성에 관해서-」,
　　　　『일어일문학』, 제21집, 2004년 2월호.
최장근, 「러일 국경 분쟁발생과 아이누민족의 지위소멸과정에 관한 고찰」, 『일본어문
　　　　학』, 제25집, 2004년 2월호.
최장근, 「19세기 러일 제국주의 국가의 아이누모시리 분할」, 『일본어문학』, 제23집,
　　　　2003년 10월호.

제5장　전후 일본의 「센카쿠제도」에 대한 영토전략
芹田健太郎, 『島の領有と經濟水域の境界畫定』, 有信堂, 1999.
高野雄一, 『日本の領土』, 東京大學出版會, 1962.
太壽堂鼎, 『領土所屬の國際法』, 東信堂, 1998.
國際法事例硏究會, 『領土』, 慶應義塾大學出版會, 1989.
井上淸, 『尖閣列島』, 現代評論社, 1972.
井上淸, 『尖閣諸島, 釣魚諸島の史的解明』, 第三書館, 1972.
高橋庄五郎, 『尖閣ノート』, 靑年出版者, 1979.

平山茂雄,「尖閣諸島の領有權問題と中國の東シナ海戰略」,『杏林社會科學研究』, 제12권제3호, 1996년 12월.

平山茂雄,「東シナ海の石油開發と尖閣諸島」,『中國の海洋戰略』, 勁草書房, 1993, pp.84-85.

高島儀一,「釣魚諸島(尖閣諸島)は中國領である」,『かけはし』, 2003年1月27日号.

최장근,『일본의 영토분쟁』, 백산자료원, 2005.

〈인터넷자료〉

○「尖閣諸島の領有權についての基本見解」,
  http://www.mofa.go.jp/mofaj/area/senkaku/.

○「新しい日中漁業協定の發効について」,
http://www.agriworld.or.jp/radio/kaigai/genkou/kaigai06_09.html.

○「센카쿠제도의 영유권에 대한 기본 견해」
http://www.mofa.go.jp/mofaj/comment/faq/area/asia.html#05.

○「센카쿠제도문제」, 보도관회견기록, 平成8년10월4일
http://www.mofa.go.jp/mofaj/press/kaiken/hodokan/hodo9610.html#3-D.

○「센카쿠제도문제」, 외신관회견요지, 平成8년9월17일,
  http://www.mofa.go.jp/mofaj/press/kaiken/hodokan/hodo9609.html#2-A.

○센카쿠제도, 외무대신회견기록, 平成17년2월10일,
http://www.mofa.go.jp/mofaj/press/kaiken/gaisho/g_0502.html#4-D.

○「石垣市議會が「尖閣諸島の日」制定へ」2005년3월25일,
http://japan.donga.com/srv/service.php3?biid=2005032620288.

○보도관 회견기록, 平成8년9월27일,
http://www.mofa.go.jp/mofaj/press/kaiken/hodokan/hodo9609.html#3-C.

○「센카쿠제도문제-1996년의 국제사회와 일본외교-」,
http://www.mofa.go.jp/mofaj/gaiko/bluebook/97/1 st/chapt1-2.html.

○「센카쿠제도문제, 보도관회견요지」, 平成9년5월23일,
  http://www.mofa.go.jp/mofaj/press/kaiken/hodokan/hodo9705.html#7-A.

○「센카쿠제도문제」, 보도관회견요지, 平成9년4월11일,
http://www.mofa.go.jp/mofaj/press/kaiken/hodokan/hodo9704.html#10-A.

○「센카쿠제도」, APEC때의 일중정상회담, 平成8년11월24일, 외무성중국과,
http://www.mofa.go.jp/mofaj/gaiko/apec/96/kaidan/kaidan6.html.

○「일중관계」제1장 총괄, http://www.mofa.go.jp/mofaj/gaiko/bluebook/01/1 st/
  bk01_1.html. http://www.asahi.com/special/senkaku/TKY200403260347.html.

○부대신회견기록, 平成16년3월25일,
  http://www.mofa.go.jp/mofaj/press/kaiken/fuku/f_0403.html#3-A.

○「센카쿠제도」, 일중관계, 카와구치 외무대신 방중, 온가보 총리와의 회견,
http://www.mofa.go.jp/mofaj/kaidan/g_kawaguchi/china_04/kai_on.html.
○「센카쿠제도」, APEC 때의 일중외상회담, 1996년11월24일, 외무성 중국과,
http://www.mofa.go.jp/mofaj/gaiko/apec/96/kaidan/kaidan3.html.
○「東シナ海の油田開發, 副大臣會見記錄」, 平成16년9월30일,
,http://www.mofa.go.jp/mofaj/press/kaiken/fuku/f_0409.html#4-C.
○「외무대신회견기록」, 平成17년11월29일,
http://www.mofa.go.jp/mofaj/press/kaiken/gaisho/g_0511. html#8.
○「일중관계(반일데모, 동중국해 가스논개발)」, 부대신 회견기록, 平成17년4월14일,
http://www.mofa.go.jp/mofaj/press/kaiken/fuku/f_0504. html#2-A)

〈기타〉
http://www.asahi.com/special/senkaku/OSK200403280014.html.
http://www.asahi.com/special/senkaku/OSK200403250025.html
http://www.seinensya.org/undo/ryodo/senkakushoto/030616senkaku.htm
http://www.mofa.go.jp/mofaj/press/kaiken/hodokan/hodo0402.html#2-D.
http://www.seinensya.org/undo/ryodo/senkakushoto/030616senkaku.htm.
http://www.asahi.com/special/senkaku/TKY200403250397.html
http://www.seinensya.org/undo/ryodo/senkakushoto/030616ayumi.htm
http://www.asahi.com/special/senkaku/OSK200405100021.html.
http://www.jrcl.net/web/frame03123c.html,

제6장 전후 일본의 「독도」에 대한 영토전략
김병렬, 『독도 -독도자료총람-』, 다다미디어, 1998.
김학준, 『독도는 우리땅』, 해맞이, 1996.
독도연구보전협회편, 『독도영유권과 영토와 해양주권』, 독도연구보전협회, 1998.
독도연구보전협회편, 『한국의 독도영유권 연구사』, 독도연구보전협회, 2003.
송병기, 『울릉도와 독도』, 단국대학교출판부, 1999.
송병기, 『독도영유권자료선』, 한림대학교 아시아문화연구소, 2004.
신용하, 『독도의 민족영토사 연구』, 지식산업사, 1996.
이상면, 「신한일어업협정상 제주도남쪽 중간수역이 안고 있는 문제점」, 『독도영유권
        과 배타적경제수역 경계획정문제』, (사)한국영토학회 제2회 학술대토론회,
        2006년9월7일 백범기념관.
최장근, 『일본의 영토분쟁』, 백산자료원, 2005.
大西俊輝, 『獨島』, 제이앤씨, 권오엽 번역, 2004.
川上健三, 『竹島の歷史地理的研究』, 古今書院, 1966.
田村淸三郎, 『島根縣竹島の硏究』, 島根縣總務部總務課, 1954.

高野雄一, 『日本の領土』, 東京大學出版會, 1962
內藤正中, 『] 獨島竹島』, 제이앤씨, 권오엽 번역, 2005.

〈인터넷자료〉
○ 「竹島問題」,
http://www.mofa.go.jp/mofaj/area/takeshima/index.html
○ 「울릉도/독도년표」
http://www.dokdomuseum.go.kr/
○ 「평화선 개념도」,
http://enews.kcg.go.kr//publish/php/articleview.php?idx=41999§ion=4&diaryDate
    =2006-05-15.
○ 「독도, 미군 폭격장 배후는 일본」, KBS TV 2006년8월15일,
http://www.dokdomuseum.go.kr/board.
○ 「연대기로 본 독도의 역사」,
http://kr.ks.yahoo.com/service/ques_reply/ques_view.html?dnum=AAH&qnum=3
    943363.
○ 「한때 이런 배로 우리바다를 지켰습니다」,
http://news.empas.com/show.tsp/cp_dk/20060517n08046.
○ 「かえれ！竹島」, 『島根縣ホ-ムペ-ジ』, 2006년5월22일.
http://www.asahi.com/special/senkaku/TKY200403310241.html.
○ 「日韓外相會談, 報道官會見記錄(平成9년7월)」,
http://www.mofa.go.jp/mofaj/press/kaiken/hodokan/hodo9707.html#7-G.
○ 「竹島問題」, 報道官會見記錄(平成9년10월),
http://www.mofa.go.jp/mofaj/press/kaiken/hodokan/hodo9710.html#3-B
○ 「독도로 호적 옮기는 사람 많다…87년후 147가구 옮겨」,
http://www.donga.com/fbin/moeum?n=dokdo$j_612&a=v&l=2&id=200101020572.
○ 「竹島切手問題」, 外務大臣會見記錄(平成16년3월),
http://www.mofa.go.jp/mofaj/press/kaiken/gaisho/g_0403.html#5-D.
○ (平成18년4월26일),
http://www.mofa.go.jp/mofaj/press/kaiken/hodokan/hodo0604.html#4.
○ 「국제해양법재판소(ITLOS) 재판관 선거」(2005년6월22일),
http://www.mofa.go.jp/mofaj/press/danwa/17/dga_0623.html.
○ 「竹島問題」, 副大臣會見記錄 (平成17년3월10일),
http://www.mofa.go.jp/mofaj/press/kaiken/fuku/f_0503.html#2-A.
○ 「한일 EEZ협상 대표단 출국…내일 협상 개시」, 인터넷한겨레,
http://www.hani.co.kr/arti/politics/diplomacy/131137.htm.l.
○ 報道官會見記錄(平成18년4월26일),

http://www.mofa.go.jp/mofaj/press/kaiken/hodokan/hodo0604.html#4.
○ 「한일 EEZ 경계획정 회담 첫날 양국 입장 차만 확인」, 『서울경제』, 2006년6월12일,
http://kr.news.yahoo.com/service/news/shellview.htm.l.
○ 「한국, "EEZ 경계선은 독도 기점으로!"」, 「YTN뉴스」, 2006년6월12일,
http://kr.news.yahoo.com/service/news/shellview.htm.l.
○ 『조선일보』2006년6월13일.
○ 「한일 EEZ 경계획정 회담 첫날 양국 입장 차만 확인」, 『서울경제』, 2006년6월12일,
http://kr.news.yahoo.com/service/news/shellview.htm.l
○ 「事務次官會見記錄(平成18년6월)」,
http://www.mofa.go.jp/mofaj/press/kaiken/jikan/j_0606.html#1-A.
○ 「NGO団体「ピースボート」からの公開質問狀に對する返書」(平成14년10월31일),
http://www.mofa.go.jp/mofaj/area/hoppo/pb_qa.html.
○ 「外務大臣會見記錄」(平成16년1월),
http://www.mofa.go.jp/mofaj/press/kaiken/gaisho/g_0401.html#1-C.
○ 「日韓關係「-總括-96年の國際社會と日本外交-」,
http://www.mofa.go.jp/mofaj/gaiko/bluebook/97/1st/chapt1-2.html.
○ 「日韓間の第5回排他的經濟水域境界畵定交涉の開催について」, 平成18년 6
    월 9일.
http://www.mofa.go.jp/mofaj/press/release/18/rls_0609e.html.
○ 「外務省타운미팅 제10회 회합」, (川口外務大臣),
http://www.mofa.go.jp/mofaj/annai/honsho/gaisho/t_meeting/tm_040911c.html.
○ 「外務省타운미팅 제10회 회합」(川口外務大臣), 田中 東京大學 東洋文化研
    究所 所長,
http://www.mofa.go.jp/mofaj/annai/honsho/gaisho/t_meeting/tm_040911c.html.

〈기타〉
http://www.mofa.go.jp/mofaj/comment/q_a/topic_39.html.
http://www.mofa.go.jp/mofaj/press/danwa/17/dga_0427.html.
http://www.mofa.go.jp/mofaj/press/danwa/17/dga_0427.html.
http://www.mofa.go.jp/mofaj/area/korea/kankei.html

색 인

(숫자/기호)

1개의 중국론   129
2개의 중국론   129
2도 선행반환론   170
2원 외교   171
3국 조사단   137
4도 교류   165, 174

(영문)

APEC 정상회의   159
ASEAN+3 정상회의   223
critical date   23
EEZ침입문제   214
F4팬텀전투기   211
NGO 단체   184
SCAPIN 677호   138, 241

(ㄱ)

가고시마(鹿兒島)   48
가와구치 요리코(川口順子)   171
가와나(川奈) 정상회담   157
간고제(間高制)   110
강택민   211, 213
강화도사건   61
강희제(康熙帝)   104
개정일본여지노정전도
  (改正日本輿地路程全圖)   238
개항장   41
거문도   125, 242
거문도점령   59
견한사절론(遣韓使節論)   33
경부철도   84
경상북도지사 조재천(曺在千)   244
경성(京城)   90

경의철도   84
경제지원   182
경제협력   182
고가 타쓰시로(古賀辰四郎)   195
고노 요헤이(河野洋平)   213
고드인   19
고등학교 교과서   268
고베(神戶)   199
고유영토   268
고이즈미 준이치로(小泉純一郎)   158
고토 야스오(後藤康男)   202
곡목(谷牧) 부수상   227
공동경제활동   156, 162
공동경제활동위원회   165
공동관리수역   229
공무역   109
공민 교과서   297
공산진영   127
공수동맹   47, 85
관백(關白)   118
교토 ASEM 외상 회의   224
교토(京都)   109
구 도민에 대한 보상문제   174
구 유고슬라비아   20
구도민   176
구미적도   195
구술서   252
구장서   195
구주류호   249
국경 확정위원회   164
국립공원화계획   267
국민   72
국정조사단   118

국제공법   50, 76
국제법   21
국제사법재판소   185, 254, 255, 269
국제중재재판규칙안   27
국제해양법협약   213
군함 코모란트호   54
그렌이그르즈·서미트   160
그리스시대   26
기도 타키요시(木戶孝允)   31
기독교 군주   24
기룽(基隆)   199
기슈(紀州)   112
기시(岸)내각   133
김성도   259
김신열   259

(ㄴ)
나가사키   41
나카이 요사부로(中井養三郞)   293
나하(那覇)기지   211
난세이(南西)제도   193
남변한계   117
남서제도(南西諸島)   126
남청(청국의 남부)지방   84
내셔널리즘   68, 114, 128
내지(일본열도)의 연장선상   29
냉전체제   127
네덜란드   68, 104
네덜란드상관   104
네무로(根室)병원   183
네바다   57
뉴질랜드   124, 134, 242
니시무라(西村) 조약국장   168
니이가타   41

(ㄷ)
다나카 가쿠에이(田中角榮)   155, 226
다민족국가   19
다케시마(竹島)   122
'다케시마 날'을 조례   136
대군(大君)   32
대륙붕   221
대립의 바다   223
대마도   59
대만   35, 44, 121, 196, 206
대만 낚시선   211
대만번지처분요략
    (台湾藩地處分要略)   34
대만정벌   32, 50
대만침공   120
대백과사전   297
대일강화조약 초안   241
대일본 대조선 양국맹약   81
대일잠정협정   178
대일평화조약   123, 125, 129, 138
대정도   195
대통령주권선언   245
대한민국과 일본국간의 양국에 인접한
    대륙붕 남부 구역 공동개발에 관한
    협정   271
대한방침에 관한 결정   87
대한정략에 관한 각의결정   82
대한제국   236
덜레스 국무장관   132
데라우치 마사타케(寺內正毅)   92
데롱그   49, 57
도쿄도(東京都)   118
도쿄선언   157, 161, 162, 172
도쿄재판   24
독도(Takeshima) 119, 122, 134, 242,
    288, 293

독도기점 273
독도도안 우표 254
독도사수특수의용대 253
독도의용수비대 135
독도주민 258
독일 20
돗토리 성주(鳥取城主) 37
돗토리현(鳥取縣)의회 의원연맹 269
동남아시아지역 120
동해해전 122
돤쵸오(斷橋) 226
등대 198
등대허가신청서 201
등소평(鄧小平) 227

(ㄹ)
라브로프 외상 159
러시아 68
러일 화친조약 39
러일강화조약 88
러일전쟁 122
로마교황 26
로마시대 26
로컬리즘 140
루마니아 20
룽징(龍井)가스전 225
리용·서미트 156
리저널리즘 140
리젠돌 49, 50

(ㅁ)
마이니치신문(每日新聞) 201
마츠마에(松前) 번 102, 105, 115
마츠마에부(松前府) 37
마치무라 노부타카(町村信孝) 159
막말(幕末) 97

막번(幕藩)체제 102
막번체제 103, 119
막부 52
만국공법 30, 38, 66
만국국제법학회 27
만주 85
만주국 120, 123
만한에 관한 일러 협상의 건 84
맥아더라인 134
모도(母島) 112
모리 요시로(森喜郞) 170
모리 요시히로(森喜郞) 268
모리시타(森下)정무차관 168
모스코비아 36
무라카와(村川) 111, 238
무비자 166
무주지(無主地) 35
무주지(無主地) 선점론 18
무츠 무네미츠(陸奧宗光) 44
물골 259
미국 22
미국 제5함대 사령관각서 제80호 241
미국기 248
미국대통령 55
미국의 독립선언 26
미나미 도리시마(南鳥島) 111, 118
미나미코지마(남소도) 208
미사와(三澤)기지 211
미야모토 하루키(宮本春樹) 203
미야코지마(宮古島) 48
미일수호통상조약 41
미일합동위원회 247
미일행정협정 247
미즈노 치쿠고 모리(水野筑後守) 113
미츠쿠리 린쇼(箕作麟祥) 38
민렌요 0257 219

민법규정 208
민족자결주의 22

(ㅂ)
바쇼(場所: 교역거점) 107
반미운동 138
발견 우선의 원칙 23
발칸반도 19
배상금 56
배타적인 경계수역침범 사건 177
버마 79
법과 정의의 원칙 155
베네질란드 27
베를린 79
벨기에 30
보수합동조건 132
보아소나드 60, 61, 65, 75, 76, 77
보호조약 88
복강도(福江島) 242
복건(福建) 84
복건성(福建省) 104, 216
부국강병 44
부도(父島) 112
부산항 61
부작위(인가유보)에 대한 심사청구서
202
북방 4도 주민 지원 181
북방4도 147, 148, 150
북방성묘 176
북방영토 132, 151, 285
북방영토 반환요구 운동관계자 175
북방영토 반환요구전국대회 180
북방영토의 날 178, 179, 285
북변한계 115
북아일랜드 20
북위 50도선 54

분투(奮鬪)7호 219
브레주네프 서기장 161
브롯삼호 112
블라디보스톡 118

(ㅅ)
사단법인 치시마 하보마이제도
　거주자 연맹(치시마 연맹) 183
사브라이호 112
사이고 타카모리(西鄕隆盛) 31, 33
사전통보제 214
사증 취득 177
사츠마(薩摩) 번 102
사토 노부히로(佐藤伸淵) 36
사토 에이사쿠(佐藤榮作) 138, 262
사토・닉슨수뇌회담 139
사할린 51, 117
사할린 포기론 54
사할린/쿠릴열도교환조약 117
사할린문제 55
산죠 사네미(三條實美) 30
삼국통람도설 195
삼국통람도설(三國通覽圖說) 37
상설중재재판소 27
상트페테르브르크 도시건설 300년
　기념행사 158
샌프란시스코 강화조약 149, 150, 154,
　193
서남변한계 119
서변한계 118
서사군도(西沙群島) 125, 128
석도(石島) 289
석유자원 137
선점 21
성묘 165
세견선(歲遣船) 108

세계지도 297
센카쿠신사(尖閣神社) 207
센카쿠제도 18, 136, 287, 292, 296
센카쿠제도문제 136
센카쿠제도의 등대소유자 208
센코쿠(戰國)시대 112
센트 27
소노다 스나오(園田眞) 210
소우(宗) 60
소이지마 타네토미(副島種臣) 34
속국 64
속국-종주국 28, 119
쇄국령 39, 102
쇼군(將軍) 104
쇼후암(孀婦岩) 126
수데텐 지방 20
수중창고 259
숨슈섬 148
슈칸신쵸(週刊新潮) 204
스위스 30
스즈키 무네오(鈴木宗男) 169
스페인 23
스포츠대회 201
슬라브인 19
시-아이랜드 G8서미트 159
시라카바(白樺, 중국명 春曉) 231
시립 네무로 병원 183
시마네현 298
시마네현 오카군 고카무라 죽도
  (島根縣 隱岐郡 五箇村 竹島) 249
시마네현 의회 269
시마네현 지사 269
시마네현(島根縣)고시 40호 236
시마즈(島津)씨 103
시모노세키 66
시모노세키조약 193
시모다(下田) 39
시모다(下田)조약 187
시위활동 211
시정촌의회 179
시코탄(色丹) 132
시효 21, 23, 25
식민지정책 72
신남군도(新南群島) 125, 128
신등대 254
신라시대 288
신식군대 77
신어업협정 135
신영토 123
신진당(新進黨) 212
신탁통치정책 137
실효적 지배 248
쓰시마 부중(對馬府中) 109
쓰시마(對馬) 번 102, 108
쓰시마(對馬島) 51, 242
쓰야마시(津山市) 의회의원 207

(ㅇ)
아모이(厦門) 49
아시아극동경제위원회(ECAFE) 보고서
  271
아오모리현(靑森縣) 항공자위대 211
아이누모시리 105, 115
아이누민족 105
아이치 키이치(愛知揆一) 262
안남(지금의 베트남) 30
안용복사건 118
알자스-로렌 지방 19
야나가와 일건(柳川一件) 109
야나기하라 마에미츠(柳原前光) 31
야스나로(翌檜, 중국명 龍井) 가스전
  231

야스쿠니 신사참배 217
야에야마(八重山) 도민 살해사건 35
약소민족 103
얄타협정 123, 127, 150
양상곤(揚尙昆) 203
어업협력협정 178
어조도(魚釣島) 198
에노모토 타케아키(榎本武揚) 34, 58
에도(江戶) 41
에도(江戶)시대 238
에죠(홋카이도) 51
에죠도(蝦夷島) 40
에죠지(蝦夷地) 30
에토로프 40, 51, 116
엘친 대통령 186
여론계발사업 165
여성대원 200
연방규약 26
연합국 197
영국 20, 68, 117, 134
영국 상관(商館) 104
영미합동초안(5월 3일자) 242
영사관 58
영사재판권 41, 47
영연방국가 124
영일통상조약 67
영토 불확장 원칙 123, 127
영토분쟁해결의 원칙 284
영토취득 239
영토표지석 252
옐친 대통령 155, 156, 161
오가사와라 정뢰(貞賴) 111
오가사와라(小笠原)군도 103, 111
오노 아키라(大野明) 203
오늘의 일본 258
오산승(五山僧) 109

오스트레일리아 124, 134
오스트리아 20
오야(大谷) 111, 238
오오쿠마 시케노부(大隈重信: 大藏卿) 34
오오쿠보 도시미치(大久保利通) 34
오키나와 18, 138
오키나와 반환 196
오키나와 반환 협정 194
오키나와 트로프(주상해분) 230
오키나와(沖繩)현 195
오키노 도리시마(沖の鳥島) 111, 118
오키도(隱岐島) 36, 242
오키호 253
오히라 마사요시(大平正芳) 186
왕정복고(王政復古)의 대호령(大號令) 28
왜관 109
외무대신 서리 육군참장 이지용 86
요나쿠니시마(与那國島) 211
요동반도 121
요시다 쇼인(吉田松陰) 36
우랄지방 19
우룻프섬 58, 149
우산국 293
우산도 236
우스이 히데오(臼井日出男) 156
우오쓰리시마 어장등대 201
우오쓰리시마(어조도) 206, 208
우익단체 198
우호 · 협력의 바다 223
울릉도 111, 118, 125, 238, 242
울릉도, 독도학술조사 244
위령비 249
유구 24, 124, 126
유구 강제병합 139

유구국왕 상태(尙泰) 48
유구인 119
유규인 살해 51
유럽파견 사절단 52
유엔아시아극동경제위원회(ECAFE) 226
유엔해양법협약 135
유주지 30
을유약조(乙酉約條) 108
의용수비대 249, 253
이국이역 103, 108
이노우에 가오루(井上馨) 78
이르쿠츠쿠 성명 157, 172
이바라키현(茨城縣) 200
이베리아 반도 19
이시가키지마(石垣島) 199, 201
이와쿠라 토모미(岩倉具視) 30
이케다 유키히코(池田行彦) 156, 219, 264
이타가키 타이스케(板垣退助) 32
이토 히로부미(伊藤博文) 79
인광석(燐鑛石) 251
인도 23
인도지나반도 79
인바국주(因幡國主) 37
일러간 영토 문제의 역사에 관한
    공동 작성 자료집 167
일러교섭 최종제안에 관한 각의결정 85
일러통호조약 148
일러행동계획 158, 163
일미안보조약 132
일미화친조약(카나가와조약) 39
일본 공산당 170
일본국황제폐하 73
일본천황 29
일본청년사 198
일소공동선언 154, 155, 157, 172

일소공동선언문 133
일유동조론(日琉同祖論) 103
일중평화우호조약 198
일청강화조약 81
일한병합(日韓倂合) 71
일한의정서 86
일한잠정합동 조관(條款) 80
일한협약 87, 89, 90
임시 헤리포트 199

(ㅈ)
자동기상계 A-100형 199
자유방문 165
자주국 77, 121
잔존주권 124, 138
잠정합의수역 229
장미지행(藏米知行) 110
재판권 57
전국도도부현의회 179
전국시의회의장회 179
전국시장회 179
전국시정촌(市町村)회 179
전국현지사회 179
전입신고 259
점령통치 123
정복 21, 23, 24
정전(停戰)회담 244
정토사(征討使) 62
정한론 32
제1차 영일동맹 83
제2차 대전 종료 60주년 기념식전 159
제2차 세계대전 19, 120
제3차 버마전쟁 80
제국주의국가 71
제물포조약 77, 79
제주도 125, 242

조기경계기 E2C 211
조선군주지보(朝鮮君主之寶) 66
조선문제에 관한 의정서 83
조선영토 118
조선일보 261
조선정략의견서(朝鮮政略意見書) 78
조어대 195
조어서 195
조일수호조규(강화도조약) 28, 66, 67,
75, 118
종의윤(宗義倫) 111
종의진(宗義眞) 110
종주국-속국관계 121
좌수 은산(佐須銀山) 110
주러일본공사 에노모토(榎本) 59
주온례(周恩禮) 227
주일독일공사 아이젠댁히아 63
주일미국공사 빈감 63
주일영국공사 파크스 52, 63
주일프랑스공사 상관탕 63
주중미국공사 웨이드 63
죽도 문제해결촉진협의회(촉진협) 263
죽도(竹島) 37, 238
죽도·북방영토반환요구운동 263
죽도문제연구회 269, 298
죽도의 날 298
죽도의 날 제정 268
중국민간 보조(保釣) 연합회 214
중국민간 보조연합회 216
중일평화조약 137
중재재판 25, 68
중재조정 57
중화만국(대만) 124, 128, 136, 197,
226
중화인민공화국(중공) 124, 136, 197
지방지행(地方知行) 110

지역통합 141
지원위원회 182
지원위원회 설치에 관한 협정 182
진공관계 104

(ㅊ)
참의(參議) 78
책봉체제 103
천안문사건 200
천연가스전 문제 221
천연기념물 제336호 267
천연보호구역 267
천연자원 221
천황제 34
청년전사 198
청일수호조규 31, 47, 48
청일전쟁 74, 81, 196
최고사령부각서의 지령 SCAPIN
1033호 241
최종덕 258
춘샤오(春曉)가스전 222, 225
측량선 273
측점표식 199
치시마(쿠릴)열도 126
치시마(쿠릴열도)/카라후토(사할린)
교환조약 150
칙령 41호 236
침략전쟁 24
침략정책 72

(ㅋ)
카나가와 41
카나가와(神奈川)조약 38
카라후토 섬 가규칙(樺太島 仮規則)
52
카라후토(사할린) 33

카라후토/치시마 교환조약　　60, 148
카시(樫, 중국명 天外天)가스전　231
카이로선언　　　　24, 123, 127
카키자키(蠣崎)정권　　　　　106
캄차츠카반도　　　　　　　　58
캐나다　　　　　　　　　　　22
캘리포니아　　　　　　　　　57
코힌도　　　　　　　　　　　112
콜롬비아　　　　　　　　　　27
쿠나시리　　　　　　　　　116
쿠라나리 타다시(倉成正)　　262
쿠로다 키요타카(黑田淸隆)　　33
쿠릴열도　　　　　　　51, 116
쿠릴열도 남방4도　18, 285, 290, 295
쿠릴열도 남방4도 문제　　　131
쿠스(楠, 중국명 斷橋)　　　231
크라스노야르스크 정상회담　157
크라스노야르스크 합의　　　157
크로이쿠스강　　　　　　　27
클럭 병원　　　　　　　　183
키타코지마 어장등대　　　　205
키타코지마(북소도)　　　　208

(ㅌ)
타이뻬이(臺北)　　　　　　230
타카노 토시유키(高野俊行)　268
타케시마(竹島)　　　　　　134
타테마에　　　　　　　28, 75
탈아(脫亞)　　　　　69, 47, 48
태극기　　　　　　　　　　251
태평양제도　　　　　　　　126
텐와이텐(天外天)가스전　　226
토고(東鄕) 아시아유럽 국장　169
토요토미 히데요시(豊臣秀吉)　37,
　106, 108
토쿠가와 이에야스(德川家康)　109

통교무역체제　　　　　　　108
트랜실베니아　　　　　　　20
트루만 대통령　　　　　　133
특명전권공사 하야시 곤스케(林勸助)
　　　　　　　　　　　　　86

(ㅍ)
파롯체란드 국경사건　　　　27
파크스　　　　　　53, 56, 63
판도　　　　　　　　　　　77
팽호도(澎湖島)　　　　　　104
팽호제도(澎湖諸島)　121, 124, 125,
　128
페샤인 스미스　　　　　　　50
페테르브르그　　　　　　　52
평화 닛폰 전후 45년의 여름에　201
평화선　　　　　　　135, 245
평화조약 체결의 일러 합동위원회　164
평화조약체결　　　　　　　127
폐번치현(廢藩置縣)　35, 119, 120
포로문제　　　　　　　　　132
포르투갈　　　　　　　　　23
포츠담선언　　　　24, 123, 127
포츠머스조약　　　　　　　126
포트로이드　　　　　　　　113
폭격연습징　　　　　　　　248
폭격연습지　　　　　　　　247
폴란드　　　　　　　　　　20
푸틴 대통령　　　159, 160, 162
프랑스　　　　　　　　　　79
프리마코프　　　　　　　　156
프차친　　　　　　　　　　40
피어스 대통령　　　　　　　40
피어스 보-트　　　　　184, 185
필리핀선적「MS(MAXIMINA-STAR)호」
　　　　　　　　　　　　　199

필모아 미국대통령 39
핑후(平湖) 가스전 222

(ㅎ)
하기노야 테루오(萩野谷輝男) 200
하리스 40
하보마이(齒舞) 132
하시모토 류타로(橋本龍太郞)156, 264
하야시 시헤이(林子平) 195
하야시 시헤이(林子平: 1738-1793) 37
하와이 117
하치죠지마(八丈島) 113
하코다테(函館) 39
하타 쓰토무(羽田孜) 204
하토야마 이치로(鳩山一郞)내각 131
학습지도요령 해설서 136
한국 황제 폐하 93
한국관민의 상주 255
한국대통령 이승만 134
한국령(韓國領) 251
한국보호권 확립에 관한 각의결정 89
한국아마추어무선연맹 257
한국에 대한 시정방침 92
한국일보 257
한국전쟁 245, 249
한국통감부(통감 伊藤博文) 90
한국합병 73
한국합병에 관한 건 91
한국합병에 관한 조약 92
한국황제폐하 73
한성조약 79
한인(조선인) 72
한일 양국간 분쟁의 평화적 처리에
    관한 교환공문 259
한일간의 대륙붕 북부구역 경계에
    관한 협정 271

한일대륙붕협정 231
한일어업협정 266
한일의정서 122
할양 21, 24
합병 24
해국병담(海國兵談) 37
해도(海圖) 199
해상보안본부 등대과 201
해상보안청 소속 오키호(隱岐號) 248
해상보안청 순시선 쓰루가호(鶴賀號)
    251
해상보안청 제11관구
    (田中仙治 보안부차장) 203
해양조사선 213
해저 광케이블 설치공사 264
헌법조사 79
헝가리 20
헤쿠라호 253
현상유지상태 141
현행 국제법 23
혼네 28, 93
혼다 토시아키(本多利明) 36
홋카이도(北海道) 24, 105
홋카이도대학병원 183
홍순칠 249, 253
홍콩 206
화산(火山)열도 111
화이(華夷)질서체제 106
황미서 195
황상(皇上) 32
황조(皇朝) 32
효고(兵庫) 41
후르시초프 131
후쿠다 타케오(福田赳夫) 227, 262
흑인장(黑印章) 106
히라도(平戶) 104

일본외무성의
영토문제에 대한 기본견해

■ 尖閣諸島の領有権についての基本見解

尖閣諸島は、1885年以降政府が沖縄県当局を通ずる等の方法により再三にわたり現地調査を行ない、単にこれが無人島であるのみならず、清国の支配が及んでいる痕跡がないことを慎重確認の上、1895年1月14日に現地に標杭を建設する旨の閣議決定を行なって正式にわが国の領土に編入することとしたものです。

同諸島は爾来歴史的に一貫してわが国の領土たる南西諸島の一部を構成しており、1895年5月発効の下関条約第2条に基づきわが国が清国より割譲を受けた台湾及び澎湖諸島には含まれていません。

従って、サン・フランシスコ平和条約においても、尖閣諸島は、同条約第2条に基づきわが国が放棄した領土のうちには含まれず、第3条に基づき南西諸島の一部としてアメリカ合衆国の施政下に置かれ、1971年6月17日署名の琉球諸島及び大東諸島に関する日本国とアメリカ合衆国との間の協定(沖縄返還協定)によりわが国に施政権が返還された地域の中に含まれています。以上の事実は、わが国の領土としての尖閣諸島の地位を何よりも明瞭に示すものです。

なお、中国が尖閣諸島を台湾の一部と考えていなかったことは、サン・フランシスコ平和条約第3条に基づき米国の施政下に置かれた地域に同諸島が含まれている事実に対し従来何等異議を唱えなかったことからも明らかであり、中華人民共和国政府の場合も台湾当局の場合も1970年後半東シナ海大陸棚の石油開発の動きが表面化するに及びはじめて尖閣諸島の領有権を問題とするに至ったものです。

また、従来中華人民共和国政府及び台湾当局がいわゆる歴史

的、地理的ないし地質的根拠等として挙げている諸点はいずれも尖
閣諸島に対する中国の領有権の主張を裏付けるに足る国際法上有
効な論拠とはいえません。

○出처: 「外務省・尖閣諸島の領有権についての基本見解」,
http://www.mofa.go.jp/mofaj/area/senkaku/

■ 北方領土問題

北方領土問題の概要

1. 北方領土問題とは

(1)日本はロシアより早く、北方四島(択捉島、国後島、色丹島及び歯舞群島)の存在を知り、多くの日本人がこの地域に渡航するとともに、徐々にこれらの島々の統治を確立しました。また、ロシアの勢力がウルップ島より南にまで及んだことは一度もありませんでした。

(2)1855年、日本とロシアとの間で全く平和的、友好的な形で調印された日魯通好条約(下田条約)は、当時自然に成立していた択捉島とウルップ島の間の国境をそのまま確認するものでした。それ以降も、北方四島が外国の領土となったことはありません。

(3)1875年に締結された樺太千島交換条約は、千島列島を日本領、樺太をロシア領としました。同条約は、千島列島として18の島の名前をすべて列挙していますが、北方四島はその中に含まれていません。これは、元々日本領である北方四島が当時すでに千島列島とは明確に区別されていたことを物語っています。

(4)第二次大戦末期の1945年8月9日、ソ連は、当時まだ有効であった日ソ中立条約に違反して対日参戦し、日本がポツダム宣言を受諾して終戦となった後の8月28日から9月5日までの間に北方四島のすべてを占領しました。

(5)当時四島にはロシア人は一人もおらず、日本人は四島全体で約1万7千人が住んでいましたが、ソ連は1946年に四島を一方的に自国領に編入し、1949年までにすべての日本人を強制退去させまし

た。

(6)1951年のサンフランシスコ平和条約で、日本は千島列島を放棄しましたが、放棄した千島列島の中に我が国固有の領土である北方四島は含まれていません。なお、サンフランシスコ平和条約の起草国である米国は、北方四島は常に固有の日本領土の一部をなしてきたものであり、かつ、正当に日本の主権下にあるものとして認められなければならない旨の公式見解を明らかにして、日本の立場を一貫して支持しています。

(7)日ソ両国により批准された国際条約である1956年の日ソ共同宣言によって両国の外交関係は回復されましたが、交渉の過程において領土問題について両国の立場は一致せず、共同宣言第9項で、両国は平和条約の締結に関する交渉を継続することに同意し、ソ連は歯舞・色丹両島を平和条約締結後に日本に引き渡すことに同意しました。

(8)1993年の東京宣言は、北方四島の島名を列挙して、領土問題をその帰属に関する問題であると位置付けた上で、領土問題を(イ)歴史的・法的事実に立脚し、(ロ)両国の間で合意の上作成された諸文書及び(ハ)法と正義の原則を基礎として解決することにより平和条約を締結するとの明確な交渉指針を示しました。

(9)2001年のイルクーツク声明は、56年の日ソ共同宣言が交渉プロセスの出発点を設定した基本的な法的文書であることを確認し、その上で、93年の東京宣言に基づき、北方四島の帰属の問題を解決することにより、平和条約を締結すべきことを再確認しました。

(10)2003年1月には小泉総理とプーチン大統領との間で、「日露行動計画」を採択するとともに、四島の帰属の問題を解決し、平和条約を可能な限り早期に締結し、両国関係を完全に正常化すべきという決意を確認しました。

(11)2005年11月の日露首脳会議では、プーチン大統領より、平和条約問題を解決することは我々の責務である、ロシアは本当にこの問題を解決したいと思っている、平和条約が存在しないことが日露関係の経済発展を阻害している旨発言がありました。その上で、両首脳は双方の立場の隔たりを埋めるため、これまでの諸合意及び諸文書に基づき、日露両国が共に受け入れられる解決を見出す努力を続けていくことで一致しました。

(12)日本政府としては、引き続き、ロシアとの間で幅広い分野での協力を進めるとともに、これまでの諸文書、諸合意に基づき北方四島の帰属の問題を解決して平和条約を早期に締結するという一貫した方針の下、平和条約交渉に精力的に取り組んでいく考えです。

2. 日本の基本的立場

(1)北方領土は、ロシアによる不法占拠が続いている日本固有の領土です。なお、この点については米国政府も一貫して日本の立場を支持しています。

(2)北方領土問題の解決に当たって、日本としては、1)北方領土の日本への帰属が確認されるのであれば、実際の返還の時期及び態様については、柔軟に対応する、2)北方領土に現在居住しているロシア人住民については、その人権、利益及び希望は、北方領土返還後も十分尊重していくこととしています。

(3)日本固有の領土である北方領土に対するロシアによる不法占拠が続いている状況の中で、第三国の民間人が当該地域で経済活動を行うことを含め、北方領土においてロシア側の管轄権に服すること、または北方領土に対するロシアの管轄権を前提とした行為を行うこと等は、北方四島に対するロシアの領有権を認めることにつ

ながり得るものであって、容認できません。

(4)したがって、日本国政府は、広く日本国民に対しても、1989
年(平成元年)の閣議了解で、北方領土問題の解決までの間、ロシ
アの不法占拠の下で北方領土に入域することを行わないよう要請し
ています。

(5)また、第三国国民がロシアの査証を取得した上で北方四島へ
入域する、または第三国企業が北方領土において経済活動を行っ
ているという情報に接した場合、日本としては従来より然るべく事
実関係を確認の上、申入れを行ってきています。

北方領土問題の経緯
平成18年6月

Ⅰ. 日露間の領土画定の経緯

1. 国交樹立まで(17世紀～19世紀前半)
わが国は、ロシア人に先んじて北方領土を発見・調査した。遅く
とも19世紀始めには四島の実効的支配を確立した。19世紀前半に
は、ロシア側も自国領土の南限をウルップ島と認識していた。

2. 日魯通好条約(1855年)
日露両国は国交を樹立し、択捉島とウルップ島の間の両国国境
を確認した(樺太は両国民の混住の地とされた。)。

3. 樺太千島交換条約(1875年)
日本は、千島列島(＝列挙されたシュムシュ島からウルップ島ま

での18島)をロシアから譲り受ける代わりに、ロシアに対して樺太全島を放棄した。

II. 第二次世界大戦と領土問題の発生

1. ヤルタ協定(1945年2月11日)

米、英、ソの首脳間で「千島列島がソヴィエト連邦に引き渡されること」を規定した。

→ヤルタ協定は、当時の連合国首脳の間で戦後の処理の方針を述べたものに過ぎず、領土問題の最終的処理につき決定したものではない。

→この協定の当事国でない我が国はこれに拘束されない。

2. ソ連の対日参戦と北方領土占領(1945年夏以降)

(1)1945年8月9日、ソ連は、日ソ中立条約に違反して対日参戦した。

(2)同年8月14日日本はポツダム宣言を受諾した。

(イ)ポツダム宣言は、カイロ宣言(1943年11月)の条項は履行されなければならず、また、日本国の主権は、本州、北海道、九州及び四国並びに連合国の決定する諸島に限られなければならない旨規定している。

(ロ)カイロ宣言は、領土不拡大原則を謳うとともに、日本は「暴力および貪欲により日本国が略取した」すべての地域から追い出されなければならないとしている。

(3)ソ連は、8月末から9月はじめにかけて北方四島を占領した。

3. サン・フランシスコ平和条約(1951年署名)

日本は南樺太及び千島列島に対するすべての権利、権原及び請求権を放棄した。ソ連は講和会議には出席したが、条約には署名せず。

→北方四島は「千島列島」の一部ではない。

III. 日ソ(ロ)間の平和条約締結のための交渉

~ソ連時代~

1. 日ソ共同宣言(1956年)

色丹島、歯舞群島を除いては、領土問題につき日ソ間で意見が一致する見通しが立たず。そこで、平和条約に代えて、戦争状態の終了、外交関係の回復等を定めた日ソ共同宣言に署名した。

→平和条約締結交渉の継続に同意した。

→歯舞群島、色丹島については、平和条約の締結後、日本に引き渡すことにつき同意した。

2. 日ソ共同宣言後の日ソ交渉

(1)ソ連は、1960年、対日覚書を発出し、日ソ共同宣言第9項を一方的に否定した。

(2)田中総理訪ソ(1973年)

日ソ共同声明において、「第二次大戦の時からの未解決の諸問題を解決して平和条約を締結することが、両国間の真の善隣友好関係の確立に寄与することを認識し、平和条約の内容に関する諸問題について交渉した。」と明記された。

→ブレジネフ書記長は、北方四島の問題が戦後未解決の諸問題の中に含まれることを口頭で確認。

(3)それにもかかわらず、その後ソ連は長い間「領土問題は存在しない」との態度。

3. ゴルバチョフ大統領の訪日(1991年4月)

日ソ共同声明において、ソ連側は、四島の名前を具体的に書き、領土画定の問題の存在を初めて文書で認めた。

～エリツィン大統領時代～

1. エリツィン大統領の訪日まで

1991年8月、保守派によるクーデタ未遂事件が発生。12月ソ連邦は崩壊した。

2. エリツィン大統領の訪日(1993年10月)

(1)東京宣言(第2項)において、

(イ)領土問題を、北方四島の帰属に関する問題であると位置づけ、

(ロ)四島の帰属の問題を解決して平和条約を締結し、両国関係を完全に正常化するとの手順を明確化し、

(ハ)領土問題を、1)歴史的・法的事実に立脚し、2)両国の間で合意の上作成された諸文書、及び、3)法と正義の原則を基礎として解決する、との明確な交渉指針を示した。

(2)また、東京宣言は、日本とソ連の間のすべての条約その他の国際約束がロシアとの間で引き続き適用されることを確認した。

(エリツィン大統領は記者会見で、日露間で有効な国際約束に

1956年日ソ共同宣言も含まれると発言。)

3．クラスノヤルスク首脳会談(1997年11月)
「東京宣言に基づき、2000年までに平和条約を締結するよう全力を尽くす。」

4．川奈首脳会談(1998年4月)
川奈合意
「平和条約は、東京宣言第2項に基づき四島の帰属の問題を解決することを内容とし、21世紀に向けての日露の友好協力に関する原則等を盛り込むべきこと。」

5．小渕総理の訪露(1998年11月)
モスクワ宣言において、
－東京宣言、クラスノヤルスク合意及び川奈合意を再確認。
－国境画定委員会及び共同経済活動委員会の設置を指示。

～プーチン大統領との主要なやりとり～

1．プーチン大統領の訪日(2000年9月)
(1)「平和条約問題に関する両首脳の声明」において、
－クラスノヤルスク合意の実現のための努力を継続することを確認。
－これまでのすべての諸合意に立脚して、四島の帰属の問題を解決することにより平和条約を策定するため交渉を継続することを確認。
(2)プーチン大統領が「56年宣言は有効であると考える」と発言し

た。

(3)プーチン大統領は、川奈提案は、日本側の「勇気と熟慮の成果」であったとしながらも、「妥協についての我々の考え方と完全には一致していない」として拒否した。

2. イルクーツク首脳会談 (2001年3月)

イルクーツク声明において、

(1)56年日ソ共同宣言を交渉プロセスの出発点と位置づけ、その法的有効性を文書で確認した。

(2)その上で、東京宣言に基づいて四島の帰属の問題を解決して平和条約を締結するとの日露共通の認識を再確認した。

3. 小泉総理の訪露 (2003年1月)

(1)両首脳の間で、四島の帰属の問題を解決し、平和条約を可能な限り早期に締結し、もって両国関係を完全に正常化すべきとの「決意」を確認した。

(2)「日露行動計画」において、56年日ソ共同宣言、93年東京宣言、2001年イルクーツク声明の3文書が具体的に列挙され、今後の平和条約交渉の基礎とされた。

4. 小泉総理の訪露(サンクトペテルブルク建都300周年記念行事) (2003年5月)

プーチン大統領より、ロシアとしては、極めて重要な問題である領土問題を解決したいとの強い気持ちを持っており、これを先延ばししたり、「沼に埋めよう」というような考えは持っていない旨発言した。

5. シーアイランド・サミットにおける日露首脳会談（2004年6月）

プーチン大統領は、「日露二国間の議題には、主要な問題である平和条約問題が常に含まれており、自分はこの問題の討議を避けるつもりはない。」旨発言した。

※領土問題に関するラヴロフ外務大臣、プーチン大統領の発言（2004年11月）

(1)ラヴロフ外務大臣は、14日、ロシアのテレビ番組において、1)ロシアはソ連の継承国であり、ソ連の義務の中には1956年日ソ共同宣言が存在している、2)同宣言は、南部の2島を日本に引き渡し、これにより終止符を打つことを規定している旨述べるとともに、3)対日関係の重要性、領土問題の解決による平和条約締結の必要性も強調した。

(2)プーチン大統領は、15日の閣議で、ラヴロフ外務大臣の上記発言を支持。また、56年宣言に関連して、1)ロシアは全ての義務を履行してきたし、今後も履行していく、2)ただし、それは、我々のパートナーが同じ合意を履行する用意がある程度と同程度においてであり、(日露両国は)そのような程度について理解し合うには至っていない旨述べた。

6. APEC首脳会議における日露首脳会談(2004年11月)

小泉総理より、平和条約を締結し、日露関係を飛躍的に発展させていくことが日露双方の戦略的利益に適う旨強調した。プーチン大統領も、領土問題を解決し平和条約を締結することが必要な旨確認した。

※領土問題に関するプーチン大統領の発言(2004年12月)

プーチン大統領は、クレムリンでの内外記者会見において、56年日ソ共同宣言がロシアにとって義務的なものである旨を改めて述

べ、同宣言によれば二島返還で決着するのであり、日本側が四島
返還を要求しているのは若干奇異に思える旨発言した。

7. 町村外務大臣の訪露(日露外相会談)(2005年1月)
　領土問題については、両国の立場に隔たりがあるが、真剣な話し
合いを続けていくことにより隔たりを埋める努力を続けていくこ
と、大統領の訪日に向けて引き続きこの問題について精力的に交渉
を進めていくことで日露双方の意見が一致した。

8. 小泉総理の訪露(第二次大戦終了60周年記念式典)(2005年5
月)
　プーチン大統領の訪日に向け、ラヴロフ外務大臣の訪日等を通
じて平和条約問題及び実務分野の準備を精力的に進めることを確
認した。

9. ラヴロフ外務大臣の訪日(2005年5月)
　領土問題については、1月の大臣訪露の際に両大臣の間で確認さ
れた双方の立場の隔たりに「架け橋」をかけるべく努力していくとい
う精神に基づいて真剣な議論を行い、議論を継続していくことを確
認した。

10. 森前総理の訪露(2005年6月)
　プーチン大統領より、11月のAPECの前後に訪日したい、平和条
約問題については、訪日時に小泉総理と真剣な交渉を行いたい旨
述べた。

11. イラク支援国際会議における日露外相会談(2005年6月)

プーチン大統領が11月のAPEC首脳会合の直前又は直後に訪日することで合意した他、平和条約問題に関し引き続きしっかりと議論していくことで一致した。

12．グレンイーグルズ・サミットにおける日露首脳会談（2005年7月）
プーチン大統領が11月20日から22日に訪問することで合意し、また、幅広い分野の日露協力を一層進めるとともに平和条約問題についてしっかり取り組んでいくことを確認した。

13．国連総会における日露外相会談（2005年9月）
プーチン大統領の訪日準備を様々なレベルで準備を加速することで一致したほか、引き続き領土問題に関し外相レベル及び事務レベルで話し合っていくことで一致 した。
※領土問題に関するプーチン大統領の発言（2005年9月）
プーチン大統領は、27日、ロシアのテレビ生番組において、学生からの質問に答え、1)四島はロシアの主権の下にある、このことは国際法によって確立されており、第二次世界大戦の結果である、この点について我々は議論するつもりはない旨述べるとともに、2)日本を含め全ての隣国との間のあらゆる係争問題を解決したい、善意があれば日露双方が満足できる解決策を見いだすことが可能であることを確信する旨述べた。

14．プーチン大統領の訪日（2005年11月）
小泉総理より、日ソ共同宣言、東京宣言、日露行動計画等のこれまでの諸合意は極めて重要かつ有効であり、これらに基づいて平和条約締結交渉を継続する必要がある、両国には四島の帰属に関

する問題を解決して平和条約を可能な限り早期に締結するとの共
通の認識があり、双方が受け入れられる解決を見出す努力を続けて
いきたい旨述べた。

　これに対し、プーチン大統領より、この問題を解決することは
我々の責務である、平和条約が存在しないことが日露経済関係の
発展を阻害している、他方、この問題は第二次世界大戦の結果で
あり、他の問題への連鎖という問題がある旨述べた。

　その上で、これまでの様々な合意及び文書に基づき、日露両国が
共に受け入れられる解決を見出す努力を行うことで両首脳が一致し
た。

※領土問題に関するプーチン大統領の発言(2006年1月)

　プーチン大統領は、31日、記者会見において記者の質問に答
え、我々は共に、ヤルタ、ポツダム、サンフランシスコにおける国
際約束を害することなく、日本にとっても、ロシアにとっても受入
可能な問題の解決の道筋を探し始めた、双方の善良な意思があれ
ば、そのような解決策を我々は見つけると確信している旨述べた。

※日露賢人会議第3回会合におけるプーチン大統領の挨拶(2006年3
　月)

　プーチン大統領は、民主主義の原則に基づいて二国間関係を構
築しようとしている時に平和条約がないことは残念である、ロシア
は日本との間にあるすべての問題を解決することを目指している、
両国にとって受入可能なすべての問題の解決を見出せることを期待
している旨述べた。

※領土問題に関するプーチン大統領の発言(2006年6月)

　プーチン大統領は、G8各国の通信社代表との会見において、日
本は日ソ共同宣言の履行を一方的に拒否し、露側が同宣言に戻る
ことを提案したにもかかわらず、日本はそれを望んでいない旨述べ

るとともに、過去から残されているすべての問題が解決されること
を望んでおり、これらの諸問題を解決する方途を模索していくとの
趣旨を述べた。

北方領土問題に関するQ&A

(Q1)

　北方領土問題に関する政府の基本的立場は、どのようなもので
すか?

(A1)

　我が国政府は、我が国固有の領土である北方四島(択捉島、国後
島、色丹島、歯舞群島)の帰属に関する問題を解決して平和条約を
早期に締結するという一貫した方針を堅持しています。また、北方
四島の我が国への帰属が確認されるのであれば、実際の返還の時
期、態様については柔軟に対応する考えです。

(Q2)

　北方四島が我が国の「固有の領土」であることの根拠は何ですか?

(A2)

　北方四島はいまだかつて一度も外国の領土となったことがない我
が国の領土です。

　日露両国は、今から150年前の1855年2月7日に調印した日魯通好
条約により、両国の国境を択捉島とウルップ島との間に定めまし
た。その後1875年の樺太千島交換条約において、我が国は千島列
島(シュムシュ島からウルップ島までの18島。)をロシアから譲り受
けるかわりに、ロシアに対して樺太全島に対する権原、権利を譲り

渡しています。

　ソ連は、第二次世界大戦末期の1945年8月9日、当時有効であった日ソ中立条約を無視して、我が国に対し宣戦布告し、我が国のポツダム宣言受諾後の8月18日には千島列島に侵攻し、その後29日から9月5日までの間に北方四島のすべてを占領し、一方的に自国に編入しました。なお、1951年のサンフランシスコ平和条約で我が国が千島列島に対するすべての権利、権原及び請求権を放棄しましたが、そもそも北方四島は千島列島には含まれていません。また、ソ連は、サンフランシスコ平和条約への署名を拒否しました。

(Q3)

　終戦当時北方四島にいた日本人はどうなったのですか?

(A3)

　戦前、北方四島には、約1万7千人の日本人が住んでいましたが、その全員が、1948年までに強制的に日本本土に引き揚げさせられました。

(Q4)

　1956年の日ソ共同宣言とはどのようなものですか?

(A4)

　ソ連がサン・フランシスコ平和条約への署名を拒否したため、我が国はソ連との間で平和条約交渉を別途行うこととなり、1956年、日ソ両国は日ソ共同宣言を締結して、戦争状態を終了させ、外交関係を再開しました。日ソ共同宣言は、日ソ両国の立法府での承認を受けて批准された法的拘束力を有する条約です。

　同宣言において、両国は、正常な外交関係が回復された後、平和条約の交渉を継続することとなっており、またソ連は、平和条約

の締結後に歯舞群島及び色丹島を我が国に引き渡すこととなっています。

(Q5)

1956年当時、なぜ平和条約が締結されずに、「日ソ共同宣言」という名称の条約が締結されたのですか?

(A5)

1956年当時、日ソ両国は平和条約を締結すべく交渉を行っていましたが、我が国が一貫して返還を主張した北方四島のうち国後島及び択捉島の帰属の問題について合意が達成できなかったため、とりあえず共同宣言を締結して外交関係を回復し、平和条約交渉を継続することとして、領土問題の解決を将来に委ねたからです。

(Q6)

日ソ共同宣言は今も有効ですか?

(A6)

もちろん1956年から現在まで一貫して法的に有効です。1960年の日米安全保障条約の締結に際して、ソ連は、日ソ共同宣言で合意された歯舞群島及び色丹島の引渡しに、我が国領土からの全外国軍隊の撤退という新たな条件を一方的に課してきました。また、ソ連はその後長らく、領土問題は既に解決済みであるとの立場をとっていました。

しかし、冷戦の終焉に伴い、露側は、領土問題の存在を認めるとともに、改めて日ソ共同宣言が日露両国間で有効であることを確認するようになりました。2000年9月、プーチン大統領は日本を訪問した際、首脳会談において、「56年の日ソ共同宣言は有効と考える」と発言しました。2001年3月のイルクーツク声明においては、日

ソ共同宣言が両国間の平和条約締結交渉の出発点となった基本的な法的文書であることが確認されています。また、2004年11月、ラヴロフ外相及びプーチン大統領は、相次いで、ロシアにはソ連の法的継承国として、1956年の日ソ共同宣言を履行する義務がある旨の発言を行いました。

(Q7)

　1993年の東京宣言とはどのようなものですか?

(A7)

　ソ連崩壊後の1993年10月、ロシアのエリツィン大統領が訪日した際に、日露両首脳間で署名された文書のことです。この宣言は、北方四島の島名を列挙して、北方領土問題をその帰属に関する問題であると位置付けるとともに、この問題を歴史的、法的事実に立脚し、両国間の合意の上作成された諸文書、「法と正義の原則」を基礎として解決するという明確な交渉指針を示しました。その後、日露間においては、北方四島の帰属の問題を解決して平和条約を締結するという東京宣言の方針が繰り返し確認されてきています。

(Q8)

　北方四島に居住しているロシア人は、北方四島が我が国に返還された場合、どうなるのですか?

(A8)

　現在、北方四島には約1万7千人のロシア人が居住しており、主に水産業・水産加工業に従事しています。我が国は、領土問題の解決に当たっては、現在北方四島に居住しているロシア人の人権、利益及び希望を十分に尊重していく考えです。この点については、日露両国の外務省が共同で作成した日露間領土問題の歴史に関す

る資料集(Q10参照)の前文においても、「日本政府も、領土問題の解決にあたり、現在これらの島々に居住しているロシア国民の人権、利益及び希望を十分に尊重していく意向である旨明らかにしている。」と明記されているところです。

(Q9)

　現在、北方四島への訪問、北方四島に住んでいる人達との交流等は行われているのですか？

(A9)

　政府は、我が国国民が露側の出入域手続に従うことを始め、ロシアの不法占拠の下で北方四島に入域しないよう要請していますが、特例的に日露両国間で設定された以下の四つの枠組みによる訪問、交流等が行われています。

　1)北方墓参

　1964年から、元島民及びその親族による北方四島の墓地への旅券・ビザなしによる墓参が行われ、2004年末までに約3,100人が訪問しました。

　2)四島交流

　1992年4月から、相互理解の増進を図り、領土問題の解決に寄与することを目的として、我が国国民と北方四島の住民との間で、旅券・ビザなしの相互訪問が開始され、2004年末までに1万人を超える人が参加しました。

　3)自由訪問

　1999年9月から、元島民及びその家族による北方四島にある元居住地等への旅券・ビザなしによる訪問が行われ、2004年末までに約900人が参加しました。

　4)人道支援

北方四島の患者の受入れや医薬品及び食糧品の供与が行われています。

(Q10)

北方領土問題に関する資料として日露両国間でまとめられているものはありますか?

(A10)

1992年9月に日露両国外務省により、北方領土問題に関する客観的な事実を集めた「日露間領土問題の歴史に関する共同作成資料集」が作成され、日露両国において領土問題に関する正確な認識の普及のための努力に利用されています。また、2001年1月には、新版が作成されています。

日露間領土問題の歴史に関する共同作成資料集
平成13年3月

1. 意義

この共同資料集(The joint compendium of materials on the History of the Territorial Issue)は、1992年に日・露外務省が初めて共同作成した北方領土問題に関する資料集です。我が国は、それ以前にもロシア語版を含む北方領土問題の広報資料を作っていましたが、ロシア側と共同でこの資料を作成し、ロシア国民に幅広く配布できたことは、かつてソ連が北方領土問題の存在すら否定していたのに比較すれば劇的な変化であり、ロシア世論の啓発のためにも画期的なことでした。

2. 経緯

この共同資料集の作成については、1991年秋に当時のソ連側より非公式に提案があり、92年3月20日の第1回日露外相会談で正式に決定されました。その後、92年9月29日に両国で同時に発表しました。

3. 新版について

2000年9月のプーチン大統領公式訪日の際に両国首脳の間で署名された「平和条約問題に関する声明」において、この92年発表の資料集を増補するものとして、93年以降の時期にかかわる資料を含めた新版を準備することが合意されました。これを受け、翌2001年1月の日露外相会談時に、その新版の内容につき意見の一致をみたものです。

1992年版　共同作成資料集(PDF):

※출처: http://www.mofa.go.jp/mofaj/area/hoppo/ryodo.html 참조

2001年版　共同作成資料集(PDF):

※출처: http://www.mofa.go.jp/mofaj/area/hoppo/ryodo.html 참조

われらの北方領土2007年版

北方領土の歴史、日ソ・日露間の外交交渉の経緯を含め、最近の北方領土をめぐる動きを掲載しています。

資料編では、日ソ・日露間の首脳・外相会談一覧や主要事項年表、北方領土関連の条約・宣言などを掲載し、北方領土問題を理解するための情報を満載しています(B5版112ページ)。

入手ご希望の方は、ロシア課(外務省代表電話03-3580-3311)までお問い合わせ下さい。

　下記の目次部分をクリックするとPDF形式で内容をご覧いただけます。

目次
本編(PDF)(5.7MB)
もくじ(PDF)
「北方四島昔と今」(PDF)
1.はじめに(PDF)
2.第二次大戦までの時期(PDF)
3.第二次大戦終結までの時期(PDF)
4.サンフランシスコ平和条約(PDF)
5.日ソ共同宣言(PDF)
6.国交回復後の経緯(PDF)
7.ゴルバチョフ大統領の登場とソ連邦の崩壊(PDF)
8.最近の日露関係(PDF)
9.北方領土の返還実現に向けて(PDF)
10.北方四島渡航等に関する枠組み(PDF)
11.むすび(PDF)
資料編(PDF)(6.1MB)
目次(PDF)
北方領土地勢図(PDF)
北方領土問題に関する国会決議一(PDF)
元島民の状況(PDF)
四島交流の実績(PDF)
自由訪問の実績(PDF)
北方四島住民支援の実績(PDF)
日ソ国交回復以後の日ソ・日露間の首脳会談の実績(PDF)

日ソ国交回復以後の日ソ・日露間の外務大臣の会談等の実績
(PDF)

関係条約・文書等(PDF)

日ソ国交回復以後の日ソ・日露関係主要事項年表(PDF):
※출처: http://www.mofa.go.jp/mofaj/press/pr/pub/pamph/hoppo6.html 참조

北方領土訪問に関するQ&A

(Q1)

日本政府は、日本国民による北方領土訪問に対して自粛を要請しているとのことですが、なぜ日本固有の領土である北方領土を日本国民が訪問してはいけないのですか?

(A1)

北方領土はいまだかつて一度も外国の領土となったことがない、日本固有の領土です。しかし、現実には、北方領土は依然としてロシアの不法占拠の下におかれており、現在、日本はロシアとの間で北方領土返還のための交渉を精力的に行っています。

このような状況の下で、ロシアが北方領土において管轄権を有していることを前提とする行為を日本国民が行うことは、あたかも北方領土がロシアの領土であることを認めることにつながり、北方領土に対する日本の法的立場を害するおそれがあります。

具体的に言えば、日本国民がロシアの出入国手続きに従うこと(例えば、ロシアの査証を取得して四島を訪問すること、無査証であってもロシアの「許可」を得て四島を訪問すること)や、北方四島でロシアの国内法に基づく行動をとること(例えば、ロシア国内法に基づく検疫の実施、ロシア国内法に基づく外国人の滞在登録の実

施等)は、ロシアが北方四島において管轄権を有していることを前提とする行為に当たります。

　このような考え方に基づいて、日本政府は、北方領土問題の解決までの間、日本国民による北方領土訪問について自粛を求めているものであり、国民の皆様のご理解とご協力をお願い致します。

(Q2)

　民間人が北方領土を訪問したとしても、それは自由な交流活動の一環に過ぎず、政府の行動ではないのであるから、北方領土に対する日本の法的立場を害することはないのではないですか?

(A2)

　一般的に、領土問題に関する一国の立場は、その国の政府の行為のみによって判断されるものではなく、その国の国民一般の認識と活動という歴史的事実の積み重ねについても相当の重みをもって斟酌されるものと考えられます。

　このため、ロシアが北方四島において管轄権を有していることを前提とするような行為が日本国民により積み重ねられた場合、それが民間人の行為の積み重ねであったとしても、日本が北方領土におけるロシアの管轄権を認めていると見なされかねず、北方領土に対する日本の法的立場を害するおそれがあります。

(Q3)

　それでは、現在行われている「ビザ無し交流」で日本国民が北方領土を訪問することは、北方領土に対する日本の法的立場を害することにはならないのですか?

(A3)

　旅券・査証なしで、北方四島訪問を実施している四島交流(いわ

ゆる「ビザ無し交流」)については、その枠組みを作る際の日露政府間の文書において、この交流に関連するいかなる問題においても、日露のいずれか一方の側の法的立場を害するものとみなしてはならないという規定が設けられています。

　したがって、四島交流の枠組みによる北方領土の訪問は、北方領土に対する日本の法的立場を害することにはなりません。

北方四島交流事業等について

日本国民の北方領土入域問題について
平成元年9月19日
閣議了解

　戦後40年以上を経た今日も日本固有の領土である北方領土のソ連による不法占拠が継続しており、政府は、国民の総意及び国会の関係諸決議に基づき北方領土返還を実現するための交渉を行っている。

　このような状況の下で、最近一部の日本国民がソ連当局の査証の発給を受けて北方領土に入域するという事例が見られたが、日本国民がソ連の出入国手続に従うことを始めとしてソ連の不法占拠の下で北方領土に入域することは、日本固有の領土たる北方領土に関する国民の総意及びそれに基づく政府の政策と相いれないものである。

　このことについて、日本の多数の遺族が過去に約10年間にもわたり人道上の問題である北方領土墓参の中断を余儀なくされたことが想起されるべきである。

　以上にかんがみ、政府は、国民に対し、北方領土問題の解決までの間、このような北方領土への入域を行わないよう要請することとする。

北方四島への渡航に関する枠組み
平成16年12月

　1．四島交流(日本人と四島在住ロシア人の間の交流のための訪問)
　(1)　経緯
　(イ)1991年4月の訪日の際、ゴルバチョフ大統領が、日本国民と北方四島住民の間の交流の拡大、日本国民による四島訪問の無査証の枠組みの設定を提案。
　(ロ)同年10月、日ソ外相間の往復書簡により、「領土問題解決までの間、相互理解の増進を図り、領土問題の解決に寄与すること」を目的として、「日本国民」と「継続的にかつ現に諸島(歯舞群島、色丹島、国後島び択捉島)に居住するソ連邦国民」との間の旅券・査証なしによる相互訪問の枠組みを設定。

　(2)　対象者
　(イ)1991年及び98年の閣議了解により、日本国民の対象者を、当面、以下のもので総務庁長官及び外務大臣が適当と認めるものに限定している。
　1)北方領土に居住していた者、その子及び孫並びにそれらの者の配偶者
　2)北方領土返還要求運動関係者

3)報道関係者

4)この訪問の目的に資する活動を行う専門家(98年以降)

(ロ)1995年4月に、1回の訪問につき2名まで国会議員が参加することにつきロシア側の同意が得られ、以来、現在までに、延べ65名の国会議員が参加した。

(3) 実績

1992年以来、現在までに日本側訪問団計6,571名(150回)、四島側訪問団計5,358名(106回)、合計11,929名(256回)が相互に交流している。

2. 自由訪問(旧島民及びその家族によるふるさとへの訪問)

(1) 経緯

(イ)1998年11月に署名されたモスクワ宣言において、日露両首脳は、人道的見地から、旧島民及びその家族たる日本国民による北方領土への最大限に簡易化されたいわゆる「自由訪問」を実施することにつき原則的に合意。

(ロ)1999年日露間の口上書により、自由訪問の枠組みを設定。

(2) 対象者

北方四島に居住していた日本国民並びにその配偶者及び子。

(3) 実績

1999年9月に第1陣が歯舞群島を訪問。以来、現在までに延べ906人が参加している。

(4) 四島交流との相違点

四島交流との違いは、(イ)身分証明書及び挿入紙が数次使用可能であること、(ロ)旧島民の故郷であれば、現在ロシア人が居住していないところへも訪問することが可能であること(四島交流は交流

が目的のため、ロシア人が居住していないところへは原則訪問できない)、等である。

3. 北方墓参(旧島民及びその家族による墓参のための訪問)

(1) 経緯

(イ)人道的観点から、1964年より身分証明書による入域という特別の方式により断続的に実施。

(ロ)1976年にソ連側が旅券・査証の取得を要求したため、1985年まで完全に中断。

(ハ)1986年7月、査証なしで身分証明書により北方四島に入域する枠組みが口上書の交換により設定され、再開。

(2) 対象者

旧島民及びその家族

(3) 実績

現在までに3，136名が参加した。北方四島の墓地は、四島の52か所にあるが、半世紀を経て、墓標もないところも多い。

外務報道官談話
ピースボートの北方四島入域について
平成14年8月27日

今般、民間団体「ピースボート」の主催による訪問団が27日、国後島に上陸したことが確認された。政府の度重なる説得にも拘わらず、今般「ピースボート」が北方領土への入域を含むツアーを強行したことは、誠に遺憾である。

政府としては、わが国国民が、ロシア連邦の出入国手続に従う

ことをはじめとしてロシア連邦の不法占拠の下でわが国国民が北方四島へ入域することは、北方領土があたかもロシアの領土であるが如く入域することになるため、平成元年9月19日の閣議了解により、国民に対し、北方領土問題の解決までの間、このような北方領土への入域を行わないよう要請しているところである。

　「ピースボート」による今回の北方領土への入域は、平成3年に日露両国政府が合意の上で設定した四島交流の枠組みを無視して実施されたものである。四島交流の枠組に従わない形での「ピースボート」の訪問は、今後の四島交流事業の円滑な実施に支障を来すおそれが排除されないことを懸念する。

　「ピースボート」による今回の北方領土入域計画については、2月中旬に情報を入手し、その後累次にわたってこのような形での四島への渡航につき自粛を要請してきた。4月19日には、ロシア課長より平成元年の閣議了解に基づいて自粛を要請する書簡を発出したところである。

　なお、政府以外でも、5月30日には北海道庁が、北方領土返還運動団体である社団法人北方領土復帰期成同盟及び唯一の旧島民団体である社団法人千島歯舞諸島居住者連盟と連名で「ピースボート」に対し、四島への渡航の自粛を要請する書簡を発出しており、7月24日には、全国の返還運動団体が参加して結成されている北方領土返還要求運動連絡協議会が、「ピースボート」に対し、訪問を自粛する書簡を直接手交したと承知している。

　政府としては、本件入域を受け、本27日、本件入域が領土問題に関するわが国の法的立場を如何なる形においても変えるものではない旨、ロシア側に対し改めて伝達したところである。政府としては、わが国国民の四島入域は、北方領土問題の解決までの間、四島交流等の枠組みの下で行われるべきであるとの点につき、今後と

も国民各位の御理解と御協力をお願いしたい。

北方四島住民支援事業
平成20年12月

1.事業の実施体制
(1)支援委員会(注)のあり方を巡って、2002年以降、国内におい
て様々な問題点が指摘されたことを受け、事業の透明性を高め適正
さを一層確保するとの観点から、大幅な見直しを行った(支援委員
会は2003年4月に廃止されている)。
(注)支援委員会は、旧ソ連諸国に対する人道・技術支援を実施
するために1993年1月に日本政府と旧ソ連諸国12カ国政府との間で
締結された「支援委員会の設置に関する協定」に基づき設置された
国際機関。事務局は東京に置かれていた。
(2)その結果、2003年度以降は施設の建設は行わないこととし、
(イ)患者の受入れ、(ロ)災害時の緊急支援、(ハ)現地のニーズに応
じた人道支援物資の供与、といった四島住民にとって人道的に必
要な支援を実施していくことにした。
(3)上記(2)の実施体制として、(イ)患者の受入れ及び(ロ)災害時
の緊急支援については外務省が自ら実施し、(ハ)人道支援物資の供
与については、社団法人　千島歯舞諸島居住者連盟(千島連盟)に対
する補助金事業として実施することとなった。

2.事業の実施状況
(1)患者の受入れ(受入患者数は全てのべ人数)
2003年以降の北方四島からの患者受入れの実施状況は以下の通

りとなっている。

(イ)2003年度

択捉島から2名の患者(腎臓疾患など)を受け入れた。

(ロ)2004年度

択捉島、国後島及び色丹島から各2名、計6名の患者(下半身不随、脳性麻痺など)を受け入れた。

(ハ)2005年度

択捉島及び国後島から各4名、色丹島から2名、計10名の患者(気管支喘息、先天性心臓疾患など)を受け入れた。

(ニ)2006年度

択捉島から6名、国後島及び色丹島から各5名、計16名の患者(心臓疾患、気管支喘息など)を受け入れた。

(ホ)2007年度

択捉島から8名、国後島から8名、色丹島から6名、計22名の患者(先天性心臓疾患、腎臓疾患、気管支喘息、熱傷など)を受け入れた。

(ヘ)2008年度

色丹島より7名、国後島より5名、択捉島より8名、計20名(のべ人数)の患者(先天性心臓疾患、腎臓疾患、てんかん、気管支喘息など)を受け入れた。

【2008年度受入実績詳細】

5月19日~ 6月 7日　色丹島2名(市立根室病院)

5月19日~ 6月16日　色丹島3名(市立根室病院1名、町立中標津病院2名)

6月17日~ 7月 8日　国後島2名(町立中標津病院2名)

6月17日~ 7月14日　国後島2名(市立根室病院1名、北海道大学

　　　　　　　　病院1名)
　7月17日～ 8月 8日　　択捉島3名(市立根室病院)
　9月15日～10月 6日　　択捉島1名(町立中標津病院)
　9月15日～10月13日　　択捉島4名(市立根室病院)
　9月22日～10月 2日　　国後島1名(札幌医科大学附属病院)
　9月22日～10月 6日　　色丹島1名(北海道大学病院)
　9月22日～10月13日　　色丹島1名(市立根室病院)

(2)人道支援物資の供与
　2005年度人道支援物資を供与した際に実施したニーズ調査の結果を踏まえ、2006年11月28日から同12月1日の日程で2006年度人道支援物資の供与(医療消耗品及び医療用具)及び2007年度のニーズ調査を実施した。
　2006度に人道支援物資を供与した際に実施したニーズ調査の結果を踏まえ、2008年1月21日から1月24日の日程で2007年度の人道支援物資供与(医療消耗品及び医療用具)及び2008年度のニーズ調査を実施した。
(3)四島交流にて来訪する四島住民に対する健康診断
　2006年度からの新規事業として、四島交流にて来訪する四島住民に対する健康診断を実施している。2006年10月12日、市立根室病院にて57名の四島住民が受診した。また、2007年度は、10月6日、市立根室病院にて67名、2008年度は、10月14日、市立根室病院において49名の四島住民が受診した。

四島住民に対する健康診断の実施について
平成20年10月10日

　外務省は、北方四島住民支援の一環として、10月14日(火曜日)から10月21日(火曜日)の日程で四島交流にて来訪する四島住民(75名)に対し、受入れの初日である10月14日(火曜日)に市立根室病院において、健康診断を実施することを決定した。

　本件健康診断は、四島側からの要請を受け、四島交流実施団体、根室市役所、市立根室病院等の関係機関の協力を得て実施を決定したものであり、本年度で3度目の実施となる。

　検査項目としては、身長、体重などの身体検査の他、血液、尿検査及び胸部X線や心電図検査などとし、一般的な健康診断を実施する。診断結果については、各人の診断書をロシア語に翻訳した上で出航時に手交する予定で、四島に帰島した後の四島住民の健康管理に役立つことが期待される。

平成20年度患者受入れ(第2回受入れ:6月17日～7月8日及び14日)
平成20年7月

1. 町立中標津病院での受入れ
　【国後島から治療のために町立中標津病院に入院したボリス君(後列左：15歳、脊柱側わん症)とタチヤナ君(前列左から2人目：3歳、腰部の腫瘍)。前列左端は付添人のアレクサンドラさん(ボリス君の母親)。お世話になった町立中標津病院の看護師の方々と。右3名は7月8日に帰島。】

ボリス君のコメント：
「先生はじめ、看護師の方たちに大変親切にしてもらい、感謝しています。」

アレクサンドラさん(付添人)のコメント：
「今回の入院で心配していた病気を診ていただいたことで、これから安心して生活できます。ありがとうございました。」

2. 北海道大学病院での受入れ
【国後島から治療のために北海道大学病院に入院したニキータ君(腎臓疾患)。
後方壁側は父親のセルゲイさん。
ニキータ君はセルゲイさんとともに7月14日に帰島。】

ニキータ君のコメント：
「病院で過ごした時間はとても楽しかったです。北海道大学病院は居心地の良い所で、今回の一人部屋はとても快適でした。先生と看護師の方々はとても優しかったです。治療内容に関する詳しい説明が受けられるので、治療は全然怖くなかったです。手術が成功し、本当に嬉しいです。皆様に感謝の気持ちでいっぱいです。」

セルゲイさん(付添人)のコメント：
「息子が日本で治療を受けるチャンスに恵まれて、本当に幸せです。入院初日から、医療スタッフのニキータに対する温かい気持ちがよく伝わってきました。心より感謝しております。特に、主治医の三井先生と看護師の玉山さんに感謝の言葉を述べたいです。三井先生のことを「僕の先生」、玉山さんのことを「僕の看護師」と笑

顔で呼んでいる息子を見ていると、ニキータとお二人の方との間に非常に強い信頼関係が築かれたということを実感しています。手術が成功し、術後の経過も極めて順調で、本当に嬉しいです。手術後10日が経った現在、ニキータは元気いっぱいで、体力も完全に回復しています。最後に、この事業に関わっている全ての方に心から感謝の気持ちを申し上げます。」

3.市立根室病院での受入れ
　【国後島から治療のために市立根室病院に入院したタチヤナちゃん(てんかん)と付添人のマリヤさん(タチヤナちゃんの叔母)(写真左)。主治医の小堤先生(右)と。】

　付添人マリヤさん(叔母)のコメント：
　「ロシアでははっきり解らなかったこの子の症状の原因をしっかり検査して究明してくれたことに本当に感謝しています。また、皆さんがとても優しく接して下さるとともに、注意深く見て下さいました。特に主治医は大変な責任感を持って診て下さいました。先生方、看護師、スタッフの皆さんから優しく親切にしていただきました。毎日美味しい病院食を作っていただいたことも感謝しています。今回の滞在で、不満に思ったことは何一つなく、あらゆる面で気持ちよく嬉しいことばかりでした。皆さんに感謝の言葉以外、本当に何もないという気持ちです。」

平成20年度患者受入れ(第1回受入れ:5月19日〜6月7日及び16日)
平成20年6月16日

【色丹島から治療のために町立中標津病院に入院したセミョン君
(左:15歳、気管支喘息)とグレゴリー君(右:12歳、先天性心臓疾
患)。6月16日に帰島】
　付添人のナタリヤさん(セミョン君の母親):「今回治療のために
中標津に来ることができて幸運でした。皆さんに感謝いたします。
ありがとうございました。」

【色丹島から検査・治療のために市立根室病院に入院したアダム
ベク君(中央:ジストニア、網膜症)、アルトゥール君(右:進行性
近眼)。左はアダムベク君の母親ディルバラさん。6月7日に帰
島。】

　付添人のディルバラさん(左:アダムベク君の母親):「快適な入
院生活を送ることができました。先生方、看護師の方、通訳さん
他皆さんに大変良くしていただきました。ありがとうございまし
た。とても感謝しています。」

2007年10月に緊急受入れした国後島の火傷幼児ニキータちゃん
の現在
平成20年6月16日

【ニキータちゃんの緊急受入れ】
2007年10月、国後島で重度の火傷を負ったニキータ・ルィジョフ

ちゃん(当時1歳11ヶ月)は、四島交流船舶で北海道の病院(市立根室病院)に緊急搬送された。ニキータちゃんは、市立根室病院から札幌医科大学附属病院に転院し、同病院において、所要の治療及び手術を終え、同年12月22日に国後島に帰島した。現在は国後島に居住。

【現在のニキータちゃんと母親のナタリヤさん。(本年5月16日〜19日の国後島訪問(四島交流事業)でのホームビジットにて撮影。)】

 母親のナタリヤさんのコメント:
 「日本の皆さんに感謝の気持ちで一杯です、ありがとうございました。ニキータは今回の件で本当に我慢強い男の子になりました。」

○出처:「外務省・北方領土問題」,
http://www.mofa.go.jp/mofaj/area/hoppo/index.html

▌竹島問題

竹島の領有権に関する我が国の一貫した立場

　竹島は、歴史的事実に照らしても、かつ国際法上も明らかに我が国固有の領土です。

　韓国による竹島の占拠は、国際法上何ら根拠がないまま行われている不法占拠であり、韓国がこのような不法占拠に基づいて竹島に対して行ういかなる措置も法的な正当性を有するものではありません。

※韓国側からは、我が国が竹島を実効的に支配し、領有権を確立した以前に、韓国が同島を実効的に支配していたことを示す明確な根拠は提示されていません。

　隠岐諸島の北西約157キロメートル、北緯37度14分、東経131度52分の日本海上に位置する群島。島根県隠岐の島町に属する。

　東島(女島)、西島(男島)の2つの小島とその周辺の数十の岩礁からなり、総面積は約0.21平方キロメートル(日比谷公園とほぼ同面積)。

　各島は、海面からそびえ立つ急峻な火山島であり周囲は断崖絶壁をなす。また、植生や飲料水に乏しい。

【韓国の出入国手続に従った竹島入域の自粛について】

　韓国による竹島の不法占拠が続いている状況の中で、我が国国民が韓国の出入国手続に従って竹島に入域することは、当該国民が竹島において韓国側の管轄権に服することを認めたとか、竹島に

対する韓国の領有権を認めたというような誤解を与えかねません。そのような入域を行わないよう、国民の皆様のご理解とご協力をお願いします。

1. 竹島の認知

現在の竹島は、我が国ではかつて「松島」と呼ばれていました。そして竹島の西北西約92キロメートル先にある鬱陵島が「竹島」や「磯竹島」と呼ばれていました。竹島や鬱陵島の名称については、ヨーロッパの探検家等による鬱陵島の測位の誤りにより一時的な混乱があったものの、我が国が「松島」と「竹島」の存在を古くから認知していたことは各種の地図や文献からも確認できます。例えば、経緯線を投影した刊行日本図として最も代表的な長久保赤水(ながくぼせきすい)の「改正日本輿地路程(よちろてい)全図」(1779年初版)ほか、竹島と鬱陵島を朝鮮半島と隠岐諸島との間に的確に記載している地図は多数存在します。これに対し、韓国が古くから竹島を認識していたという根拠はありません。

【日本における竹島の認知】
(1) 現在の竹島は、我が国ではかつて「松島」と呼ばれ、逆に鬱陵島が「竹島」や「磯竹島」と呼ばれていました。竹島や鬱陵島の名称については、ヨーロッパの探検家等による鬱陵島の測位の誤りにより一時的な混乱があったものの、我が国が「竹島」と「松島」の存在を古くから承知していたことは各種の地図や文献からも確認できます。例えば、経緯線を投影した刊行日本図として最も代表的な長久保赤水(ながくぼせきすい)の「改正日本輿地路程(よちろてい)全図」(1779年初版)のほか、鬱陵島と竹島を朝鮮半島と隠岐諸島との間

に的確に記載している地図は多数存在します。

(2) 1787年、フランスの航海家ラ・ペルーズが鬱陵島に至り、これを「ダジュレー(Dagelet)島」と命名しました。続いて、1789年には、イギリスの探検家コルネットも鬱陵島を発見しましたが、彼はこの島を「アルゴノート(Argonaut)島」と名付けました。しかし、ラ・ペルーズとコルネットが測定した鬱陵島の経緯度にはズレがあったことから、その後にヨーロッパで作成された地図には、鬱陵島があたかも別の2島であるかのように記載されることとなりました。

(3) 1840年、長崎出島の医師シーボルトは「日本図」を作成しました。彼は、隠岐島と朝鮮半島の間には西から「竹島」(現在の鬱陵島)、「松島」(現在の竹島)という2つの島があることを日本の諸文献や地図により知っていました。その一方、ヨーロッパの地図には、西から「アルゴノート島」「ダジュレー島」という2つの名称が並んでいることも知っていました。このため、彼の地図では「アルゴノート島」が「タカシマ」、「ダジュレー島」が「マツシマ」と記載されることになりました。これにより、それまで一貫して「竹島」又は「磯竹島」と呼ばれてきた鬱陵島が、「松島」とも呼ばれる混乱を招くこととなりました。

(4) このように、我が国内では、古来の「竹島」、「松島」に関する知識と、その後に欧米から伝えられた島名が混在していましたが、その最中に「松島」を望見したとする日本人が、同島の開拓を政府に願い出ました。政府は、島名の関係を明らかにするため1880(明治13)年に現地調査を行い、同請願で「松島」と称されている島が鬱陵島であることを確認しました。

(5) 以上の経緯を踏まえ、鬱陵島は「松島」と称されることとなったため、現在の竹島の名称をいかにするかが問題となりました。このため、政府は島根県の意見も聴取しつつ、1905(明治38)年、これまでの名称を入れ替える形で現在の竹島を正式に「竹島」と命名しました。

【韓国における竹島の認知】

(1) 韓国が古くから竹島を認識していたという根拠はありません。例えば、韓国側は、朝鮮の古文献『三国史記』(1145年)、『世宗(せそう)実録地理誌』(1454年)や『新増東国輿地勝覧(しんぞうとうごくよちしょうらん)』(1531年)、『東国(とうごく)文献備考』(1770年)、『萬機(ばんき)要覧』(1808年)、『増補(ぞうほ)文献備考』(1908年)などの記述をもとに、「鬱陵島」と「于山島」という二つの島を古くから認知していたのであり、その「于山島」こそ、現在の竹島であると主張しています。

(2) しかし、『三国史記』には、于山国であった鬱陵島が512年に新羅に帰属したとの記述はありますが、「于山島」に関する記述はありません。また、朝鮮の他の古文献中にある「于山島」の記述には、その島には多数の人々が住み、大きな竹を産する等、竹島の実状に見合わないものがあり、むしろ、鬱陵島を想起させるものとなっています。

(3) また、韓国側は、『東国文献備考』、『増補文献備考』、『萬機要覧』に引用された『輿地志(よちし)』(1656年)を根拠に、「于山島は日本のいう松島(現在の竹島)である」と主張しています。これに対し、『輿地志』の本来の記述は、于山島と鬱陵島は同一の島としており、『東国文献備考』等の記述は『輿地志』から直接、正しく引用

されたものではないと批判する研究もあります。その研究は、『東国文献備考』等の記述は安龍福の信憑性(しんぴょうせい)の低い供述を無批判に取り入れた別の文献(『彊界考(きょうかいこう)』(『彊界誌』)、1756年)を底本にしていると指摘しています。

(4) なお、『新増東国輿地勝覧』に添付された地図には、鬱陵島と「于山島」が別個の2つの島として記述されています。もし、韓国側が主張するように「于山島」が竹島を示すのであれば、この島は、鬱陵島の東方に、鬱陵島よりもはるかに小さな島として描かれるはずです。しかし、この地図における「于山島」は、鬱陵島とほぼ同じ大きさで描かれ、さらには朝鮮半島と鬱陵島の間(鬱陵島の西側)に位置している等、全く実在しない島であることがわかります。

2. 竹島の領有

我が国は、江戸時代初めの17世紀初頭、鳥取藩伯耆国米子の町人大谷甚吉、村川市兵衛が、同藩主を通じて幕府から鬱陵島(当時の「竹島」)への渡海免許を受けて以降、両家は交替で毎年1回鬱陵島へ渡航し、あわびの採取やあしかの捕獲、そして竹などの樹木の伐採等に従事しました。この際、竹島は、鬱陵島に渡る船がかり及び魚採地として利用されており、我が国は、遅くとも江戸時代初期にあたる17世紀半ばには、竹島の領有権を確立していました。

(1) 1618年(注)、鳥取藩伯耆国米子の町人大谷甚吉、村川市兵衛は、同藩主を通じて幕府から鬱陵島(当時の「竹島」)への渡海免許を受けました。これ以降、両家は交替で毎年年1回鬱陵島に渡航し、あわびの採取、あしかの捕獲、竹などの樹木の伐採等に従事しました。(注)1625年との説もあります。

(2) 両家は、将軍家の葵の紋を打ち出した船印をたてて鬱陵島で漁猟に従事し、採取したあわびについては将軍家等に献上するのを常としており、いわば同島の独占的経営を幕府公認で行っていました。

(3) この間、隠岐から鬱陵島への道筋にある竹島は、航行の目標として、途中の船がかりとして、また、あしかやあわびの漁獲の好地として自然に利用されるようになりました。

(4) こうして、我が国は、遅くとも江戸時代初期にあたる17世紀半ばには、竹島の領有権を確立しました。

(5) なお、当時、幕府が鬱陵島や竹島を外国領であると認識していたのであれば、鎖国令を発して日本人の海外への渡航を禁止した1635年には、これらの島に対する渡海を禁じていたはずですが、そのような措置はなされませんでした。

3. 鬱陵島への渡海禁止

大谷・村川両家による鬱陵島での事業は約70年間平穏に続けられていました。しかし、1692年に村川家が、1693年に大谷家が鬱陵島に出向くと、多数の朝鮮人が鬱陵島において漁採に従事しているのに遭遇しました。これを契機に、日本と朝鮮の政府間で鬱陵島の領有権をめぐる交渉が開始されましたが、最終的に幕府は1696年1月、鬱陵島への渡海を禁止することとしました。(いわゆる「竹島一件」)。ただし、竹島への渡航は禁じませんでした。このことからも、当時から我が国が竹島を自国の領土だと考えていたことは明らかです。

【いわゆる「竹島一件」】

 (1) 幕府より鬱陵島への渡海を公認された米子の大谷・村川両家は、約70年にわたり、他から妨げられることなく独占的に事業を行っていました。

 (2) 1692年、村川家が鬱陵島におもむくと、多数の朝鮮人が鬱陵島において漁採に従事しているのに遭遇しました。また、翌年には、今度は大谷家が同じく多数の朝鮮人と遭遇したことから、安龍福(アン・ヨンボク)、朴於屯(パク・オドゥン)の2名を日本に連れ帰ることとしました。なお、この頃の朝鮮王朝は、同国民の鬱陵島への渡航を禁じていました。

 (3) 状況を承知した幕府の命を受けた対馬藩(江戸時代、対朝鮮外交・貿易の窓口であった。)は、安と朴の両名を朝鮮に送還するとともに、朝鮮に対し、同国漁民の鬱陵島への渡海禁制を要求する交渉を開始しました。しかし、この交渉は、鬱陵島の帰属をめぐって意見が対立し合意を得るにいたりませんでした。

 (4) 対馬藩より交渉決裂の報告を受けた幕府は、1696年1月、「鬱陵島には我が国の人間が定住しているわけでもなく、同島までの距離から見ても朝鮮領であると判断される。無用の小島をめぐって隣国との好を失うのは得策ではない。鬱陵島を奪ったわけではないので、ただ渡海を禁じればよい」と朝鮮との友好関係を尊重して、日本人の鬱陵島への渡海を禁止することを決定し、これを朝鮮側に伝えるよう対馬藩に命じました。
 この鬱陵島の帰属をめぐる交渉の経緯は、一般に「竹島一件」と称されています。

　(5)　その一方で、竹島への渡航は禁止されませんでした。このことからも、当時から、我が国が竹島を自国の領土だと考えていたことは明らかです。

【安龍福の供述とその疑問点】

　(1)　幕府が鬱陵島への渡航を禁じる決定をした後、安龍福は再び我が国に渡来しました。この後、再び朝鮮に送還された安龍福は、鬱陵島への渡航の禁制を犯した者として朝鮮の役人に取り調べを受けますが、この際の安の供述は、現在の韓国による竹島の領有権の主張の根拠の1つとして引用されることになります。

　(2)　韓国側の文献によれば、安龍福は、来日した際、鬱陵島及び竹島を朝鮮領とする旨の書契を江戸幕府から得たものの、対馬の藩主がその書契を奪い取ったと供述したとされています。しかし、日本側の文献によれば、安龍福が1693年と1696年に来日した等の記録はありますが、韓国側が主張するような書契を安龍福に与えたという記録はありません。

　(3)　さらに、韓国側の文献によれば、安龍福は、1696年の来日の際に鬱陵島に多数の日本人がいた旨述べたとされています。しかし、この来日は、幕府が鬱陵島への渡航を禁じる決定をした後のことであり、当時、大谷・村川両家はいずれも同島に渡航していませんでした。

　(4)　安龍福に関する韓国側文献の記述は、同人が、国禁を犯して国外に渡航し、その帰国後に取調を受けた際の供述によったものです。その供述には、上記に限らず事実に見合わないものが数多く見られますが、それらが、韓国側により竹島の領有権の根拠の1つ

として引用されてきています。

4. 竹島の島根県編入

　今日の竹島において、あしかの捕獲が本格的に行われるように
なったのは、1900年代初期のことでした。しかし、間もなくあしか
の捕獲は過当競争の状態となったことから、島根県隠岐島民の中
井養三郎は、その事業の安定を図るため、1904(明治37)年9月、内
務・外務・農商務三大臣に対して「りやんこ島」(注)の領土編入及び
10年間の貸し下げを願い出ました。これを受けた政府は、島根県の
意見を聴取しつつ、1905(明治38)年の閣議決定をもって竹島を島根
県に編入し、竹島を領有する意思を再確認しました。

　(注)「りやんこ島」は、竹島の洋名「リアンクール島」の俗称。当
時、ヨーロッパの探検家の測量の誤りなどにより、鬱陵島が従来の
「竹島」に加え「松島」とも呼ばれるようになり、現在の竹島は　従来
の「松島」とともに「りやんこ島」と呼ばれるようになっていました。

　(1) 今日の竹島において、あしかの捕獲が本格的に行われるよう
になったのは、1900年代初期のことでした。しかし、間もなくあし
かは過当競争の状態となったことから、島根県隠岐島民の中井養
三郎は、その事業の安定を図るため、1904(明治37)年9月、内務・
外務・農商務三大臣に対して「りやんこ島」(注：竹島の洋名「リア
ンクール島」の俗称)の領土編入及び10年間の貸し下げを願い出まし
た。

　(2) 中井の出願を受けた政府は、島根県の意見を聴取の上、竹島
を隠岐島庁の所管として差し支えないこと、「竹島」の名称が適当
であることを確認しました。これをもって、1905(明治38)年1月、閣

議決定によって同島を「隠岐島司ノ所管」と定めるとともに、「竹島」と命名し、この旨を内務大臣から島根県知事に伝えました。この閣議決定により、我が国は竹島を領有する意思を再確認しました。

(3) 島根県知事は、この閣議決定及び内務大臣の訓令に基づき、1905(明治38)年2月、竹島が「竹島」と命名され隠岐島司の所管となった旨を告示するとともに、隠岐島庁に対してもこれを伝えました。なお、これらは当時の新聞にも掲載され広く一般に伝えられました。

(4) また、島根県知事は、竹島が「島根県所属隠岐島司ノ所管」と定められたことを受け、竹島を官有地台帳に登録するとともに、あしかの捕獲を許可制としました。あしかの捕獲は、その後、1941(昭和16)年まで続けられました。

(5) なお、朝鮮では、1900年の「大韓帝国勅令41号」により、鬱陵島を鬱島と改称するとともに島監を郡守とする旨公布した記録があるとされています。そして、この勅令の中で、鬱陵郡が管轄する地域を「鬱陵全島と竹島、石島」と規定しており、この「竹島」は鬱陵島の近傍にある「竹嶼」という小島であるものの、「石島」はまさに現在の「独島」を指すと指摘する研究者もいます。その理由は、韓国の方言で「トル(石)」は「トク」とも発音され、これを発音どおりに漢字に直せば「独島(トクド)」につながるためというものです。

(6) しかし、「石島」が今日の竹島(「独島」)であるならば、なぜ勅令で「独島」が使われなかったのか、また、韓国側が竹島の旧名称であると主張する「于山島」等の名称が使われなかったのかという疑問が生じます。

いずれにせよ、仮にこの疑問が解消された場合であっても、同勅令の公布前後に、朝鮮が竹島を実効的に支配してきたという事実はなく、韓国による竹島の領有権は確立していなかったと考えられます。

りやんこ島領土編入並二貸下願(PDF)
明治三十八年一月二十八日閣議決定(PDF)
内務大臣訓令訓第八十七号(PDF)
島根県告示第四十号(PDF):
島根県庶第十一号(PDF):
※出처: http://www.mofa.go.jp/mofaj/area/takeshima/g_hennyu.html 참조

5. 第二次大戦直後の竹島

我が国が占領下にあった1946(昭和21)年、連合国総司令部より発せられた連合国総司令部覚書(SCAPIN)第677号により、竹島は、日本が政治上又は行政上の権力を停止すべき特定地域の一つとされ、また、連合国総司令部覚書(SCAPIN)第1033号により、竹島は、日本漁船の操業区域外の地域として指定されました。しかし、これら連合国総司令部覚書の文中には、いずれも領土帰属の最終的決定に関する連合国側の政策を示すものと解釈してはならないことが明記されています。また、我が国の領土を確立したサンフランシスコ平和条約が発効する以前の竹島の扱いにより、竹島の帰属の問題が影響を受けるということはないのは明らかです。

(1) 連合国は占領下の日本に対し、政治上または行政上の権力の行使を停止すべき地域、また、漁業及び捕鯨を行ってはならない地域を指令し、この中に竹島を含めました。しかし、これらの連合国による規定には、いずれもこれは領土帰属の最終的決定に関する連合国側の政策を示すものと解釈してはならない旨が明記されてい

ます。

(2) 関連の連合国総司令部覚書(SCAPIN)の内容は以下のとおりです。

①SCAPIN第677号

(イ)1946(昭和21)年1月、連合国はSCAPIN第677号をもって、一部の地域に対し、日本国政府が政治上または行政上の権力を行使すること及び行使しようと企てることを暫定的に停止するよう指令しました。

(ロ)その第3項には、「この指令において、日本とは、日本四大島(北海道、本州、九州及び四国)及び約一千の隣接諸小島を含むものと規定される。右隣接諸小島は、対馬及び北緯30度以北の琉球(南西)諸島(ロノ島を除く)を含み、また次の諸島を含まない」とし、日本が政治上・行政上の権力を行使しうる地域に「含まない」地域として鬱陵島や済州島、あるいは伊豆、小笠原群島等に並び竹島も列挙しました。

(ハ)しかし、同第6項には、「この指令中のいかなる規定も、ポツダム宣言の第8項に述べられている諸小島の最終的決定に関する連合国の政策を示すものと解釈されてはならない」(ポツダム宣言第8項:「日本国ノ主権ハ本州、北海道、九州及四国竝ニ吾等ノ決定スル諸小島ニ局限セラルベシ」)と明記されています。

②SCAPIN第1033号

(イ)1946(昭和21)年6月、連合国は、いわゆる「マッカーサー・ライン」を規定するSCAPIN第1033号をもって、日本の漁業及び捕鯨許可区域を定めました。

(ロ)その第3項には、「日本船舶又はその乗組員は竹島から12マイル以内に近づいてはならず、またこの島との一切の接触は許されな

い。」と記されました。

　(ハ)しかし、同第5項には、「この許可は、当該区域又はその他の
いかなる区域に関しても、国家統治権、国境線又は漁業権につい
ての最終的決定に関する連合国の政策の表明ではない。」と明記さ
れています。

　③「マッカーサー・ライン」は、1952(昭和27)年4月に廃止が指令
され、またその3日後の4月28日には平和条約の発効により、行政権
停止の指令等も必然的に効力を失うこととなりました。

　韓国側は、上記SCAPINをもって、連合国は竹島を日本の領土と
認めていなかったとし、韓国による竹島の領有権の根拠の1つとし
ています。しかし、いずれのSCAPINにおいても領土帰属の最終的決
定に関する連合国側の政策を示すものと解釈してはならないことが
明示されており、そのような指摘が全く当たらないことは明らかで
す。

　なお、我が国の領土を確定したのは、その後に発効したサンフラ
ンシスコ平和条約です。このことからも、同条約が発効する以前の
竹島の扱いにより、竹島の帰属の問題が影響を受けるということが
ないことは明らかです。

SCAPIN第677号(PDF):
SCAPIN第1033号(PDF):
※출처: http://www.mofa.go.jp/mofaj/area/takeshima/g_taisengo.html 참조

6. サンフランシスコ平和条約における竹島の扱い

　1951(昭和26)年9月に署名されたサンフランシスコ平和条約は、
日本による朝鮮の独立承認を規定するとともに、日本が放棄すべき
地域として「済州島、巨文島及び鬱陵島を含む朝鮮」と規定しまし

た。この部分に関する米英両国による草案内容を承知した韓国
は、米国に対し、日本が権利、権原及び請求権を放棄する地域の
一つに竹島を加えるよう要望しました。これに対し米国は、かつて
竹島は朝鮮の領土として扱われたことはなく、また朝鮮によって領
有権の主張がなされたとは見られない旨回答し、韓国側の主張を明
確に否定しました。このやりとりを踏まえれば、竹島は日本の領土
であるということが肯定されていることは明らかです。

(1) 1951(昭和26)年9月に署名されたサンフランシスコ平和条約
は、日本による朝鮮の独立承認を規定するとともに、日本が放棄
すべき地域として「済州島、巨文島及び鬱陵島を含む朝鮮」と規定
しました。

(2) この部分に関する米英両国による草案内容を承知した韓国
は、同年7月、梁(ヤン)駐米韓国大使からアチソン米国務長官宛の
書簡を提出しました。その内容は、「我が政府は、第2条a項の『放
棄する』という語を『(日本国が)朝鮮並びに済州島、巨文島、鬱陵
島、独島及びパラン島を含む日本による朝鮮の併合前に朝鮮の一
部であった島々に対するすべての権利、権原及び請求権を1945年8
月9日に放棄したことを確認する。』に置き換えることを要望する。」
というものでした。

(3) この韓国側の意見書に対し、米国は、同年8月、ラスク極東
担当国務次官補から梁大使への書簡をもって以下のとおり回答
し、韓国側の主張を明確に否定しました。
「・・・合衆国政府は、1945年8月9日の日本によるポツダム宣言
受諾が同宣言で取り扱われた地域に対する日本の正式ないし最終
的な主権放棄を構成するという理論を(サンフランシスコ平和)条約

がとるべきだとは思わない。ドク島、または竹島ないしリアンクール岩として知られる島に関しては、この通常無人である岩島は、我々の情報によれば朝鮮の一部として取り扱われたことが決してなく、1905年頃から日本の島根県隠岐島支庁の管轄下にある。この島は、かつて朝鮮によって領有権の主張がなされたとは見られない。・・・・」

　これらのやり取りを踏まえれば、竹島は我が国の領土であるということが肯定されていることは明らかです。

　(4) また、ヴァン・フリート大使の帰国報告にも、竹島は日本の領土であり、サンフランシスコ平和条約で放棄した島々には含まれていないというのが米国の結論であると記されています。

サンフランシスコ平和条約抜粋(PDF)
梁駐米韓国大使からアチソン米国務長官に宛てた書簡(PDF)
ラスク極東担当国務次官補から梁駐米韓国大使に宛てた書簡(PDF)
ヴァン・フリート大使の帰国報告(PDF):
※출처: http://www.mofa.go.jp/mofaj/area/takeshima/g_sfjoyaku.html 참조

7. 米軍の爆撃訓練区域としての竹島

　米軍は、連合国総司令部覚書(SCAPIN)第2160号をもって1950(昭和25)年7月以来竹島を海上爆撃訓練区域として使用していましたが、1952(昭和27)年7月、米軍が引き続きその使用を希望したのを受け、日米行政協定に基づき同協定の実施に関する日米間の協議機関として設立された合同委員会は、竹島を米軍の爆撃訓練区域に指定しました。同協定では、合同委員会は「日本国内の施設又は区域を決定する協議機関」としての任務を行うとされていますが、竹島が合同委員会で協議され、かつ在日米軍の使用する区域とし

ての決定を受けたということは、とりも直さず竹島が日本の領土であることを示しています。

(1) 我が国がいまだ占領下にあった1950(昭和25)年7月、連合国総司令部は、連合国総司令部覚書(SCAPIN)第2160号をもって、竹島を米軍の海上爆撃訓練区域として指定しました。

(2) サンフランシスコ平和条約発効直後の1952(昭和27)年7月、米軍が引き続き竹島を訓練区域として使用することを希望したことを受け、日米行政協定(注：旧日米安保条約に基づく取極。現在の「日米地位協定」に引き継がれる。)に基づき、同協定の実施に関する日米間の協議機関として設立された合同委員会は、在日米軍の使用する爆撃訓練区域の1つとして竹島を指定するとともに、外務省はその旨を告示しました。

(3) しかし、竹島周辺海域におけるあしかの捕獲、あわびやわかめの採取を望む地元からの強い要請があること、また、米軍も同年冬から竹島の爆撃訓練区域としての使用を中止していたことから、1953(昭和28)年3月の合同委員会において、同島を爆撃訓練区域から削除することが決定されました。

(4) 日米行政協定によれば、合同委員会は「日本国内の施設又は区域を決定する協議機関として任務を行う」とされていました。したがって、竹島が合同委員会で協議され、かつ、在日米軍の使用する区域としての決定を受けたということは、とりも直さず竹島が日本の領土であることを示しています。

8. 「李承晩ライン」の設定と韓国による竹島の不法占拠
→ 詳細へ

　1952(昭和27)年1月、李承晩韓国大統領は「海洋主権宣言」を行い、いわゆる「李承晩ライン」を国際法に反して一方的に設定して、そのライン内に竹島を取り込みました。1953(昭和28)年7月には海上保安庁の巡視船が、韓国漁民を援護していた韓国官憲から銃撃を受ける事件も発生、1954年(昭和29)6月、韓国内務部は、韓国沿岸警備隊が駐留部隊を竹島に派遣した旨の発表を行いました。これ以降、韓国は、引き続き警備隊員を常駐させるとともに、宿舎や監視所、灯台、接岸施設等を構築しています。

　韓国による竹島の占拠は、国際法上何ら根拠がないまま行われている不法占拠であり、韓国がこのような不法占拠に基づいて竹島に対して行ういかなる措置も法的な正当性を有するものではありません。このような行為は、竹島の領有権をめぐる我が国の立場に照らして決して容認できるものではなく、竹島をめぐり韓国側が何らかの措置等を行うごとに厳重な抗議を重ねるとともに、その撤回を求めてきています。

　(1) 1952(昭和27)年1月、李承晩韓国大統領は「海洋主権宣言」を行って、いわゆる「李承晩ライン」を国際法に反して一方的に設定し、同ラインの内側の広大な水域への漁業管轄権を一方的に主張するとともに、そのライン内に竹島を取り込みました。

　(2) 1953(昭和28)年3月、日米合同委員会で竹島の在日米軍の爆撃訓練区域からの解除が決定されました。これにより、竹島での漁業が再び行われることとなりましたが、韓国人も竹島やその周辺で漁業に従事していることが確認されました。同年7月には、不法漁

388 일본의 영토분쟁 정치학과 독도문제의 본질

業に従事している韓国漁民に対し竹島から撤去するよう要求した海上保安庁巡視船が、韓国漁民を援護していた韓国官憲によって銃撃されるという事件も発生しました。

(3) 翌1954(昭和29)年6月、韓国内務部は韓国沿岸警備隊の駐留部隊を竹島に派遣したことを発表しました。同年8月には、竹島周辺を航行中の海上保安庁巡視船が同島から銃撃され、これにより韓国の警備隊が竹島に駐留していることが確認されました。

(4) 韓国側は、現在も引き続き警備隊員を常駐させるとともに、宿舎や監視所、灯台、接岸施設等を構築しています。

(5)「李承晩ライン」の設定は、公海上における違法な線引きであるとともに、韓国による竹島の占拠は、国際法上何ら根拠がないまま行われている不法占拠です。韓国がこのような不法占拠に基づいて竹島に対して行ういかなる措置も法的な正当性を有するものではありません。このような行為は、竹島の領有権をめぐる我が国の立場に照らして決して容認できるものではなく、竹島をめぐり韓国側が何らかの措置等を行うたびに厳重な抗議を重ねるとともに、その撤回を求めてきています。

9. 国際司法裁判所への提訴の提案

我が国は、韓国による「李承晩ライン」の設定以降、韓国側が行う竹島の領有権の主張、漁業従事、巡視船に対する射撃、構築物の設置等につき、累次にわたり抗議を積み重ねました。そして、この問題の平和的手段による解決を図るべく、1954(昭和29)年9月、口上書をもって竹島の領有権問題を国際司法裁判所に付託するこ

とを韓国側に提案しましたが、同年10月、韓国はこの提案を拒否
しました。また、1962(昭和37)年3月の日韓外相会談の際にも、小
坂善太郎外務大臣より崔徳新韓国外務部長官に対し、本件問題を
国際司法裁判所に付託することを提案しましたが、韓国はこれを受
け入れず、現在に至っています。

(1) 我が国は、韓国による「李承晩ライン」の設定以降、韓国側
が行う竹島の領有権の主張、漁業従事、巡視船に対する射撃、構
築物の設置等につき、累次にわたり抗議を積み重ねました。そし
て、この問題の平和的手段による解決を図るべく、1954(昭和29)年
9月、口上書をもって竹島の領有権問題を国際司法裁判所に付託
することを韓国側に提案しましたが、同年10月、韓国はこの提案を
拒否しました。また、1962(昭和37)年3月の日韓外相会談の際に
も、小坂善太郎外務大臣より崔徳新韓国外務部長官に対し、本件
問題を国際司法裁判所に付託することを提案しましたが、韓国は
これを受け入れず、現在に至っています。

(2) 国際司法裁判所は、紛争の両当事者が同裁判所において解
決を求めるという合意があって初めて動き出すという仕組みになっ
ています。したがって、仮に我が国が一方的に提訴を行ったとして
も、韓国側がこれに応ずる義務はなく、韓国が自主的に応じない限
り国際司法裁判所の管轄権は設定されないこととなります。

(3) 1954年に韓国を訪問したヴァン・フリート大使の帰国報告
(1986年公開)には、米国は、竹島は日本領であると考えているが、
本件を国際司法裁判所に付託するのが適当であるとの立場であり、
この提案を韓国に非公式に行ったが、韓国は、「独島」は鬱陵島の
一部であると反論したとの趣旨が記されています。

ヴァン・フリート大使の帰国報告(PDF)
※출처: http://www.mofa.go.jp/mofaj/area/takeshima/g_teiso.html 참조

パンフレット「竹島問題を理解するための10のポイント」(日本語版(PDF))(英語版(PDF))
(韓国語版(PDF))(アラビア語版(PDF))(中国語版(PDF))(フランス語版(PDF))(ドイツ語版(P
DF))(ポルトガル語版(PDF))(ロシア語版(PDF))(スペイン語版(PDF))
※출처: : http://www.mofa.go.jp/mofaj/area/takeshima/ 참조

○출처: 「外務省・竹島問題」, http://www.mofa.go.jp/mofaj/area/takeshima/

저자약력

최장근(崔長根)

대구대학교 일본어일본학과 졸업
일본 大東文化大學 국제관계학과 수학
일본 東京外國語大學 연구생과정 수료
일본 中央大學 법학연구과 정치학전공 석사과정수료(법학석사)
일본 中央大學 법학연구과 정치학전공 박사과정수료(법학박사)
서울대학교 국제대학원 연수연구원 역임
서울대학교 국제대학원 책임연구원 역임
동명대학교 교양학부 교수 역임
현재 일본 中央大學 사회과학연구소 객원연구원
현재 대구대학교 일본어일본학과 교수
현재 대구대학교 독도영토학연구소 소장

주요저서
『한중국경문제연구』백산자료원, 1998
『왜곡의 역사와 한일관계』학사원, 2001
『일본정치와 사회 그리고 영토』(공저) 학사원, 2004
『일본의 영토분쟁』백산자료원, 2005
『간도영토의 운명』백산자료원, 2005
『독도의 영토학』대구대학교출판부, 2008
그 외 다수의 공저와 연구논문이 있음.

독도문제의 본질과 일본의 영토분쟁 정치학
: 일본의 제국주의 흔적과 영토 내셔널리즘 :

초판인쇄 2009년 2월 10일
초판발행 2009년 2월 20일

저자 최장근
발행 제이앤씨
등록번호 제7-220

주소 서울시 도봉구 창동 624-1 현대홈시티 102-1206
전화 (02) 992 / 3253
팩스 (02) 991 / 1285
홈페이지 http://www.jncbook.co.kr / 제이앤씨북
전자우편 jncbook@hanmail.net
책임편집 조성희

ISBN 978-89-5668-692-9 93830   정가 24,000원